Sara Douglass
Der Steinwandler

Zu diesem Buch

Nach »Die Glaszauberin« der mit Spannung erwartete Abschluß der Saga um die Glaskünstlerin Tirzah: Die Pyramide, errichtet von machtgierigen Magiern, ist vollendet. Doch endlich erkennt auch Boaz, Tirzahs Meister und Geliebter, daß das Bauwerk die Macht des Dunklen heraufbeschworen hat. Aus der Unendlichkeit bahnt sich ein Dämon den Weg nach Ashdod und überzieht das Land mit einer Welle aus Stein, die alles Leben erstarren läßt. Tirzah und ihren Gefährten bleibt nur die Flucht. Doch nirgendwo sind sie vor den steinernen Heeren des Dämons sicher. Und inmitten all der Furcht und Vernichtung erfährt Tirzah, daß sie ein Kind erwartet ...

Sara Douglass wurde 1957 in Penola im Süden Australiens geboren und promovierte in Historischen Wissenschaften. Inzwischen lebt sie als freie Schriftstellerin in einem viktorianischen Cottage in Bendigo – unter einem Dach mit ihrem Hausgeist Hanna Wolstencroft. Seit ihrem Zyklus »Unter dem Weltenbaum« und dem Roman »Der Herr des Traumreichs« gehört sie zu den international erfolgreichsten Fantasy-Autorinnen.
www.saradouglass.com

Sara Douglass

DER
STEINWANDLER

DIE MACHT DER PYRAMIDE 2

Aus dem australischen Englisch
von Andreas Decker

Piper München Zürich

Von Sara Douglass liegen in der Serie Piper vor:
Die Sternenbraut. Unter dem Weltenbaum 1 (6523)
Sternenströmers Lied. Unter dem Weltenbaum 2 (6524)
Tanz der Sterne. Unter dem Weltenbaum 3 (6525)
Der Sternenhüter. Unter dem Weltenbaum 4 (6526)
Das Vermächtnis der Sternenbraut. Unter dem Weltenbaum 5 (6527)
Die Göttin des Sternentanzes. Unter dem Weltenbaum 6 (6528)

Die Glaszauberin. Die Macht der Pyramide 1 (6560)
Der Steinwandler. Die Macht der Pyramide 2 (6571)

Dieses Taschenbuch wurde auf FSC-zertifiziertem Papier gedruckt.
FSC (Forest Stewardship Council) ist eine nichtstaatliche, gemeinnützige
Organisation, die sich für eine ökologische und sozialverantwortliche
Nutzung der Wälder unserer Erde einsetzt (vgl. Logo auf der Umschlagrückseite).

Deutsche Erstausgabe
Mai 2006
© 1997 Sara Douglass Enterprises Pty., Ltd.
Titel der australischen Originalausgabe:
»Threshold 2«, Voyager/Harper Collins Australia, Pymble 1997
© der deutschsprachigen Ausgabe:
2006 Piper Verlag GmbH, München
Umschlagkonzept: Büro Hamburg
Umschlaggestaltung: Nele Schütz Design, München
Autorenfoto: Stephen Malone
Satz: Satz für Satz. Barbara Reischmann, Leutkirch
Papier: Munken Print von Arctic Paper Munkedals AB, Schweden
Druck und Bindung: Clausen & Bosse, Leck
Printed in Germany
ISBN-13: 978-3-492-26571-3
ISBN-10: 3-492-26571-5

www.piper.de

Dieser Roman ist Karen Brooks gewidmet, ein kleiner Dank dafür, daß sie während der besten und der schlimmsten Jahre meines Lebens eine so gute Freundin war.

Ein Danke geht auch an Rodney Blackhirst für seine enthusiastischen Ausführungen über die Eins (und die faszinierende Bruchrechnung des Körpers), an Terry Mills für seine interessanten Assoziationen in Bezug auf die Unendlichkeit und einen Big Mac, sowie an Roger Sworder für die erhellende (und erfrischend offene) Diskussion über Platons »Paarungszahlen«. Es hat Spaß gemacht, Jungs, aber ich wette, ihr wünscht euch jetzt, mich nie durch die Tür gelassen zu haben.

Und eine tief empfundene Entschuldigung an Pythagoras, Platon und Euklid ...

So ist's ja besser zwei als eins; denn sie genießen doch ihrer Arbeit wohl. Fällt ihrer einer, so hilft ihm sein Gesell auf. Weh dem, der allein ist! Wenn er fällt, so ist keiner da, der ihm aufhelfe. Auch wenn zwei beieinander liegen, wärmen sie sich; wie kann ein einzelner warm werden?

Prediger Salomo, IV, 9–11.

Was bisher geschah:

Tirzah ist nicht ihr wahrer Name.

Als ihr Vater seine Spielschulden nicht bezahlen kann, wird sie ihrer Freiheit und ihres Namens beraubt und in den Süden verschleppt. Das Mädchen verfügt über ein ungewöhnliches Talent; trotz ihrer Jugend ist Tirzah eine begnadete Glasmacherin, unübertroffen in der Kunst, aus dem zerbrechlichen Material feine Glasnetze herauszuschneiden. Und diese Fertigkeit wird ihr zum Verhängnis.

Im fernen, heißen Ashdod benötigt man dringend solche Glasmacher. Seit Generationen widmen sich die Magier des Landes der Errichtung einer Pyramide, die von einem Sklavenheer unter grausamen Bedingungen erbaut wird.

Ihre Macht beziehen die Magier aus der Kraft der Zahlen und der Mathematik. Sie beten die Eins an. Und die Pyramide soll das krönende Denkmal ihrer Religion werden. Aber hinter dem riesigen Bauwerk verbirgt sich noch mehr – es ist eine zu Stein gewordene mathematische Formel, die den Eingeweihten den Weg in die Unendlichkeit eröffnen soll – und damit zur Unsterblichkeit.

Tirzah und ihr Vater landen in der Werkstatt von Isphet, einer Glasmacherin der Sklavenstadt. Hier sollen sie Glasnetze herstellen, mit denen die Kammer der Unendlichkeit im Mittelpunkt der Pyramide verkleidet wird. Diese Kammer ist die eigentliche Schwelle in die Welt der Eins.

Tirzah kann sich nur schwer an ihr neues Dasein gewöhnen. Dennoch verliebt sie sich in Yaqob, einen der Glasmacher aus Isphets Werkstatt. Er ist es, der ihr schließlich ihre wahre Fähigkeiten enthüllt: Sie kann die Stimmen des Glases hören, mit ihm sprechen und es daher so kunstvoll bearbeiten.

Einst war diese Fähigkeit in Ashdod weit verbreitet. Die Elementisten – Handwerker, die die Stimmen ihrer Materialien hörten und sie darum beeinflussen konnten – fanden über ihre Werke den Weg zu den göttergleichen Soulenai, die in der Zuflucht im Jenseits hausen. Sie standen den Menschen des Landes mit Rat und Tat zur Seite, bis die Magier die Soulenai zu Aberglauben erklärten und die Elementisten ausrotteten. Nun wird das Sprechen mit den Elementen mit dem Tod geahndet.

Tirzah wird in die Verschwörung einer kleinen Gruppe Elementisten hineingezogen. Unter Yaqobs Führung wollen sie sich ihrer Sklavenketten entledigen. Tirzah schließt sich ihnen an. Und das Glas verrät ihr, dass die Pyramide in Wahrheit eine Brücke zu etwas unvorstellbar Bösem sein wird: Sie wird Tod und Zerstörung nach Ashdod bringen.

An dem Tag, an dem der Magier Boaz zur Baustelle kommt, verändert sich Tirzahs Leben endgültig. Boaz hat ihr bei ihrer Ankunft in Ashdod ihren Sklavennamen verliehen, und er interessiert sich für die junge schöne Frau.

Im Auftrag der Rebellen fügt sich Tirzah ihrem Schicksal, Boaz näherzukommen und bei ihm zu spionieren. Aber der Magier verfolgt andere Pläne mit der Handwerkerin. Er lehrt sie Lesen und Schreiben, was bei den Elementisten der erste Schritt zur Macht der Magier und untersagt ist.

Tirzah gerät immer stärker in Gewissenskonflikte, und schließlich steht sie zwischen den Rebellen und dem Magier. Sie verliebt sich in Boaz und wird freiwillig zu seiner Gefährtin. Und dann bitten die Soulenai sie, den Magier auf ihre Seite zu bringen. Denn in Boaz schlummert das Erbe seines Vaters – das Erbe der Elementisten. Und es ist kein glückliches Erbe, beide Seiten ringen in ihm um die Herrschaft, die Macht der Eins und die Macht der Elemente.

Für Tirzah ist es ein mühsamer Weg zu Boaz' Herzen. Der Magier beschert ihr viel Glück und noch mehr Qualen.

Die Pyramide nähert sich trotz aller heimlichen Bemühungen der Rebellen ihrer Vollendung. Und das Bauwerk des Bösen erwacht langsam zu einem schrecklichen Leben. Es sucht sich seine Opfer, die auf schreckliche Weise den Tod finden. Darunter auch Tirzahs Vater, der vor ihren Augen sterben muss, als er von der Pyramide in eine Steinstatue verwandelt wird.

Außer sich vor Trauer und Entsetzen widersetzt sich Tirzah ihrem Geliebten und der Pyramide. Boaz will sie dafür mit dem Tod bestrafen, doch im letzten Moment rettet er ihr das Leben, auch wenn er sich seine Liebe zu ihr noch immer nicht eingestehen kann.

Kurz vor der Vollendung des Bauwerks, das seit Generationen Ashdods Reichtümer verschlungen hat, kommt der Herrscher des Landes zur Baustelle. Chad Nezzar bringt seinen Erben Zabrze mit, Boaz' Bruder. Zabrze hält die Pyramide für gefährlich und den Weg der Magier für einen Irrweg. Der Thronerbe und die Sklavin werden schnell zu Verbündeten.

Aber sie können nichts ausrichten. Am Mittag des längsten Tages des Jahres werden die Magier die Kammer zur Unendlichkeit mit Sonnenlicht fluten. Die Pyramide wird zu vollem Leben erwachen. Und sie wird hungrig sein …

▲ 8 ▲

1

Der große Tag war voller Feierlichkeit und Erhabenheit, und ich hatte das Gefühl, daß von uns allen das Bauwerk es am meisten genoß.

Der Schlußstein war massiv – fünfzehn Quadratschritt an der Basis, stieg er pyramidenförmig etwa fünfzehn in der Höhe, genau wie die Kammer zur Unendlichkeit. Der Schlußstein, eigentlich eine Spitze, war genau wie die Kammer mit goldenen Glasnetzen ausgekleidet, mit den gleichen Aufschriften und Formeln versehen.

Er war der äußerliche Ausdruck der inneren Kammer.

Ich wandte den Kopf ab, als wir an ihm vorbeikamen. Ich wollte nicht ein einziges Wort lesen müssen.

Die meisten Leute auf der Baustelle waren erschienen, um die Fertigstellung der Pyramide mitzuerleben. Zwei Mauern, die die Pyramide umgeben hatten, waren eingerissen worden; jetzt trennte sie nichts mehr von dem Land im Norden und dem Fluß im Osten. Die Siedlungen der Sklaven und der Magier waren die einzigen, die noch von Mauern umgeben waren.

Nördlich der Pyramide stand der größte Teil des Heeres, das Chad Nezzar mitgebracht hatte; andere Einheiten hatten entlang der Straße zum Kai Aufstellung genommen, während wiederum noch andere die üblichen Verbände verstärkten, die die Sklaven im Auge hatten.

Die Sklaven befanden sich im Nordosten, saßen mit unter-geschlagenen Beinen in einem stummen Haufen auf dem Bo-den, zusammengedrängt, Schulter an Schulter. Sie waren von den Wachen, den Mauern und der Pyramide selbst umgeben.

Magier, Adlige und die anderen Gäste, mich eingeschlos-sen – standen ordentlich im Vorhof der Pyramide in Reih und Glied. Wieder wurde ich unauffällig in den Hintergrund ver-bannt, diesmal stand ich an der Mauer der Magiersiedlung. Genau auf der anderen Seite befand sich Boaz' Residenz.

Mir schoß der verrückte Gedanke durch den Kopf, daß ich einfach darüberklettern und mich in den Tiefen des Hauses verbergen konnte, wenn die Dinge zu schlimm wurden. Viel-leicht am Fuß des Schwimmbeckens. Dort würde mich die Pyramide niemals sehen können. Oder doch?

Kiamet und Holdat standen neben mir; Kiamet für alle sichtbar als Aufpasser, aber er hatte sich so mit Holdat und mir angefreundet, daß ich glaube, hätten wir einen Flucht-versuch unternommen, er uns den Weg freigegeben hätte.

Aber es würde keine Flucht geben. Die Mauer war zu hoch und glatt, um darüberklettern zu können, und vor uns und an den Seiten standen zu viele Menschen dicht aneinander gedrängt.

Dreizehn.

Ich fragte mich, wer es sein würde.

Ich konnte nicht viel von dem sehen, was vorn geschah, da mir Hunderte von Magiern und Adligen die Sicht versperrten. Ich wußte, daß Boaz als Herr der Baustelle den Ritus durch-führen würde, und dann würde Chad Nezzar als Herrscher eine höfliche Ansprache halten. Danach wiederum würden sich alle setzen und zusehen, wie mehrere hundert Sklaven schwitzen und sich bemühen würden, den Schlußstein in die Höhe zu befördern. Es würden beifällige Rufe ertönen, dann würde man die Sklaven zurück in ihre Behausungen treiben, wo sie über ihr Schicksal nachdenken konnten. Das Heer würde ein paar spektakuläre Schaustücke darbieten und glänzende Paraden abhalten, und die Adligen und Magier würden sich zu einem Schlußsteinfest in ihre Siedlung zurückziehen. So war es geplant.

Nur daß die Ereignisse nicht nach Plan verliefen.

Ich hörte Boaz' Stimme, durch die Entfernung verzerrt, aber von der Macht der Eins durchdrungen. Er hielt eine leidenschaftliche, nicht übermäßig lange Rede über die Pracht und Herrlichkeit der Pyramide.

Ich fragte mich, was Zabrze wohl dachte, und ob Neuf an seiner Seite war oder ob er sie hatte überreden können, nach Setkoth zurückzusegeln.

Ich hörte Chad Nezzar zur Erwiderung eine launige Rede halten.

Sowohl Boaz als auch Chad Nezzar sprachen über die Macht, die die Pyramide ganz Ashdod verleihen würde. Während sie sprachen, konnte ich auf den Rücken der Magier und Adligen vor mir förmlich die Gänsehaut der Erwartung und Gier sehen. Vielleicht waren sich viele nicht über die genaue Art der Macht sicher, die über sie kommen würde, aber Macht war Macht, und sie alle wollten eine ordentliche Handvoll davon abhaben.

Als Chad Nezzar geendet hatte, begaben sich die Sklaven an die Arbeit.

Der Schlußstein war zwar zerbrechlich, aber insgesamt sehr schwer – seine innere Struktur bestand aus Metallstreben und dicken, durchsichtigen Glasplatten. Ingenieure hatten eine lange Rampe errichtet, die die Südseite der Pyramide hinaufführte, und auf dieser sollte der Schlußstein in die Höhe gezogen werden. Die Sklaven standen hauptsächlich an den langen Tauen, die den Schlußstein in Bewegung setzen sollten; als sie die Taue schulterten und die Straße entlangmarschierten, stieg das goldene Glas langsam in die Höhe.

Ich hörte die Rufe des Vorarbeiters, der die Sklaven antrieb, dann ertönten Hörner, Trommeln und Zimbeln; der Schlußstein sollte mit Musik aufgesetzt werden.

Nicht nur Musik. Als ich die Spitze des Schlußsteins über den Köpfen der Menge schweben sah, stimmten die Hunderte von Magiern ein Lied an – einen langsamen, durchdringenden Gesang, der dem Rhythmus der Musik folgte.

Und so stieg der Schlußstein in die Höhe, schob sich langsam die Rampe zur Spitze der Pyramide hinauf, auf den Weg geschickt von Schweiß und harter Arbeit und einem langsamen, trostlosen Gesang. Der Schlußstein funkelte in der Sonne, die Spiegelungen waren schon fast schmerzhaft grell, aber ich mußte einfach hinsehen.

Eine Stunde verging, vielleicht zwei. Der Gesang dauerte an.

Schließlich zwang ich meinen Blick zur Spitze der Pyramide, versuchte, den Zauber zu brechen, der mich umfangen hielt. Eine Gruppe Sklaven wartete dort oben, um den Schlußstein an Ort und Stelle zu schieben und ihn einzumauern.

»Ach«, seufzte ich unwillkürlich, und Kiamet ergriff meinen Arm.

»Tirzah? Was ist?«

»Nichts, Kiamet. Alles in Ordnung.«

Mein Tonfall sagte ihm, daß das nicht stimmte, aber er ließ mich wieder los und wandte sich wieder der Pyramide zu.

Der Schlußstein befand sich jetzt fast auf der Spitze, und die dreizehn Männer bereiteten sich darauf vor, ihn einzusetzen.

War Boaz das klar? Hatte er mit voller *Absicht* dreizehn Mann ausgewählt, die oben auf der Pyramide standen?

Der Gesang verstummte, und ein lauter Ruf stieg von den Magirn auf. »Hoi!«

Und dann noch einmal. »Hoi!«

Die Dreizehn hatten den Schlußstein ergriffen und brachten ihn vorsichtig in die richtige Position.

»Hoi!«

In einer Minute würde er an Ort und Stelle gleiten.

Dann schrie einer der Sklaven auf. Ich konnte ihn nicht hören, nicht über den Lärm der Magier hinweg, aber ich sah ihn wild gestikulieren.

Ich war zu weit entfernt, um es sehen zu können, aber ich bin überzeugt, daß dem Sklaven das Entsetzen im Gesicht geschrieben stand.

Er rutschte aus und stürzte, dann rutschte der Sklave neben ihm aus und dann der Sklave daneben ... die letzten drei oder vier versuchten noch ihrem Schicksal zu entkommen, aber es war zu spät. Die Pyramide würde keinen von ihnen gehen lassen.

Unerbittlich zog die Pyramide jeden von ihnen unter den sich noch immer bewegenden Schlußstein. Es war ein widerwärtiger, furchtbarer Anblick, der selbst die Magier zum Verstummen brachte.

Das entsetzliche Knirschen, mit dem der Schlußstein in sein Fundament einrastete, war deutlich zu hören.

Die Pyramide hatte ihre Spitze mit den Körpern und dem Blut der Dreizehn endgültig verankert.

Damit nahm der Schrecken seinen Anfang.

Blut quoll unter dem Schlußstein hervor und lief die vier Seiten herunter. Dann schossen hohe Fontänen von dort hoch, viel mehr Blut, als die dreizehn Körper enthalten konnten. Es rann unaufhaltsam über das blaugrüne Glas, bis die Pyramide damit bedeckt war.

▲ 13 ▲

Eine Pyramide aus Blut.

Ich wandte mich ab und würgte, und Kiamet zog mich an sich, so daß ich nichts mehr von alledem sah.

Aber ich konnte es trotzdem riechen – den warmen Geruch von Eisen, von frischem, geopfertem Blut.

Schließlich schaffte ich es, mich zurück in Boaz' Haus zu flüchten. Ich glaube, ich sollte bei dem Fest aufwarten, aber das konnte ich nicht. Nicht, nach dem, was ich gerade gesehen hatte.

Vermutlich nahm das Bankett seinen Lauf, weil die Magier beinahe außer sich waren über die Beweise der Macht, die ihnen die Pyramide lieferte. Jetzt trank sie nicht nur, sondern erzeugte sogar selbst Blut!

Ich dachte an die unzähligen verglasten Schächte und Gänge in der Pyramide und fragte mich, ob in ihnen jetzt wohl Blut floß.

Ich hörte Stimmen und setzte mich in meinem Bett auf. Mittlerweile war die Nacht hereingebrochen; irgendwie hatte ich es geschafft, den größten Teil des Nachmittags und des Abends reglos dazuliegen.

Die Stimmen gehörten Boaz und Zabrze.

»Sei verflucht, Bruder!« hörte ich Zabrze schreien. »Ist dein Herz aus Stein? Ist dein Verstand verwirrt? Was war das denn heute, wenn nicht das Böse?«

»Dir fehlt das Wissen«, erwiderte Boaz. »Und darum kannst du es nicht verstehen. Die Macht der Eins erwacht. Die Unsterblichkeit wartet auf uns. Sei froh.«

Sie hatten mittlerweile den Lichtschein der Veranda erreicht, und ich konnte sehen, daß Boaz so ruhig war wie Zabrze wütend.

»Boaz...«

»Nichts wird mich jetzt noch von der Pyramide abbringen, Bruder! Gar nichts!«

Er ging steifbeinig ins Haus.

Zabrze starrte ihm hinterher, dann sah er mich mit flehendem Blick an. Er wandte sich ab und verschwand in der Nacht.

Ich war langsam aufgestanden. »Boaz?«

»Fang du jetzt nicht auch noch an, Tirzah!«

»Boaz, vielleicht hat Zabrze recht...«

»Tirzah!«

»Was ist das für ein Bauwerk, das Blut weint?« schrie ich. »Das ist kein Haus, das ist...«

»Es ist die Pyramide, verdammt!«

»Sie ist eine Monströsität«, sagte ich leise. »Mir ist egal, wie du sie nennst und mir ist egal, welche Macht sie dir deiner Meinung nach verleihen wird. Da stimmt etwas nicht!«

»Mir reicht es«, knurrte Boaz und packte mein Handgelenk.

Aufhören! Aufhören, rief der Froschkelch aus der Kommode. *Aufhören!*

»Nein«, flüsterte Boaz. »Nein, das will ich ganz und gar nicht.« Er zerrte mich aus dem Haus.

Kiamet machte eine Bewegung, als wolle er mitkommen, aber Boaz fauchte ihn bloß an, und Kiamet stolperte zurück auf die Veranda.

»Boaz, wo...«

»Zur Pyramide«, sagte er, und sein Griff um mein Handgelenk verstärkte sich, bis ich glaubte, er würde mir die Knochen brechen.

»Boaz! Du tust mir weh!«

Sein Griff lockerte sich, blieb aber fest, und ich konnte mich nicht befreien.

Er zerrte mich durch die ganze Siedlung – in einigen

Vierteln wurde noch immer gefeiert, aber der Lärm war gedämpft –, dann durch die Straßen Gesholmes zu der Allee, die an der Pyramide endete.

»Boaz! Nein!«

»Doch, du dumme Närrin!« sagte er. »Sieh!«

Zögernd öffnete ich die Augen. Der Vollmond tauchte die Pyramide in sein Licht. Offensichtlich segnet die Natur die Pyramide, dachte ich wie betäubt, wenn der Vollmond so hell strahlte vor der Hitze des Einweihungstages!

Es war wunderschön. Das konnte ich nicht leugnen, aber es war eine grausame Schönheit. Das Blut war verschwunden – vielleicht aufgesogen –, und im Mondlicht leuchtete das blaugrüne Glas wie ein spiegelglattes Meer. Ein ruhiges Meer, aber eines mit tödlichen Tiefen. Der Schlußstein glitzerte, und ich hatte eine Vorahnung, wie er aussehen würde, wenn ihn die geballte Macht der Sonne traf.

Unter dem Glas flackerte blutrotes Licht.

Die Pyramide erwachte.

»Nur noch zwölf Stunden«, sagte Boaz, »und sie wird endlich erweckt sein.«

»Und du bist sicher, daß du das willst?« fragte ich.

Er überhörte die Frage. »Komm, ich zeige dir die ganze Pracht der Pyramide.«

Er zog mich weiter auf die Pyramide zu.

An ihrem Fundament trat ein Offizier vor. Seine Abzeichen verrieten mir, daß er zu Zabrzes Kommando gehörte.

»Exzellenz wünschen?« fragte er und verneigte sich tief.

»Paß auf. Sei wachsam. Laß niemanden in die Nähe, der kein Magier ist. Niemanden!«

»Wie Ihr befehlt, Exzellenz!«

Ich war jetzt fast starr vor Angst, meine Beine waren steif, aber Boaz zerrte mich weiter auf die Pyramide zu. Ich war fest davon überzeugt, er würde mich die Rampe hinaufführen, aber dann bog er ab und führte mich zu der Kante, an der die südliche und östliche Seite aufeinandertrafen.

»Da hinauf«, sagte er, »Und wenn du nicht selbst gehst, dann werde ich dich verdammt noch mal tragen.«

Seine Stimme war kalt, abweisend, und Verzweiflung stieg in mir auf. Das war nicht mehr Boaz. Das war der Magier, der die Herrschaft übernommen hatte. Die Pyramide hatte gewonnen.

Kleine Stufen waren in die Kante hineingeschlagen.

»Nein«, flüsterte ich. Nicht der Schlußstein. Nein.

Boaz zerrte mich die ersten zwanzig Stufen hinauf, dann ging ich allein weiter, da ich Angst hatte, er könnte mich plötzlich loslassen und ich das Gleichgewicht verlieren. Der Aufstieg war steil und die Pyramide hoch, und nach fünfzig Stufen keuchte ich aus Anstrengung und Furcht.

Wir brauchten fast eine halbe Stunde, um die Spitze zu erreichen, und da war der Mond schon etwas gesunken und tauchte die Hälfte der Pyramide in einen tiefen Schatten. Dort flackerten die blutroten Blitze unter ihrer gläsernen Haut noch heftiger als auf den Seiten, die dem Mondlicht ausgesetzt waren.

Um den Schlußstein herum verlief ein schmaler Sims, der vielleicht einen Schritt breit war. Boaz ließ mich los, und ich stützte mich sofort auf den Schlußstein, schob die Finger in die Spalten der Glasnetze und betete, daß er fest mit der Innenwand verbunden sei.

Das Glas schrie mir entgegen, flehte mich an, es zu retten und es zu töten, wenn ich es nicht retten konnte.

Zerschlage uns!

Aber mir fehlte der Mut, und ich hätte auch nicht gewußt wie, und ich verschloß Augen und Gehör so gut es ging vor der Verzweiflung des Glases. Ich wollte loslassen, aber ich konnte nicht, denn dann würde ich mit Sicherheit abstürzen, davon war ich überzeugt.

Boaz ging ein Stück weiter auf dem Sims, mühelos und zuversichtlich. Um mich von dem Glas abzulenken, machte ich den Fehler, mich umzusehen. Sofort stieg Übelkeit in mir auf.

Ich wandte schnell den Blick ab ... und sah doch die Überreste eines zermalmten Fußes an der Verbindung zwischen Schlußstein und Pyramide.

Ich stieß einen Laut der Verzweiflung aus und fragte mich, was ich tun konnte, um zu entkommen, und schaute wieder zu Boaz hinüber. Vielleicht wenn ich ihn anflehte ...

Aber Boaz war nicht ansprechbar. Er stand an der nordwestlichen Ecke der Pyramide, den Kopf in den Nacken gelegt, die Arme ausgestreckt; das Gewand flatterte in der Nachtbrise.

Ich trug nur Sandalen mit dünnen Sohlen an den Füßen, und durch sie hindurch glaubte ich einen Pulsschlag zu spüren, dann noch einen, und dann wußte ich, daß ich es mir nicht nur einbildete.

»Boaz!« Es kam nur als Wimmern heraus, aber er hatte es gehört und drehte sich um.

»Fühlst du es?« fragte er. »Fühlst du es?«

»Ja. Ja, ich fühle es. Bitte, können wir jetzt wieder nach unten steigen? Bitte?«

Der Pulsschlag wurde stärker.

»Bald«, flüsterte er und schaute in den Himmel hinauf. »Jetzt dauert es nicht mehr lange. Nur Geduld.«

Dann zeigte er plötzlich auf die Seite der Pyramide, die im Mondschatten lag, und über den Schatten hinaus.

»Tirzah? Sieh!«

Ich folgte der Richtung seines Fingers… und mein Herz blieb stehen und fing dann an zu rasen.

Der Schatten der Pyramide erstreckte sich beinahe eine halbe Meile über die Ebene. Ein rechteckiger Schatten.

Rechteckig.

Ich dachte, mir würde schlecht werden.

Boaz kam zu mir zurück und packte meinen Arm. »Und jetzt hinunter.«

Ich sackte vor Erleichterung zusammen und wäre vielleicht gefallen, hätte er mich nicht gehalten, aber ich hatte mich zu früh gefreut.

Boaz zerrte mich die Stufen hinunter, und ich werde nie begreifen, daß wir uns bei diesem wilden Abstieg nicht zu Tode stürzten, aber dann zog er mich zur Rampe.

Nein! »Boaz!«

»Ich will, daß du es ein für alle Male verstehst«, sagte er. »Ein für alle Male.«

Ich ließ mich von ihm ziehen, als wir uns dem oberen Ende der Rampe näherten, in der Hoffnung, daß das Boaz vielleicht bremsen oder ihn vielleicht sogar aufhalten würde. Aber er fluchte bloß, bückte sich und hob mich auf seine Arme.

Jetzt war ich ihm noch mehr ausgeliefert als zuvor.

Die Pyramide flackerte, als wir in ihren Rachen traten.

Ich wollte die Augen schließen, konnte es aber nicht. Ich ging in den Tod, davon war ich fest überzeugt.

Die inneren Glaswände der Pyramide bestanden jetzt alle aus der schwarzen, glänzenden Substanz. Darunter züngelten dünne, verästelte rote Lichtblitze. Ich erinnerte mich daran, wie das Glas bei dem Prozeß, der es schwarz verfärbte, mit dem Stein verschmolzen war, und mir wurde klar, daß das rote Licht auch durch den Stein flackerte.

Vielleicht hatte sich der Stein in Fleisch verwandelt?

Boaz stieg ohne zu zögern den Hauptgang hinauf. Das Licht war geisterhaft. Mondlicht wurde durch die Schächte hinuntergespiegelt und floß in den Gang, aber seine Leuchtkraft war auf dem Weg dorthin verdorben und war nun dickflüssig und hatte einen rötlichen Schein.

Die Luft roch nach warmen Eisen.

»Gleich ist es so weit«, flüsterte Boaz.

Ich sah in sein Gesicht. Es war das Gesicht eines Mannes, den ich nicht kannte, und den ich fürchtete und haßte. Ich begriff, daß die Pyramide alle verändern würde, die sie in ihren Bann schlug. Gefügig, willenlos machte.

Ich schloß kurz die Augen, in der Hoffnung, mich sammeln zu können, aber ich hatte zu große Angst.

Der Weg wurde waagerecht, und Boaz stellte mich auf die Füße.

»Bist du bereit?« fragte er. »Bereit für die Herrlichkeiten der Pyramide?«

»Nein, bitte ... Boaz ... nicht ... bitte ...«

Er ergriff meine Hand und zerrte mich in die Kammer zur Unendlichkeit.

Das erste Gefühl, das ich hatte, war Erleichterung. Hier war das Licht in einem weichen Goldton, Mondlicht, das durch den goldenen Schlußstein gefiltert durch den Hauptschacht hereinströmte und dann durch das goldene Glas der Kammer trieb. Kein Blut. Kein Eisengeruch.

Dann hörte ich die hilflosen Schreie des Glases.

So schlimm war es noch nie gewesen. Niemals. Das waren die Schreie gefangener Tiere in Todesangst; sie flehten um Erlösung; sie baten mich, ihnen zu helfen, schrien vor Angst...

Und ich litt mit ihnen und weinte mit ihnen tief in meinem Herzen.

Und ich fühlte die Qualen des Glases durch meinen Körper rasen.

Ihr Götter, was geschah hier?

»Wunderschön«, murmelte Boaz und hob die Hände.

Ich wußte, was er als Nächstes tun würde, denn ich hatte ihn schon einmal dabei beobachtet. Er würde die Tore aller Schächte öffnen und die Kammer zur Unendlichkeit mit Licht fluten.

Es würde nur Mondlicht sein, aber das würde schlimm genug sein.

Das Entsetzen des Glases, das in mir tobte, löste beinahe einen Krampfanfall bei mir aus.

Er lächelte, holte tief Luft und legte die Hände auf das Glas.

Und hörte – fühlte – endlich auch seine Rufe.

Ich hatte leise aufgeschrien, als er das Glas berührte, und als er mit einem Ausdruck ungläubigen Entsetzens auf seinem Gesicht die Hände wegriß, dachte ich, es wäre meinetwegen.

Aber dann erkannte ich, daß es nicht so war.

Sein Gesicht hatte alle Farbe verloren, seine Augen waren weit aufgerissen, voller Angst. Irgendwie schaffte ich es, seine Hände zu packen und sie wieder zurück auf das Glas zu legen.

»Fühle es, Boaz! So fühle es doch!«

Und er fühlte es tatsächlich. Er wollte sich losreißen, und ich weiß nicht, woher ich die Kraft nahm, aber ich schaffte es, seine Hände weiterhin an das Glas zu drücken.

Rette uns!

Das Glas flehte ... und es flehte Boaz an. *Boaz!*

Rette uns! Oh, so rette uns doch!

»Nein«, stöhnte er.

Es kommt! Rette uns!

Schließlich gelang es ihm, seine Hände unter den meinen wegzureißen. »Nein!«

»Boaz, bitte«, flüsterte ich. »Wir müssen hier raus. Bitte. Bitte!«

»Tirzah?«

»Boaz, komm jetzt. Komm.« Ich versuchte, meine Stimme sanft klingen zu lassen. »Bitte, komm.«

Ich nahm eine seiner Hände zwischen die meinen. »Komm jetzt.«

Er war von dem Entsetzen, mit dem das Glas ihn überflutet hatte, so getroffen, daß er mir ohne Widerstand folgte.

»Komm schon.«

Wir mußten hier raus. Sicherlich hatte die Pyramide bemerkt, daß etwas geschehen war. Oder konzentrierte sie sich so auf ihre wachsende Macht, daß sie uns überhaupt nicht wahrgenommen hatte?

Ich führte Boaz, so schnell ich konnte, durch den Gang zurück. Aber das war nicht schnell genug. Ich wollte rennen, aber er stolperte und wehrte sich jetzt, so wie ich zuvor gestolpert war und mich gewehrt hatte.

»Los doch. Schnell!«

Vor uns ragte das Maul der Pyramide auf. Ich rechnete fest damit, daß es zuschnappen würde, bevor wir entkommen konnten, aber schließlich taumelten wir hinaus.

»Exzellenz?« sagte der Offizier, besorgt wegen Boaz' Gesicht.

»Der Aufstieg«, sagte ich. »Und dann, ganz im Vertrauen, er konnte der Gelegenheit nicht widerstehen, sich mit der Eins zu vereinen. Darum ist er jetzt atemlos.«

Der Offizier zwinkerte und ließ uns gehen.

Ich führte Boaz zurück zur Siedlung der Magier. Jetzt war überall Ruhe eingekehrt. Alle lagen schon in ihren Betten, um am Einweihungstag ausgeruht zu sein.

»Laß niemanden herein«, sagte ich zu Kiamet, und er nickte. Ich fragte mich, wann er eigentlich schlief, aber jetzt war nicht der richtige Moment, darüber zu reden.

Ich führte Boaz zu seinem Bett, und half ihm, sich zu setzen. Sein Gesicht war ausdruckslos, sein Blick glasig.

»Du hast das Glas gehört«, sagte ich.

Er schaute auf. »Was?«

»Du hast das Glas schreien gehört. Es will, daß du es rettest.«

»Nein.«

»Doch! Es hat zu dir gesprochen!«

»Nein!« Mit wildem Blick sprang er auf. »Was du da sagst ist ...«

»Die Wahrheit, Boaz. Was ich sage, ist die Wahrheit.«

»Nein. Ich habe nichts gehört. Ich ...«

»Shetzah!« Ich warf die Hände in die Luft. »Wie lange willst du noch abstreiten, daß du ein Elementist bist?«

Das Wort ließ ihn zusammenzucken.

»Sage es, Boaz. Wir sind hier wirklich sicher. Die Pyramide kann uns weder sehen noch hören.« Meine Stimme war jetzt viel weicher geworden. »Warum sonst hättest du eine Residenz ausgesucht, die so sehr vor dem Auge der Pyramide geschützt ist? Warum sonst hättest du deine Elementenneigungen verborgen?«

»Nein! Ich bin ein Magier ... ein ...«

»Du bist ein Elementenmeister, Boaz, sieh das doch ein! Und ich bin eine Elementistin. Streite nicht ab, daß du das weißt.«

»Nein, Tirzah. Hör auf. Du sprichst dein eigenes Todesurteil. Ich werde dich töten müssen ...«

Ich lachte. »Dann tu es. Töte mich.«

Er fluchte und wandte sich ab. »Ich glaube dir nicht. Ich kann nicht einer dieser ... Elementenmeister sein.«

Ein leises Geräusch kam von der Veranda, aber ich verließ mich darauf, daß Kiamet auf seinem Posten war.

»Ach ja? Das sagt ausgerechnet der Mann, der die Locken von Toten verwahrt? Das sagt der Mann, der Stein in Haar zurückverwandelt hat? Das sagt der Mann, der das Buch der Soulenai wie einen Schatz hütet?«

»Nein! Ich will davon nichts mehr hören.« Boaz wich vor mir zurück.

»Und doch sagt sie die Wahrheit, Bruder.«

Zabrze! Ich warf ihm einen dankbaren Blick zu. Vielleicht würde Boaz ihm glauben.

Aber er war am Ende mit seiner Geduld. »Raus! Ich will, daß ihr beide verschwindet!«

»Nein«, sagte Zabrze leise. »Mir reicht es jetzt, und ich weiß, daß es Tirzah genauso geht. Der Augenblick ist gekommen, an dem du zugeben mußt, wer du wirklich bist, Boaz.«

»Kiamet!« brüllte dieser.

»Er wird nicht kommen, Boaz«, sagte Zabrze. »Kiamet ist einer meiner Männer.«

Das verblüffte mich ebenso wie Boaz. Kiamet?

»Hat Kiamet mich die ganzen Monate bespitzelt?« wollte Boaz wissen.

»Er hat auf dich aufgepaßt. Aber bespitzelt? Nein. Kiamet ist mir treu ergeben, aber er hat nicht über dein Leben hier in dieser Residenz berichtet.« Zabrze sah mich an. »Auch wenn ich wünschte, ich hätte ihn darum gebeten. Es hätte mir einige Überraschungen bei meiner Ankunft erspart.«

»Wir sind in der Kammer zur Unendlichkeit gewesen, Hoher Herr«, sagte ich. »Das Glas in der Kammer ist außer sich vor Verzweiflung. Es ist ...« Ich erschauderte. »Boaz hat seine Hände auf das Glas gelegt und es gehört. Es hat ihn angefleht, es zu retten. Hoher Herr, nur einem Elementisten ist das möglich.«

»Boaz«, sagte Zabrze. »Du bist ein Elementist. So glaube uns doch!«

Boaz wollte es erneut abstreiten, und ich wandte mich angewidert ab.

Boaz, Boaz.

Ich fuhr herum. Es war der Froschkelch. Ich sah die Brüder nacheinander an. Boaz hatte die Rufe offensichtlich gehört, denn sein Blick war nun wie gebannt auf das Glas gerichtet, während Zabrze weiterhin seinen Bruder gereizt anstarrte.

Das beantwortete eine Frage. Ich hatte gedacht, auch Zabrze könnte ein Elementist sein, aber dieser Ruf war so laut gewesen, daß ihn selbst der schwächste unter den Elementisten gehört hätte.

Boaz.

Es waren nicht viele Stimmen. Nur eine.

»Nein!« rief Boaz zornig und sprang auf das Glas zu.

Es leuchtete auf. Glühendes Licht erfüllte den Raum, und mir stockte der Atem.

»Was bedeutet das?« murmelte Zabrze.

»Der Kelch ist Soulenaimagie«, sagte ich, blinzelte, um wieder scharf sehen zu können, und hielt verzweifelt nach Boaz Ausschau. Was tat er? »Sie rufen Boaz.«

Ein leises Klirren ertönte, und ich glaubte, Boaz hätte das Glas zerschlagen.

»Nein!« Das war nicht ich, sondern Boaz.

Er hockte vor der Truhe und hatte die Hände vors Gesicht geschlagen. Ein Mann stand vor ihm, streckte ihm seine Hand entgegen.

Boaz.

Kein Mann, sondern ein Geist, aus Nebel gewebt.

»Bei den Göttern!« rief Zabrze. »Avaldamon!«

Boaz hob ungläubig den Kopf.

Boaz. Die Geisterhand trieb näher heran, und Boaz griff zitternd danach.

Boaz. Hör auf die Frösche. Lerne ihr Lied. Folge dem Weg, den sie dir weisen, denn er allein wird deine Rettung sein. Denn ich sage dir, Boaz, zerstöre die Pyramide.

Und dann war er verschwunden.

Ich rieb mir die Augen, fragte mich, ob er überhaupt da gewesen war. So etwas hatte ich noch nie gehört – über welche Macht gebot Avaldamon, daß er aus dem Jenseits zu uns kommen konnte!

»Avaldamon!« flüsterte Zabrze, und dann ging er zu seinem Bruder, kniete nieder und umarmte ihn.

Ich glaube, es war Zabrzes Umarmung, die Boaz' Widerstand endgültig zerbrach – mehr noch als die flüchtige

Erscheinung Avaldamons. Er fing laut an zu schluchzen, und Zabrze tröstete ihn.

Schließlich blinzelte Boaz, als würde er aus einem Traum erwachen. »Tirzah, wo bist du?«

»Hier bin ich.« Ich eilte zu ihm, ergriff seine Hand und sagte: »Hör mir jetzt zu! Die Soulenai sagen, du bist der einzige, der die Pyramide zerstören kann.«

»Oh nein, Tirzah. Ich kann nicht…«

»Du bist durch die Schule der Magier gegangen«, sagte ich und wiederholte, was die Soulenai mir erklärt hatten. »Du verstehst die Macht der Eins. Du verstehst die Pyramide. Und du gebietest über diese große« – ich küßte seine Wange – »wunderbare« – ich küßte seine Stirn – »Macht der Elemente. Und was auch immer die Pyramide bedeutet, du kannst ihrer Macht entgegenwirken. *Du* bist der Schlüssel zur Zerstörung der Pyramide.«

Boaz sank in sich zusammen. »Mein Vater…«

»Avaldamon war ein Elementenmeister«, sagte Zabrze. »Das hat er mir erzählt. Ich kenne den Grund dafür nicht, denn solch ein Geständnis war mehr als gefährlich in einer Welt, die die Magier beherrschten. Vielleicht ahnte er da schon seinen nahen Tod und mußte es deshalb jemandem erzählen.«

Boaz hob sein tränennasses Gesicht Zabrze entgegen. »Und du hast ihm geglaubt?«

»Avaldamon war freundlich und verständnisvoll an einem Hof, an dem sich nur wenige so verhielten. Ich vertraute ihm. Und ich bewundere ihn mehr als jeden Mann, den ich seither kennen gelernt habe. Seine Macht war erstaunlich – ich habe sie ein paar Mal miterlebt –, und doch war sein Mitgefühl überwältigend.« Zabrzes Mund verzog sich zynisch. »Er war ein großer Gegensatz zu den Magiern bei Hof.«

»Und zu dem, was aus mir wurde«, sagte Boaz sehr leise. »Warum hast du mir das nie erzählt?«

»Ich war so lange fort, als du jung warst. Bei meiner Rückkehr fand ich heraus, daß die Magier dich völlig vereinnahmt hatten. Ich ... zögerte ... zu verkünden, daß du der Sohn eines Elementenmeister bist.«

Selbst Boaz hatte dafür ein mattes Grinsen übrig.

»Kommt«, sagte ich und half beiden Männern auf die Beine. »Wollen wir uns an einem bequemeren Ort hinsetzen. Ihr seid beide zu alt, um so würdelos auf dem Boden zu hocken.«

Es war ein schwacher Versuch, witzig zu sein, aber Boaz und Zabrze schienen dankbar dafür zu sein. Sie setzten sich an den Tisch, und ich nahm den Kasten mit dem Buch und den Kelch und stellte beides vor Boaz hin.

»Du hast es immer gewußt, Boaz«, sagte ich. »Gib es zu.«

Es war eine Erleichterung für ihn, es sich endlich eingestehen zu können.

»Ja, auch wenn ich lange nicht begriffen habe, was es bedeutete.« Seine Stimme war sehr ruhig, er hielt den Blick auf den Kasten gerichtet. »Ich fühlte mich so verlassen, als meine Mutter starb. Es gab niemanden, an den ich mich wenden konnte ...«

Ich sah Zabrze an. Seine Miene war gequält, und ich berührte sacht seine Hand.

»... und eines Tages kam ein Magier und unterhielt sich mit mir. Er sagte, die Macht der Eins sei eine wundervolle Sache, und wenn ich mich ihr öffnen würde, dann würde ich niemals mehr allein sein. Es klang so ... fürsorglich. Ich stürzte mich mit Leib und Seele« – seine Lippen verzogen sich bei dem unfreiwilligen Witz – »auf das Studium der Eins. Es schien das zu sein, wonach ich mich immer gesehnt hatte. Geborgenheit. Gesellschaft – die Gesellschaft und Gemeinschaft der Magier wie auch der Eins. Macht. Das reizte mich.«

»Vielleicht hast du dich auch nur danach gesehnt, deine eigene Macht kennenzulernen«, sagte ich, »und hast deine Sehnsucht falsch verstanden.«

»Vielleicht. Wie auch immer, es bedurfte keiner großen Anstrengung, mich zu der einzigartigen Hingabe an die Eins zu bewegen. Ich lernte schnell, die Magier waren stolz auf mich. Ich glaube, sogar Chad Nezzar war es, denn ich war ein Waisenjunge ohne großes Erbe. Überlaßt ihn den Magiern, sagte er, sollen sie sich um ihn und seine Erziehung kümmern.«

»Wann hast du erkannt, daß es Tiefen in dir gibt, die anders sind?« fragte ich. Ich hielt seine Hand fest in meinen Händen.

»Etwa mit zwanzig. Ich erkannte, wenn ich gewisse Dinge berührte, wie Glas oder Metall, daß sie mir etwas zuflüsterten. Ich wußte sofort, was da geschah. Und man hatte mir beigebracht, daß die Magie der Elemente böse und verderbt war. Und so fühlte ich mich selbst auch böse und verderbt. Ihr beide werdet nie verstehen können, wie lange ich in Angst und Schrecken lebte. Ich baute Mauern und Festungen, hinter denen ich mich verbarg. Ich wurde der perfekte Magier. Ich brauchte sieben Jahre, aber ich schaffte es. Schließlich glaubte ich, das vernichtet zu haben, was mich so verdorben hatte.«

»Aber du hast noch immer von dem Lied der Frösche geträumt«, sagte ich.

»Immer seltener. Aber vielleicht habe ich die Träume auch so aus meinem Bewußtsein ausgeklammert, daß ich mich nicht mehr daran erinnerte. Ich war unverletzbar. Der perfekte Magier. Bis du mir in Setkoth diese verfluchten Frösche geschliffen hast.«

Zabrze schaute verwirrt drein, und ich schilderte ihm in kurzen Worten, wie ich bei meiner Ankunft in Setkoth das Glas bearbeitet hatte. Er nickte und erzählte Boaz, daß die Frösche beim Tod seines Vaters ein Klagelied angestimmt hatten.

»Nun«, sagte er dann und lehnte sich zurück. »Und jetzt?«

»Zerstören wir die Pyramide«, sagte ich energisch. »Wir müssen es tun.«

Boaz schwieg.

»Wir müssen es tun«, wiederholte ich. »Willst du immer noch nicht zugeben, daß sie etwas Angsteinflößendes hat? Willst du das noch immer abstreiten?«

Er senkte den Blick. »Nein. Nein, sie hat tatsächlich etwas Bedrohliches. Aber mal davon abgesehen, die Pyramide abzureißen ... ich wüßte nicht, wie ...«

»Aber worin liegt dieses Bedrohliche?« fragte ich.

»Es liegt vermutlich an der merkwürdigen Macht, aus der sie gespeist wird.«

»Das Tal«, sagte ich und erinnerte mich.

»Das Tal?« wiederholte Zabrze. »Ich habe nur flüchtig davon gehört.«

»Es ist eine Machtquelle«, sagte Boaz langsam und dachte sorgfältig nach, bevor er sprach. »Die Magier wußten von ihrer Existenz, wie auch von ihrer Macht. Wir haben sie immer für den Ursprung der Schöpfung gehalten, das Nichts, aus dem das Universum und alles, was es enthält, entspringt. Wir glaubten, wir könnten sie uns nutzbar machen. Die Pyramide oder vielmehr die Kammer zur Unendlichkeit würde eine Brücke, eine Verbindung zur Unendlichkeit und Unsterblichkeit sein.«

»Boaz«, sagte ich mit wachsendem Entsetzen, »und was ist, wenn jemand von der anderen Seite zu uns herüberkommt?

Was ist, wenn es in dem Tal jemanden gibt, der die Brücke als Verbindung zu unserer Welt benutzt?«

Schweigen.

»Verdammt, Bruder«, stieß Zabrze hervor und packte Boaz' Arm. »Was hast du getan?«

»Bin ich jetzt für alles verantwortlich?« fauchte Boaz und riß sich los. »Der Bau der Pyramide wurde schon begonnen, lange Zeit bevor Avaldamon mich zeugte. Ich habe die letzten Tage ihrer Fertigstellung überwacht, sonst nichts! Ich bin nicht für die Pyramide verantwortlich!«

»Dann überwache jetzt ihre Zerstörung, Bruder!«

Boaz sah aus dem Fenster. »Zu spät, Zabrze. Es hat angefangen.«

Ich schaute hinaus. Das Licht der Morgendämmerung sickerte durch das Weinlaub auf der Veranda. Wie lange hatten wir miteinander gesprochen?

»Was meinst du damit, es ist zu spät?«

Boaz wandte sich wieder Zabrze zu. »Die Pyramide wird zu ihrer vollen Macht erwachen, wenn die Sonne genau über ihr steht. Am Mittag. Wenn das Licht die Kammer zur Unendlichkeit flutet. Es gibt nichts, was wir tun könnten, um das noch zu verhindern.«

»Aber ich dachte, die Riten ... wenn du die Einweihungsriten nicht durchführst ...«, sagte ich.

Boaz schüttelte den Kopf. »Die Riten finden nur aus zwei Gründen statt. Einmal, um den Menschen ein Schauspiel zu bieten. Jeder hat zur Fertigstellung der Pyramide irgendwelche Riten erwartet. Die Riten sollen mit Prunk und Pracht durchgeführt werden, um die Magier noch großartiger aussehen zu lassen. Und zweitens, was viel wichtiger ist, die Riten wurden entwickelt, damit mindestens ein paar Magier in der unmittelbaren Nähe der Kammer zur Unendlichkeit sind, wenn die Sonne durch sie hindurchfährt. Wir wollten die ersten sein.«

»Darum also hast du darauf bestanden, die Riten selbst durchzuführen«, sagte ich leise. Er hatte mich verlassen wollen. Mich zugunsten der Unendlichkeit und allem, was sie versprach, verlassen wollen.

»›Bestehen‹ ist ein zu netter Ausdruck, Tirzah. Nein, die Riten werden nicht den geringsten Unterschied machen, ob die Pyramide nun erwacht oder nicht. Was auch geschieht, sobald die Sonne ihre größte Kraft erreicht ...«

»Dann reißen wir sie eben einfach ab«, sagte Zabrze energisch, und Boaz lachte rauh.

»Sie abreißen, Bruder? Es hat acht Generationen gebraucht, um sie zu bauen, und wir haben nur sechs Stunden Zeit, um sie abzureißen.«

»Mir steht ein Heer zur Verfügung.«

»Und du vertraust ihm? Die Macht der Eins ist beim Militär stark vertreten. Die Magier haben sie seit Jahren, seit Jahrzehnten kultiviert, weil sie vorbereitet sein wollten, falls Chad Nezzar versucht, mit der Armee die Pyramide für sich zu beanspruchen. Und das Versprechen, der Bann, in den die Macht sie geschlagen hat, wird viele veranlassen, ihre Hand nicht gegen sie zu erheben.«

Zabrze schwieg auf beredte Weise, und ich dachte an den Respekt, den der diensthabende Offizier an der Pyramide Boaz erwiesen hatte.

»Und ich bezweifle sehr stark«, fuhr Boaz leise fort. »daß die Pyramide es zulassen würde, daß man sie zerstört. Du hast bereits Kostproben ihrer Macht zu spüren bekommen. Wenn jemand mit einem Hammer in ihre Nähe kommt ...«

»Trotzdem müssen wir es versuchen«, sagte Zabrze.

Und dann fiel mir ein, daß einer seiner Offiziere verstohlen mit Azam gesprochen hatte. »Hoher Herr ...«

»Ja, ich weiß«, sagte er. »Wir müssen uns Yaqobs bedienen.«

Niemand sagte etwas. Dieser Mann würde einen großen Chad abgeben, denn er überraschte ständig alle, die in seiner Umgebung waren, mit seinem scharfen Verstand.

»Wieso Yaqob?« sagte Boaz mit einem entschieden scharfen Unterton in der Stimme.

»Boaz«, sagte ich sanft. Boaz konnte Yaqob aus vielen Gründen nicht leiden, die nichts damit zu tun hatten, daß er möglicherweise ein Elementist war. »Die Sklaven werden alles dafür tun, die Pyramide zu zerstören. Sie wissen ganz genau, wie bedrohlich, wie finster sie ist.«

»Und sie planen ohnehin einen Aufstand«, vollendete Zabrze den Satz.

»Und warum überrascht mich das nicht?« murmelte Boaz. »Und wieso weißt du darüber Bescheid, Zabrze?«

»Shetzah! Ich kann nicht glauben, daß du so viel Zeit in Setkoth verbrachtest und trotzdem so wenig Ahnung von Hofintrigen hast!« Zabrze lehnte sich vor. »Als ich herkam, erwartete ich Schwierigkeiten – von verschiedenen Seiten. Ich hatte Gerüchte über die Pyramide gehört, über die ›Unfälle‹ auf der Baustelle, also rechnete ich mit Problemen durch die Pyramide selbst – ich hatte nur keine Vorstellung, wie schlimm alles tatsächlich werden würde. Ich wußte auch, daß Chad Nezzar mit der vagen Idee spielte, die Macht der Pyramide an sich zu reißen, und ich wußte, daß die Magier einen Großteil der Armee auf ihre Seite gebracht haben. Ich war mir nicht sicher, wie sehr, aber immerhin so sehr, daß ich einem großen Teil meines Stabes nicht mehr vertrauen kann. Und dann begegneten wir hier einem riesigen Lager voller Sklaven, deren Zukunft ungewiß ist. Natürlich habe ich mit irgendeiner Revolte gerechnet, oder zumindest einem Plan dafür!«

»Und so kamst du, bereit, sie niederzuschlagen?« fragte Boaz.

»Nein«, erwiderte Zabrze und sah seinem Bruder in die Augen. »Ich kam zur Hälfte in der Erwartung, sie als Verbündete zu gewinnen.«

»Ich habe einen Eurer Offiziere mit einem Mann sprechen gesehen, von dem ich weiß, daß er an dem Aufstand beteiligt ist«, sagte ich.

»Ja.«

»Aber wie habt Ihr so schnell davon erfahren?« wollte ich wissen. »Eure Männer waren noch keine zwei Stunden hier, als ich ...«

»Ich habe es Prinz Zabrze gesagt, Tirzah«, sagte da eine Stimme, und ich drehte mich um und fragte mich, wann die Überraschungen wohl enden würden.

»Ich habe es ihm gesagt.«

»Kiamet«, sagte Boaz wütend.

»Azam ist mein Bruder«, sagte Kiamet. »Das weiß niemand. Niemand.«

Bei den Göttern. Ich stützte den Kopf in die Hände.

»Kiamet war sehr nützlich«, sagte Zabrze ruhig. »Sehr sogar.«

»Azam hat mich um vertrauliche Hinweise gebeten«, sagte Kiamet. »Aber ich wollte sie ihm nicht geben.« Er zögerte, sein Blick bettelte Boaz förmlich um Verständnis an. »Ich wollte Euch nicht verraten, Herr.«

»Aber du hast nicht gezögert, für meinen Bruder zu arbeiten«, sagte Boaz bitter.

»Ach, Boaz, sei doch vernünftig!« sagte Zabrze. »Du hättest es erkennen müssen! Kiamet gehörte nicht zu den Wächtern, die hier seit Jahren unter dem Einfluß der Magier stehen. Er kam mit den Soldaten, die Chad Nezzar bei seinem letzten Besuch vor einigen Monaten begleiteten. Er ist immer auf meiner Seite gewesen.«

Ich dachte darüber nach. »Und doch gibt es vieles, das er Zabrze hätte berichten können, aber nicht getan hat – über dich und mich, Boaz. Denk darüber nach. Er hat treuer zu uns gestanden, als es den Anschein hat.«

Kiamet warf mir einen dankbaren Blick zu. Ich erwiderte ihn. Er hätte Azam erzählen können, was ich in der Residenz tat, was ich hier lernte. Aber er hatte es nicht getan.

»Es ist nicht immer einfach gewesen«, sagte Kiamet schlicht.

Boaz nickte, fand sich damit ab. »Und jetzt?«

»Jetzt sehen wir, wie viele wir wirklich um uns scharen können«, sagte Zabrze. »Wenn wir tausend oder mehr zusammenbekommen, dann können wir vielleicht einen Angriff auf die Pyramide selbst wagen. Den Schlußstein zerstören, vielleicht sogar die Kammer zur Unendlichkeit. Alles zum Erliegen bringen.«

»Aber ...«, fing Boaz an.

»Aber wenn wir das nicht schaffen?« Zabrze sah mich an. »Tirzah? Wenn wir es nicht schaffen?«

»Dann mußt du tun, was dein Vater dir gesagt hat, Boaz«, sagte ich. »Du mußt dem Lied der Frösche zuhören. Es verstehen, es lernen. Lernen, wer du bist. Und dann wirst du vielleicht das aufhalten können, was vielleicht sonst heute Mittag passiert.«

»Und wie soll ich bitte lernen, das Lied der Frösche zu verstehen?«

»Ich habe ein paar Freunde.«

»Yaqob!« Er spie das Wort aus.

»Ja, und Isphet und ein Dutzend andere. Sie werden dir helfen. Es gibt da einen Ort, den Isphet kennt. Eine Gemeinde, in der die Magie der Elemente noch ausgeübt wird. Unter ihnen sind mächtige Anführer, die dich unterrichten können.« Ich sah Zabrze an. »Hoher Herr, wenn es Euch nicht gelingt, die Pyramide zu zerstören, werde ich Boaz hier fortschaffen müssen.«

Zabrze nickte. »Kannst du ihn jetzt zu deinen Freunden bringen?«

»Ich glaube schon. Boaz, nimm das hier.« Ich gab ihm den Kasten mit dem Buch.

Dann wickelte ich den Froschkelch schnell in einen Überwurf ein und hielt ihn eng an meine Brust gepreßt.

»Kiamet«, sagte Zabrze, »begleite sie. Kümmere dich darum, daß ihnen nichts passiert. Dann geh wie geplant zu Azam.«

Kiamet nickte.

»Und, Tirzah?«

Ich schaute auf.

»Hör auf, mich Hoher Herr zu nennen. Unter diesen Umständen ist das irgendwie albern.«

Ich nickte, lächelte, dann drängten Kiamet und ich Boaz aus der Tür.

3

Wir gingen langsam, zuversichtlich, Kiamet und ich ein kleines Stück hinter Boaz. Ein paar Magier grüßten Boaz, und einer blieb stehen, um mit ihm über die Vorbereitungen für den Ritus zu plaudern.

Er war kurz angebunden und ungeduldig. Aber das war normal für den Herrn der Baustelle, und keiner, der mit ihm sprach, erkannte, daß das nur an seiner Nervosität lag.

Wir hatten gerade das Tor erreicht, da ertönte hinter uns ein Ruf.

»Exzellenz!«

Wir zuckten zusammen, und Kiamets Hand glitt zum Schwertgriff. Aber als er erkannt hatte, daß es Holdat war, ließ er ihn wieder los.

»Exzellenz!« Holdat keuchte. »Was tut Ihr da?«

Boaz öffnete den Mund, zweifellos um ihn anzuschnauzen, aber Holdat nahm ihm den Kasten aus der Hand und schaffte es dabei zugleich, kriecherisch und respektvoll auszusehen.

»Exzellenz! Ihr müßt mich das tragen lassen!«

»Das ist eine gute Idee, Exzellenz«, sagte Kiamet leise.

Ich betrachtete Holdat liebevoll. Zweifellos würde er uns bald mit der Enthüllung überraschen, daß er Zabrzes seit langem verschollener Zwillingsbruder war.

Aber nein. Als wir durch das Tor schritten und Gesholme

betraten, flüsterte er mir zu, daß er einiges von dem mitbekommen hatte, was in der Nacht in Boaz' Residenz geschehen war. »Und ich wollte dich nicht ohne Koch gehen lassen!« Er blinzelte mir zu.

Ich unterdrückte ein Lächeln. Holdat würde nützlich sein. Falls wir entkommen konnten. Meine gute Laune schwand, und ich warf vorsichtig einen Blick über die Schulter auf die Pyramide. Sie ragte hell und selbstbewußt in den Morgen auf.

Die Sonne stand ein gutes Stück über dem Horizont.

»Verdammt, Tirzah, wo geht es lang?« Boaz' leise Stimme schnitt durch meine Gedanken.

Ich verneigte mich ein wenig, da ich das Gefühl nicht abschütteln konnte, jeder – von der Pyramide bis zum niedersten Sklaven – würde uns anstarren, und führte die Gruppe eine Straße entlang und dann in eine Gasse. Mir drehte sich der Magen um; es war Wochen her, daß ich in Isphets Wohnhaus gewesen war. Was würde sie sagen? Was würde sie tun? Würde sie uns überhaupt helfen?

Wir erreichten unser Ziel ohne Zwischenfälle. Kiamet trat zur Tür, wie es unter normalen Umständen völlig natürlich gewesen wäre, und hämmerte dagegen. Unwillkürlich mußte ich an die Nacht meiner Ankunft zurückdenken, als Ta'uz mich hergebracht hatte.

Ein leises Schlurfen ertönte, genau wie damals, dann riß Isphet die Tür auf.

»Ja?« fragte sie.

Aber ich konnte in ihren Augen erkennen, daß sie glaubte, ich hätte sie verraten. Warum sonst sollte der Herr der Baustelle an ihrer Tür erscheinen?

Sie starrte mich feindselig an, dann Boaz. »Seid Ihr gekommen, um Futter für die Siebzehn zusammenzubekommen,

Exzellenz?« fragte sie. »Muß die Pyramide heute wieder gefüttert werden?«

Boaz ignorierte sie, während Kiamet ihr etwas ins Ohr flüsterte und dann in der Gasse verschwand. Vermutlich, um mit Azam zu sprechen.

Sobald Kiamet gegangen war, richtete Boaz seine Aufmerksamkeit auf Isphet.

»Laß mich hinein«, sagte er und drängte sich an ihr vorbei. Ich schloß mich ihm schnell an, dann folgte Holdat, der noch immer den Kasten fest umklammerte.

»Isphet«, sagte ich, als sie die Tür schloß. »Es ist nicht so, wie du ...«

»Du Miststück!« fauchte sie. »Du hast uns verraten! Warum? Wofür? Tätschelt er dafür deinen Kopf? Füttert er dich mit Süßigkeiten? Drehst du dich auf den Rücken und läßt dir den Bauch kraulen?«

»Isphet ...«

»Sie hat dich nicht verraten, Isphet«, sagte Boaz. »Sie hat ihr Leben mehr als einmal riskiert, um dich zu retten.«

Sie starrte ihn böse an. »Was wollt ihr?«

Kiath und Saboa hatten sich in eine Ecke zurückgezogen, fest davon überzeugt, daß die Dauer ihres Lebens bestenfalls noch wenige Stunden betrug.

»Wir sind gekommen, um euch bei der Flucht zu helfen«, sagte Boaz.

»Isphet, Boaz muß ausgebildet werden. Er ist ein Elementenmeister. Wir brauchen deine Hilfe. Du mußt uns ...«

»Was?« Isphet bemühte sich zu lachen. »Was? Bist du zu lange in der Sonne gewesen, Mädchen? Ist das eine Falle? Ein ...«

»Ach, sei still, Frau!« fauchte Boaz. Er gewann schnell sein Gleichgewicht wieder, nachdem sich seine eigene Verwirrung gelegt hatte. »Warum erwartest du eine Falle? Wenn ich dich vernichten wollte, genau wie alle anderen Elementisten in deiner Werkstatt, oder Yaqob und Azam wegen ihres geplanten Aufstandes, hätte ich das ohne jede Warnung veranlassen können, und ihr alle wärt jetzt tot. Laß Tirzah ausreden!«

Isphet starrte ihn an, jetzt noch bestürzter, da er Yaqob und Azam genannt hatte.

»Setz dich, Isphet«, sagte ich und führte sie zu einem Hokker, zog mir selbst einen heran und fing an zu erzählen.

Ich redete, bis die Sonne kräftig durch die Fenster schien. Boaz setzte sich auf den Boden, den Rücken an die Wand gelehnt, den Blick auf Isphets Gesicht geheftet. Holdat stand mit verschränkten Armen in der Nähe, den Kasten zu seinen Füßen.

»Es war Boaz«, sagte ich abschließend, »der mir die Locken gegeben hat. Er hat Druses Steinlocke verwandelt, und er hat mir befohlen, sie dir zu bringen.«

Isphet sah mich an, dann Boaz. Ich konnte ihr nicht übelnehmen, daß sie es nicht glaubte.

»Und doch hat er dir so viel Schmerzen zugefügt, daß du nie mehr Kinder bekommen wirst, und hat dich acht Tage lang in ein Loch geworfen, daß du fast gestorben wärst. Verrate mir eines, Tirzah, warum sollte ich dir noch vertrauen, nachdem du so viele Geheimnisse für dich behalten hast? Warum?«

»Ich kann dir nur einen Grund nennen, Isphet. Unsere Freundschaft. Bitte, vertrau mir.«

»Kiamet, mein Leibwächter«, sagte Boaz, »ist zu Azam gegangen. Euer Aufstand soll mehr Unterstützung bekommen, als ihr je geglaubt hättet. Prinz Zabrze wird euch helfen, wenn ihr ihm helft, die Pyramide zu vernichten.«

Isphet schaffte es schließlich, ein rauhes Gelächter hervorzustoßen. »Nach den vielen Jahren, Exzellenz, in denen wir über dem heißen Glas geschuftet haben, jetzt sagt Ihr mir, daß wir alle zu dieser verfluchten Pyramide marschieren und sie zerstören?«

»Isphet«, fing ich wieder an und wollte ihr von dem Buch der Soulenai erzählen, aber da flog die Hoftür auf und Yaqob, Azam und Kiamet traten ein. Yaqob hatte einen wilden Blick, und er war wie Azam bewaffnet.

»Yaqob!« Ich sprang auf die Füße. Boaz erhob sich langsamer, er ließ Yaqob nicht aus den Augen.

»Azam hat mich mit der wilden Geschichte hierher geholt, daß sich Prinzen mit Sklaven verbünden und Magier verkleidete Elementisten sind«, sagte Yaqob. »Ich hätte ihm beinahe nicht geglaubt, aber Kiamet hat sich uns angeschlossen, und in der Gasse wartet eine Abteilung Wachen des Chad auf uns, und wie ich sehe, hat es diese Made geschafft – und dabei funkelte er Boaz an – aus ihrem Dunghaufen zu kriechen, um mit den Sklaven zu plaudern. Isphet, was haben sie dir erzählt?«

Das »sie« ließ mich zusammenzucken.

»Daß Boaz ein Elementenmeister sei ...«

Yaqob starrte sie ungläubig an. Offensichtlich hatte Kiamet diesen Begriff nicht benutzt.

»... und daß er und Zabrze uns in unserem Freiheitskampf unterstützen wollen. Ich weiß nicht, was ich davon halten soll.«

»Ich würde ja sagen, das ist eine Falle«, sagte Yaqob, »aber das hier ist so verwickelt, daß ich mich frage, was das soll? Die Unterhaltung, bevor mit der Erweckung der Pyramide der wahre Spaß losgeht? Was, Boaz? Warten die Magier und Chad Nezzar draußen und fangen an zu klatschen, wenn ich mit meinem traurigen Haufen komme, um für die Freiheit zu kämpfen? Ja?«

»Yaqob«, fing Boaz an, aber Azam unterbrach ihn.

»Dafür haben wir jetzt keine Zeit, Yaqob. Isphet, bleib hier und verriegle alles, bis wir dich holen. Wenn es brenzlig wird, dann flieht zum Lhyl. Vielleicht könnt ihr ein Boot stehlen.« Er hielt inne und sah sich um. »Yaqob und Kiamet, ihr kommt mit mir.«

Aber Yaqob starrte mich an. »Tirzah«, sagte er, »erinnerst du dich an das, was ich dir einst gesagt habe?«

»Was denn, Yaqob?«

»Ich habe gesagt, Tirzah, daß an dem Tag, an dem wir um unsere Freiheit kämpfen, du und ich, ich Boaz töten würde.«

Und bevor jemand von uns eingreifen konnte, hatte er sein Schwert gezogen und war mit einem Sprung neben Boaz.

Ich schrie auf und sprang auch, aber da war es schon zu spät. Boaz war überrascht und unbewaffnet, und ich sah nur Stahl aufblitzen, als Yaqob die Klinge in Boaz' Leib rammte.

»Das«, knurrte Yaqob und beugte sich nahe an Boaz' Gesicht heran, »ist für die Schmerzen und die Qual, die du Tirzah und mir bereitet hast.«

Dann trat er zurück, riß das Schwert heraus, packte mich und gab mir einen harten Kuß. »Bis bald, Tirzah«, sagte er. »Bis bald.« Und dann war er weg.

Ich kam Kiamet nur einen Augenblick zuvor. Dann war auch er an Boaz' Seite.

»Boaz«, rief ich und versuchte ihn zu halten, als er zu Boden sank.

Hinter mir stieß Isphet Azam aus der Tür. »Geh!« sagte sie. »Geh! Hier gibt es nichts für dich zu tun.«

Kiamet war hilflos. Er war ausgebildet worden, Wunden zuzufügen, nicht sie zu heilen, und Isphet legte die Hand auf seine Schulter und riß ihn buchstäblich zurück. Er taumelte und verlor sein Gleichgewicht.

Boaz hatte noch immer kein Wort gesagt. Sein Gesicht trug einen verblüfften Ausdruck, während er auf seine Hände starrte, die er vor seinen Leib gepreßt hatte. Zwischen den Fingern sickerte Blut hervor.

»Boaz!« jammerte ich erneut. »Isphet, tu etwas!«

»Dumm, dumm, dumm«, murmelte sie, und ich glaube, sie meinte damit das ganze Leben, nicht nur die Tragödie, die sich da vor unseren Augen abspielte. »Dumm! Tirzah, nimm seine Hände dort fort, halte sie fest. Ich muß sehen können ...«

Sie riß an seinem Gewand, benutzte das kleine Messer, das wir zum Fischausnehmen genommen hatten, um den Stoff wegzuschneiden. »Kiath! Zerreiß etwas für Verbände. Los, schnell!«

Isphet entblößte Boaz' Bauch, und ich unterdrückte einen Aufschrei. Yaqob hatte ein kleines Stück neben dem Nabel zugestochen, eine glatte Wunde, die heftig blutete.

Boaz stöhnte, als der erste Schmerz den Schock ablöste.

»Isphet!« wimmerte ich, und sie drehte sich um und schlug mir fest ins Gesicht.

»Sei ruhig, Mädchen! Dein Gejammer kann ich jetzt nicht auch noch hören!«

Sie untersuchte schnell den Einstich, dann nahm sie das Verbandszeug, das Kiath ihr reichte. »Im Moment kann ich nicht viel tun, Exzellenz ... Boaz ... außer die Blutung zu stillen. Später untersuche ich die Wunde genauer. Sehe nach, wie groß der Schaden ist. Aber eine Wunde im Leib ...«

Sie brauchte keinem von uns zu sagen, wie gefährlich das war. »Es kommt darauf an, was Yaqob getroffen hat. Tirzah, hilf ihm, sich aufzusetzen, ich muß das um ihn herumwikkeln. Gut.«

Boaz grunzte, als ich ihn nach vorn setzte, dann seufzte er erleichtert auf, als Isphet fertig war. »Isphet«, sagte er mit einer Stimme, die vor Schmerzen immer heiserer wurde. »Schaff Tirzah hier weg, falls ...«

»Ich verlasse dich nicht!« sagte ich. »Niemals!«

»Noch geht niemand irgendwo hin«, sagte Isphet. »Tirzah, drück da ... ja, das ist gut. Halt diesen Druck aufrecht. Es wird helfen, die Blutung zum Stillstand zu bringen.«

Sie ließ sich wieder auf ihre Fersen nieder; ihr Gesicht war blaß und am Kinn blutbeschmiert, wo sie es mit der Hand berührt hatte. Ihr Blick huschte zwischen Boaz und mir hin und her. »Es hat den Anschein«, sagte sie leise, »als ob sich Yaqob über mehr Sorgen machen muß als über die Frage, ob der Magier seinen Aufstand verhindern will.«

»Ich liebe Boaz, Isphet. Schon seit Monaten.«

»Dann ist es eine Schande, daß du Yaqob nicht gesagt hast, daß deine Zuneigung für ihn erloschen ist, Tirzah! Er ist ein zu guter Mann und ist auch zu dir zu gut gewesen, um so behandelt zu werden. Du hast ihm die Hoffnung und einen Traum gegeben, um viele finstere Tage zu überstehen. Jetzt ...« Sie sah Boaz voller Abscheu an. »Jetzt wird ihn diese Erkenntnis schwer treffen.«

»Dann hoffe ich, er läßt es nicht wieder an mir aus«, murmelte Boaz, und seine Hand deutete zitternd auf den blutgetränkten Verband um seinen Bauch, »wenn das hier bloß das Resultat einer leichten Verstimmung war.«

»Ruh dich aus«, sagte Isphet abrupt und stand auf, ging zur anderen Seite des Raumes und ließ sich auf ihre Pritsche sinken. Ihr Blick ließ uns dabei keinen Augenblick los.

»Boaz?« flüsterte ich. »Boaz?«

»Hmm?« Er verlor immer wieder das Bewußtsein.

»Boaz, verlaß mich nicht.«

»Vielleicht hatte Isphet recht. Yaqob wäre besser für dich ... nach all dem, was ich getan habe ... Yaqob wäre besser ...«

»Boaz«, flüsterte ich. »Verlaß mich nicht!«

Wir saßen eine Stunde oder länger da und warteten, ohne zu wissen, worauf wir warteten. Kiamet und Holdat saßen neben Boaz, genauso hilflos wie ich, aber ihre Anwesenheit gab mir Kraft.

Schließlich stand Isphet auf und kam zu uns herüber. Boaz schlief jetzt – oder war bewußtlos – und sie befahl mir, den Druck auf seinen Bauch zu lockern.

»Er hat dich mit seiner Macht innerlich zerrissen, Tirzah«, flüsterte sie. »Und jetzt erleidet er Ähnliches. Ich halte das nicht für einen Zufall.« Und damit ging sie wieder.

Ich senkte den Kopf und weinte, erinnerte mich an das, was die Soulenai mir gesagt hatten.

Tirzah, wenn jemand einer anderen Person einen solchen Schmerz zufügt, dann wird dieser Schmerz eines Tages auf ihn zurückfallen. Das ist der Preis, den er schließlich zahlen muß.

»Nein, bitte nicht«, flüsterte ich. Aber es war zu spät. Ich konnte nur hoffen, daß der Preis, den er zahlen mußte, nicht zu hoch sein würde.

Die Zeit verging, und die Luft in dem Raum wurde immer heißer. Boaz schwitzte und warf sich in meinen Armen herum, und ich flüsterte ihm Albernheiten zu, die das Fieber sicherlich nur noch steigerten. Holdat holte ein feuchtes Tuch und kühlte Boaz' Stirn, und ich lächelte ihn dankbar an.

»Da draußen sind Kämpfe«, sagte Isphet plötzlich und unterbrach damit meine Gedanken.

Ich hob den Kopf und lauschte.

Zuerst war nichts zu hören, dann waren da leise Rufe, und das Klirren von Stahl. »Zabrze muß sich seinen Weg zur Pyramide freikämpfen«, sagte ich apathisch.

»Und wir kämpfen an seiner Seite.« Isphet stand jetzt, das Ohr an die Tür gedrückt. »Kiath. Geh aufs Dach und sage mir, was du siehst.«

Kiath schlüpfte aus der Tür, und ich hörte ihre schnellen Schritte auf der Treppe.

Sie blieb lange weg, und in der Zwischenzeit kam der Kampflärm näher. Gelegentlich sah Isphet besorgt zu mir und Boaz herüber. Wo war Yaqob? Azam?

Würden wir ohne sie gehen müssen?

Ich betete zu den Göttern, daß das nicht so sein würde. Wie sollten wir Boaz transportieren? Er durfte nicht bewegt werden.

Sei verflucht, Yaqob, dachte ich, daß du die Hilfe nicht annehmen konntest, die man dir bot! Deine Eifersucht sei verflucht! Aber dann fragte ich mich, ob die Schuld an Yaqobs Tat nicht mir zur Last gelegt werden sollte. War es falsch von mir gewesen, so lange zu schweigen?

Kiath kehrte zurück.

»Und?« fauche Isphet.

»In den Straßen westlich von hier gibt es schwere Kämpfe«, sagte Kiath. »Ich glaube nicht, daß Prinz Zabrze es geschafft hat, nahe an die Pyramide heranzukommen. Seine Männer und die unsrigen, die mit ihm kämpfen, werden zurückgedrängt.«

»Wo steht die Sonne, Kiath?« fragte ich. »Wie hoch?«

»Noch eine Stunde bis zum Mittag.«

»Isphet!« rief ich und vergaß meine Bedenken, hier zu verschwinden. »Wir müssen hier weg! Wenn wir am Mittag noch hier sind ...!«

»Es gibt noch Schlimmeres«, sagte Kiath.

»Raus damit, Mädchen!«

»Gesholme brennt.«

Wir alle starrten sie an, und mir wurde bewußt, daß sogar Boaz die Augen geöffnet hatte. Feuer! Oh, ihr Götter!

»Dann haben wir keine Wahl«, sagte Isphet und ging neben Boaz in die Hocke. Sie drehte grob seinen Kopf zu sich.

»Magier, kannst du laufen?«

»Sein Name ist Boaz«, sagte ich leise, aber mein Blick war hart.

Isphet ignorierte mich. »Nun?«

»Wenn mir jemand hilft, dann ja«, erwiderte er.

»Nun, wenn du hier bleibst, dann stirbst du. Kiamet, hilf ihm hoch.« Und sie erhob sich und packte ein paar ihrer Sachen in eine Decke, dann besprach sie sich schnell mit Kiath und Saboa.

Boaz gab keinen Laut von sich, als Kiamet ihm auf die Beine half, aber er wurde blaß, und ich packte ihn, da ich befürchtete, er würde ohnmächtig werden. Holdat befahl ich, sich um den Kasten zu kümmern. »Und um den Kelch auch, wenn du es schaffst.«

Er nickte, wickelte Kasten und Kelch in eine Decke, die Kiath ihm gab, und dann stand Isphet auch schon an der Tür.

»Fertig?

Wir alle nickten bis auf Boaz; er war zu sehr damit beschäftigt, aufrecht stehenzubleiben.

»Isphet«, sagte ich drängend, als sie die Tür öffnete.

»Was denn?«

»Wir müssen uns vor dem Schatten der Pyramide in acht nehmen, so gut das geht. Bleib in schmalen Gassen. Wenn sie uns sieht ...«

Sie starrte mich an, aber sie verstand. »Gut. Dann komm jetzt, die Gasse ist leer ...«

Es waren keine Menschen da, aber über die Dächer trieb

Rauch, und der Lärm der drei oder vier Straßen weit entfernten Kämpfe hallte in unseren Ohren.

»Schnell!« zischte Isphet.

»Was ist mit den anderen?« fragte Saboa. »Die Häuser sind voller Leute.«

»Ich habe keine Zeit, die ganze Welt zu retten«, fauchte Isphet. »Schon unsere kleine Gruppe hier wird meine ganze Kraft beanspruchen.«

Aber sie hämmerte unterwegs gegen die Türen und rief den Leuten zu, sich am Fluß in Sicherheit zu bringen.

Wir stolperten hinter ihr her; Kiamet stützte den größten Teil von Boaz' Gewicht, während er sich darauf konzentrierte, einen Fuß vor den anderen zu setzen, den Arm schwer auf meine Schultern gelegt. Bitte stirb nicht, Boaz, betete ich. Bitte.

Wir erreichten das Ende unserer Gasse, und Isphet bedeutete uns, stehenzubleiben. »Da runter, glaube ich«, murmelte sie und zeigte auf eine Straße, die links von uns abzweigte.

»Aber ...«, fing Kiamet an.

»Ich weiß, daß der Weg länger ist«, sagte sie, »aber er ist auch übersichtlicher und leerer, und ehrlich gesagt ziehe ich eine Viertelstunde Gefahr auf einer freien Straße dem Tod in einer überfüllten vor.«

Ich sah besorgt zum Himmel hinauf, suchte den Stand der Sonne zu bestimmen. Aber der Rauch hing dicht und schwer in der Luft, und ich konnte nur einen hellen Fleck erkennen.

Und so stolperten wir weiter. Isphet führte uns gut, nahm schmale Gassen und Wege, von deren Existenz ich nicht einmal etwas geahnt hatte. Gruppen anderer Sklaven begegneten uns, einige bewaffnet, die zu den Kämpfen eilten, andere, die wie wir vor den Flammen und den Kämpfen flohen.

Ich fragte mich, was mittlerweile in der Pyramide vor sich ging.

»Boaz!« flüsterte ich, als mir ein Gedanke kam. »Mit dem vielen Rauch am Himmel kann die Sonne doch gar nicht durchbrechen!«

Boaz murmelte eine Erwiderung, sein Gesicht war grau und naß vor Schweiß, und Kiamet antwortete.

»Der Wind bläst aus Nordosten, Tirzah. Die Pyramide wird frei stehen.«

Isphet hielt unter einem Sonnensegel an. »Zieht Boaz das blaue Übergewand aus.« Ich wollte protestieren, aber ihr Blick brachte mich zum Schweigen. »Wir nähern uns dem Fluß. Dort sind zweifellos Hunderte von Sklaven. Ich kann nicht sagen, was sie tun werden, wenn sie Boaz erkennen.«

Entsetzt, daß ich nicht selbst daran gedacht hatte, zog ich Boaz das blaue Gewand und die Schärpe aus, während Kiamet ihn stützte, dann knüllte ich alles zusammen und stopfte es in das Bündel, das Holdat unermüdlich vor sich hertrug. Boaz' weißes Untergewand war verschmutzt mit Blut und Dreck, aber das war gut, denn das machte ihn nur noch unkenntlicher.

»Kiamet, erlaube«, murmelte ich und griff nach dem Dolch in seinem Gürtel. Mit zwei schnellen Schnitten trennte ich Boaz' Zöpfe ab und warf sie weg, dann wirbelte ich sein Haar durcheinander und rieb Staub von der Straße in sein Gesicht.

»Schnell!« zischte Isphet, und wir setzten uns wieder in Bewegung.

Ganz in der Nähe waren jetzt brennende Gebäude, und der Rauch war dicht und erstickend. Funken flogen durch die Luft, und meine Augen tränten.

Hinter einer Ecke ertönten Rufe und Schreie und das Klirren von Stahl, und Isphet ließ uns erneut anhalten.

▲ 49 ▲

»Ich weiß nicht, was wir tun sollen«, sagte sie. »Vor uns wird gekämpft ...«

Plötzlich stürmte ein halbes Dutzend Männer in unsere Gasse. Zwei waren Sklaven, die anderen trugen die Farben und Insignien der Armee des Chad. Einer trug kaum mehr als einen blauen Lendenschurz, der zerrissen und blutig war, und einen Goldreifen an seinem Schwertarm.

»Zabrze!« schrie ich. »Oh, Zabrze! Hilf uns! Bitte!«

»Tirzah?« Er stolperte heran, und ich sah, daß er an Brust und Armen mehrere Wunden davongetragen hatte. »Shetzah! Ist das Boaz?«

»Ich hatte keinen guten Tag, Zabrze«, murmelte Boaz und war kaum in der Lage, den Kopf zu heben, um seinen Bruder anzusehen.

»Verdammt, Kiamet!« knurrte Zabrze. »Wie konntest du zulassen ...«

»Keiner von uns hätte das verhindern können«, sagte Isphet und hielt Zabrze am Arm fest, als würde sie befürchten, er könnte Kiamet schlagen. Zabrze starrte sie an, dann riß er sich los.

»Es war eine überstürzte Tat, die von lang geschürtem Haß ausgelöst wurde«, fuhr Isphet fort und blieb völlig ruhig angesichts Zabrzes Wut, »und eigentlich hätte er mit so etwas rechnen müssen. Aber was ist geschehen, Zabrze? Wir wissen nichts, nur daß es brennt und gekämpft wird.«

Zabrze schaute sie wegen des vertraulichen Gebrauchs seines Namens böse an, aber er wußte, daß jetzt keine Zeit für Auseinandersetzungen war. »Der größte Teil der Armee steht treu zu Chad Nezzar, der völlig der Macht ergeben ist, die ihm die Magier versprochen haben, und der Macht der Eins durch die Pyramide.«

Zabrze warf Boaz einen wütenden Blick zu, war aber zu

besorgt um ihn, um fortzufahren. »Ein paar Einheiten stehen hinter mir, mehr nicht. Wir haben einen Angriff auf die Pyramide versucht, unterstützt von Azam und Yaqob und etwa zweitausend Sklaven, aber es war sinnlos. Wir sind nicht weiter als bis zum Tor des Pyramidenbezirkes gekommen, und wurden dann Straße um Straße zurückgeschlagen.«

Er sah mich an. »Tirzah, wir müssen zum Fluß. Wir müssen von hier fliehen. Hier können wir nichts mehr tun. Wir müssen Boaz in Sicherheit bringen.«

»Es muß gleich Mittag sein, Zabrze.«

Er nickte gedankenverloren. »Ja. Ich helfe euch durchzukommen, aber ... aber Neuf ...«

»Oh, ihr Götter, Zabrze!« rief ich. »Wo ist sie?«

Seine Miene war besorgt. »Ich glaube, noch immer in der Siedlung der Magier. Ich muß zurück und sie holen.«

»Zabrze! Du kannst nicht ... es ist zu spät ... zu gefährlich!«

»Ich kann sie nicht zurücklassen!« rief Zabrze. »Und ich werde sie nicht zurücklassen!«

Ein Dutzend anderer Bewaffneter gesellte sich zu uns, unter ihnen Azam. »Hoher Herr. Wir müssen zum Fluß.«

Zabrze nickt. »Ja, ja. Nehmt diese Gruppe, und paßt auf, daß mein Bruder keinen weiteren Schaden mehr nimmt. Ich glaube, er ist der einzige, der je dazu fähig sein wird, diese Monströsität zu zerstören!«

Noch mehr Männer stießen dazu, und meine Hoffnung wuchs. Noch immer drang Kampflärm zu uns, aber er hatte sich jetzt in eine andere Straße verlagert.

»Der Weg ist frei«, sagte Isphet.

»Dann beeilt euch!« rief Zabrze. »Ich stoße zu euch, so bald ich kann.« Und er eilte zurück in die Richtung, aus der wir gekommen waren.

Ohne nachzudenken winkte ich einen der Soldaten herbei und übergab ihm Boaz. Boaz war jetzt in größerer Sicherheit als vorher, und auch wenn es mir das Herz brach, ihn zu verlassen, schuldete ich Zabrze zu viel, um ihn jetzt dieser Frau wegen in den Tod rennen zu lassen. Und ich wollte ihn lebendig und auf unserer Seite wissen, denn mir war klar, daß er für Boaz' Überleben genauso wichtig war wie Isphet oder sonst jemand von uns.

»Isphet«, stieß ich hervor, »kümmere dich um Boaz! Versprich es!«

Sie nickte. »Was ...?«

»Ich komme zurück«, rief ich, und dann rannte ich auch schon los, raffte den Rock bis über das Knie, als ich Zabrze hinterherstürmte.

Ich holte ihn ein, als er gerade in eine Sackgasse einbiegen wollte.

»Dummes Ding!« rief er. »Geh zurück zu ...«

»Dich wird ein Schwert töten oder ein zusammenstürzendes Gebäude, wenn ich dich allein in Gesholme herumlaufen lasse! Und das wird Neuf nicht retten. Komm schon! Hier entlang!«

Und ich packte seine königliche Hand und zog ihn in die entgegengesetzte Richtung.

Es war ein einziger Alptraum.

Um uns herum quoll dichter Rauch, und ich riß ein Stück Stoff aus meinem Kleid, damit Zabrze und ich ihn uns vor das Gesicht halten konnten. Viele Leute waren auf den Straßen, aber die meisten wanderten bloß ziellos und verwirrt in dem Rauch und der Hitze und der immer dichter werdenden Dunkelheit über uns umher.

Die Pyramide, die ihren Schatten immer weiter warf.

»Zabrze!« rief ich, als ich zurücksah und bemerkte, daß sein

Blick sich durch die gleiche Verwirrung zu trüben drohte.
»Denk an Neuf oder Boaz. Aber laß dich nicht von der Pyramide verwirren. Widerstehe ihr!«

Er schüttelte den Kopf, dann nickte er. »Welchen Weg nehmen wir?«

»Hier entlang. Schnell!«

Die Tore zur Magiersiedlung waren unbewacht offen, und wir stolperten ungehindert hinein.

»Wo war sie, Zabrze? In eurer Residenz?«

Ich sah ihn nicken – hier war der Rauch nicht so schlimm, und als ich nach Nordosten blickte, stand da die Pyramide klar ins Sonnenlicht getaucht. Bald. Bald.

Die Residenz war wie die Tore unbewacht; vermutlich waren alle Soldaten und Wächter unterwegs, beschützten entweder die Pyramide oder kämpften gegen die Rebellen.

»Wo ist sie?« keuchte ich.

Zabrze übernahm die Führung, drängte sich an mir vorbei und führte mich durch den Hauptgang. Er überprüfte Räume, durch die wir kamen, aber von Neuf war nichts zu sehen.

Wenn sie woandershin geflohen war, würden wir sie nie finden.

Aber das war sie nicht. Schließlich entdeckten wir sie in einer Speisekammer neben der Küche, wo sie sich verbarg. Ihre Augen waren weit aufgerissen und verängstigt, ihre zusammengefalteten Hände zitterten.

»Zabrze! Was geschieht hier? Ich habe Gerüchte gehört, daß du Männer gegen die Magier geführt hast?«

»Jetzt ist keine Zeit für Erklärungen«, sagte Zabrze. »Wenn du hier bleibst, wirst du sterben. Wir müssen dich zum Fluß schaffen.«

Erst jetzt nahm Neuf mich wahr. »Mädchen! Was hast du …«

»Shetzah, Neuf! Beeil dich!« Und Zabrze zerrte sie in die Küche, aber sie sträubte sich.

»Zabrze«, sagte sie mit fester Stimme. »Ich will nicht mit dir gehen, wenn du mich in irgendeinen verrückten Aufstand führst. Ich werde es nicht tun. Ich werde hier sicher sein. Ich werde nicht mit Sklaven gehen ...«

Zabrze fluchte erneut, diesmal noch obszöner, und hob Neuf einfach auf seine Arme. Sie protestierte schrill, aber er beachtete sie einfach nicht. »Tirzah. Raus. Los.«

Ich gehorchte, wünschte aber im Stillen, wir hätten diese zeternde Frau einfach ihrem Schicksal überlassen.

Ich rannte aus der Residenz, dann durch die Magiersiedlung und nach Gesholme hinein. Zabrze keuchte hinter mir her. Stell sie auf die Beine und laß sie selbst laufen, dachte ich, aber das hätte uns nur behindert, denn ich wußte, daß Neuf sich dann weigern würde, auch nur einen Schritt zu tun, der sie näher an den Fluß heranbringen würde.

In den Straßen herrschte jetzt wieder mehr Ruhe. Selbst der Rauch trieb fort, auch wenn ich irgendwo noch Flammen prasseln hören konnte.

Ich blieb beunruhigt stehen. »Zabrze ...«

»Hör zu«, keuchte er und blieb kurz neben mir stehen. »Es ist fast Mittag, und ich will so weit weg wie möglich von der Pyramide sein. Komm schon, Mädchen, ich will leben.«

Und so liefen wir.

Niemand hielt uns auf, obwohl wir an einigen Einheiten von Soldaten vorbeikamen, die meiner Ansicht nach mit Chad Nezzar und der Pyramide verbündet waren. Aber sie starrten wie gebannt an uns vorbei – auf die Pyramide.

»Nicht hinsehen, Tirzah«, sagte Zabrze und bedeckte die Augen der protestierenden Neuf mit der Hand. »Sieh bloß nicht hin.«

Ich hatte nicht vor, dorthin zu sehen, und führte uns in eine Reihe schmaler, dunkler Gassen, die uns zum Fluß bringen würden, und zwar außer Sicht dessen, was auch immer geschehen würde.

Wir legten gerade die letzten hundert Schritt zurück, als die Pyramide erbebte.

Ein greller Blitz zuckte auf, der Zabrze und mich in den Straßenstaub schleuderte. Die Sonne mußte ihren höchsten Stand erreicht haben. Sie goß ihre Kraft durch den Schlußstein in die Kammer zur Unendlichkeit und lud die Pyramide mit Macht auf. Ich konnte mir vorstellen, was geschah – die ganze Pyramide explodierte in einen Lichtschwall. Jeder, der sie betrachtete, war sicherlich eine Zeitlang geblendet.

Die Brücke zum Tal war geschlagen. Es war vollendet.

Und etwas Unnennbares kam über sie herüber.

Die Stille, die über der Baustelle hing, war jetzt so greifbar, daß ich fühlen konnte, wie sie auf mir lastete, versuchte, mich auf den Boden zu drücken. Zabrze hielt noch immer Neuf auf seinen Armen – jetzt protestierte sie nicht mehr –, und er und ich kämpften gegen den Druck an, krochen auf die nördliche Gassenmauer zu, beteten, daß das Grauen, das aus der Pyramide kroch, uns nicht sah.

Seht mich an, ihr Erdenwürmer, und seht euren Gott!

Ich wimmerte vor Entsetzen. Die Stimme hatte jede Mauer durchdrungen – doch völlig lautlos.

»Tirzah!« flüsterte Zabrze. »Bitte, wir haben es fast geschafft!«

Ich stemmte mich auf Hände und Knie und kroch ein paar Schrittlängen weiter.

*Seht mich an, ihr elenden Geschöpfe, und erzittert bei der
Stimme eueres Gottes!*

Und die Pyramide donnerte und brüllte.

Mir wurde immer übler, und ich hörte Zabrze ein paar
Schritte vor mir aufschluchzen. Neuf war bewußtlos und
hing leblos in seinen Armen. Ich kroch zu ihm, und er legte
einen Arm von Neuf um mich, und wir lagen dort, während
der furchtbare Laut um uns und durch uns brüllte.

*Seht mich an, Männer und Frauen, und erkennt euren Gott!
Wisset, daß ich die Eins bin, und wisset, daß mein Name
Nzame ist!*

»Nzame?« flüsterte Zabrze. »Konnte er sich nichts Besseres
ausdenken?«

Ich hätte gelacht, aber ich mußte zu sehr weinen. Zabrzes
Worte hatten den Bann gebrochen, und irgendwie gelang es
uns, wieder auf die Füße zu kommen. Neuf stöhnte leise in
den Armen ihres Gemahls, und er stolperte mit ihr die Gasse
entlang in Richtung Lhyl. Hinter uns sprach die Pyramide
weiter.

Seht meine Macht und unterwerft euch!

Zu meiner Rechten sah ich die Prachtallee, auf der Hunderte
Menschen auf Knien zur Pyramide krochen.

*Kommt demütig zu eurem Gott, und euch wird unvorstell-
bare Macht gehören.*

»Nzame! Nzame!« Tausende nahmen den Ruf auf.

Und dann blieb ich ungläubig stehen. Chad Nezzar eilte die Allee entlang auf die Pyramide zu und schrie dabei aus vollem Hals.

»Nzame! Ich bin Euer! Nehmt mich!«

Unterwegs riß er Hände voll Juwelen und Armreifen und Ketten ab und warf sie fort. »Nzame! Nzame!«

Als er die Juwelen und Ketten aus seinem Körper riß, riß er auch Wunden, aber Chad Nezzar merkte es in seiner Ekstase nicht. »Nzame! Nzame! Ich bin Dein! Auf ewig Dein!«

Zabrze packte grob mein Haar und riß mich von dem Anblick fort.

Kommt zu mir und betet mich an!

»Ja! Ja!« Die Rufe hallten durch die Straßen.

Gebt alles, was ihr habt, und die Unendlichkeit soll Euer sein.

»Nzame! Nzame!«

Gebt euch selbst, ich will mich an euch sättigen.

Und hinter uns war ein merkwürdiges Knacken zu hören, dann barst etwas und wurde zu einem Grollen. Neuf stand jetzt wieder auf eigenen Füßen, sie schluchzte, einer von Zabrzes Armen war fest um ihre Taille gelegt, seine andere Hand war noch immer in meinem Haar vergraben und zerrte mich weiter.

Ich glaube, ohne ihn wäre ich verloren gewesen.

Das Grollen wurde lauter, und ich schrie.

»Tirzah, schneller! Die Schiffe legen ab!«

Ich weiß nicht, wo der Schrei herrührte, ob von Zabrze

oder von jenen auf den Booten, aber wir waren jetzt nahe genug am Kai, um sehen zu können, daß alle Schiffe tatsächlich ablegten und die Ruder ins Wasser eintauchten.

Von den Schiffen starrten verängstigte Gesichter in unsere Richtung. Sie sahen nicht uns, sondern das, was hinter uns war.

Das Grollen war jetzt ein lautes Rauschen, das auf uns zueilte. Eilte, um uns zu erwischen, uns zu verschlingen.

Ich will mich an euch sättigen!

Ich fühlte, wie etwas … Unsagbares nach meinem Knöchel griff, und ich riß mich los, machte zwei gewaltige Schritte zum Rand des Kais.

Gefangen. Alle Boote hatten abgelegt.

Hinter mir warf sich das Verderben auf uns.

Und verfehlte uns, denn Zabrzes Hand, die noch immer in mein Haar vergraben war, riß mich mit sich, als er ins Wasser sprang.

Wir landeten mit einem lauten Klatschen in dem kühlen, grünen Wasser. Mir schossen die großen Wasserechsen durch den Kopf, aber nach dem, was mich beinahe auf dem Kai erwischt hätte, wären sie vermutlich ein Nichts gewesen.

Ich kämpfte mich an die Oberfläche, dann griffen Hände aus einem kleinen Boot zu, und wir wurden an Bord gehievt.

Ich kauerte mich eine Minute lang auf dem Deck zusammen, erbrach das Flußwasser, das ich verschluckt hatte, dann kam mir in den Sinn, nach oben zu schauen, während das Ufer vorbeihuschte.

Im Norden funkelte die Pyramide.

In einer Entfernung von fünfhundert Schritt um die Pyramide war alles in Stein verwandelt worden. Alles. Häuser,

Leitern, die noch am Ufer festgemachten kleinen Boote, sogar die Vögel, die auf der Erde überrascht worden waren.

Menschen gab es nicht mehr.

Ich sah noch einmal zur Pyramide.

Sie flackerte.

4

Der sich ausbreitende Kreis der Versteinerung hatte auch die andere Seite des Flußufers ergriffen, aber nur ein wenig. Die Grenzlinie war unglaublich scharf. Auf der einen Seite stand Gras gleichsam in Stein gemeißelt, auf der anderen wehte es in Sonne und Wind, mit Ausnahme der wenigen Büschel, die es zur Hälfte innerhalb und zur Hälfte außerhalb des Steinkreises erwischt hatte. Die zupften traurig an ihren steinernen Hälften, als könnten sie wieder irgendwie ins Leben zurückgezogen werden.

Der Lhyl war unberührt und floß so fröhlich an steinernen Uferbänken wie an irdenen vorbei. Aber die Schilfbänke hatten nicht solches Glück gehabt. Innerhalb des Kreises waren sie in den granitenen Bann geschlagen. Ich fragte mich, ob es die Frösche auch erwischt hatte. Flieht, dachte ich, flieht, bevor die Pyramide – Nzame – noch mehr fressen will.

Das kleine Boot, das uns aufgenommen hatte, brachte uns zu keinem anderen Schiff als Chad Nezzars königlicher Barke, die noch immer in ihre Seidenbanner gehüllt war.

Azam beugte sich herunter, um uns an Bord zu helfen, Kiath stand an seiner Seite.

»Wie geht es Boaz?« fragte ich, sobald ich sicher an Deck stand.

»Er lebt«, sagte Kiath, was mich nicht sonderlich beruhigte, dann half sie Neuf nach oben, die noch immer keuchte und würgte.

»Isphet hat ihn in der Hauptkammer untergebracht«, sagte Kiath, einen Arm stützend um Neufs Taille gelegt; Neuf war zu mitgenommen, um sich über diese Behandlung zu beschweren. »Kommt rein und wir geben euch etwas Trockenes zum anziehen.«

»Geht schon«, sagte Zabrze. »Ich komme gleich nach.«

Kiath führte uns in eine Kammer, die zu den Aufbauten des Schiffes gehörten. Sie war erfreulich kühl und dunkel. Isphet riß mich in ihre Arme. Vergessen waren Zorn und Verachtung. »Tirzah! Wir dachten, du seist tot!«

»Das dachte ich auch. Isphet, das ist Neuf, Zabrzes Frau. Sie ist ...«

»Oh nein!« murrte Isphet. »Nicht noch eine Kranke!«

Ich überließ Neuf Isphets sanfter Pflege, dachte flüchtig an die Funken, die ganz sicher bald zwischen den beiden fliegen würden, und eilte zu einem Bett in der Ecke. Saboa erhob sich, als ich herankam, gab mir einen flüchtigen Kuß auf die Wange und trat zurück. Holdat kauerte im Schatten einer Nische; er hielt noch immer das Bündel fest.

Boaz war wach und versuchte ein zaghaftes Lächeln. Aber in seinen Augen tobten Fieber und Schmerzen.

Ich setzte mich auf einen Hocker, der am Bett stand, und nahm seine Hand in meine. »Wir sind entkommen, Boaz.«

»Ich glaubte, ich hätte dich verloren, Tirzah, als du hinter Zabrze hergelaufen bist. Verlaß mich nie wieder.«

»Ich kann nur vermuten, welche Nervensägen ihr beide früher gewesen sein müßt, wenn man sieht, was für Ärger ihr heute macht.«

Er streichelte meine Wange. »Was ist passiert? Ich hörte ...«

Ich erzählte ihm, was ich erlebt hatte.

▲ 61 ▲

»Nzame? Das sagt mir nichts«, sagte Boaz langsam.

»Nun, du hast es heraufbeschworen«, ertönte Isphets scharfe Stimme hinter uns, »und ich hoffe, daß Tirzah die Wahrheit sagt, wenn sie behauptet, daß du über die Mittel verfügst, es wieder dahin zurückzuschicken, wo es herkommt. Tirzah, raus aus den nassen Sachen.«

Sie gab mir ein trockenes Gewand, und ich zog mich um und trocknete mein Haar mit einem Tuch.

»Und wie geht es Boaz wirklich?« fragte ich leise.

»Der nächste oder die beiden nächsten Tage werden es entscheiden, Tirzah. Aber das ist eine schlimme Wunde. Wenn die Klinge den Darm durchbohrt hat, dann stirbt er. Wir werden die Entzündung nicht heilen können.« Sie hielt inne. »Und du kannst in seinen Augen bereits das Fieber sehen.«

Ich starrte sie entsetzt an. Ich konnte ihn jetzt doch nicht verlieren! Yaqob sollte verflucht sein! Was auch immer ich sagen wollte, Zabrzes Eintreten verhinderte es. Azam folgte ihm.

»Wo ist diese Isphet?« fragte Zabrze.

»Hier.« sagte Isphet.

»Aha.« Er wandte sich ihr zu. »Du bist das also. Nun, Isphet, man hat mir erzählt, daß wir zu irgendeiner kleinen Gemeinschaft in den Bergen südöstlich von hier müssen. Eine Gemeinschaft, in der die Magie der Elemente noch stark ist und Boaz das lernen kann, was er wissen muß.«

»Ich weiß nicht, was ...«

»Isphet«, sagte ich. »Du wolltest doch sowieso dort hin. Und die Soulenai sagen, daß Boaz allein die Macht der Pyramide zerstören kann – wir müssen mit ihnen Verbindung aufnehmen, damit du es selbst hören kannst. Zabrze hat bereits seine Bereitschaft bewiesen, uns zu helfen. Wenn du noch immer der Meinung bist, daß das eine Finte ist, um ...«

»Nein«, erwiderte sie müde. »Nein, ich werde dir wohl vertrauen müssen.«

»Isphet, viele der Soldaten haben auf unserer Seite gekämpft«, meinte Azam. »Und viele sind dabei gestorben.«

»Ja, ja. Nun, wir können ein Stück den Lhyl aufwärtsfahren. Aber der größte Teil der Reise wird anstrengend sein. Bis zu den Bergen ist es weit.«

Zabrze runzelte die Stirn. »Diese Berge. Ich weiß nur von einer unbedeutenden Bergkette jenseits der Ebene von Lagamaal an der südöstlichen Grenze von Ashdod und der Großen Steinwüste.«

»Ja. Dort werden wir hingehen.«

»Aber dort lebt niemand, Isphet. Niemand. Die Geografen behaupten, daß in diesen Bergen nichts wächst.«

»Dort wächst nichts? Für manche Gegenden mag das zutreffen. Andere dagegen bieten einige Überraschungen. Habt ihr noch nie von der Kluft gehört?«

»Die Kluft?«

»Ihr werdet sie sehen, wenn wir dort ankommen. Du weißt nicht annährend so viel über dein Land, wie du glaubst, Zabrze. Also. Diese Berge bedeuten eine Reise von mindestens zwei oder drei Wochen über die Ebene von Lagamaal, das ist dürres und unwirtliches Land. Und wir haben … wie viele Leute sind es?«

Azam sah Zabrze an, als sei er sich nicht sicher, ob er ihm nun untergeordnet sei oder nicht, dann antwortete er trotzdem. »Wir haben ungefähr fünfunddreißig Schiffe, Isphet. Vielleicht viertausend Menschen, möglicherweise sogar fünftausend. Sklaven, Soldaten, Diener. Sogar ein paar Adlige.« Er warf einen Blick in Boaz' Richtung. »Und mindestens einen Magier.«

»Ich bin kein Magier mehr«, sagte Boaz leise.

»Nun«, meldete sich Neuf zu Wort, »ich jedenfalls verlange, nach Setkoth zurückgebracht zu werden.«

Zabrze wollte etwas erwidern, aber eine Stimme in der Tür kam ihm zuvor.

»Du reist dahin, wo wir hingehen, du erbärmliches Miststück, und wenn dir das nicht paßt, dann werfe ich dich gern über Bord, damit die Wasserechsen etwas zu fressen haben.«

Yaqob. Er sprang drei oder vier Stufen auf einmal hinunter und blickte sich in dem Raum um. »Ihr alle werdet das tun, was ich euch sage. Ich habe den Aufstand angeführt, und der größte Teil der Menschen auf diesen Booten besteht aus Sklaven. Ich werde den Befehl übernehmen.«

Er starrte Zabrze herausfordernd an.

»Nein«, sagte Zabrze sehr leise, aber auch sehr gefährlich. »Das wirst du nicht, Yaqob. Du hast keine Erfahrung als Befehlshaber ...«

»Ich habe den Aufstand angeführt!« brüllte Yaqob.

»Nein«, erwiderte Zabrze. »Das hast du nicht. Oh, du hast ihn geplant und viele Monate davon gesprochen, aber dein Aufstand ist nie über seine Planung hinausgekommen. Ich mußte durch Azam den Anstoß geben, den er brauchte, um in Schwung zu kommen. Du bist ein guter Mann, Yaqob, und ein tapferer Mann, aber du bist kein Anführer.«

»Wie kannst du ...«

»Wie ich das sagen kann? Du bist zu aufbrausend, Yaqob, und du läßt deinen Verstand von Gefühlen übermannen. Sieh!« Zabrzes Finger stach in Boaz' Richtung. »Dort liegt der Mann – der einzige Mann –, der uns vor der Pyramide retten kann, und du wolltest ihn in einem Aufwallen verletzten Stolzes ermorden! Jetzt springst du in diese Kammer, brüllst eine Frau an, die verängstigt und unsicher ist, und verlangst, daß sich alle deinem Wort beugen. Nein! Das lasse ich nicht zu!«

Yaqob fuhr zu Azam herum. »Mein Freund ...«

Azam sah Zabrze an, dann Yaqob. »Es tut mir leid«, sagte er, »aber Zabrze ist ...«

»Und du, Isphet?« Yaqob brüllte es fast.

Stille kehrte ein. Isphet musterte Zabrze lange Zeit, und er erwiderte den Blick. Zwischen ihnen geschah etwas, aber ich verstand nicht, was es war.

»Zabrze hat einen kühlen Kopf«, sagte sie schließlich, »und er kann führen. Yaqob!« Sie nahm seinen Arm, als er die Faust ballte. »Yaqob, unsere Lage ist verzweifelt. Wir müssen jeden Vorteil nutzen, den wir haben. Nur Zabrze kann diese ungewöhnliche Streitmacht führen.«

»Und ich kann das nicht?«

»Nein«, sagte sie leise. »Ich glaube, du hättest damit Schwierigkeiten, Yaqob.«

Yaqob starrte Isphet an, dann löste er sich von ihr und verließ den Raum so schnell, wie er ihn betreten hatte.

»Verdammt«, murmelte Zabrze. »Ich wünschte, das wäre mir erspart geblieben.«

»Es gab keine andere Wahl«, sagte Azam. »Davon abgesehen seid Ihr jetzt der Chad.«

Zabrze blinzelte. Offensichtlich war ihm dieser Gedanke noch gar nicht gekommen. »Chad Nezzar ...«

»Chad Nezzar ist entweder tot oder rennt verrückt geworden im Steintempel der Pyramide herum«, sagte Isphet. »Er ist der Chad gar keines Landes mehr, er ist nur der Sklave von Nzame. Aber egal, wir brauchen ihn nicht. Du bist der Chad, Zabrze.« Ihr Mund verzog sich zu einem leisen Lächeln. »Aber du wirst mir vergeben, wenn ich mir die Artigkeiten und Ehrenbezeigungen für einen passenderen Moment aufhebe.«

Zabrze lächelte sie an, dann wandte er sich seiner Gemah-

▲ 65 ▲

lin zu. »Neuf? Geht es dir gut? Du verstehst doch, warum wir nicht nach Setkoth zurückkönnen, oder?«

Sie ließ zu, daß er sie in den Arm nahm. »Unsere Kinder ...«, flüsterte sie.

»Ich weiß, Neuf«, erwiderte er, und seine Stimme brach. »Aber es ist zu gefährlich, noch einmal an der Pyramide vorbei zu wollen – Nzame beherrscht jetzt alle südlichen Zugänge nach Setkoth, und den größten Teil von Ashdods Armee. Es gibt nichts, was wir tun könnten.«

Isphet gelang es, für uns alle etwas zu essen aufzutreiben, während der Nachmittag sich seinem Ende näherte. Wir aßen nur wenig, da wir nicht sicher waren, bis die Boote gründlich durchsucht worden waren, welche Vorräte wir bei uns hatten. Aber als Kornfelder an uns vorbei glitten, sagte Zabrze, er glaube nicht, daß es zu schwer sein würde, etwas zu essen zu beschaffen, wenn wir Hunger litten.

»Isphet, wie lange werden wir den Fluß befahren?« fragte er.

»Ich weiß es nicht genau«, sagte sie, »aber ich erinnere mich, daß wir, nachdem wir das weite trockene Land durchquert hatten, am Lhyl an eine Stelle kamen, die zu einer Marschlandschaft wurde. Da gab es einen See ...«

»Ja«, sagte Zabrze. »Der Fluß mündet im Juit, einem See, etwa fünf Tagesreisen von hier entfernt. Und von dort geht es nach Südosten?«

»Ja. Es wird eine lange Reise.«

»Findest du denn den Weg dorthin? Wie alt bist du gewesen, als du nach Setkoth gereist bist?«

Ihre Augen blitzten. »Ich finde den Weg, Zabrze. Ich war etwa einundzwanzig. Mein Mann und ich waren beide Glasmacher, und wir gingen nach Setkoth, um dort unser Handwerk auszuüben.«

»Wie bist du denn dann in die Sklaverei geraten?« wollte ich wissen.

»Wir kauften eine Überfahrt auf einem kleinen Fischerboot«, sagte sie mit harter Stimme. »Der Kapitän wollte sich etwas dazuverdienen, und so übergab er uns eines Nachts Sklavenhändlern. Sie verkauften uns an die Magier der Pyramide. Wir haben es nie nach Setkoth geschafft.«

»Und dein Gemahl?«

»Er starb im ersten Jahr in Gesholme«, sagte sie. »Während der feuchten Jahreszeit brach oft ein tödliches Fieber aus.«

Zabrze nickte voller Mitgefühl, dann wandte er sich wieder seiner Frau zu und ermunterte sie leise, noch etwas Brot zu essen.

Ich ging zurück zu Boaz. Isphet hatte ihm vor einer Stunde einen betäubenden Kräutertrank gebraut. Eines der wenigen Dinge, die sie beim Verlassen des Wohnhauses in ihre Decke geschlagen und mitgenommen hatte, war ihr Kräutervorrat gewesen. Jetzt schlief er, auch wenn er manchmal etwas murmelte, und seine Haut war aschfahl und naß vor Schweiß.

Ich befühlte seine Stirn. Sie war heiß.

»Bitte Tirzah«, sagte Isphet leise hinter mir. »Im Augenblick können wir nichts mehr für ihn tun. Geh an Deck. Setze dich eine Weile an die frische Luft. Ich passe auf ihn auf.«

Ich nickte, berührte seine Stirn noch einmal und tat, wie sie mir geheißen.

Die Luft am Fluß war kühl und angenehm, und ich genoß den sauberen Geruch und den Anblick, der sich mir bot. Zu beiden Uferseiten erstreckten sich bewässerte Felder, im Schilf regten sich Wasservögel. Fische plätscherten, und ich sah die schattenhafte Gestalt einer der großen Wasserechsen in den Fluß gleiten.

Der Abendgesang der Frösche war sanft und ein wenig zögerlich ... als würden sie die Stimmen ihrer versteinerten Kameraden im Norden vermissen.

Hinter uns in bunter Reihe kamen die anderen Schiffe unserer Flotte, und die letzten verloren sich im Zwielicht. Azam war zwei Stunden zuvor in ein kleines Boot geklettert und bahnte sich nun langsam seinen Weg durch die Flotte, fand heraus, wer sich an Bord befand, was jeder mit sich führte, und unterrichtete die Leute über unser Ziel und zweifellos auch darüber, wer uns anführte.

Mir fiel plötzlich Yaqob ein. Er mußte hier irgendwo an Bord sein. Ich sah mich um, dann fragte ich einen der vorbeigehenden Männer. Seinem Aussehen nach ein Sklave – nein, jetzt ein freier Mann, wie ich mich sofort berichtigte. Er zeigte zum Bug, und ich dankte ihm und ging nach vorn, mit langsamen, unsicheren Schritten.

»Yaqob?«

Er saß auf der kleinen Plattform, auf der die Musiker gestanden hatten, als Chad Nezzar am Kai der Pyramide angelegt hatte, und stand bei meinem Näherkommen auf.

»Ja, Tirzah.« Er schaute wieder auf den Fluß hinauf.

Wir standen Seite an Seite, betrachteten den ruhigen Fluß vor uns. Eine Weile lang sagte keiner von uns ein Wort.

»Nun«, brach ich schließlich das unbehagliche Schweigen, »wie es aussieht, sind wir frei, Yaqob. Ich habe mir beinahe nicht vorstellen können, daß wir ...«

»Ich habe mir nie vorstellen können, daß du mich eines Tages auf diese Weise hintergehen würdest, Tirzah«, sagte er und schaute mir dabei fest in die Augen. »Ich wußte, daß sich da eine Kluft zwischen uns auftat, aber ich glaubte, das läge nur daran, weil du diese schändliche Rolle als Boaz' Geliebte spielen mußtest. Aber ich habe dich seit heute morgen beobachtet. Dich genau beobachtet.«

»Ich habe mich in ihn verliebt, Yaqob. Es tut mir leid.«

Oh ihr Götter, wie dumm und abgedroschen das klang.

»Nach allem, was er dir angetan hat? Ich kann einfach nicht glauben, daß du hier stehst und sagst, daß unsere Liebe wegen eines Mannes, der dir solchen Schmerz bereitet hat, der dich umbringen wollte, gestorben ist! Ich verstehe das nicht. Boaz ist ...«

»Boaz ist nicht der Mann, der er auf den ersten Blick erscheint. Yaqob, hör mir zu! Hinter seinem Auftreten als Magier verbarg sich ein Mann von solcher Zärtlichkeit, den ich einfach lieben mußte. Ich wollte ihn so sehr befreien, wie du alle deine Freunde aus der Sklaverei befreien wolltest. Yaqob, er ist auch ein Elementist! Er ...«

Yaqob wollte das nicht hören und wandte sich ab.

»Yaqob! Du hast nicht verdient, was ich dir angetan habe. Aber räche dich an mir, nicht an ihm ... bitte!«

Er fuhr herum und packte mich an den Schultern. »Ich will keine Rache, Tirzah! Ich will nur dich!« Er beugte sich über mich, aber ich wandte das Gesicht ab, bevor er mich küssen konnte.

»Nein. Nein, es ist vorbei, Yaqob.«

»Ich hätte nie geglaubt, am ersten Tag der Freiheit hier stehen und mir solche Worte anhören zu müssen«, sagte er. »Ich habe mein Leben um dich herum aufgebaut, Tirzah, ich habe alle meine Träume um dich als meine Lebenshoffnung herumgewoben. Und nun sagst du ... es ist vorbei.«

Er ließ die Arme sinken und ging.

Ich saß die ganze Nacht an Boaz' Bett und den ganzen nächsten Morgen. Das Fieber hatte ihn jetzt endgültig gepackt, und am Mittag des nächsten Tages schwitzte er, stöhnte und warf sich phantasierend im Bett hin und her.

»Wir können nichts tun, Tirzah«, sagte Isphet. »Er muß seinen Kampf gegen die Entzündung alleine austragen.«

Wir hatten ihn zuvor gewaschen und waren entsetzt über die flammend roten Striemen gewesen, die sich über seinen Bauch und die Flanken hinunter ausgebreitet hatten. Sein Bauch war geschwollen, hart und heiß; innere Blutungen, von der Entzündung noch verstärkt, waren die Ursache.

»Tirzah, komm weg hier.« Isphets Griff um meine Schultern verstärkte sich noch. Zabrze kam, um meinen Platz an Boaz' Seite einzunehmen, während Isphet mich hinaus führte.

»Tirzah, er stirbt.«

»Nein!«

»Tirzah, er stirbt! Glaube mir! Es gibt keine Kräuter mehr, die ich ihm geben kann, nichts, das ich tun könnte. Du mußt dich damit abfinden. Wir können versuchen, es ihm erträglich zu machen, aber um ehrlich zu sein, glaube ich nicht, daß uns das noch lange gelingen wird. Er wird nichts mehr bei sich behalten können ...«

Ich brach in Tränen aus, und Isphet nahm mich fest in die Arme. »Ich habe nicht gewußt, daß er dir so viel bedeutet«, flüsterte sie, streichelte mein Haar und tröstete mich. »Du hast es so gut verborgen. So gut.«

»Ich wünschte, er könnte verstehen, was ich ihm sage«, schluchzte ich. »Ich will ihm sagen, daß ich ihn liebe – ich habe ihm das nie richtig gesagt. Aber er wird es nicht hören, er wird es nicht hören ...«

»Ruhig, Tirzah. Er weiß es, da bin ich mir sicher. So, du

mußt jetzt eine Weile hier sitzen. Zabrze braucht Zeit, um sich zu verabschieden, und ich werde ihm Gesellschaft leisten. Wenn es Boaz schlechter geht, schicke ich nach dir, aber jetzt mußt du dich ausruhen. Sieh, da kommt Holdat, er bringt dich an einen schattigen kühlen Platz.«

Sie übergab mich Holdats Obhut. Der Mann sah fast so verzweifelt aus, wie ich mich fühlte, und er führte mich hinter die Aufbauten, so daß wir im Schatten der Sonnensegel sitzen konnten. Kiamet war auch da, und eine Zeitlang schwiegen wir zusammen.

»Tirzah«, sagte Kiamet schließlich. »Es ist eine seltsame Bitte, aber vielleicht fühlst du dich dann besser, und ich weiß, daß es Holdat und mich trösten würde. Wenn du und Boaz in der Nacht am Fenster gesessen habt, hast du ihm manchmal Geschichten aus einem alten Buch vorgelesen. Holdat und ich« – er sah seinen Freund betreten an – »standen dann für euch unsichtbar draußen und hörten zu. Würde es dich trösten, aus dem Buch der Soulenai vorzulesen?«

»Nicht das Lied der Frösche«, sagte ich.

»Nein, nicht das Lied der Frösche. Aber da muß es doch noch viele andere geben, die du noch nicht gelesen hast.«

»Also gut. Holdat, hast du den Kasten noch …?«

Aber Holdat hatte den Kasten bereits aus dem Nichts hervorgezaubert, und legte das Buch auf meinen Schoß. Ich strich mit den Händen darüber, fühlte sein Alter, sein leises Flüstern, dann schlug ich es an irgendeiner Stelle auf, so wie ich es immer getan hatte, wenn ich Boaz vorlas.

Es war eine Geschichte, die mir neu war, aber das war nicht ungewöhnlich, denn das Buch war sehr dick, und ich hatte noch keine Zeit gehabt, es ganz zu lesen.

»Ach«, sagte ich, »es ist eine traurige Geschichte über den Tod eines Königs.«

Stille, und ich konnte spüren, wie sich Kiamet und Holdat ansahen.

Ich holte tief Luft. »Aber Isphet sagt, ich muß mich damit abfinden, daß Boaz ...«

»Tirzah«, meinte Kiamet, »vielleicht ist es besser, du liest doch nicht ...«

»Nein«, widersprach ich entschieden, dann entschuldigte ich mich für meine Schroffheit. »Ich glaube, ich werde es doch lesen, Kiamet. Vielleicht wird es mir Trost spenden.«

Und so las und übersetzte ich. Ich war stolz darauf, daß meine Stimme nicht brach, denn die Geschichte begann mit der tragischen Verwundung eines großen und guten Königs in einer Schlacht, für die er nicht verantwortlich war.

Und so trugen ihn seine Diener nach Hause, und sein Volk klagte und bereitete sich, so gut es ging, auf seinen Tod vor. Er war schwer verwundet, eine Wunde im Leib ...

An dieser Stelle brach ich beinahe ab.

... die sich vom Nabel bis zur Leiste erstreckte. Die Ärzte nähten sie, aber die Klinge hatte böse Geister mit sich geführt, und der König stöhnte laut und brannte vor Fieber.

Als er sich dem Tode näherte, erschien der Mann, der sich um die Frösche am Fluß kümmerte, am Schloßtor und bat inständig darum, zu den Ärzten des Königs vorgelassen zu werden.

»Ich habe ein gutes Mittel, ein Pulver«, sagte er. »Die Frösche haben mir davon erzählt.«

»Oh ihr Götter«, flüsterte ich und stotterte in meiner Hast weiterzulesen.

Die Diener des Königs waren nicht geneigt, einen so einfachen Mann zu den berühmten Ärzten vorzulassen, aber er ließ nicht locker, und schließlich stand der Froschhüter vor den Ärzten des Königs.

»Was hast du da?« fragte der Älteste der Gruppe.

»Pulver, das die Hitze und die bösen Geister aus dem Bauch des Königs vertreiben und ihn wieder gesund machen wird.«

Der älteste der Ärzte lächelte verächtlich, aber ein jüngerer trat vor und sagte: »Wie kommt man an das Pulver, guter Mann?«

»Im Fluß zwischen dem Schilf, wo das Wasser still und warm ruht, dort findet man manchmal dicken Schleim, von dem man bestenfalls sagen kann, daß er gräßlich riecht. Ich sammle diesen Schleim und trockne ihn, zermahle ihn und so entsteht dieses Pulver.«

»Ich habe davon gehört«, sagte der junge Arzt und besprach sich mit den anderen. Sie waren sich unsicher, aber weil sie verzweifelt waren, entschieden sie sich für den Versuch.

»Brecht seine Wunde auf«, rief der Froschhüter, als die Ärzte mit seinem Glas Pulver zum König eilen wollten, »und streut etwas davon hinein. Mischt auch etwas davon in eine Flüssigkeit und tröpfelt sie ihm in den Mund! Und ...«

»Und was?« wollte Holdat wissen.

»Und dann waren die Ärzte zur Bettstatt des Königs geeilt, taten, wie der Froschhüter ihnen geheißen und retteten das Leben des Königs«, sagte ich. Dann verneigte ich mich und küßte den Einband des Buches. »Danke, danke.«

Ich gab Holdat das Buch zurück, dann wandte ich mich an Kiamet. »Ist Azams kleines Boot noch hier?«

»Ja …«

»Worauf warten wir dann noch, Kiamet? Begleite mich zu den Schilfbänken.«

Isphet wollte es nicht glauben. »Diese … Asche?«

»In Wunde und Mund.«

»Und auf wessen Rat?«

»Auf Anraten eines Buches, Isphet. Ich zeige es dir später.«

»Du kannst lesen, Mädchen?«

Ich fauchte beinahe vor Ungeduld. »Das ist jetzt unwichtig, Isphet, denn Boaz stirbt!«

»Was meinst du, Zabrze?« Isphet wandte sich an ihn.

»Du sprichst von einem ganz bestimmten Buch, Tirzah?«

Ich nickte, und er stimmte zögernd zu. »Laß sie es tun, Isphet.«

»Bah!« Aber sie blieb an meiner Seite. »Und wie willst du vorgehen?«

»Das ist ein Pulver, keine Asche. Und ich werde es in die Wunde streuen, es dann in deinen Betäubungstrank mischen und es ihm in den Mund träufeln.«

Ich wickelte den Verband ab und zuckte zurück, als mich der Gestank traf. Es roch noch schlimmer als der Schlamm, den Holdat und ich eben gesammelt hatten.

Boaz' Haut hatte sich jetzt noch grün und gelb verfärbt. Sein Bauch war so geschwollen, daß er aussah, als sei er im fünften Monat schwanger, und die Haut war so gespannt und heiß, daß ich glaubte, sie würde beim geringsten Druck aufplatzen. Unter einer dicken schwarzen Kruste sickerte Eiter aus der Wunde.

»Isphet, womit kann ich Schorf entfernen?«

»Das mache ich, Mädchen. Puuh!« Und wir beide wichen vor dem fauligen Gestank zurück, der hervorströmte, als sie ihn entfernt hatte.

Ich machte ein paar Schritte entfernt ein paar tiefe Atemzüge, dann trat ich vor und streute Pulver, bis die Wunde damit bedeckt war. Isphet trat mit Tüchern und einem frischen Verband an meine Seite, und, so schnell wir konnten, verbanden wir Boaz erneut.

»Holdat?« rief ich leise, doch er wartete schon, mit dem Froschkelch in der Hand.

Isphet musterte ihn nachdenklich. »Zeldon hat mir erzählt, daß du einen wunderschönen Kelch geschliffen hast, Mädchen. Ist er das?«

Ich reichte ihn ihr und betrachtete ihr Gesicht, als sie die Frösche flüstern hörte. »Oh, Tirzah. Er ist wunderbar!«

Und sie hielt den Froschkelch, während ich etwas von den betäubenden Kräutern hineinschüttete und dann langsam ein paar Prisen von dem Pulver hinzufügte. Ich war mir nicht sicher, wieviel ich hinzufügen mußte – und diese Ärzte sollten verflucht dafür sein, daß sie zu ihrem Kranken eilten, bevor der Froschhüter Zeit gehabt hatte, die genauen Mengenangaben mitzuteilen –, aber ich machte so lange weiter, bis das Gebräu einen leicht bitteren Geschmack hatte. Noch mehr, und er würde es wieder ausspucken.

Dann setzte ich mich, tropfte alle paar Minuten ein wenig von der Flüssigkeit zwischen seine Lippen und wartete.

Viel Zeit verging, aber ich weigerte mich, Boaz zu verlassen.

Es war schon spät in der Nacht, als ich eine Veränderung bei ihm feststellte. Sein Atem ging leichter, und er versank in einen tiefen Schlaf, der ruhig und nicht mehr schmerzerfüllt war. Isphet überredete mich schließlich,

▲ 75 ▲

mich ein paar Stunden auszuruhen, übernahm selbst die Wache bei Boaz und tröpfelte ihm den Rest der Mixtur in den Mund.

Ich hatte erst gedacht, nicht schlafen zu können, aber ich tat es doch und erwachte erst, als Isphet zart meine Schulter berührte.

»Ist er ...?«

»Er schläft noch. Aber es geht ihm besser. Ich will mich jetzt auch etwas ausruhen, aber weck mich zur Morgendämmerung, dann säubern wir seine Wunde und streuen vielleicht noch etwas von dem Pulver hinein.«

»Vielleicht hat es wirklich geholfen.«

»Vielleicht«, gestand sie ein. »Jetzt raus aus dem Bett und laß mich schlafen.«

Ich setzte mich an Boaz' Seite und lächelte. Er atmete jetzt tief und mühelos, das Fieber war gebrochen.

Ich machte weiter mit meiner Aufgabe, ihm winzige Portionen der Flüssigkeit zwischen die leicht geöffneten Lippen zu träufeln, aber meine Erleichterung war mit einem Mal einer großen Müdigkeit gewichen, und nach einer Weile stellte ich den Kelch zur Seite und legte den Kopf auf die Arme. Nur ein paar Minuten, dachte ich. Ich mache bloß ein paar Minuten lang die Augen zu.

Der Druck seiner Hand auf meinem Kopf weckte mich.

»Boaz!«

Er lächelte. »Hör doch. Das ist der Morgengesang der Frösche.«

An diesem Tag gab ich Isphet das Buch der Soulenai, damit sie es sich ansehen konnte. Sie war leicht aufgeregt, bis sie sein leises Murmeln fühlte, und die Tatsache, daß ich daraus vorlesen konnte, wurde ohne weitere Bemerkung übergangen. Das Buch lag auf ihrem Schoß, während ich mich über ihre Schulter beugte, die Seiten umschlug und versuchte, die Geschichte des sterbenden Königs wiederzufinden. Doch sie war aus dem Buch verschwunden. Es gab sie nicht mehr.

Drei Tage später näherten wir uns dem Juitsee. Ich stand mit Boaz und Zabrze am Bug des Schiffes, und Zabrze erklärte mir, daß der See nach den rosa- und scharlachroten Juitvögeln benannt war, die das Marschland und seine Umgebung durchstreiften.

»Der See ist riesig«, sagte er und beschattete die Augen, während er nach Süden blickte. »Niemand hat ihn jemals mit einem Schiff durchmessen.«

»Und das Marschland erstreckt sich meilenweit über die Ufer landeinwärts«, fügte Boaz hinzu. Das war der erste Tag, an dem er hatte aufstehen können; er war blaß und abgemagert, aber seine Augen waren klar, seine Haut hatte die Fieberflecken verloren und sein Bauch spannte sich wieder flach und kühl. Die Wunde war wieder verschorft, nur diesmal sah es gesund aus, und auch wenn Boaz sich schwer auf meine Schulter stützte, glaubte ich nicht, daß es daran lag, daß er meinen Halt so dringend brauchte.

»Das Marschland ist über und über mit Schilf bedeckt, das die heiße, feuchte Luft bewahrt. In der Dämmerung ist es oft von Nebel verhüllt«, fuhr Boaz fort. »Die Wassertiefe ist höchst unterschiedlich. Am sichersten bewegt man sich dort mit einem flachen Kahn und einer Stange zum Staken.«

»Nicht, daß das jemand tun würde«, bemerkte Zabrze. »In

dem grenzenlosen Schilf kann man sich schnell verirren. Manchmal kommen die Fischer hierher, um die hier lebenden Aale zu fangen. Viele sind nie mehr zurückgekehrt. Ich glaube, sie sind über den Rand der Welt gestürzt. Oder zusammen mit den Göttern in einem Ort himmlischer Freuden gefangen.«

»Es muß leicht sein, hier den Gesang der Frösche zu hören«, meinte ich und beugte mich noch näher zu Boaz hinüber. Er erholte sich mit jedem Atemzug, den er tat, aber meine eigenen Verletzungen durch seine nahe Begegnung mit dem Tod waren noch lange nicht verheilt.

»Ich glaube, wir können hier an jeder Stelle an Land gehen.« Isphet gesellte sich zu uns, begleitet von Azam. Neuf blieb in einer der Kammern zurück und ruhte sich aus; sie war noch immer erschöpft von der Flucht durch Gesholme. Yaqob hatte sich vor zwei Tagen entschieden, auf einem der anderen Schiffe zu reisen. Es war traurig, daß er das Gefühl hatte, dies tun zu müssen, aber so war es für alle von uns erträglicher.

Zabrze dachte kurz nach, dann sah er Boaz an. »Nein, Isphet. Wir segeln noch einen Tag weiter. Bis wir ganz nahe am Juitsee sind.«

»Das bringt uns möglicherweise etwas zu weit nach Süden«, meinte Isphet. »Wir sind eine Tagesreise nördlich vom See auf den Lhyl gestoßen. Ich halte es für besser, wenn ...«

»Isphet.« Zabrze streckte die Hand aus und strich ihr sanft über die Wange. Isphets Augen blitzten auf, und ich bin fest davon überzeugt, genauso überrascht ausgesehen zu haben wie Boaz und Azam. »Vertrau mir. Dort gibt es eine kleine Anlegestelle, eigentlich ist sie zu klein für so viele Schiffe, und wir müssen sie sorgfältig steuern, damit sie nicht zusammenstoßen und die Frösche verschrecken, aber diese kleine Anlegestelle ...«

Er sah wieder seinen Bruder an. »Du weißt doch sicherlich, wovon ich spreche?«

»Viele Adlige haben Residenzen am Juitsee«, sagte Boaz. »Vom Wasser kommt immer eine sanfte Brise, und so ist es dort sehr angenehm. Und es ist weit weg von allen Hofintrigen.« Er grinste Zabrze an. »Zabrze kommt nur selten her, und Neuf war nicht ein einziges Mal hier!« Das Grinsen verblaßte. »Aber unsere Mutter liebte das Land und den See. Sie hat ein Haus fast am Ufer des Juitsees geerbt, dort wo der Fluß, das Marschland und der See zusammentreffen. Dort wurde ich geboren, und dort verbrachte ich die ersten drei Jahre meines Lebens. Ich bin seitdem nie wieder dort gewesen.«

»Wir beide haben gefühlsmäßige Bindungen an dieses Haus«, fuhr Zabrze fort, »aber das ist nicht der einzige Grund, warum ich lieber dort statt ein Stück weiter flußaufwärts anlegen will. Das Haus ist zwar auch groß, aber wichtiger noch ist das dazugehörige Land jetzt für uns.«

»Das Anwesen am Juit ist das größte der Familie«, sagte Boaz. »Und es hat uns früher immer sehr gut mit Nahrung und Kleidung versorgt. Es wird uns mit vielen Dingen ausrüsten können, die wir für unsere Reise brauchen.«

»Wir sind fast fünftausend, Zabrze«, sagte Azam. Wie bei den meisten ehemaligen Sklaven leuchtete seine Haut nun mit dem Glanz der Freiheit, und die Falten um Augen und Mund und ließen nun eher an Lachfalten statt an den Gram der Unterdrückung denken. »Selbst ein reiches Anwesen dürfte Schwierigkeiten damit haben, so viele zu ernähren.«

»Es ist besser als nichts, Azam«, erwiderte Zabrze. »und vielleicht schicke ich ein paar von diesem Haufen zum Fischen ... ja!« Er lachte und versetzte Azam einen freundschaftlichen Klapps auf den Rücken. »Genau das werde ich tun. Getrockneter Fisch mag wenig appetitlich sein, aber er sollte uns zu Isphets abgeschiedener Heimat bringen!«

Am nächsten Tag legten wir gegen Abend an der Anlegestelle des schönsten Hauses an, das ich je gesehen hatte. Im Süden konnte ich die Weiten des Juitsees sehen, im Westen die breiten Streifen Marschlandschaft, während sich im Osten das Anwesen erstreckte.

Das Haus stand etwa achtzig Schritt vom Ufer entfernt auf einer kleinen Anhöhe. Es war aus Ziegeln aus gebranntem Flußschlamm erbaut, und die Mauern waren geglättet aber unbemalt geblieben, so daß sie in der untergehenden Sonne rostrot leuchteten. Es war lang und niedrig, mit getrocknetem und gebündeltem Flußschilf gedeckt, dessen Farbe im Verlauf der Jahrzehnte zu hellem Bernstein verblichen war. Nord- und Westseite wurden von schattenspendenden Veranden umgeben, an den beiden anderen Seiten bildeten die verlängerten Dachbalken zusammen mit Ziegelsäulen herrliche Lauben; sie waren ganz mit Schlingpflanzen zugewachsen. Fenster und Türen strahlten mit ihren kristallklaren, rechteckigen Glasscheiben in dunkelgrünen Fassungen.

»Oh, Boaz!«

»Es ist sehr alt«, sagte er. »Sehr alt. Einmal in jeder Generation wird das Dach neu gedeckt, aber davon abgesehen muß man sich wenig darum kümmern. Die Räume sind dämmrig und kühl. Ich erinnere mich so gut daran.«

»Und doch bist du nie wieder zurückgekehrt?«

»Für den Magier war es zu nahe bei den Fröschen«, sagte er und grinste.

Ein Mann eilte den Weg vom Haus zur Anlegestelle entlang. Schon älter, aber vital. Er war sehr wütend.

▲ 81 ▲

»Und da bekommt man keine Nachricht?« rief er. »Keine Ankündigung, und ihr bringt den ganzen Hof? Wer ist es? Wer? Zabrze? Boaz?«

Er war jetzt nahe genug heran, um zu sehen, wer an Deck der Boote stand, und er blieb mit weit aufgerissenen Augen stehen. »Wer kommt hier zu Besuch?«

»Ich und mein Reich«, rief Zabrze und sprang mit einem Satz von Deck auf die steinerne Anlegestelle. »Willst du mir keine Achtung erweisen, Memmon? Muß ich dir zehn Tage vorher Bescheid geben?«

»Memmon ist der Aufseher«, murmelte Boaz neben mir. »Er reist einmal im Jahr nach Setkoth, um die Bücher zur Inspektion vorzulegen, aber in Wirklichkeit will er sehen, was Zabrze und ich für Unsinn treiben. Er wäre genauso wütend, wenn wir ihm vor sechs Monaten Bescheid gegeben hätten, aber fünf Minuten zu spät kämen.«

Zabrze legte dem Mann beruhigend die Hand auf die Schulter und sagte ihm leise etwas ins Ohr. Schließlich zuckte Memmon mit den Schultern, nickte, dann ging er eilig den Pfad zurück.

»Er ruft die Diener und Feldarbeiter zusammen«, rief Zabrze. »Kommt jetzt, die Rampen runter!«

Und die ersten drei Schiffe – mehr konnte die Anlegestelle nicht auf einmal bewältigen –, fingen an, genau das zu tun.

Ich liebte das Haus von dem Moment an, in dem ich es betrat. Es war ein richtiges Heim, voller liebevoller Erinnerungen. Selbst Neuf gewann etwas von ihrer Lebhaftigkeit zurück, als sie durch die Eingangstür trat – und etwas von ihrem Eigensinn.

»Es könnte eine zweite Etage gebrauchen«, murmelte sie und massierte sich mit beiden Händen das Kreuz, während sie sich umsah, »und diese Veranden müssen natürlich weg.«

Zabrze und Boaz protestierten sofort, und ich lächelte und ging allein auf Entdeckungsreise.

Ich spähte neugierig in die Küche, dann grinste ich, als ich Holdat bereits dort sah, mit dem Hauptkoch über einem dampfenden Topf in eine lebhafte Diskussion verstrickt. Der Raum hatte hohe Fenster, die auf die sich weit in die Ferne erstreckenden Felder hinauswiesen, und ich konnte die kleine Gestalt Memmons sehen, der die Menschen dirigierte, während sie das Schiff verließen. Feldarbeiter eilten mit Planen und Pfählen umher; nach Einbruch der Dunkelheit würden ein paar Zelte stehen, aber die Nacht war so mild, daß viele bestimmt nichts dagegen haben würden, unter freiem Himmel zu schlafen. Sie würden sich sowieso bald daran gewöhnen müssen.

Es gab Empfangsräume, Speisesäle und Schlafgemächer – und ein Schwimmbecken, das von einer Veranda umgeben war –, aber bevor ich alle Schätze erkunden konnte, fand mich Boaz, wie ich in einem der Hausgänge umherwanderte, und führte mich in das Hauptwohnhaus zurück.

»Zabrze braucht uns«, sagte er. »Es gibt Schwierigkeiten.«

Die Schwierigkeiten waren in Gestalt eines halb verhungerten und halb verrückten Sklaven von der Baustelle erschienen. Er war von einem der Schiffe gefallen, als unsere Flotte nach Süden geflohen war, und hatte sich dann bis zum Abend im Fluß verborgen, in der Nähe der versteinerten Schilfbänke. In der Nacht hatte er dann ein kleines Boot gefunden, das aus Schilf bestand – es war in der Hast des Aufbruchs fortgetrieben und nicht in Stein verwandelt worden –, und er war uns nachgefahren.

Als der Wind nachgelassen hatte, war er gerudert. Er erweckte nicht den Anschein, sich in den vergangenen Wochen häufig ausgeruht zu haben. Uns einen halben Tag nach unserem Anlegen einzuholen kündete von einer verzweifelten Eile.

»Ich bringe Neuigkeiten von der Pyramide«, hatte der Mann gesagt, der Quebez hieß. Und da brachte Azam ihn zum Haus.

Wir versammelten uns in einem der luftigen vorderen Räume. Neuf war da, saß in Zabrzes Nähe, ich saß genauso nah bei Boaz. Isphet und Yaqob saßen an einem der Fenster, Azam stand neben dem Stuhl, auf dem Quebez saß. Zeldon, der auf einem der kleineren Schiffe gereist war, stand jetzt mit verschränkten Armen in der Tür zum Garten. Mit Ausnahme von Quebec waren wir wohl die Anführer der riesigen Menschenmenge, die sich draußen in Memmons eilig aufgeschlagenem Lager tummelte.

»Hoher Herr.« Quebez hatte ohne zu zögern Zabrze als den Anführer unserer Gruppe erkannt. »Ich habe ... ich hörte ...«

Azam legte Quebez die Hand auf die Schulter. »Wenn du dich gerne eine Stunde ausruhen möchtest ...«

»Nein, Hoher Herr ...«

»Sag Azam zu mir«, knurrte dieser, aber ich nahm an, daß er sich daran gewöhnen mußte, von den Leuten so angesprochen zu werden.

»Nein, ich muß jetzt sprechen. Ich muß berichten, was ich gesehen habe.«

Wir schwiegen, und Quebez holte tief Luft und berichtete von den Schrecknissen, die er aus seinem Versteck im Fluß beobachtet hatte.

»Ich hielt mein Leben für beendet, als das letzte eurer Schiffe ohne mich fortsegelte. Entweder würde mich ...

Nzame ... erwischen oder eine der großen Wasserechsen. Aber irgendwie gelang mir die Flucht. Irgendwie.«

Ich fragte mich, ob die Frösche ihm geholfen hatten.

»Ich klammerte mich an dem Steinschilf fest, und während ich mich festhielt, trieb seine Stimme durch meinen Verstand. Er sprach zu jenen, die sich ihm ergeben hatten. Sie müssen sich alle um ihn geschart haben, denn wenn ich es wagte, den Kopf zu heben, um nach Luft zu schnappen, konnte ich niemanden in den Straßen sehen, aber ich konnte hören, wie viele Tausende seinen Namen riefen. Nzame! Nzame! Tausende.

Nzame verlangte viele Dinge von jenen, die ihre Verehrung für ihn verkündeten. Er verlangte nach Nahrung. Er verlangte nach viel Nahrung, denn sein Hunger sei der der Eins, und er würde immer größer.«

»Die Primzahlen«, murmelte ich, und Boaz nickte.

»Bis in die Unendlichkeit«, sagte Quebez. »Niemals endend, immer größer werdend.«

Ich fühlte, wie Boaz erschauderte, und ich blickte mich um. Jeder sah erschüttert aus, sogar Neuf.

»Nzame sagte, wenn er gespeist würde, dann würde seine Macht entsprechend der Nahrung wachsen, und die Versteinerung würde sich kreisförmig um ihn herum immer weiter ausbreiten, ihr Durchmesser würde sich steigern im Verhältnis zu der Primzahl, die man ihm zur Mahlzeit vorsetzen würde.«

»Shetzah!« stieß Zabrze hervor. »Bedeutet dies etwa, was ich vermute?«

»Er sagte«, und Quebez' Stimme drohte zu versagen, »wenn die Primzahlen größer würden, würde sich das Steinern vollständig über das Land ausbreiten. Alles würde zu Stein werden. Alles seinem Willen unterworfen sein.«

»Nzame wird nicht nur ganz Ashdod in Stein verwandeln, er wird auch jeden dort Lebenden fressen!« sagte Azam.

»Nicht nur«, flüsterte Quebez. »Nzame sagte, daß es in Ashdod nicht genügend Lebewesen geben würde, um seinen Hunger zu stillen oder das ganze Land in Stein zu verwandeln. Er würde mehr brauchen.«

»Und wie will er das schaffen?« fragte Zabrze leise.

»Nachbarreiche werden für die Mahlzeiten sorgen, Hoher Herr.«

»Ach ja?« sagte Zabrze. »Und rechnet er damit, daß sich, sobald sich die Nachricht von Nzames Existenz verbreitet, unsere Nachbarn gern ihre Einwohner schicken werden, um den Hunger der Bestie zu stillen?«

Quebez schüttelte den Kopf. »Nzame hat willige Helfer, Hoher Herr. Tausende rufen seinen Namen und eilten herbei, um ihm zu huldigen. Viele tausend. Eine Armee.«

»Eine Armee kann besiegt werden ...«, begann Zabrze.

»Nicht diese, Hoher Herr. Nzame hat die meisten von ihnen verwandelt. Als die Nacht hereinbrach und ich den Lhyl hinunterruderte, wandte ich mich noch einmal um. Ich war gerade noch rechtzeitig aufgebrochen, denn ein Dutzend von denen, die einst Menschen gewesen waren, drängten sich auf der Anlegestelle.«

»Was meinst du damit – ›die einst Menschen gewesen sind‹?« fragte Boaz.

»Nzame hat sie in Stein verwandelt, Hoher Herr. Daherstapfende, zerbröckelnde, stöhnende Menschen aus Stein. Sie wird er aussenden, um seinen Willen durchzusetzen.«

Völlige Stille war eingekehrt.

»Als ich schwamm und mittlerweile fast schon hoffte, daß mich eine Wasserechse fressen würde, hörte ich Nzame ein letztes Wort rufen.«

▲ 86 ▲

»Ja?« fragte Zabrze.

»Setkoth.«

Azam brachte Quebez in die Küche, damit er etwas zu essen bekam, dann kehrte er zurück. Keiner von uns hatte in seiner Abwesenheit etwas gesagt. Ich wagte es nicht, Zabrze oder Neuf anzusehen. Ihre sieben Kinder warteten auf sie in Setkoth.

Es war Zeldon, der schließlich das Schweigen brach. »Boaz, verrate uns, wer ist dieser Nzame? Ist er wirklich die Eins?«

»Nein. Die Eins hat nicht Persönlichkeit oder Verstand, und sie würde sich mit Sicherheit selbst keinen Namen geben. Nzame hat sich die Idee der Eins zu eigen gemacht, aber er ist nicht die Eins.«

»Wer ist er dann, Bruder?«

Boaz sah genauso entsetzt wie Zabrze aus. »Er oder es ist aus dem Tal gekommen.«

»Die Magier sind schlimmer als Narren, Boaz, eine solche Brücke zu schaffen«, sagte Isphet. »Was hast du dazu zu sagen?«

»Ich kann nur sagen, daß ich mein Bestes tun werde, um das Unrecht wieder gutzumachen, zu dem ich beigetragen habe, Isphet.«

»Wenn du dieser Elementenmeister bist, wie Tirzah behauptet hat.«

»Dann weise mir den Weg dahin, Isphet! Im Augenblick bin ich noch völlig hilflos!«

Isphet wollte etwas erwidern, aber Zabrze hielt sie auf. »Es reicht! Ich will, daß ihr jetzt darüber nachdenkt, was wir tun können und nicht, wer die Schuld trägt.«

»Boaz muß unterwiesen werden in den Künsten«, sagte

ich. »Die Soulenai haben gesagt, daß er die Pyramide ...
Nzame aufhalten wird. Isphet, kannst du das übernehmen?«

»Ich kann ihm die Grundsätze der Magie der Elemente beibringen, aber wenn er die Voraussetzungen zum Elementenmeister hat, dann braucht er unsere Weisen, damit die ihn
unterrichten. Allein sie haben die Macht dazu. Ich muß ihn
zu mir nach Hause bringen.«

»Wir müssen alle gehen«, sagte Zabrze. »Wir alle. Dieses
Haus steht zu nahe bei der Pyramide, um sicher zu sein ...«

»Nein!« rief Neuf. »Ich gehe keinen Schritt weiter ...«

»Verdammt, Neuf!« Zabrze packte sie bei den Schultern,
um sie zu zwingen, ihm in die Augen zu schauen. »Dieses
Haus ist nicht länger sicher! Ich werde nicht zulassen, daß du
und unser Kind einer Gefahr ausgesetzt seid!«

Sie schlug die Augen nieder und gab nach.

»Zabrze, können wir irgend etwas tun, um Nzame und
seine Armee aufzuhalten?«

»Der größte Teil der Armee ist bei der Pyramide. Zusammen mit den Sklaven, die zurückgeblieben sind, wird Nzame
zehntausend Mann haben, die er sich gefügig gemacht hat.
Und wir hier? Ich habe ein paar Hundert Soldaten und etwa
viertausend Männer und Frauen, die ein paar Waffen führen
und denen es an jeglicher Fähigkeit mangelt, gegen Stein zu
kämpfen ... verflucht! Keiner von uns hat die Fähigkeiten,
gegen ein Heer aus Steinmännern zu kämpfen. Wie tötet
man Stein?« Er lachte rauh. »Ich weiß es nicht!«

Er fing sich wieder. »Nein. Wir können jetzt nicht kämpfen, nicht bevor Boaz uns etwas an die Hand geben kann, mit
dem wir kämpfen können. Aber ich kann die Menschen warnen. Ich will sechzig Läufer ausschicken, Boten, nach Ashdod
und in die Nachbarstaaten, um zu berichten, was geschehen
ist. Um zu warnen und Hilfe zu erbitten.«

»Und glaubst du, wir bekommen Hilfe?« fragte Yaqob. Er hatte die ganze Zeit über geschwiegen, und seine Stimme klang ruhig und vernünftig. Er erschien beherrschter, und ich fragte mich, ob Isphet mit ihm gesprochen hatte.

»Ja«, sagte Zabrze. »Ich glaube, zumindest einer unserer Nachbarn wird uns helfen. Darsis, ein Staat im Osten, hat eine große und gut ausgerüstete Armee, und wir hatten immer gute Beziehungen zueinander.«

»Nicht wenn Nzame anfängt, seine Einwohner zu verspeisen«, murmelte Zeldon, und ich warf ihm einen gereizten Blick zu.

»Ich habe mich immer gut mit seinem Oberhaupt verstanden, Prinz Iraldur«, fuhr Zabrze fort. »Wenn ich selbst eine Botschaft schicke, dann hoffe ich, daß er uns hilft. Es wird zu seinem eigenen Besten sein, Bruder.« Er wandte sich Boaz zu. »Vielleicht glauben diese Soulenai, daß du als einziger die Pyramide zerstören kannst, aber du mußt lebendig und in einem Stück reinkommen. Gib mir ein paar Monate, und ich hoffe eine Streitmacht aufbauen zu können, die das für dich in die Wege leitet.«

Dann überlegten wir gemeinsam, was getan werden mußte, um unsere Tausende Schutzbefohlenen für ihre Reise über die Ebene von Lagamaal in den Südosten vorzubereiten. Weder Zabrze noch Boaz kannten diese Gegend gut, und sie befragten Isphet ausführlich darüber.

»Gibt es dort Wasser?« fragte Zabrze. »Es wird schwierig sein, genug Wasser für fünftausend Menschen mitzuführen.«

»Wir sollten etwas mitnehmen, doch wir werden auch welches dort finden. Aber Nahrung ist rar. Auf der Lagamaal gibt es Hasen, aber nicht genug, um fünftausend Menschen zu ernähren. Und solange ihr keinen Geschmack an Mäusen, Käfern und Schlangen entwickelt ...«

Es gab ein paar Kamele und Maultiere, die wir als Lasttiere benutzen konnten, aber sehr viele waren es wiederum auch nicht; das Anwesen konnte uns jedoch mit einigen zusätzlich versorgen, und Zabrze glaubte, noch mehr in den Nachbarstaaten kaufen zu können.

»Wir werden ein paar Hundert zusammenbekommen«, sagte er, »aber die, die kräftig genug sind, werden ebenfalls Lasten tragen müssen. Die Pferde, die wir haben, brauche ich für unsere Boten.«

Dann rief Zabrze Memmon herein. Allem Anschein nach hatte das Anwesen große Getreidevorräte, zumindest groß genug, um uns drei Wochen lang zu ernähren, aber sonst gab es kaum etwas.

»Fisch gibt es zur Genüge«, sagte Zabrze. »Ich will, daß wir in fünf Tagen zur Abreise bereit sind. Ich wage es nicht, länger zu warten. Azam und Zeldon können vielleicht Gruppen zusammenstellen, die während der nächsten drei Tage fischen gehen. Und andere, die den Fisch trocknen?«

Sie nickten.

»Und Schilf, das getrocknet und zu Körben geflochten werden muß«, fuhr Zabrze fort, »und ...«

»Das alles kann morgen früh angeordnet werden«, sagte Isphet. »Da ist noch etwas anderes, das getan werden muß, solange wir hier sind, und am besten sage ich jetzt, was es ist.« Sie drehte sich ein Stück auf ihrem Stuhl. »Boaz, ich habe gehört, daß du ein Elementist sein sollst. Daß dich die Soulenai zum Elementenmeister ausbilden wollen, damit du die Pyramide zerstörst. Nun, ich habe noch keinen Beweis deiner Fähigkeiten erlebt, und du mußt noch den Soulenai vorgestellt werden. Bevor ich mich für eine solch schwere Reise entscheide, und bevor ich meine Heimat einer möglichen Gefahr aussetze, will ich genau wissen, wer und was du wirklich bist.«

Isphet hatte recht. In den Augen vieler Leute war Boaz noch immer der Magier, und es würde das Beste sein, wenn seine wahren Fähigkeiten offenbart würden.

»In zwei Tagen will ich Boaz in die Kunst der Elementenmagie einführen … falls die Soulenai zustimmen. Yaqob, sprichst du mit den Elementisten unter uns? In der Morgendämmerung, in drei Tagen.«

Yaqob nickte, und nachdem wir uns noch ein wenig unterhalten hatten, erhoben wir uns und nahmen eine Mahlzeit zu uns, die man für uns zubereitet hatte, dann gingen wir schlafen. Die nächsten paar Tage würden für uns alle sehr anstrengend werden.

Yaqob hielt uns an, als wir zu dem uns zugeteilten Schlafgemach gingen. Er war ängstlich und unsicher, und uns ging es ähnlich. Mir entging nicht, daß Boaz' Blick zu Yaqobs Händen glitt, als würde er einen weiteren Angriff erwarten.

»Ich sollte mich für das entschuldigen, was ich …«

»Nein«, unterbrach Boaz ihn. »Nein, das solltest du nicht. Ich habe dich und Tirzah viele Monate lang durch meine Worte und Handlungen beschämt. Als ich ständig das Bewußtsein verlor, als du und Zabrze versucht habt, etwas von dem Unrecht wieder gutzumachen, das ich verursacht habe, da habe ich gehört, daß Isphet zu Tirzah sagte, daß ich mit meiner Macht ihr Inneres zerrissen hätte und darum das gleiche erlitt. Sie hielt das nicht für einen Zufall, und ich jetzt auch nicht mehr. Vielleicht haben andere Hände als die deinen das Schwert in meinen Leib geführt. Es gibt nichts, wofür du dich entschuldigen solltest. Nichts.«

Boaz verstummte, suchte nach Worten. »Wenn jemand um Verzeihung bitten muß, dann bin ich es. Aber ich kann nicht darum bitten, ich kann sie mir nur verdienen. Ich hoffe, daß ich am Ende wenigstens etwas von dem Bösen und dem

Unglück wieder gutmachen kann, das ich mit in die Welt gesetzt habe.«

»Boaz«, murmelte ich und nahm seinen Arm; ich wünschte mir, er hätte mir das unter vier Augen gesagt, aber ich wußte, daß er es vor Yaqob hatte aussprechen müssen.

Yaqob starrte Boaz an, dann mich. »Zerstöre die Pyramide«, sagte er, »und behandle Tirzah wie einen kostbaren Schatz.«

Er zögerte verlegen, dann verschwand er in einem dunklen langen Gang.

Wir sahen ihm nach, und ich hoffte, daß an diesem Abend eine Wendung zum Guten eingetreten war.

Unter den Tausenden, die vor der Pyramide geflohen waren, befanden sich nur drei Dutzend Elementisten. Mir wurde klar, daß diese Zahl ziemlich genau der Gesamtzahl aller Elementisten entsprechen mußte, die es auf der Baustelle gegeben hatte. Im Lauf der Jahre hatte Isphet es geschafft, die Mehrzahl in ihrer Werkstatt zu versammeln. Sie war eine außergewöhnliche Frau, und die meisten Elementisten waren von ihr angezogen worden.

An diesem Morgen sollte ich wie alle anderen herausfinden, wie außergewöhnlich sie war.

Ich fragte mich, was Isphet nehmen würde, um die wirbelnden Farben zu beschwören und den Ritus einzuleiten, wo sie doch kein geschmolzenes Glas mehr hatte.

In der Nacht vor dem Dämmerungsritus sprach Isphet mit einigen Ruderern des Anwesens, und als wir in der kühlen Dunkelheit kurz vor der Morgendämmerung aufstanden, warteten an der Anlegestelle achtzehn kleine Stechkähne auf uns. Wir stiegen wortlos ein, zwei in jeden Kahn, und Boaz nahm die Stange und stieß den Kahn, in dem wir beide saßen, von der Anlegestelle ab. Ich beobachtete ihn aufmerksam, da ich glaubte, es könne zu anstrengend für ihn sein, aber er kam mühelos damit zurecht.

Isphet und Yaqob führten die Prozession in den See an. Wir schwiegen und nur die Laute des erwachenden Landes waren zu hören. Nebel trieb über dem See und verfing sich in den großen Schilfbänken zu beiden Seiten, aber er war nicht dicht, und als am östlichen Horizont rosafarbenes Licht erschien, wichen die Schilfbänke zurück und wir fanden uns auf einem offenen Gewässer wieder, das noch immer seicht genug für unsere Stangen war.

Isphet führte uns zu einer Stelle so weit draußen auf dem See, daß die Schilfbänke zu einem grünen Strich in der Ferne geworden waren. Sie gab ein Zeichen, und die Boote wurden zu einem weiten Kreis zusammengeführt und die Stangen in die Boote genommen. Ich befürchtete, daß sich der Kreis wieder öffnen würde, aber vielleicht war die Magie unter uns bereits stark, denn der Kreis blieb erhalten.

Bei Isphets nächstem Zeichen standen die von uns auf, die gesessen hatten, und wandten sich dem Kreisinneren zu, und die Kähne schwankten kaum. Wir alle trugen hellblaue Gewänder, keinen Schmuck, keine Gürtel und keine Schärpen. Das Haar fiel lose herab, so daß die kühle Brise mit ihm spielte.

Alle Augen waren auf Isphet gerichtet. Sie war ganz in Weiß gekleidet, und mit ihrem schwarzen Haar, das ihr über die Schultern floß, und ihren ungewöhnlich dunklen Augen sah sie wie eine große Zauberin aus.

Sie hielt uns alle in ihrem Bann.

Wir standen ruhig da, die Blicke fest auf sie gerichtet.

Langsam hob sie den Arm, dann, mit einer schnellen Bewegung, schwenkte sie die Hand in einem großen Bogen über das Wasser.

Und Millionen von rosaroten und dunkelroten Juitvögeln erhoben sich mit einem Schlag aus den Schilfbänken in den Himmel, und es klang wie ein mächtiges Rauschen. Ich starrte Isphet an; in meinen Augen sah die rosa- und rotfarbige Woge hinter ihr wie ein großer Flammengürtel aus.

Dann erregte eine andere Bewegung meine Aufmerksamkeit. Das Wasser innerhalb des Kreises unserer Kähne wirbelte wie ein Mahlstrom herum, obwohl sich keines der Boote an seinem Rand bewegte. Die Morgendämmerung tauchte uns nun in ihr Licht, und ich konnte sehen, daß sich das grüne Wasser in der Mitte des Kreises schwarz verfärbte.

Isphet warf Metallpulver mitten hinein, und Farben wirbelten nun in dem Rund: Blau, dann auf Isphets Befehl Rot, dann Gold und schließlich helles Smaragdgrün.

»Nehmt die Farben in euch auf«, flüsterte sie über dem Kreis, »lauscht ihren Stimmen, Boaz, hörst du, wie wir sie verstehen?«

Ja.

Ja, das tat er. Er war einer von uns und hatte im Gegensatz zu mir keine Angst, als er das erste Mal in die Macht der Farben eintauchte. Er ließ sich mühelos und ohne zu zögern von der Macht umfangen.

Ja.

Ich konnte ein Brausen hören – das Wasser, das immer wilder wurde, aber ich beachtete es nicht und ließ mich ebenfalls von der Macht mitreißen.

Dann waren die Soulenai mitten unter uns.

Ich erbebte, denn ihre Gegenwart war anders als je zuvor, stärker. Viel lebendiger.

Gib nach, Boaz, fühlte ich Isphet drängen, *laß dich von ihrer Macht erfüllen, dich bereichern.*

Als ich mit geschlossenen Augen den Kopf in den Nacken

legte und mich von ihrer Gegenwart durchdringen ließ, fühlte ich, wie Boaz das gleiche tat.

Wieder ging er in ihnen auf, ohne zu zögern.

Gib dich hin ... Diesmal sprachen die Soulenai, und ich konnte die Neugier spüren, als sie durch Boaz wogten, ihn erforschten, Nähe zu ihm suchten.

Er ließ es geschehen.

Sie bewegten sich durch jeden von uns und auch zwischen uns – etwas, das sie noch nie zuvor getan hatten.

Ich schlug die Augen auf. Wandelten die Soulenai unter uns? So fühlte es sich an, oh ja, denn das war eine Macht, die ich noch nicht kannte. Sie waren lebendig an diesem Ort, sehr stark, und ich fragte mich, warum das so war.

Dann sprachen sie.

Im Land sterben die Elementenkünste. Der Krieg ist wieder da, und das Land verwandelt sich erneut in Stein. Am Ende wird sogar das Lied der Frösche sterben. Dann wird alles verloren sein. Ihr alle, die ihr euch hier versammelt habt, sollt die Steine wieder zum Leben erwecken und das Land erneuern. Ihr seid unsere geliebten Kinder, und ihr werdet die Verantwortung dafür tragen.

Aber unter euch sind einige, die eine größere Last als andere werden tragen müssen. Hört zu und wisset. Isphet ...

Und die Soulenai wandelten unter uns. Ich konnte sie jetzt sowohl sehen als auch fühlen. Ein Licht umgab Isphet, und ich konnte darin kaum ihre Gestalt erkennen.

Isphet. Du Starke, Schöne, du hast an einem Ort aus Stein und Tod die Hoffnung aufrechterhalten. Dafür danken wir dir, und wir wollen dir eine weitere Pflicht auferlegen. Reise in deine Heimat und suche den Rat der Weisen, denn du wirst eine große Elementenmeisterin werden, und es wird deine Aufgabe sein, deinem Volk das Licht der Erleuchtung zu bringen. Du bist auserwählt unter vielen.

Wir alle fühlten ihr Erstaunen. Isphet hatte sich nie für wert befunden, die höchste Ebene der Magie der Elemente zu erklimmen, eine Elementenmeisterin zu werden, aber ich war nicht überrascht. Sie verdiente diese Ehre.

Und wenn die Zeit kommt, wirst du dann uns und deiner Aufgabe treu ergeben sein? Gelobe es.

Ich gelobe es, flüsterte sie, und wir fühlten uns geehrt, es für sie mitzubezeugen.

Yaqob. Jetzt umgab der helle Schein Yaqob, und Tränen der Freude und Erleichterung traten in meine Augen.

Yaqob. Auch du wirst von den Weisen die Künste und Fertigkeiten der Elementenmeister lernen. Du hast gelitten und wirst vielleicht noch mehr leiden. Nutze das Erlebte, um Stärke zu schaffen und Leidenschaft zu schmieden. Du sollst lehren, und die Erkenntnis wird in dir reifen, wenn ein Jahr ums andere ins Land gegangen ist.

Und sie verlangten von ihm das gleiche Gelöbnis wie von Isphet, und er legte es ab und wir bezeugten es.

Tirzah.

Eine solch unermeßliche Schönheit und Glückseligkeit durchdrang mich, daß ich sie fast nicht ertragen konnte, aber die anderen stützten mich, und ich nahm sie an.

Tirzah. Lerne mit den anderen, doch was du lernen wirst, wird zu der Macht gehören, über die du bereits gebietest. Du wirst eine große Elementenmeisterin sein. Nur wenige werden deine Macht übertreffen. Doch du wirst Verluste erleiden. Du sollst an ihnen wachsen. Gelobst du, uns zu folgen und deine Aufgabe getreulich zu erfüllen, Tirzah?

Ich gelobe es. Ich fühlte, wie mich die Soulenai liebkosten, aber das gab mir nur wenig Trost. Verluste? Verluste?

Boaz, du bist der vierte, und du ahnst die Last deiner Aufgabe, aber sie wird schon bald klar vor dir stehen. Du wirst als Elementenmeister eine Macht erringen, die sich nicht einmal dein Vater hätte träumen lassen. Selbst er, der so wißbegierig war, würde die Orte fürchten, die du erforschen wirst. Du wirst mehr als jeder andere die Wege der Erkenntnis beschreiten müssen. Lerne das Lied der Frösche verstehen, verstehen in seinem tieferen Sinn. Gelobst du uns, das zu tun?

Ich gelobe es. Ich konnte Boaz' Gefühle spüren. Mit diesem Gelöbnis schüttelte er die letzten Bedenken ab, die der Magier in ihm errichtet hatte. *Ich gelobe es.*

Dann siehe, Boaz ... sehet ihr alle ...

Und wir taten für einen kurzen, einen winzigen Moment einen Blick auf die Zuflucht im Jenseits. Dann wurde mir mit einem Mal der Mann bewußt, der in der Mitte des Mahlstroms stand.

Er lächelte Boaz an, und ich sah, daß es Avaldamon war.

Seine Gestalt war nicht mehr so flüchtig wie bei seinem Erscheinen in Boaz' Residenz, doch er war noch immer geistergleich. Nur eine Erscheinung, kein Körper.

Er streckte die Hand aus, dann machte er einen Schritt und dann noch einen, und er ging über das Wasser auf die Boote zu.

Er war atemberaubend, nicht allein durch sein Aussehen, sondern durch die Macht und das Wissen, das in seinen Augen leuchtete. Er hob die Hand, liebkoste Boaz' Wange, dann zog er seinen Sohn an sich. Für diesen flüchtigen Augenblick der Umarmung erschien Avaldamon wie aus Fleisch und Blut, und Boaz erzählte mir später, daß er einen Mann in seinen Armen gehalten hatte und keinen Geist.

Laß dich segnen, Boaz. Er wandte sich von Boaz ab und deutete mit der Hand auf den ganzen Kreis. *Laß euch alle segnen.* Und dann war er verschwunden.

Der Mahlstrom beruhigte sich, und wir setzten uns wieder in die Kähne, aber wir bewegten uns nicht, noch sprachen wir. Und so saßen wir viele Stunden lang dort, bis die Sonne vom Himmel brannte und ein neugieriger Juitvogel über Isphets Kopf flog und sie und uns aus der Versunkenheit weckte.

Jeder war durch dieses Erlebnis verändert worden, nicht nur wir vier, die wir auserwählt worden waren.

Wir saßen da, blinzelten und lächelten. Zögernd umarmten wir einander und reichten uns die Hand von Boot zu Boot.

Es gab Gelächter und auch Tränen der Freude ... und dann ertönte eine Stimme.

Ich sehe euch. Ich sehe euch genau, und ich kenne euch.

Wir erstarrten.
   Die Stimme war aus dem Norden gekommen.
   Nzame.

Ich hungere nach euch.

6

In den nächsten fünf Tagen geschahen kleinere Wunder. Der See hatte sich als unerschöpflich erwiesen; jeden Tag saßen die Männer und Frauen am Ufer und nahmen Fische aus, schuppten sie und legten sie auf Gestelle zum Trocknen. Als sich der Tag der Abreise näherte, wurde noch mehr Fisch entweder über Nacht geräuchert oder mit Getreide zu nahrhaften Fischkuchen verbacken.

Andere webten feste Schilftragekörbe für Maultiere und Kamele oder für die Rücken kräftiger Menschen. Und die meisten von uns waren kräftig. Unter uns waren keine Kinder und auch keine Schwangeren (mit Ausnahme von Neuf), denn im Sklavenlager gab es ja beides nicht! Die Körbe wurden mit Fisch und Getreide beladen und den Früchten, dem Käse und den Kräutern, mit allem, was das Anwesen hergab. Alles andere würden wir uns unterwegs auf der Reise besorgen müssen.

Isphet hatte uns berichtet, daß die Ebene von Lagamaal dürr, aber keine Wüste war. Am Tag würde es heiß sein, in der Nacht kalt. Sandalen wurden geflickt und neue hergestellt. Nur wenige hatten andere Kleidung als die einfachen Wickeltücher, die man den Sklaven zugeteilt hatte, also befahl Zabrze, daß Banner und Behänge der Flußschiffe als Gewänder und Tücher benutzt werden konnten, die man um Kopf und Nacken winden konnte, um sich vor der Sonne zu schützen. Ich lächelte, als ich daran denken mußte, was Chad Nezzar wohl zu derart kostbar gekleideten Sklaven gesagt hätte, aber das Lächeln erstarb mir auf den Lippen, als mir einfiel, was aus Chad Nezzar geworden war.

Nzames Fähigkeit, so weit sehen und sprechen zu können, hatte jeden entsetzt. Zabrze war blaß geworden, als man es ihm berichtet hatte, und er hatte noch mehr Boten mit der Bitte um Hilfe nach Osten und Westen entsandt. Nur in den Norden hatte er niemanden geschickt.

Zabrze hatte sich überlegt, die Reise einen Tag früher als geplant anzutreten, sich dann aber dagegen entschieden. Nzame mochte ja die Fähigkeit haben, über große Entfernungen hin sehen zu können, und er hatte offensichtlich eine Armee von steinernen Männern, aber sie würden vermutlich noch in Setkoth beschäftigt sein, und Zabrze war überzeugt davon, daß es nur noch wenige Schiffe gab, die viele von ihnen auf einmal transportieren konnten.

Er entschied, unsere Reise gut vorbereitet zu beginnen, statt Hals über Kopf zu flüchten und innerhalb von zwei Wochen verhungert zu sein.

Neuf war sehr still gewesen, und Isphet sorgte sich um sie, denn sie verfiel zusehends. Niemand, nicht einmal Zabrze, wußte, was zu tun war. Als Neuf nach der Reise von Setkoth zur Pyramide von Bord gegangen war, war sie lebhaft und gesund gewesen, aber ich fühlte, daß die Geschehnisse des Einweihungstages zusammen mit der Sorge um das Schicksal ihrer Kinder ihren Lebenswillen aushöhlte. Sie war nicht die gefühlskalte Mutter, wie Zabrze es angedeutet hatte.

Sie trug vermutlich Zabrzes einzigen Erben in sich. Isphet verriet mir, daß das Kind in ihrem Leib gesund war, aber insgeheim machte sie sich Sorgen wegen der Geburt.

»Neuf sagt, daß es erst in fünf oder sechs Wochen kommen soll. Ich bete, daß sie recht hat, und ich bete, daß wir nicht noch unterwegs sind, wenn sie niederkommt.«

Wir brachen in aller Frühe auf, als die Juitvögel wie eine Flamme in den Himmel hochschossen und die Frösche ihren Morgenchor anstimmten. Zabrze hatte Memmon gebeten, uns zu folgen – viele der Arbeiter hatten sich entschlossen, uns in die Sicherheit zu begleiten –, aber er hatte sich geweigert. Er sagte, er würde bleiben und das Anwesen für den Tag von Boaz' oder Zabrzes Rückkehr in Ordnung halten, und nichts konnte seine Entscheidung ändern.

Als wir den Weg nach Osten antraten, drehte ich mich um und sah zurück. Das Haus war so schön, und der Fluß, der See und das Marschland übertrafen es beinahe noch. Ich hoffte, daß der Juitsee irgendwie Nzames Freßgier entkam. Ich versuchte, mir diese Schönheit als Versteinerung vorzustellen, und mein Blick verschwamm vor Tränen.

»Komm«, sagte Boaz. »Komm, Tirzah. Laß uns in die Zukunft sehen und nicht in die Vergangenheit.«

»Ich hatte gehofft, daß das Haus irgendwie meine Zukunft sein würde. Wirst du mich herbringen, um hier zu leben, falls wir die nächsten Monate und Jahre überleben?«

»Aber sicher, meine Geliebte«, sagte er und küßte mich auf die Stirn.

Isphet, Zabrze, Boaz, Azam, ich und ein paar andere führten den Zug an. Manchmal stieß Yaqob zu uns, aber meistens blieb er im Mittelteil der Marschkolonne.

Neuf saß gleich hinter uns auf einem Maultier, wo Isphet ein Auge auf sie haben konnte. Sie lächelte immer, wenn sich jemand nach ihrem Befinden erkundigte, aber ich glaube, daß sie sonst nur teilnahmslos vor sich hinstarrte.

Die meisten trugen einen Korb auf ihrem Rücken, selbst Zabrze war mit Korn und Fischkuchen beladen. Boaz' Last war leichter als meine – bevor es hell geworden war, hatte ich einiges von dem Korn, das in seinen Korb geladen war, in meinen eigenen umgefüllt. Ich war nicht sicher, ob die Wunde in seinem Bauch auch wirklich verheilt war, und ich wollte nicht, daß sie unterwegs und weit entfernt von dem heilenden Schlamm des Lhyl aufplatzte und sich neu entzündete. Ich hatte mehrere Töpfchen mit dem Pulver mitgenommen. Aber mir war es lieber, wenn Boaz gesund blieb und kein zweites Mal gerettet werden mußte.

Den ersten Tag und den größten Teil des zweiten folgten wir den Wegen durch die Felder des Anwesens. Es war angenehm und nicht übermäßig anstrengend, nicht einmal in der Hitze, denn die losen Gewänder und um den Kopf geschlungenen Tücher hielten die brennende Sonne ab, und vom Fluß wehte eine leichte Brise.

Am dritten Tag betraten wir unbestelltes Land. Isphet führte uns nach Nordosten und meinte, wenn wir die östliche Richtung beibehielten, müßten wir die erste Markierung für den Weg in die Berge finden.

»Eine Wegmarkierung?« fragte Zabrze, der neben ihr ging.

»Nur wenige von uns verließen die Berge, um in die Niederflußländer zu gehen, wie wir sie nannten«, erklärte Isphet. »Vielleicht vier oder fünf im Jahr. Der Weg ist beschwerlich, und fast unmöglich wiederzufinden, wenn man sich verirrt. Also brachten unsere Leute Wegmarkierungen in der Lagamaal an, die uns sicher geleiteten.«

»Werden sie noch da sein? Es sind viele Jahre vergangen, seit du diesen Weg benutzt hast.«

»Die Markierungen gibt es seit Hunderten von Jahren,

Zabrze. Ich bezweifle, daß sie in den zehn oder elf Jahren seit meinem Aufbruch aufgegeben haben und gestorben sind.«

Aufgegeben und gestorben? Isphet fügte keine Erklärung hinzu, aber je später es wurde, desto öfter bemerkte ich Sorgenfalten auf ihrer Stirn, die immer tiefer wurden, während wir in den vierten Tag hineinmarschierten.

Mittlerweile gab es keinen Weg mehr, und ich hoffte, daß Isphet wußte, was sie tat. Der Boden war hart und voller Schotter und kleiner Kieselsteine. Gelegentlich ragten größere Felsbrocken auf, manche vier bis fünf Schritt hoch, und Isphet sagte, daß das die Überreste von Bergen waren, die die Zeit abgetragen habe.

Darüber mußte ich lächeln.

Niedrige, verkrüppelte Bäume mit dunkelgrünen spitzen Blättern spendeten uns nur wenig Schatten, gaben aber gutes Feuerholz ab, und zwischen den Steinen sprossen Büschel harten, borstigen Grases.

»Wenn uns die Vorräte ausgehen«, sagte Isphet, »können wir eine Zeitlang mit Hilfe der Knollen dieser Grasbüschel überleben, aber wenn jemand sie länger als eine Woche ißt, läuft er Gefahr, sich langsam zu vergiften und zu sterben.«

Es gab auch Geschöpfe, die wir für gewöhnlich nur bei Anbruch der Morgendämmerung und der Abenddämmerung sahen. Hasen, dürr und sehnig, sowie die Schlangen und Käfer, von denen Isphet gesprochen hatte. Sie kamen uns nicht nahe, denn wir waren viele tausend Füße, die durch ihre Ebene trampelten, aber wir untersuchten in der Nacht unsere Decken und die Gewänder am Morgen, aus Furcht, ein ungebetener Gast könnte sich in ihnen ein warmes Plätzchen gesucht haben.

Als sich der Mittag näherte, blieb Isphet stehen und murmelte etwas, beschattete die Augen mit den Händen und spähte angestrengt in die Ferne.

»Da ist es!« rief sie aufgeregt, obwohl keiner von uns etwas Besonderes erkennen konnte. »Da!« Und sie eilte durch das Gras und über die Steine.

Wir folgten in einem etwas mäßigerem Schritt, froh, daß Isphet offensichtlich gefunden hatte, wonach sie die ganze Zeit Ausschau gehalten hatte.

Kurze Zeit später kniete Isphet vor einem niedrigen Steinhügel. Ich betrachtete ihn neugierig, konnte aber nichts erkennen, was ihn von den vielen anderen Steinhügeln unterschied, an denen wir vorbeigekommen waren. Isphet strich langsam mit den Händen über die Steine, hörte dann auf halber Höhe der nach Osten gerichteten Seite des Hügels auf.

»Da ist sie«, rief sie erleichtert, tastete ein wenig herum und zog eine kleine, mattgraue Metallkugel unter den Steinen hervor.

Sie rieb sie zwischen den Händen, wärmte sie, und flüsterte ihr etwas zu. Sie lauschte angestrengt, dann trat ein Lächeln auf ihr Gesicht.

»Die Kugel erzählt mir, wer vorbeigegangen und was in den vergangenen Monaten in der unmittelbaren Umgebung passiert ist. Boaz, du kannst es fühlen und hören.«

Sie gab ihm die Kugel. Er konzentrierte sich, dann lächelte er. »Die Hasen hatten Schabernack getrieben, aber sonst ist hier nichts passiert.«

»Ja.« Isphet gab mir die Kugel, und dann Yaqob, der auch bei uns stand.

»Kann es jeder Elementist hören?« fragte er.

»Zuerst nicht. Sie müssen von jemandem geweckt werden, der aus der Berggemeinde kommt, sonst bleiben sie stumm, selbst einem Elementisten gegenüber.«

Ich hoffte nicht nur, daß wir uns nicht verirrten, ich betete darum, daß wir Isphet unterwegs nicht verloren.

»Und der Weg«, sagte Boaz. »Sie hat von vielen Dingen gesprochen, aber nicht von dem Weg.«

»Darüber wird die Kugel nur zu mir sprechen«, erwiderte
Isphet.

Sie warf die Kugel hoch in die Luft. Sie funkelte einen Augenblick lang, dann schlug sie mit einem unerwartet lauten
Aufprall auf dem Boden auf.

Augenblicklich gerieten die lose Erde, Kiesel und kleinere
Felsstücke in Bewegung.

Bis auf Isphet traten alle ängstlich zurück, Zabrze fluchte
und stolperte in seiner Hast, und Neuf wich eilig hinter uns
zurück.

»Seid ruhig«, sagte Isphet. »Schaut doch nur!«

Ein schmaler Pfad aus Steinen und Erde wand sich vor uns
nach Osten.

»Er wird uns zur nächsten Markierung führen. Kommt
schon, keine Angst. Die Erde hört im gleichen Moment auf,
sich zu bewegen, in dem man den Fuß daraufsetzt.« Sie versteckte die Kugel wieder zwischen den Markierungssteinen.

Zabrze schluckte, sah Boaz und Azam an, dann gab er das
Zeichen zum Aufbruch.

Und so folgten wir einem gewundenen Band aus Erde und
Stein durch die Ebene, und die Fünftausend gingen in einer
langen Reihe hinter uns her.

Wir reisten den nächsten Tag und auch die folgenden zwei.
Jeden Abend schlugen wir bei einem der Markierungshügel
das Lager auf, am Morgen holte Isphet die matte Metallkugel,
hörte sich an, was sie ihr mitteilte, dann warf sie sie in die
Luft, um den nächsten Pfad aus sich windender Erde und
Steinen auszuformen.

Trotz der Trockenheit der Landschaft und des erschöpfenden Marsches verloren nur wenige ihren Mut. Nzame hatte nicht noch einmal gesprochen, und Boaz hoffte, daß die Sicht und die Stimme dieses Wesens nur bis zum See gereicht hatte. Boaz hatte sich so weit beruhigt und war so heiter geworden, daß er oft die ganze Führungsgruppe zum Lachen brachte, indem er witzige Geschichten über die Gemeinschaften der Hasen und Käfer erfand, an denen wir vorbeikamen.

Das Haar schnitt er sich noch kürzer, und er ließ sich einen Bart wachsen. Es war seine Art, das äußere Erscheinungsbild des Magier abzulegen, aber ich fand, daß er so wie ein Räuber aussah. Als ich ihm das sagte, grinste er und meinte, wir reisten ja auch wie eine Horde Räuber.

Sobald wir am späten Nachmittag die Wegmarkierung erreichten, befahl Zabrze zu halten, und wir richteten ein großes Lager her. Isphet zeigte uns, wie wir in den tiefen Senken Wasser finden würden. Wenn vier oder fünf Männer gruben, bis sie feuchten Grund erreicht hatten, das Loch dann mit Steinen sicherten, sickerte das Wasser durch und stieg, bis es am Morgen einen klaren Teich gab, und wir konnten unsere Flaschen füllen und uns kurz unsere Gesichter netzen.

Wenn es dunkel wurde, funkelten überall Lagerfeuer. Wir kochten Getreidebrei oder machten die Fischkuchen heiß, und gelegentlich fing jemand einen Hasen, und dann hatte das Lagerfeuer, zu dem er gehörte, frisches Fleisch. Als ihnen eines Nachts der Geruch brutzelnden Fleisches von einem benachbarten Lagerfeuer in die Nase stieg, versprachen Zabrze und Azam, uns einen Hasen zu fangen, aber die Hasen waren schnell und beide Männer nicht mehr so flink wie in ihrer Jugend. Wir lachten sehr, als Zabrze stolperte und Azam mit sich zu Boden riß; sie murrten und sagten, wir würden uns wohl mit den Gerüchen begnügen müssen.

Für gewöhnlich gesellte sich Yaqob zu uns, nachdem er mit

seiner Gruppe gegessen hatte, und dann wandte sich das Gespräch unweigerlich dem Dämmerungsritus am See zu. Wir stellten auch Mutmaßungen über Nzame an, aber das führte natürlich nicht weiter.

Boaz befragte Isphet eindringlich über die Weisen, aber sie wußte nur sehr wenig über sie.

»Wir verehren sie sehr«, sagte sie, »und versuchen ihre Meditation nicht zu stören.«

Zabrze verhielt sich während unserer Gespräche immer still, aber ihm entging nichts, und Neuf döste in seinen Armen. Sie waren sich in den vergangenen paar Tagen nähergekommen als während ihres Lebens bei Hofe, das sie im Laufe der Jahre eher einander entfremdet hatte. Zumindest hatte ich diesen Eindruck.

Und doch war ich mir nicht ganz sicher und erinnerte mich an die flüchtige Liebkosung von Isphets Wange.

Ich las zwei Mal aus dem Buch der Soulenai vor. Isphet und Yaqob waren von den Geschichten verzaubert, und beide gaben zu, daß Lesen und Schreiben vielleicht doch keine so üblen Fertigkeiten seien.

»Es sei denn, die Magier bedienen sich ihrer und mißbrauchen sie«, konnte sich Isphet nicht verkneifen zu sagen und warf Boaz einen finsteren Blick zu.

»Hast du keine Lust, daß ich dir das Lesen beibringe, Isphet?« erwiderte er. »Und dir auch, Yaqob? Es ist eine Kunst, die nur dann gefährlich ist, wenn man sie mißbraucht, genau wie Isphet gesagt hat. Und das kann bei jeder Kunst der Fall sein.«

Ich rechnete damit, daß sie sich beide weigern würden, aber sie überraschten mich. Isphet spielte mit einem Stein, den sie unablässig in der Hand umdrehte.

»Unter unseren Weisen gibt es einige, die die Kunst des

Lesens und Schreibens beherrschen«, gab sie zu. »Und es gibt Orte, an denen die Schriftrollen und Bücher untergebracht sind, die sich im Lauf der Jahrhunderte angesammelt haben. Ich glaube, ich würde sie gern lesen wollen. Wenn es dir nichts ausmacht, Boaz«, fügte sie hastig hinzu.

»Es wäre mir ein Vergnügen«, sagte er. »Und du, Yaqob?«

»Das Buch ist wundervoll«, sagte er langsam, sah es an und erwiderte dann wieder Boaz' Blick. In solchen Augenblicken verkrampfte sich immer alles in mir. Yaqob konnte so undurchsichtig sein, wenn er wollte, und ich fragte mich, ob seine Freundlichkeit Boaz' gegenüber nur vorgetäuscht war. »Vielleicht sehe ich zu, wenn du Isphet ihre ersten Stunden gibst.«

Boaz lächelte. »Dann wollen wir morgen abend damit anfangen.«

Aber diese Nacht, die dritte seit Isphet ihren ersten Markierungsstein gefunden hatte, wartete mit ganz anderen Sorgen auf uns.

Mehrere Stunden, nachdem ich eingeschlafen war, rüttelte Isphet mich wach.

»Tirzah! Wach auf!«

»Hmmm?«

»Was ist los?« fragte Boaz, der schneller wach wurde als ich.

»Neuf liegt in den Wehen.«

Boaz und ich waren sofort hellwach. »Was können wir tun?« fragte er.

»Du kannst gar nichts tun, Boaz«, erwiderte Isphet. »Aber Tirzah kann helfen.«

»Neuf hat ihre Kinder immer mühelos zur Welt gebracht«, sagte Boaz, aber sein Tonfall war trotzdem besorgt.

»Vielleicht, aber in einem bequemen Geburtspavillon und nicht unter freiem Himmel und nach all den Strapazen in den vergangenen Wochen. Tirzah, könntest du dich beeilen?«

»Ruft mich, wenn ihr mich braucht«, sagte Boaz, dann führte mich Isphet zu einem kleinen Felskreis, der von zwei stacheligen Bäumen umgeben war. Kiath war da und hängte eine kleine Lampe an einen niedrigen Ast. Zwischen den Bäumen und Felsen waren Decken gespannt worden, um Neuf vor fremden Blicken zu schützen. Sie lag von Zabrze gestützt da; sein Gesicht war viel besorgter als das seiner Frau.

»Ehrlich, Zabrze«, sagte sie. »Das ist ganz allein Frauensache.«

»Nein, das ist auch meine Sache, Neuf«, erwiderte er. »Ich bleibe.«

Und das tat er dann auch.

Nachdem die Wehen eingesetzt hatten, schien alles trotz Neufs körperlich schlechtem Zustand gut zu verlaufen.

Gegen Morgen half Zabrze seiner Gemahlin, sich in die Geburtsstellung zu begeben. Isphet krempelte die Ärmel hoch und bereitete sich darauf vor, ihr zu helfen, so gut sie konnte. »Pressen«, sagte sie, und Neuf warf ihr einen bösen Blick zu.

»Ich habe darin wesentlich mehr Erfahrung als du«, fauchte sie, und Zabrze grinste Isphet über den Kopf seiner Frau schwach zu. Es war nicht sicher, ob er ihre Worte entschuldigen wollte oder über ihr Temperament erleichtert war.

Aber Neuf preßte, und das Kind schlüpfte so problemlos, wie Boaz vermutet hatte, aus ihrem Schoß. Isphet säuberte sein Gesicht und seinen Mund und legte ihn dann in Neufs Arme.

»Ein Junge«, sagte sie, und diesmal wußte ich, daß der Ausdruck auf Zabrzes Gesicht Erleichterung widerspiegelte.

»Klein, aber stark«, bemerkte Isphet.

In diesem Augenblick stieß Neuf ein kleines, überraschtes Keuchen aus, eine ihrer Hände griff zitternd nach Isphet.

»Isphet«, stieß ich hervor. »Schnell!« Aus Neufs Schoß schoß Blut, und ich konnte im Licht der Morgendämmerung sehen, daß Neufs Gesicht blaß wurde, während das Leben aus ihr herausströmte. Sie brach in Zabrzes Armen zusammen, und Isphet nahm das Kind und gab es Kiath, bevor sie den Jungen fallen lassen konnte.

»Isphet!« brüllte Zabrze und verstärkte den Druck seiner Arme um seine Gemahlin. »Tu etwas!«

Wir drückten auf den Unterleib, aber das war alles, was wir tun konnten.

Neuf, die fühlte, daß sie starb, schluchzte und umklammerte Isphets Hand. »Boaz«, flüsterte sie.

»Hol ihn«, brüllte Zabrze mich an, und ich wäre beinahe gestürzt, als ich aufsprang und den Vorhang zur Seite schlug.

Aber er war bereits da, denn er hatte Zabrzes Ruf gehört.

»Was ist?« fragte er, dann sah er meine blutverschmierten Arme. »Oh nein … nein …«

Er duckte sich unter der Decke hinweg und kniete neben Neuf nieder. Zabrze beugte sich über die Gestalt seiner Frau und stammelte immer wieder ihren Namen.

»Boaz.« Neufs Augen öffneten sich flatternd. »Boaz, hier wollte ich nicht sterben. Bitte … bitte … bestattest du mich gemäß dem Weg der Eins?«

Ich erinnerte mich, daß Zabrze gesagt hatte, daß Neuf unter den Magiern viele Freunde gehabt hatte, aber mir war bis zu diesem Augenblick nicht klar gewesen, wie sehr sie dem Glauben des Weges der Eins anhing.

»Bitte, Boaz, ich bitte dich, laß mich nicht ohne das Wissen sterben, daß ich die Riten bekomme, die ich mir wünsche.«

▲ 111 ▲

»Boaz …«, murmelte Zabrze.

Boaz sah mehr als bedrückt aus. Er wollte den Kopf schütteln, aber Zabrze brüllte seinen Bruder an. »Du darfst ihr das nicht verweigern!«

Boaz seufzte. »Ich will tun, was du verlangst, Neuf. Du wirst nach dem Weg der Eins hinübergehen.«

»Ich danke dir«, flüsterte sie und starb.

Keiner von uns wußte, was er als nächstes tun oder sagen sollte. Das Neugeborene wimmerte, als würde es begreifen, daß seine Mutter von ihm gegangen war. Zabrze beugte sich über die Tote und weinte, stammelte dabei immer wieder ihren Namen.

»Ich habe es versucht«, sagte Isphet. »Aber … ich konnte nichts …«

Ich kniete neben ihr nieder und legte tröstend den Arm um sie, dann sprach Boaz.

»Sie wird gewaschen werden müssen, und sie sollte in etwas Blaues und Weißes gekleidet werden.«

»Boaz«, sagte ich, »du willst doch sicherlich nicht …«

Der wilde Blick in den Augen der beiden Brüder ließ mich verstummen.

»Ich habe es ihr versprochen«, sagte Boaz, »und ich werde dieses Versprechen halten.«

Wir taten, was nötig war. Isphet war so aufgewühlt, daß ich sie zu dem Kind schickte, während Zabrze, Kiath und ich Neufs Leichnam wuschen und sie in ein blaues und weißes Gewand kleideten, das uns eine der Frauen gegeben hatte.

Aber bevor wir Boaz zurückriefen, beugte ich mich vor und schnitt eine Haarlocke ab.

»Eines Tages können wir unseren eigenen Ritus durchführen, Kiath«, sagte ich, und sie nickte.

»Im Leben wußte Neuf nichts von den Wundern der Zuflucht im Jenseits. Im Tod wird sie sie erfahren.«

Boaz hatte sich rasiert, und sein Ausdruck war fast wieder der des kalten Magier, aber als er mich anblickte, sah ich, daß seine Augen voller Gefühle waren, und ich wußte, daß nur das zählte.

»Ihr Gesicht muß mit ihrem Blut bemalt werden«, sagte er, und mir drehte sich der Magen um.

»Das ist der Weg der Eins«, sagte er, und ich holte tief Luft und tat das Gewünschte.

Die makabere Gesichtsbemalung war nicht das Schlimmste an der Zeremonie. Aber wir vollzogen sie im Schutz der Decken, und nur Kiath, Isphet, Zabrze, das Kind und ich waren Zeugen, wie Boaz Neuf auf die von ihr gewünschte Weise verabschiedete.

Der Hergang hinterließ bei uns allen einen schlechten Geschmack im Mund.

Als es vorbei war, sagte Zabrze ein paar Worte; vermutlich seine Art, sich nicht nur von Neuf zu verabschieden, sondern auch um sie zu trauern.

»Wir waren einundzwanzig Jahre verheiratet«, sagt er. »Es war keine leidenschaftliche Verbindung, aber Neuf und ich waren einander in Freundschaft verbunden. Sie hatte alles, das ich ihr geben konnte, außer meiner Liebe ...«

Das war ein schonungsloses Eingeständnis, fand ich.

»... aber sie hatte alles, was sie wollte. Ich hätte mir einen anderen Tod für sie gewünscht.«

Dann wandte er sich ab, nahm Isphet das Kind ab, ging und setzte sich unter einen abseits stehenden Baum.

An diesem Tag reisten wir nicht weiter.

Neufs Tod wirkte auf alle bedrückend. Sie war zwar nicht sonderlich beliebt gewesen, und mit Sicherheit hatte sie keiner gut gekannt, aber jeder Tod ist traurig, vor allem der einer Frau bei der Geburt ihres Kindes, und so trauerten viele Leute um sie.

Und sie hatte ein solch winziges, hilfloses Kind hinterlassen.

Niemand unter uns hatte Erfahrung mit einem Kleinkind. Wenige Stunden nach Neufs Tod versuchte Isphet, etwas zusammenzubrauen, das eßbar und nahrhaft für das kleine Kind sein würde.

Es zu verlieren, nur weil keine Milch da war, wäre einfach zu schrecklich gewesen.

»Vielleicht sollte ich eine dicke Suppe kochen«, sagte Isphet und wischte sich den Schweiß von der Stirn. »Nein, nein, das wird nicht gehen. Vielleicht mit Honig gesüßtes Wasser. Tirzah, hast du Honig in deinem Korb? Wenigstens wird er dann einen vollen Magen haben.«

Was nichts nutzen würde. Ich schüttelte den Kopf.

Zabrze ging hinter Isphet auf und ab und wiegte seinen Sohn in den Armen. Der Kleine wimmerte leise, doch niemand konnte ihm helfen.

»Isphet, kannst du denn gar nichts tun?« fragte Zabrze. So, wie er sie angefleht hatte, Neufs Leben zu retten, so flehte er jetzt für seinen Sohn.

»Ich kann nicht ...«, setzte sie an und verstummte dann, als ein Schatten auf sie fiel.

»Herr und Herrinnen«, sagte ein runzeliger, aber makellos sauber gekleideter alter Mann. »Ich bitte um Entschuldigung. Aber ich habe von euren Sorgen gehört und ...«

»Ja, und?« fauchte Zabrze, der mit seinen Nerven am Ende war.

»Und ...« Der Alte hielt einen Topf in den Händen, und jetzt nahm er den Deckel ab. Er war mit schaumiger, weißer Milch gefüllt.

Isphet stieß einen Laut der Überraschung aus und griff mit beiden Händen danach.

»Wo hast du die her?« fragte ich. Ich glaube, ich war die einzige, die einen Ton herausbrachte.

»Meine Zsasa hat letzte Nacht ein Junges geboren, Hohe Dame. Sie hat viel Milch. Aber ...«

»Zsasa?« fragte Zabrze.

»Mein Kamel, Hoher Herr.«

»Dein Kamel lebt, und meine Frau ist gestorben?« sagte Zabrze ungläubig. »Wie kann ein Kamel ...«

»Wir danken dir, guter Mann«, sagte ich schnell. »Diese Milch wird sicherlich das Leben des Kindes retten.« Und ich starrte Zabrze beschwörend an.

»Ja, ja«, sagte er. »Ich danke dir mit meiner Seele für dieses Geschenk. Entschuldige meine Worte, ich ...«

»Ich verstehe, Hoher Herr«, sagte der Alte und sah dann Isphet an. »Die Milch ist sehr fett. Zu fett für ein kleines Kind. Strecke sie mit Wasser, halb und halb, dann wird es gehen.«

Isphet griff bereits nach einer Schale, und in wenigen Minuten hatte sie die Milch zurechtgemischt.

Noch immer von seinen eigenen Worten peinlich berührt, bat Zabrze den Alten, uns Gesellschaft zu leisten, und wir saßen alle schweigend am Feuer, als Isphet Zabrze den kleinen Jungen abnahm und es mit einem in die Milch getauchten Tuch fütterte, an dem es saugen konnte. Der kleine Junge war hungrig und wollte leben, und er nahm alles, was ihm angeboten wurde.

»Wie willst du ihn nennen, Zabrze?« wollte Isphet schließlich wissen und wischte dem Jungen den Mund ab, der schlafend in ihrem Arm lag.

Zabrze dachte ein paar Minuten lang nach. »Ich werde ihn Zhabroah nennen«, sagte er dann. »Das bedeutet Überlebender.«

Diese Nacht war die erste, in der Isphet das Lager mit Zabrze teilte, und das war gut so, denn es war eine Nacht, in der er nicht hätte allein sein sollen.

Darüber hinaus glaube ich, daß die Liebe zwischen ihnen schon lange Zeit bestanden hatte, und zwar schon lange, bevor sie sich kennengelernt hatten.

7

Wir reisten weiter. Der Tag wurde zur Nacht und die Nacht wieder zum Tag, und Isphet führte uns von einer Wegmarkierung zur nächsten. Das Land wurde noch trockener, und noch immer gab es keine Anzeichen von den von Isphet angekündigten Bergen am Horizont, nichts.

»Wir werden sie erst sehen, wenn wir einen Tag davon entfernt sind«, sagte Isphet. »Sie sind sehr niedrig.«

Wir kamen mit durchaus beachtlicher Zügigkeit voran. Die Hitze war tagsüber nicht zu schlimm, und die Nächte waren angenehm kühl. Unsere Nahrungsvorräte reichten aus – selbst Zsasa fand genügend Gras, um ausreichend Milch sowohl für ihr Kalb als auch für Zhabroah zu liefern – und wir fanden jeden Abend Wasser.

Alle bewährten sich auf dem Marsch ganz gut. Gelegentlich gab es Blasen und gereizte Gemüter, aber wir waren kräftig und an Entbehrungen gewöhnt. Zabrze marschierte an der Spitze der Kolonne, Seite an Seite mit Isphet, und sein Gewand bauschte sich im Wind. Er war still und trauerte auf seine stille Weise um Neuf, und er war sehr besorgt um seine anderen Kinder. Isphet gab ihm Verständnis und Trost, und der Bund, der zwischen ihnen entstanden war, wurde jeden Tag und jede Nacht stärker.

Das Kind gedieh. Kiath und Isphet teilten sich die Pflege,

aber auch Zabrze verbrachte jeden Abend viele Stunden mit ihm. Er saß am Feuer, seinen Sohn im Arm, und fütterte ihn mit Milch und Wasser.

Arme Neuf, dachte ich, nicht einmal dein Sohn vermißt dich.

Wie versprochen, brachte Boaz Isphet die Grundzüge des Lesens und Schreibens bei. Sie lernte schnell, erfaßte den Sinn des Gelernten leicht, hatte jedoch Schwierigkeiten mit dem Schreibwerkzeug und den Schriftzeichen. Boaz war geduldig mit ihr – viel geduldiger, als er bei mir gewesen war. Aber das hier war ein anderer Mann, und es hätte mich nicht stören dürfen.

Yaqob sah zu. Er stellte Fragen, und ich glaube, er lernte genauso schnell lesen wie Isphet. Aber er sträubte sich, wenn es um die Rohrfeder ging. Yaqob wollte lesen, aber er weigerte sich zu schreiben. Ich fragte mich, ob er noch immer diese Kunst fürchtete oder Angst hatte, Boaz würde bei seinen ersten unbeholfenen Schreibversuchen zusehen und ihn auslachen.

Wir waren seit fast drei Wochen unterwegs, und auch wenn Isphet nichts sagte, konnte ich ihre Besorgnis spüren.

»Isphet«, sagte Boaz schließlich eines abends, als wir vor dem Essen beisammensaßen. »Wann sind wir endlich da?«

Zabrze, der seinen schlafenden Sohn wiegte, schaute vom Feuer auf. »Wir haben nur noch für drei oder vier Tage zu essen. Wir ...«

»Ich weiß, wieviel Vorräte wir noch haben!« sagte sie. »Erstattet uns Azam nicht jeden Morgen und Abend genau Bericht?«

»Isphet«, sagte Zabrze, »ich trage hier die Verantwortung für fünftausend Menschen, und letztlich die Verantwortung für noch sehr viele mehr. Noch eine Woche, und die ersten von uns werden langsam verhungern. Ich will wissen, was auf einmal los ist.«

»Es ist alles in Ordnung ...«

»Nein, das ist es nicht! Ich habe dich die letzten beiden Tage beobachtet, wie du deine Wegmarkierungen stirnrunzelnd anstarrst ...«

»Die Wege sind immer noch da. Sie schlängeln sich noch immer ...«

»Oh, Isphet!« Das Kind regte sich, und Zabrze wiegte es einen Augenblick lang. »Isphet«, fuhr er dann leiser fort, »selbst die Maultiere unserer Kolonne wissen, daß wir mittlerweile direkt nach Süden reisen. Sind deine Berge nicht im Osten?«

Sie kaute auf der Unterlippe und schlug den Blick nieder.

»Im Süden befindet sich die Große Steinwüste«, sagte Boaz. »Isphet ...«

Sie bedeckte ihr Gesicht mit den Händen und rieb sich die Augen. »Ich bin besorgt«, gab sie schließlich zu. »Obwohl wir so viele sind, sind wir schnell vorangekommen. Meiner Meinung nach hätten wir die Berge bereits vor drei oder vier Tagen erreichen müssen.«

Zabrze musterte sie genau. »Du hättest früher etwas sagen sollen. Wie lange führst du uns schon in die Irre?«

»Ich bin nur den Wegmarkierungen gefolgt«, fauchte sie und hob den Blick. »Ich ...«

»Der Hase ist soweit«, sagte Holdat. Boaz war es gelungen, ihn am Nachmittag zu fangen.

»Laßt uns essen«, sagte ich. »Am Morgen ... Isphet, würde es helfen, wenn Yaqob oder ich oder auch Boaz hören, was die Metallkugel uns zu sagen hat? Vielleicht wenn einer von uns ...«

▲ 119 ▲

»Wenn ihr wollt«, erwiderte sie. »Aber sie tönen am besten bei jemandem, der bei uns in der Kluft geboren ist.« Und dann nahm sie den Teller, den ich ihr reichte, und aß mürrisch und freudlos.

Isphet stand im kalten Licht der Morgendämmerung neben einem Haufen aus Markierungssteinen, die Metallkugel in der Hand.

»Sie sagt mir, daß in den vergangenen zwei Monaten nur Schlangen und Käfer vorbeigekommen sind. Niemand aus meinem Volk. Keine Feinde. Der Weg ist frei.«

Sie warf die Kugel in die Luft, ihre Form fing die ersten Sonnenstrahlen ein, und dort, wo sie landete, brachen Erde und Steine auf und schlängelten sich nach Süden. Genau nach Süden.

Zabrze trat gereizt von einem Fuß auf den anderen. »Isphet ...«

»Gib Yaqob die Kugel«, sagte ich, und sie gab sie ihm.

Er rollte sie zwischen den Handflächen, dann schloß er die Finger darum. »Schlangen, Käfer und keine Menschen«, sagte er schließlich, als er aufsah. »Der Weg ist sicher.«

Ich nahm die Kugel. Sie erzählte mir das gleiche. Seufzend gab ich sie an Boaz weiter.

Er hielt sie länger als Yaqob oder ich, aber er schien sich nicht sehr zu konzentrieren. Seine Miene, sein ganzer Körper schien die Ruhe selbst zu sein, und schließlich sah er in die besorgten Gesichter um sich herum.

»Sie lügt«, sagte er.

»Was?« rief Isphet. »Das kann nicht sein! Sie würde nicht ...? Warum? Nein, du irrst dich, Boaz. Das kann einfach nicht sein.«

Boaz rollte die Kugel weiterhin zwischen den Fingern hin

und her. »Keiner von euch konnte das entdecken, aber ich beherrsche auch noch eine andere Macht.«

»Die Macht der Eins«, sagte ich. »Aber wie konntest du sie dazu benutzen, um uns zu sagen, daß die Kugel lügt?«

»Isphet hat uns gelegentlich mitfühlen lassen, was die anderen Kugeln auf dem Weg zu sagen hatten«, erklärte Boaz. »Sie haben uns den örtlichen Klatsch berichtet, wer vorbeigekommen ist, die Wetterbedingungen, wo man am besten Wasser findet. Sie alle haben den Elementisten in uns angesprochen. Sie sollen von Elementisten benutzt werden.«

»Ja, aber was hat das damit zu tun ...« begann Isphet.

»Diese Kugel«, fuhr er fort, »wendet sich an die Magie der Elemente. Wir alle fühlen das. Aber sie wendet sich auch an die Macht der Eins. Ich hätte das als Elementist oder als Magier verstehen können. Jeder Magier könnte diese Kugel begreifen und uns den Weg sagen.«

»Ich verstehe nicht«, sagte Zabrze. »Wieso sollten diese Kugeln zu den Magiern sprechen können?«

»Sie führen sie in die falsche Richtung«, sagte Boaz und gab Isphet die Kugel zurück. »Diese Kugel – und zweifellos seit einiger Zeit auch die anderen – lügt absichtlich, um jeden Magier in die Irre zu führen, der versuchen sollte, sie zu benutzen. Isphet, könnten deine Leute, vielleicht die Weisen, von den Ereignissen an der Pyramide wissen?«

»Keine Einzelheiten«, sagte sie langsam. »Aber die Weisen sind mächtig. Sie würden wissen, wenn etwas nicht stimmt. Möglicherweise haben sie gespürt, daß Nzame aus dem Tal gekommen ist. Sie würden wissen, daß es mit dem Weg der Eins verbunden war. Und, Boaz, sie könnten mitbekommen haben, daß du die Macht der Eins benutzt hast, als du die Begräbnisriten für Neuf durchgeführt hast.«

»Dann würden sie glauben, daß die Macht, die die Pyramide beeinflußt hat, jetzt die Lagamaal durchquert und versucht, zu ihnen vorzustoßen«, meinte Yaqob. »Sie haben den Wegmarkierungen befohlen zu lügen.«

»Kannst du die Lügen von der Wahrheit trennen?« wandte sich Zabrze an Boaz. »Kannst du den richtigen Weg finden?«

»Nein. Diese Markierungen haben ihre Befehle bekommen. Die Magie der Elemente, die man benutzt hat, um sie zu verändern, ist sehr mächtig. Ich könnte sie nicht ändern. Isphet, kannst du es?«

»Ich konnte nicht einmal die Lüge feststellen. Sie haben mich getäuscht.« Ihre Stimme brach. »Meine eigenen Leute haben mich belogen! Wollten mich zum Sterben in die Große Steinwüste schicken!«

»Sie können nicht gewußt haben, wer wir wirklich sind«, sagte Zabrze sanft. »Sie können nicht gewußt haben, daß du nach einem Jahrzehnt des Exils auf dem Heimweg bist.«

Sie nickte und versuchte, sich wieder zu beherrschen. »Also, was sollen wir tun? Wir könnten uns nach den Sternen richten und in südöstlicher Richtung weitergehen, aber das ist zu ungenau, und wir könnten die Berge leicht verfehlen und auf dieser ungezieferverseuchten Ebene sterben. Was sollen wir also tun?«

»Nun, die Soulenai haben uns gesagt, daß ich eines Tages ungewöhnliche Taten vollbringen würde«, sagte Boaz, »und das werde ich jetzt. Isphet, ich muß etwas über deine Heimat wissen. Sag mir, gibt es dort viel Wasser?«

»Ja, gewiß. Aber …«

»Und gibt es zwischen hier und deiner Heimat noch andere große Gewässer, oder in der Nähe deiner Heimat?«

»Nein. Nirgendwo.«

»Wenn ich also einen Zauber wirken würde, der nach Wasser sucht, würde er doch genau auf deine Heimat zuhalten?«

»Ja. Ja, das würde er.«

»Nun, dann ist es einfach!« Boaz grinste. »Tirzah, wo hast du den Froschkelch hingetan?«

Er war in einem Korb auf einem der Maultiere, und ich schickte Kiamet los, ihn zu holen. Als er zurückkehrte, nahm ich ihm das Bündel ab, wickelte den Kelch aus und gab ihn Boaz.

»Hierfür müssen wir Tirzah danken«, sagte er ganz ruhig, »denn ohne die Magie dieses Kelches würden wir uns wirklich verirren und sterben müssen.«

Der Kelch glitzerte im Licht der Morgendämmerung, und Boaz legte die Hände um ihn, wie er sie um die Kugel gelegt hatte. Er sagte kein einziges Wort, aber ich verspürte eine seltsame Empfindung, genau wie in der Nacht, in der er die Locke meines Vaters von Stein zurück in Haar verwandelt hatte. Der Kelch sang leise; alle Elementisten in unserer Gruppe wurden gelöster und lächelten über das schöne Lied.

Boaz bedeckte den Kelch mit einer Hand, und das Gefühl wurde stärker.

Dann hob er die Hand und hielt den Kelch hoch, so daß alle sehen konnten, was nun geschah.

Die häßlichste Kreatur, die ich je in meinem Leben gesehen hatte, schob den Kopf über den Kelchrand. Sie war so voller Warzen und Beulen, daß sie fast formlos war. Schwarze Augen verschwanden hinter schmalen Schlitzen, und das Maul war so breit, daß es sich fast über den halben Schädel erstreckte. Kleine kissenähnliche Füße erschienen am Kelchrand, dann stemmte sich die Kreatur aus dem Kelch und machte einen Satz nach Südsüdost.

Es war ein Frosch, aber ich hatte noch nie zuvor einen so häßlichen Frosch gesehen. Er war auch sehr groß, und sobald

▲ 123 ▲

er draußen war, konnte ich nicht verstehen, wie er überhaupt in den Kelch gepaßt hatte.

Etwa zehn Schritt entfernt blieb er stehen, seine große Zunge drängte sich schmatzend zwischen den Lippen hervor. Er schaute zum Himmel, erbebte, dann vergrub er sich unter einem Stein.

»Er mag die Sonne nicht«, sagte Boaz, »und wird nur nachts reisen. Ich schlage vor, wir ruhen uns aus, solange wir können, dann heute nacht wird es ein weiter ... Sprung.«

Und er grinste über seinen eigenen Witz und setzte sich.

Wir ruhten uns an diesem Tag aus, und als wir zu Abend aßen, kam der Frosch unter dem Stein hervor und hüpfte an Boaz' Seite, wo er Krümel von seinem Teller stahl.

»Boaz ...« fing Isphet an.

Der Frosch fixierte sie mit runden Augen und rülpste.

Ich schlug die Hand vor den Mund und kicherte, dann lachten wir alle.

»Falls ich Ashdod je zurückerobere und als Chad in königlicher Pracht herrsche«, sagte Zabrze schließlich, »werde ich der ersten Person, die erwähnt, daß ich mein Volk über die große Ebene geführt habe, indem ich einem Frosch folgte, persönlich den Kopf abschlagen.«

Boaz tröpfelte etwas Wasser in das weit aufklaffende Maul des Frosches, und er schmatzte glücklich.

Isphet fing noch einmal an. »Boaz, wie hast du das gemacht? Ich habe noch nie zuvor von dieser Fähigkeit gehört.«

»Ich weiß es nicht, Isphet. Es schien das einzig Richtige zu sein.«

Sie schüttelte den Kopf. »Die Weisen werden dich auseinandernehmen und untersuchen wollen, Boaz. Richte dich darauf ein.«

»Erst mal müssen wir dort ankommen. Fetizza wird uns den Weg zeigen.«

Wieder mußten wir alle lachen. Fetizza bedeutete in Ashdod »schöne Tänzerin«.

Boaz sah seinen Bruder an. »Solltest du je als Chad in königlicher Pracht herrschen, Zabrze, dann wirst du es Fetizza zu verdanken haben. Vielleicht kannst du sie bei Hofe tanzen lassen.«

In diesem Augenblick entschied Fetizza, daß genug gesagt worden war. Sie schüttelte sich, legte den Kopf schief, um den Mond zu betrachten, dann hüpfte sie los.

»Ihr nach!« rief Zabrze. »Folgt dem Frosch!«

Und das taten wir. Fünftausend Menschen, Hunderte Kamele und Maultiere, sie alle folgten einem großen, häßlichen Frosch, der durch die steinige Landschaft hüpfte. Fetizza war schnell, und gelegentlich setzte sie sich auf einen Felsen, weil sie auf uns warten mußte. Dann gab sie ein vertrauliches Rülpsen von sich, sobald die erste Person sie erreichte, und hüpfte weiter.

Gelegentlich jagte sie einem Käfer nach, aber für gewöhnlich erfüllte sie einfach nur ihre Aufgabe und führte uns zum nächsten großen Wasser. Es fiel nicht schwer, ihr in der Nacht zu folgen, denn das Mondlicht glitzerte auf ihrer schleimigen Haut, und Fetizza quakte ständig in einem monotonen Unterton, als wolle sie sich selbst unterwegs Geschichten erzählen.

Wir folgten ihr in dieser Nacht, dann in einer zweiten. In der dritten Nacht waren immer noch keine Berge in Sicht, und das Essen wurde knapp. Aber die Moral war gut. Der Boden war nicht mehr eben, und von der vierten Nacht an stiegen wir ständig in die Höhe.

»Bald sind wir da«, sagte Isphet in der sechsten Stunde

dieser Nacht. »Bald.« Sie schaute nach vorn, konnte die Berge aber noch immer nicht sehen.

Aber in der Morgendämmerung war es endlich so weit. Als die Sonne aufging und Fetizza schläfrig gähnte, sahen wir den niedrigen, wellenförmigen Horizont voraus.

Isphet umarmte Boaz. »Danke«, sagte sie, dann lächelte sie auch uns an. »Noch eine Nacht, denn die Berge sind noch weit, und übermorgen zur Morgendämmerung ...«

Zabrze schenkte ihr ein zärtliches Lächeln, dann befahl er, das Lager aufzuschlagen.

Fetizza führte uns durch die Nacht. Isphet meinte, den Weg jetzt selbst finden zu können, aber Boaz bemerkte nur sanft, daß sie vor elf Jahren das letzte Mal hier gegangen war, und wer vermochte schon zu sagen, welche anderen Fallen und Irrwege ihre Leute aufgestellt hatten, um eventuelle Feinde zu verwirren, die den Weg zu ihnen suchten.

»Fetizza wird sich nicht in die Irre führen lassen«, sagte er, »und sie wird den kürzesten Weg finden.«

Isphet gab nach, aber sie war die ganze Nacht an der Spitze der Kolonne.

Die Landschaft wurde noch karger, je weiter wir vorankamen. Den letzten Baum hatten wir zwei Nächte zuvor hinter uns gelassen, und selbst das Gras war dünner und spärlicher, als der Boden anstieg. Es ging nicht steil bergauf, aber die immer öfter auftauchenden mannshohen Felsblöcke machten den Weg sehr viel beschwerlicher.

Isphet hielt sich zurück und eilte nicht voraus, aber wenn wir am Morgen noch nicht da waren, würde sie bestimmt alle Geduld verlieren und Fetizza anbrüllen.

Es ließ mich an meine eigene Heimat denken. Mittlerweile war es mir wirklich egal, ob ich Viland jemals wiedersah. Mit dem schmalen, kalten Landstreifen im Norden waren keine guten Erinnerungen verbunden ... und mein Vater war tot. Es gab keinen Grund, dorthin zurückzukehren. Hatte Isphet noch Eltern? Brüder oder Schwestern, die noch lebten? Was konnte sie sonst so ungeduldig in eine Landschaft ziehen, die selbst Viland einladend aussehen ließ?

»Was glaubst du, was wird uns erwarten?« fragte ich Boaz, als sich der Morgen näherte und wir die nächste Anhöhe mit Felsblöcken in Angriff nahmen.

»Ich weiß es nicht. Ich hoffe, ihr Volk kann mir beibringen, was ich wissen muß. Das Geheimnis, das das Lied der Frösche darstellt. Was die Pyramide heimgesucht hat. Wie man es zerstören kann, bevor es alles Leben in Stein verwandelt.«

»Ich schaudere bei dem Gedanken an die Rückkehr«, sagte ich leise.

»Oh, Tirzah, nein! Das wird meine ...«

»Nein«, sagte ich. »Ich werde nicht zurückbleiben. Und mir Sorgen machen. Du wirst auch meine Zukunft festlegen, wenn du die Pyramide wieder betrittst.«

Wieder überfiel mich die überwältigende Vorahnung von Verlust, die ich einst vor dem Riesenmaul der Pyramide verspürt hatte. Oh ihr Götter, betete ich im Stillen. Nicht Boaz. Nicht ihn!

Wir hörten einen Ruf, dann eine Auseinandersetzung. Fetizza war in einen schmalen Graben gesprungen, dicht gefolgt von Isphet.

Ein Mann trat hinter einem Felsen hervor und packte Isphet. Er riß sie herum, zog sie mit einem Arm an sich und hielt ihr mit der anderen Hand eine funkelnde Klinge an die Kehle.

Fetizza saß hinter ihnen und gähnte über die Unterbrechung.

▲ 127 ▲

»Macht noch einen Schritt, und sie stirbt«, sagte der Mann. »Ihr habt hier nichts zu suchen.«

Alle erstarrten, und Zabrze hob ganz ruhig die Hand. »Mein Freund, wir wollen dir nichts tun. Wir suchen Isphets Volk ... Isphet ist die Frau, die du festhältst. Bitte, laß sie los.«

Der Mann starrte Zabrze an. Er war jung, vielleicht vier oder fünf Jahre älter als ich, mit dunklem Haar und hellen Augen. Grauen Augen. Er trug eine kurze Tunika und Hosen, die mit Riemen eng um seine Beine geschnürt waren. Er trug Lederschuhe statt Sandalen. »Wer bist du?«

»Ich bin Zabrze, Prinz von Ashdod ... jetzt wohl der Chad, vermute ich. Ich führe diese Leute« – er zeigte hinter sich – »und bringe sie in Sicherheit vor ...«

Er kam nicht weiter. Der Mann sah von Zabrze zu der Menschenschlange, die sich über den Hügel und weit dahinter erstreckte.

»Man hat euch geschickt, um uns zu vernichten!« rief er, und seine Hand faßte das Messer auf alarmierende Weise fester. »Ihr kommt von ihm! Wir haben von euch gewußt, wir wußten ...«

»Wir sind gekommen um zu erfahren, wie man Nzame vernichten kann«, sagte Boaz ruhig und trat langsam an Zabrzes Seite. »Dein Volk hat die Fähigkeiten und die Lehrer, die wir brauchen.«

»Du kennst seinen Namen«, sagte der Mann. »Wie soll ich wissen, ob ihr nicht seine Diener seid?«

»Wir kommen von der Pyramide«, sagte Zabrze. »Wir waren dabei, als Nzame das erste Mal gesprochen hat.«

»Wie konntet ihr dann entkommen? Niemand konnte diesem Bösen entkommen. Das Echo seiner Macht hat uns selbst hier noch berührt. Und nur das Böse hätte diese Berge finden können. Niemand ...«

▲ 128 ▲

»Niemand außer Fetizza«, sagte Boaz und schnippte mit den Fingern. Fetizza hüpfte zurück zu ihm.

Der Blick des Mannes folgte den Bewegungen des Frosches, aber er sagte nichts.

»Unter uns sind viele Elementisten«, fuhr Boaz fort. »Wir brauchen Lehrer. Und die Frau, die du festhältst, ist eine von euch. Kennst du sie nicht? Isphet?«

»Das Böse hätte sich jedes Namens bedienen können, um die Ebene von Lagamaal zu überqueren«, sagte der Mann.

Boaz seufzte. »Hör mir zu. Bring Fetizza zu deinen Leuten. Laß sie sie von ihnen untersuchen. Sie ...«

»Nein!« rief der Mann. »Das ist ein Trick! Verschwindet! Ihr seid nicht ...«

»Shetzah!« rief Zabrze. »Ich könnte dich jetzt überwältigen, und wir würden einfach weiter dem Frosch folgen. Aber nein. Ich stehe hier und rede vernünftig mit dir. Nun, jetzt habe ich ...«

»Ich schneide dieser Frau den Hals durch!« zischte der Mann. »Greift mich an, wenn ihr wollt, aber das wird sie ihr Leben kosten!«

»Es reicht«, sagte eine milde Stimme, und ein Mann trat vor. Er war in den Fünfzigern, vielleicht auch schon Anfang sechzig, und er hatte das freundliche Aussehen und das Benehmen eines Handwerksmeisters. Er war nicht so dunkel wie die meisten Südländer, mit seinem braunen Haar und graugesprenkeltem Bart. Seine Hände und seine Gesichtszüge sahen irgendwie rauh aus, und seine Augen waren haselnußbraun.

Es war nichts an seiner Kleidung oder seinem Benehmen, das ihn von anderen unterschied, doch er war ein Mann, der unglaubliche Gelassenheit ausstrahlte.

»Laß sie los, Naldi. Ich entschuldige mich, daß ich sie dir

nicht angekündigt habe, aber bis vergangene Nacht wußten wir nicht, wer da über die Lagamaal zu uns kommt.«

Naldi ließ Isphet so schnell los, daß er beinahe das Messer hätte fallen gelassen, und als Isphet von ihm wegtrat, ergriff er die Hände des anderen Mannes und küßte sie.

Isphet stolperte von Naldi weg; sie war schneeweiß im Gesicht und hielt sich den Hals. Sie sah den Mann, der sie gerettet hatte, nicht an. Zabrze legte die Arme schützend um sie. »Bist du verletzt?«

Sie schüttelte den Kopf und drängte sich eng an ihn.

Zabrze richtete den Blick auf den Neuankömmling. »Wer bist du?«

»Mein Name ist Solvadale«, sagte er und streckte Zabrze die Hand entgegen.

Isphet schien es den Atem zu verschlagen und wandte sich ihm zu. Sie senkte den Kopf in tiefer Ehrfurcht. »Weiser! Mein Name ist Isphet. Ich kam von der Vierzigsten Stufe …«

»Ich kenne dich, und ich weiß, zu welcher Stufe du gehörst, und ich werde gleich mit dir sprechen, Isphet«, sagte Solvadale und wandte sich Zabrze zu.

Zabrze ergriff die Hand des Mannes und hielt sie fest. »Wir wollen euch nichts tun.«

»Ich weiß«, sagte Solvadale. »Aber wir konnten Naldi oder die anderen Wächter nicht rechtzeitig davon in Kenntnis setzen. Ich entschuldige mich noch einmal bei euch und bei Naldi für diese peinliche Szene.«

Naldi neigte den Kopf, offenbar geehrt, daß sich jemand wie Solvadale bei ihm entschuldigte. Jetzt, da er sich beruhigt hatte, konnte ich sehen, daß er ein freundlich aussehender Mann war, mit der üblichen dunklen Hautfarbe dieses Landes. Er hielt Isphet die Hand mit einem verlegenen Lächeln hin. »Hätte ich gewußt …«

Sie nahm seine Entschuldigung an, aber sie bewegte sich keinen Schritt von Zabrze weg.

Als Naldi zurücktrat, legte der Weise die Hand unter Isphets Kinn. »Du bist lange Zeit weg gewesen, Tochter. Wo ist Banwell, dein Gemahl?«

»Tot, Weiser. Schon seit zehn Jahren.«

»Ah, das betrübt mich. Er war mehr als nur ein guter Mann.«

Isphet nickte.

»Und du hast dich verändert, Isphet. Du hast eine große Verantwortung auf dich genommen. Und ... du bist gesandt worden, um zu erleuchten.«

Isphets Gesichtsausdruck war genauso bestürzt wie der meine. »Woher weißt du das?«

»Die Soulenai haben vergangene Nacht zu uns gesprochen«, sagte Solvadale. »Sie haben uns vieles berichtet.«

Er ging an Isphet vorbei zu Yaqob, der sich zu uns gesellt hatte. »Willkommen, junger Mann. Wie lautet dein Name? Ah, Yaqob. Ein guter Name. Ja, aus dir werden wir etwas machen können.«

Und dann kam er zu mir. Genau wie bei Isphet hob er meinen Kopf leicht an. »Du bist von weither gekommen, Mädchen. Wie ist dein Name?«

»Tirzah.«

Solvadale lächelte. »Ein wunderschöner Name. Eine wunderschöne Frau. Gesegnet.«

Er verschwendete keinen Atem an Erklärungen. Er wandte sich an Boaz.

»Wir haben viele Jahre darauf gewartet, daß du zu uns kommst. Wie heißt du?«

»Boaz.«

»Ah, Boaz. Deine Mutter hat dir einen edlen Namen gege-

▲ 131 ▲

ben.« Solvadale kniff die Augen zusammen, als er Boaz' Hand ergriff. »Du bist ein ungewöhnlicher Mann, Boaz. Du trägst eine sehr starke Elementenmagie in dir, sehr stark, aber sehr ungeschliffen. Und etwas anderes … bitte, verrate mir, was es ist.«

Solvadale wußte genau, was es war, aber er wollte es von Boaz hören.

»Ich war ein Magier, Solvadale. Aber das liegt jetzt hinter mir.«

Solvadale nickte, seine Miene war undurchdringlich. »Magier. Und das liegt hinter dir? Oh, ich hoffe doch nicht. Ich hoffe es nicht. Und was für ein ungewöhnlicher Frosch da zu deinen Füßen sitzt. Aber genug davon, wir können uns später über den Frosch und seine Geheimnisse unterhalten. Jetzt müssen wir …«

»Jetzt erbitte ich eure Aufmerksamkeit für meine Fünftausend«, sagte Zabrze mit mehr als nur einem Funken Gereiztheit. »Wir sind müde und hungrig, und wir müssen dringend miteinander reden, du und ich.«

Erst nach Zabrzes Worten wurde mir klar, daß ich mich nie gefragt hatte, wie Isphets Volk mit einer solchen Menschenmenge fertig werden sollte.

Aber Solvadale schien nicht besonders besorgt zu sein. Zweifellos kannte er die genaue Zahl der Leute, Kamele und Maultiere, die uns begleiteten.

»Es wird einige Zeit in Anspruch nehmen, euch alle in die Kluft zu schaffen«, sagte er und deutete nach vorn. »Vielleicht den ganzen Tag, denn es ist ein schwieriger und manchmal gefährlicher Weg. Aber du hast recht. Wir müssen uns unterhalten, Zabrze. Vielleicht können wir unterwegs ja über Avaldamon sprechen. Du warst doch einer der letzten, der ihn lebend gesehen hat, nicht wahr?«

Solvadale ging voraus und schritt so zügig aus, daß die meisten von uns nur eine kleine Weile später am Ende ihrer Kräfte schienen. Ich warf einen Blick über die Schulter und sah, wie Menschen und Lasttiere sich durch die Felsen kämpften.

»Solvadale!« rief Zabrze, und der Weise drehte sich um.

»Es tut mir leid. Ich habe nicht nachgedacht«, sagte er. »Ich hatte es eilig, weil ... Naldi?« rief er.

»Ja, Weiser?«

»Ich möchte die vier und Zabrze in die Kluft bringen. Bleibst du hier bei den anderen und führst sie? Ich sage unterwegs den anderen Wächtern Bescheid und schicke sie dir zur Hilfe.«

»Ja, Weiser.«

»Wartet«, sagte Isphet, und als Kiath uns erreichte, nahm sie ihm Zhabroah ab.

»Ein Säugling?« fragte Solvadale. »Wessen Kind ist das?« Seine Augen glitten über unsere kleine Gruppe.

»Mein Sohn«, sagte Zabrze. »Und der meiner Frau, Neuf. Sie starb vor etwa drei Wochen bei seiner Geburt.«

»Ah, ich dachte mir, daß ich nicht fühlen konnte ...«

Und Solvadale setzte sich wieder in Bewegung ohne weiterzusprechen.

Diesmal ging er nicht so schnell, und wir schafften es, ihm mühelos zu folgen. Die Sonne erklomm den Bergkamm vor uns und wurde heißer, als sie an Kraft gewann.

»Bald haben wir es geschafft«, sagte Solvadale, als er unseren Schweiß sah. »Bald.«

Ich warf einen Blick auf Isphet. Ihr Gesicht war gerötet, aber ich konnte mir nicht vorstellen, daß das allein von der körperlichen Anstrengung kam. Sie hatte Zhabroah in eine aus ihrer Decke gemachten Schlinge gesetzt, und jetzt ruhte er schlafend an ihrer Brust. Ich lächelte. Ich hätte nie gedacht, Isphet je so mütterlich zu sehen.

Solvadale führte uns in eine enge Schlucht. Hier mußte selbst er langsamer gehen, denn die Felsen lagen so verstreut, als hätten Riesen Ball gespielt und hinterher nicht aufgeräumt. Fetizza war die einzige von uns, die es mühelos schaffte und schließlich sogar vor Solvadale hüpfte.

»Bald«, hörte ich Isphet flüstern, dann wandte sie sich mir zu. »Oh, Tirzah, du kannst dir nicht vorstellen, was uns erwartet!«

Jedenfalls hatte mich niemand auf das vorbereitet, was wir gleich sehen würden. Isphet hatte bemerkenswert wenig über ihre Heimat in den Bergen erzählt, diese geheimnisvolle Kluft. Vielleicht war sie so in Geheimnisse gehüllt, daß sie nicht darüber sprechen durfte. Vielleicht …

Welchen Gedanken ich auch immer als nächsten denken wollte, er erstarb, als ich stolpernd hinter Zabrze und Solvadale zum Halten kam. Ich starrte mit offenem Mund. Isphet hatte nichts gesagt, weil sie uns den ersten verblüffenden Blick auf ihr Zuhause nicht hatte verderben wollen.

Die kargen Berge wichen zurück, nach Norden, Süden und Osten.

Aber im Osten erst … bevor sie gespalten worden waren.

Solvadale hatte uns an den Rand einer großen ... Bergkluft gebracht.

Es war ein sauberer Schnitt, so sauber, daß ich hätte schwören können, daß der Felsrand über seine ganze Länge so scharf wie eine Schwertklinge war. Der Einschnitt war etwa fünfzig Schritt breit und erstreckte sich weiter nach Norden und Süden, als ich sehen konnte.

Aber es war die Tiefe – und was man mit dieser Tiefe gemacht hatte –, die so eindrucksvoll war. Sie stürzte eintausendzweihundert Schritt nach unten, wie Isphet mir später verriet. Vom Rand aus gesehen lag der Boden in Dunkelheit und Nebel.

Boaz legte mir den Arm um die Taille; vermutlich genauso sehr, um mich zu halten wie um selbst Halt zu finden. »Bei allen Wundern des Universums«, sagte er. »Sieh nur, was sie mit den Wänden gemacht haben!«

Die Felsen wiesen einen hellen, rosenfarbenen Schimmer auf. Ihre Wände stürzten nicht senkrecht in die Tiefe, sondern waren im Verlauf einer Zeit, die Jahrhunderte umfassen mußte, zu einer Unzahl von Balkonen und Ebenen gemeißelt worden, die immer weiter in die Schlucht hineinragten, je tiefer sie wurde. Stufen, wurde mir klar, denn mir fiel wieder ein, daß Isphet dem Weisen gesagt hatte, sie käme von der Vierzigsten Stufe. Diese Stufen begannen vielleicht hundert Schritt unter uns, dann tauchten sie in den Nebel ein. Hinter ihnen mußten Wohnungen und Schulen und Säle sein, aus den Felsentiefen herausgeschlagen.

In bestimmten Abständen verbanden gewölbte Brücken aus rosenfarbenen Steinen die Wände der Kluft miteinander, und auf mehreren konnte ich Leute gehen sehen.

»Oh!« sagte ich. »Das ist erstaunlich!«

»Der Nebel löst sich auf, wenn die Sonne ihren Mittagsstand erreicht«, sagte Solvadale. Er blickte zum Himmel. »Gleich ist es soweit.«

Fetizza saß genau an der Kante, hielt sich mit ihren Zehen fest, und starrte mit funkelnden Augen in die Tiefe. Plötzlich gab sie ein lautes Quaken von sich ...

... und sprang ins Leere.

Sie fiel wie ein Stein.

»Fetizza!« schrie Boaz, und ich schlang die Arme um ihn, denn einen schrecklichen Augenblick lang glaubte ich, er würde ihr hinterher springen.

»Sei still!« befahl Solvadale. »Sie wird keinen Schaden nehmen. Was sollte sie suchen, Boaz?«

»Wasser.«

»Oh.« Er blinzelte Isphet zu. »Dann hat sie es für euch gefunden. Jetzt folgt mir.«

Er führte uns ein paar Schritte von dem Abgrund zurück zu einem Felsvorsprung.

»Wieso habe ich noch nie etwas hiervon gehört, Solvadale?« fragte Zabrze. »Ich hatte gute Lehrer, und ich habe Karten dieser Gegend studiert. Nichts von dem, was ich gesehen oder gehört habe, gibt einen Hinweis auf die Existenz dieser Kluft oder auf dein Volk.«

»Wir verbergen uns und unsere Geheimnisse mit großer Sorgfalt«, erwiderte der Weise. »Wie auch diese Berge gut vor zufälligen Blicken verborgen sind ... und die meisten sehen auch gar nicht genau hin. Kommt jetzt, wir müssen weiter.«

Unter dem Felsvorsprung befand sich ein dunkler Spalt im Felsen, kopfhoch und gerade breit genug für eine Person.

»Wie bringen wir alle hier hinunter?« fragte ich, als ich hindurchtrat und den Weisen an einem runden Treppenaufgang warten sah.

»Es gibt noch andere Eingänge, die breiter und besser geeignet sind. Aber diese Treppe ist etwas Besonderes. Für unsere kleine Gruppe ist sie bestens geeignet.«

Die Windungen waren eng und die Stufen schmal und tief, und ich klammerte mich am Geländer fest.

»Tirzah«, sagte Boaz hinter mir, »laß mich vorausgehen, dann fühlst du dich sicherer.«

Ich lächelte dankbar, als er sich an mir vorbeischob, und ich fühlte mich tatsächlich sicherer, als ich seinen Körper vor mir hatte. Ich legte die Hand auf seine Schulter und wagte einen Blick nach hinten.

Isphet folgte mir, aber ihre Anmut und ihre Zuversicht verrieten mir, daß sie vermutlich schon von Kindesbeinen an diese Treppe hinuntergestiegen war. Zabrze kam hinter ihr, und ich glaube, sein Gesicht war genauso blaß wie meines.

Wir stiegen eine halbe Stunde in die Tiefe, dann kamen wir zu einem schmalen Absatz, der zu einem Balkon führte, und Solvadale führte uns dort hin.

Ich stöhnte entzückt auf. Wir befanden uns etwa zehn oder fünfzehn Ebenen unter der obersten Stufe, und ich ging zur Brüstung und schaute nach oben. Die Sonne stand fast genau über uns.

Als ich den Blick senkte, hielt ich vor Staunen den Atem an. Der Nebel hatte sich aufgelöst, und ich konnte sehen, daß sich ein breiter Fluß durch die Kluft wand. Zu beiden Seiten erstreckten sich schmale Felsstreifen, aber der Boden war fast vollständig mit dunkelgrünem Wasser bedeckt.

»Niemand hat je seine Tiefen ergründet«, sagte Isphet leise neben mir. »Die Kluft führt weiter in die Tiefe.« Sie warf Boaz einen Seitenblick zu. »Vielleicht sogar bis in die Unendlichkeit.«

»Es ist ein Ort großer Macht«, sagte Solvadale. »Noch viel größerer Macht, als du denkst, Isphet.«

Und damit führte er uns wieder zurück zur Treppe und stieg weiter hinab.

Er legte alle halbe Stunde eine Pause ein, immer an einem Balkon, damit wir zu Atem kommen und die müden Beine ausruhen konnten. An allen Absätzen zweigten Gänge ab. Ich ging davon aus, daß man uns am Ende in einer der Stufen zu unseren Unterkünften führen würden.

Wie sich herausstellte, war es die nächste.

Als wir zu dem Absatz kamen, ging ich wie von selbst auf den Balkon zu.

»Nein«, sagte Solvadale scharf. »Warte. Hier verlasse ich euch. Isphet, morgen darfst du deinen Freunden die Kluft zeigen. Doch heute nach dem Mittagessen möchte ich, daß du Yaqob, Tirzah und Boaz in den Wassersaal bringst; dort wollen ich und einige andere Weise mit euch sprechen. Weißt du noch, wo er ist? Kannst du den Weg dorthin finden?«

»Ja, Weiser.«

»Gut.« Er lächelte. »Dann begrüße deinen Vater.«

Sie stieß einen leisen Schrei aus und fuhr in die Richtung herum, in die Solvadale blickte.

Ein Mann kam aus einem der Gänge. Hager und mit grauen Augen hatte er Isphets zwingenden Blick und Ausstrahlung.

»Vater!« Isphet warf sich dem Mann in die Arme, und er drückte sie fest an sich.

Ich wollte sie nicht stören und sah zu der Stelle zurück, an der Solvadale gestanden hatte, aber er war verschwunden. Ich runzelte die Stirn. Er hätte an mir vorbeigehen müssen, um einen der Durchgänge zu erreichen, erst recht die Treppe.

»Ein Kind, Isphet?« hörte ich ihren Vater fragen und drehte mich wieder um.

»Ach«, sagte Zabrze und trat zu ihnen. »Das sollte ich erklären.«

▲ 138 ▲

Und das tat er dann auch.

Isphet stellte uns Eldonor, ihren Vater, vor, und er ergriff unsere Hände mit echter Freude, obwohl ich sehen konnte, wie sehr er sich wünschte, mit Isphet allein sein zu können.

»Solvadale bat mich, euch eure Unterkünfte zu zeigen«, sagte er. »Folgt mir.«

Eldonor führte uns durch einige geräumige und gut erleuchtete Gänge, die nicht nur von in die Felswände geschnittenen Fenstern erhellt wurden, sondern auch durch Lichtschächte, wie es sie in der Pyramide gab. Mich fröstelte, und ich zwang mich, nicht mehr an die Pyramide zu denken.

Das Gestein wies überall dieselbe rosenfarbene Tönung auf – im Inneren war die Farbe vielleicht etwas kräftiger als an den Außenwänden der Kluft – und schimmerte warm im Sonnenlicht.

Eldonor blieb am Eingang zu einem Raum stehen und wies ihn Yaqob zu. Zwei Türen weiter blieb er wieder stehen und zeigte auf Boaz und mich.

Eldonor hatte eine scharfe Beobachtungsgabe, denn keiner hatte etwas von unserer Beziehung gesagt. Aber vielleicht hatten die Weisen es auch aus der Ferne gesehen und ihn dementsprechend angewiesen.

»Hier könnt ihr euch frischmachen«, sagte Eldonor und deutete auf das geräumige Gemach. »Am Ende dieses Ganges ist ein kleiner Speisesaal. Bitte gesellt euch als meine Gäste zu mir, sobald die Sonne untergegangen ist.«

Damit verließ er uns.

Das Gemach war schlicht aber ausreichend möbliert; davon zweigte ein kleinerer Raum ab, in dem man sich waschen konnte. Er enthielt ein großes, in den Boden eingelassenes Bad, und ich seufzte selig, als ich es entdeckte. Im Hauptraum lagen frische Leinentücher und Gewänder bereit, und in einer

Schale auf einem niedrigen Tisch trieben Blumen im Wasser – rosa und goldene Wasserlilien.

Boaz und ich teilten uns das Bad, wuschen einander die Haare und lachten, als die Seife in unsere Augen rann. Es tat gut, sich den Staub von drei Wochen abwaschen zu können.

»Ich kann mich nicht erinnern, wann ich dich das letzte Mal für mich alleine gehabt habe«, sagte er und küßte den Schaum von meiner Schulter.

»Aber du darfst dich nicht daran gewöhnen«, erwiderte ich. »Ich habe daran gedacht, Zabrze und Isphet anzubieten, auf Zhabroah aufzupassen. Sie können nicht ernsthaft den Wunsch haben, Tag und Nacht von einem schreienden Kleinkind gestört zu werden.«

Er legte die Hände um meine Taille. »Du scherzt doch hoffentlich!«

»Überhaupt nicht!« rief ich in gespielter Entrüstung und lachte dann, als sich sein Griff verstärkte. »Nun ...«

»Wie viel Zeit haben wir, bevor es dunkel wird, Tirzah?« flüsterte er in mein nasses Haar.

»Genug, Boaz. Genug.«

Wir genossen ein angenehmes Mahl mit Yaqob, Zabrze, Isphet und Eldonor. Er war ein guter Gastgeber, nie zu drängend und mit viel Feingefühl stellte er uns Fragen und erzählte seinerseits fast genauso viel von sich selbst. Isphet saß neben ihrem Vater, und sie strahlte vor Freude, ihn noch am Leben gefunden zu haben.

Als wir schließlich aus Kelchen süßen schwarzen Wein schlürften und an scharfem Käse knabberten, bat Eldonor seine Tochter, von ihrem Leben als Sklavin bei der Pyramide zu erzählen.

Er war entsetzt über das, was er hörte, und vergoß ein paar

Tränen. Auch Zabrze war nie klar gewesen, wie schlimm dieses Leben für uns gewesen war, und er senkte den Kopf, als Isphet und dann Yaqob berichteten.

Boaz hielt das Gesicht abgewandt.

Keiner von ihnen hielt etwas zurück. Sie sprachen über ihre Erniedrigungen – Isphets Jahre, in denen sie sich für Magier bereithielt, die mit ihr schlafen und sie erniedrigen wollten, die Prügel, die Yaqob oft in seiner Jugend bezogen hatte, weil er zu offen sprach –, aber auch über die Freuden. Die Freundschaft und Unterstützung, die sie bei ihren Mitsklaven gefunden hatten, die Freude an der Herstellung von Glas, auch wenn es für einen finsteren Zweck bestimmt war.

»Ich habe dich für tot gehalten«, sagte Eldonor schließlich und räusperte sich. »Keiner von uns hatte etwas von dir gehört. Jahre vergingen. Wir dachten, sollten Isphet und Banwell noch leben, daß sie dann etwas von sich hätten hören lassen.« Er holte tief Luft. »Letzte Nacht kam der Weise Solvadale in meine Gemächer und sagte ›Isphet kommt‹, und ich fiel auf die Knie und weinte vor Freude.

Aber Banwell ist gestorben. Es tut mir leid, Isphet. Du hast ihn geliebt.«

Sie nickte, senkte den Blick und sagte kein Wort.

»Aber er war ein ungestümer Mensch. Er traf die Entscheidung, daß es ein Abenteuer sein würde, ein Leben außerhalb der Kluft zu suchen.«

»Und ich willigte ein, Vater«, sagte Isphet. »Mach nicht Banwell dies zum Vorwurf.«

Eldonor schwieg, während ein Diener unsere Kelche nachfüllte und dann ging. Wie weit bin ich doch gekommen, dachte ich, seit ich die Eingeweide dieses dreckigen Walfängers verlassen habe.

»Aber wie ich sehe, hast du eine andere Liebe gefunden«,

sagte Eldonor. »Und er nimmt eine höhere Stellung ein. Er wird Chad sein – oder ist es schon.«

Er schürzte die Lippen. »Zabrze, du wirst ein mächtiger Mann sein, Herrscher über eines der reichsten Länder der bekannten Welt. Und doch hast du dir meine Tochter ins Bett geholt, eine entflohene Sklavin. Was willst du aus ihr machen? Wirst du sie erneut versklaven? Oder sie zu deiner Geliebten machen? Oder zu einer Konkubine, die neben deiner nächsten hochrangigen Gemahlin sitzt? Oder wirst du sie einfach verstoßen, wenn du dein Reich von dem Ungeheuer befreit hast, das es beherrscht?«

»Ich werde sie zu meiner Gemahlin machen«, sagte Zabrze ruhig und erwiderte Eldonors Blick.

»Nein«, stammelte Isphet. »Das kannst du nicht tun. Ich …«

»Isphet«, sagte Zabrze und nahm ihre Hand. »Wir wissen beide, was zwischen uns ist. Willst du es abstreiten?«

Sie schwieg, sah ihn nur mit großen Augen an.

»Und du hast mehr von einer Chad'zina als alle Herrscherinnen, Begums und Matriarchinnen, die ich im Laufe der Jahre das Unglück hatte, als Besucherinnen zu unterhalten. Ich werde diesmal aus Liebe heiraten, und du bist die einzige Frau, die dafür in Frage kommt. Nun, was hältst du davon?«

Auf Eldonors Gesicht breitete sich ein leichtes Lächeln aus. Yaqob grinste über das ganze Gesicht. Boaz und ich konnten jedoch wie Isphet nur ungläubig schauen.

Schließlich lächelte sie, aber es kostete sie große Anstrengung. Ich glaube, hätte Zabrze sie nicht gedrängt, hätte sie dort noch Stunden gesessen und gegen die Überraschung angekämpft.

»Ich sage ja, Zabrze. Ja.«

Alle Anspannung fiel von ihm ab. »Du wirst bei Hof deine

Auffassungen einführen und verbreiten, Isphet, meine Geliebte. Es wird ... spannend werden.«

In diesem Augenblick begriff ich zum ersten Mal, warum die Soulenai zu Isphet gesagt hatten, sie würde Gelegenheit zum Erleuchten bekommen. Als Elementenmeisterin und Chad'zina würde es ihre Aufgabe sein, in einem ganzen Land das Licht der Geheimnisse der Soulenai erneut strahlen zu lassen.

Als Boaz und ich viel später in unser Gemach zurückkehrten, entdeckten wir, daß unser Bett gemacht worden war.

Boaz grinste trocken. »Was werden sie nur von uns denken, daß wir die Laken so kurz nach unserer Ankunft durcheinandergebracht haben?«

»Sie werden denken, daß wir uns sehr lieben«, sagte ich und setzte mich.

»Tirzah.« Er ließ sich neben mich auf das Bett sinken. »Zabrze hat mich eben mit der öffentlichen Bekundung seiner Liebe zu Isphet beschämt. Er hat sie immer nur ehrenvoll behandelt, aber ich ...«

»Boaz ...«

»Nein, laß mich ausreden. Ich habe dich so schlecht behandelt, nicht nur einmal, sondern oft, daß ich nicht weiß, was ich tun soll, um das wieder gutzumachen, oder wie ich dir beweisen soll, daß ich dich wirklich liebe.«

Ich legte ihm den Finger auf die Lippen. »Ich brauche doch keinen Beweis.«

»Und doch muß ich ihn anbieten. Tirzah, ich schwöre, daß ich dir irgendwo und irgendwann die Tiefe meiner Liebe beweisen werde, und wie sehr ich mich danach sehne, daß du mir verzeihst.«

»Nein! Boaz, dieses Versprechen ist nicht nötig.« Verlust, ich konnte nur an Verlust denken. »Ich habe dich schon lange

Zeit verstanden, bevor du dich selbst verstanden hast. Es gibt nichts zu verzeihen …«

Jetzt war er es, der meine Lippen zum Schweigen brachte. »Doch, das gibt es, Tirzah. Yaqobs Versuch, mich zu töten, hat mir gezeigt, wie tief das Bedürfnis nach Vergebung ist. Nicht nur, was dich angeht, sondern bei allen, die ich als Magier so viele Jahre lang mißhandelt habe.«

Ich wäre fast in Tränen ausgebrochen. »Nein, Boaz. Du gehst zu weit … zu weit.«

Er nahm mein Gesicht zwischen seine Hände. »Aber im Augenblick kann ich nur das tun, was Zabrze bei Isphet getan hat, ich kann dich bitten, meine Frau zu werden.«

»Ja, ja. Das reicht, Boaz. Das ist alles, was ich will.«

Aber der Ausdruck in seinen Augen war traurig, als er sich nach unten beugte, um mich zu küssen, und unser Liebespiel in dieser Nacht war mehr Weinen als Lachen.

Ich blieb am Morgen erst einmal still daliegen, da mir leicht übel war. War es der Wein gewesen? Die bittere Traurigkeit der Nacht?

Dann wurde ich in der Tiefe meines Unterleibes von einem schon fast vergessenen Krampf überfallen, und ich riß die Augen auf. Ich hatte keine monatliche Blutung mehr gehabt, seit Boaz nach der ersten Nacht, in der er mich in sein Bett geholt hatte, seiner Macht in mir freien Lauf gelassen hatte. Vor vielen … vielen Monaten.

Vorsichtig drückte ich mit den Fingern in meinen Unterleib. Mein Schoß, der so lange wie ein hartes Geschwür gewesen war, war jetzt weich und nachgiebig.

Der Krampf kam erneut, schlimmer als zuvor. Seufzend entwand ich mich der Umarmung des noch immer schlafenden Boaz und kümmerte mich um das Nötige.

9

Nach dem Morgenmahl führte Isphet Zabrze, Yaqob, Boaz und mich auf einen Rundgang durch die Kluft. Zuerst schien Zabrze murren zu wollen, denn er wollte sich vergewissern, daß unsere Leute alle gut untergebracht worden waren und daß ihre Anwesenheit den Alltag der Kluft nicht zu sehr stören würde. Aber Isphet meinte, dies könne noch ein paar Stunden warten.

»Ich will dir mein Zuhause zeigen, Zabrze. Heute nachmittag, wenn wir zu den Weisen gehen, kannst du so viele Fragen stellen, wie du willst. Aber jetzt wirst du mir folgen.«

Zabrze gab nach.

Die Kluft war so wundervoll und voller Lebensfülle, daß ich nicht verstehen konnte, warum Isphet und Banwell jemals auch nur an ein Leben außerhalb hatten denken können. Unterwegs wurde Isphet von vielen Leuten herzlich gegrüßt, viele davon konnten ihre Gefühle nur mühsam beherrschen. Man hatte sie sehr vermißt. Doch selbst zu uns waren die Leute freundlich und offen. Sie waren neugierig auf die Neuankömmlinge, machten sich aber keine großen Sorgen über die riesige Zahl, die in ihre Mitte hinabgestiegen war.

Der Grund wurde mir bald klar. Die Kluft war riesig, nicht nur die klaffende Lücke im Felsen, sondern auch die Wohnräume, die sich dort öffneten. Es gab insgesamt einhundert-

undzehn Stufen, die tausend Schritt in die Tiefe hinunter-
reichten und sich fast eine halbe Meile die Kluft entlangzogen.
An einigen Stellen erstreckten sich die Gänge und Räume so
tief in den Felsen hinein, daß es eine Stunde lang dauerte,
sie abzuschreiten.

»Wir haben Platz für achthunderttausend Menschen, aber
im Moment zählen wir nur etwa neunzigtausend. Eure
fünftausend werden nicht viel Raum brauchen«, sagte Isphet.
»Allerdings werden sie vermutlich die Unterkünfte reinigen
müssen, die man ihnen zuteilt.«

»War die Bevölkerung einst viel größer?« fragte Zabrze.
»Diese Anlage ist riesig.«

»Nicht viel, vielleicht waren es vor mehreren Generationen
zwei- oder dreitausend mehr. Wir haben das nicht gebaut.«
Isphet deutete mit der Hand auf die Pracht um uns. »Unsere
Vorfahren haben das alles hier vor etwa sechshundert Jahren
entdeckt, buchstäblich in diesem Zustand. Verlassen. Selbst
heute noch gibt es Viertel in der Kluft, Raumfluchten tief im
Felsen, die wir kaum erforscht haben. Jedes Jahr verlieren wir
abenteuerlustige Kinder, die Karten von den unbekannten
Gängen zeichnen wollen. Die Weisen wissen viel mehr über
die Kluft, als die meisten von uns. Es gibt Bereiche, die nur
sie betreten.«

»Wer auch immer das erschaffen hat, muß über magische
Kräfte verfügt haben«, murmelte Boaz. »Sieh nur, Tirzah. Die
Galerien und herausgeschlagenen Behausungen an den Sei-
ten der Kluft sehen aus wie Glasnetze.«

Er hatte recht. Es sah so aus, als hätte ein Riese das äußere
Netzwerk der Kluft herausgeschliffen und es kleineren Wesen überlassen, die inneren Behausungen herauszuschleifen.

Isphet führte uns über eine der Brücken in einen großen
Kuppelsaal auf der anderen Seite. Hier gab es wunderschöne

Wandschnitzereien, und in die Kuppeldecke waren Glasplatten aus Schmelzglas eingesetzt.

»Du und Banwell, ihr seid Glasmacher gewesen«, meinte ich zu Isphet. »Also muß es hier Werkstätten geben.«

»Ja. Die Bewohner der Kluft hegen eine tiefe Liebe für Handwerkskünste, und die meisten verfügen über großes Können in der einen oder anderen Kunst. Die Glasmacherwerkstätten sind wie die anderen Werkstätten tiefer im Felsen. Ich werde sie euch an einem anderen Tag zeigen.«

Während wir unseren Weg fortsetzten, fiel mir auf, daß einige Räume und Gänge mit Licht erhellt wurde, das von kunstvollen und doch oftmals unsichtbaren Spiegeln in Decke und Wänden reflektiert wurde.

»Sind die hier hergestellt worden?« fragte Yaqob und blieb stehen, um einen zu bewundern.

Isphet zögerte. »Ja, aber nicht von uns. Sie waren ein Teil des Baus, als er von unseren Vorfahren entdeckt wurde. Wir haben das Geheimnis ihrer Herstellung nie herausfinden können.«

Bestimmt brachte man hier Kindern unter anderem bei, keine Bälle dagegen zu werfen. Ich fragte mich, wie viele Gänge und Gemächer aufgegeben worden waren, weil die Lichtspiegel zerbrochen waren.

In den nächsten Stunden führte uns Isphet durch viele Teile der Kluft. Es gab Schulen, Bibliotheken, Wohnungen, Märkte – sie alle waren aus dem Felsen herausgeschlagen. Die Nahrung lieferte der Fluß, in der Hauptsache Fisch, aber auch eine Vielzahl von Schalentieren und Flußaalen, und Isphet erzählte uns, daß es über uns auch Gemüse- und Kornfelder gab, gut geschützt vor neugierigen Blicken in den Tälern östlich der Klippe. »Wir verbringen nicht unser ganzes Leben in den Felsen.«

»Mir ist aufgefallen, daß viele Menschen aus deinem Volk eine hellere Haut haben als die meisten Südländer, und graue oder blaue Augen«, sagte ich. »Wie kommt das?«

»Das Volk der Kluft ist keine eigenständige Rasse. Wir betrachten uns als Bewohner von Ashdod. Auch wenn die Chads uns völlig vernachlässigt haben.« Sie warf Zabrze einen schalkhaften Blick zu. »Wir sind eine Mischung von Menschen, die im Verlauf vieler Jahrhunderte herfanden. Uns alle verbindet unsere Hingabe an die Kunst der Elemente. Tirzah, du bist Beweis genug, daß man nicht im Süden geboren sein und eine dunkle Haut haben muß, um ein Elementist zu sein.«

Ich nickte. Um dem Krieg zu entfliehen und Frieden zu finden, waren die Soulenai durch viele Länder gekommen, und vermutlich hatten sie ihr Erbe über den größten Teil der bekannten Welt verteilt. Ich verlor mich ein wenig in einem Tagtraum, fragte mich, welcher der Soulenai vor Tausenden von Jahren durch Viland gewandert war. Hatte meine Mutter ihr Erbe an mich weitergegeben? Druse hatte keinerlei Anzeichen gezeigt, Neigungen zur Magie der Elemente zu haben. Und Avaldamon. Avaldamon war ein Geshardi gewesen ... und das Buch der Soulenai war in dieser Sprache geschrieben.

Schließlich fanden wir uns auf dem Grund der Kluft wieder. Der Felsspalt war in Sonnenlicht getaucht, denn es war fast Mittag. Wir standen auf einem der schmalen Felssimse über dem Wasser und schauten stumm hinein.

Der Fluß hatte eine starke, tiefe Strömung, obwohl die obere Wasserschicht beinahe reglos erschien. In der Tiefe schossen viele Fische umher, und das Fischen konnte nicht sehr schwer sein, wenn man ein Netz hineinhielt.

»Das Wasser kommt aus einem unterirdischen Fluß, der einem Felsspalt unter uns entspringt«, erklärte Isphet. »Er fließt südlich durch die Kluft, dann schwenkt er nach Ostnordosten ab, sobald er an der Kluft vorbei ist. Von dort schlängelt er sich meines Wissens bis zum großen Meer tief im Osten.«

Plötzlich lachte Boaz und wies mit der Hand nach unten. Fetizza sonnte sich auf einem kleinen Felsvorsprung. Sie quakte freundlich, als Boaz sie rief, bewegte sich aber nicht.

»Gibt es hier noch mehr Frösche?« fragte er.

»Nein«, sagte Isphet. »Ich glaube nicht. Fetizza wird sich mit der Gesellschaft von herumtollenden Kindern begnügen müssen. Kommt, es ist Zeit fürs Mittagessen.«

Nach der Mahlzeit brachte Eldonor Zabrze zu seinen Leuten, und Isphet führte uns in den Wassersaal.

»Gewöhnliche Leute kommen nur mit einer Einladung der Weisen herein«, erklärte Isphet, als sie uns durch lange Gänge und dann eine Reihe von Treppen hinunterführte. »Hier werden viele unserer Riten abgehalten, aber hauptsächlich, so habe ich gehört, sitzen die Weisen hier und träumen.«

Der Wassersaal befand sich tief in dem Gebäude. Es war rund und sehr groß – etwas achtzig Schritt im Durchmesser. Der Saal war in seiner Mitte von einem Teich ausgefüllt, dessen Wasser sehr ruhig und sehr grün war. Den Teich umstanden vergoldete Säulen, die eine Kuppeldecke trugen. Diese war genau wie Boden und Wände aus dem dunklen, rosenfarbenen Gestein herausgeschlagen.

Als wir eintraten und Isphet hinter uns die Flügeltür geschlossen hatte, traten vier Weise aus dem Schatten. Sie trugen schlichte Gewänder, aber sie alle umgab die Aura des Geheimnisvollen und von Macht.

Einer von ihnen war Solvadale, und er grüßte uns leise und küßte jeden von uns auf beide Wangen. »Ihr seid nun ausgeruht. Gut. Bitte tretet vor und lernt meine Gefährten kennen.«

▲ 149 ▲

Es gab zwei weitere männliche Weise, Gardar und Caer-fom, und eine weibliche namens Xhosm. Auch sie ergriffen unsere Hände und küßten uns sanft. Es gab andere Weise, wie Solvadale erklärte, aber viele lebten in völliger Abgeschiedenheit, während andere in Mysterien versunken waren, die wir kaum wahrnehmen würden.

»Wir sind die vier, die an eurer Ausbildung teilhaben werden«, sagte er und führte uns zu Bänken, die am anderen Ende des Teiches in einem Halbkreis standen.

Alle vier Weisen erwiesen uns mit Bedacht die gleiche Menge Respekt, aber als wir saßen, richteten sich ihre Blicke immer wieder auf Boaz.

Sobald wir schwiegen, ergriff Solvadale wieder das Wort. »Es ist so schwierig, den richtigen Anfang zu finden, also werde ich für die Gefährten, die heute bei mir sind, sprechen und mit einer Erklärung anfangen. Aber selbst eine Erklärung hat keinen klaren Anfang. Wenn ihr Fragen habt, während ich spreche, so zögert nicht, sie zu stellen.«

Er hielt inne, seufzte, dann fuhr er fort. »Die Soulenai können manchmal träge sein. Manchmal warten sie mit ihren Erklärungen etwas zu lange. Sie haben uns erst in der vorvorigen Nacht von eurer kurz bevorstehenden Ankunft unterrichtet, obwohl wir schon seit längerem von eurer Existenz wußten. Es tut mir leid, daß die Wegmarkierungen euch in die falsche Richtung führten ... hätten wir gewußt, daß ihr so nahe seid, hätten wir Hilfe geschickt.«

»Wie sich herausgestellt hat, habt ihr genügend Hilfe in euch selbst gefunden«, sagte Xhosm und sah Boaz an.

»Ihr habt die Markierungen geändert«, wandte sich Isphet an Solvadale. »Sie zum Lügen gebracht. Warum?«

»Wir wußten von den Dingen an der Pyramide«, erwiderte der Weise, »und wir hatten auch eine Ahnung von der Art der

Schwierigkeiten. Nein, wartet, darauf komme ich noch früh genug. Wir veränderten die Markierungen, weil wir Angst vor dem hatten, was sich möglicherweise über die Ebene von Lagamaal auf uns zubewegte. Ich entschuldige mich hiermit noch einmal für die Sorgen, die wir euch bereitet haben.

Nun, es war unmöglich für uns, nichts von der Pyramide zu bemerken. Wir leben hier einigermaßen abgeschieden, aber wir halten Verbindung zu den umliegenden Ländern. Wir haben die vergangenen zwei Jahrhunderte zugesehen, wie die Pyramide wuchs. Die letzten achtzig haben wir gewußt, daß damit etwas auf fürchterliche Weise nicht in Ordnung war. Etwas Finsteres, aber wir konnten nicht erkennen, was es war. Erst in den vergangenen Monaten haben wir von den Soulenai erfahren, daß die Pyramide ihre Macht durch eine Verbindung mit dem Tal bekommen sollte.«

»Werdet ihr uns erklären, was es mit dem Tal auf sich hat?« wollte ich wissen.

»Aber ja. Ihr werdet über das Tal Bescheid wissen müssen, und eines Tages werdet ihr selbst hineinsehen, aber das wird erst viel später sein, nachdem ihr den Hauptteil eurer Ausbildung absolviert habt. Das Tal wurde zur gleichen Zeit erschaffen wie das Universum, in dem wir leben; es existiert daneben, wenn auch in einer anderen Dimension. Es ist ein Ort, der Dunkelheit ansammelt, so wie das Universum Sterne und Licht sammelt.«

»Ich bin einst Magier gewesen«, sagte Boaz, »das wißt ihr.« Die Weisen nickten ernst.

»Die Magier glaubten, daß das Tal die Macht der Schöpfung enthielt. Haben wir uns geirrt?«

»Nein, eigentlich nicht«, sagte Solvadale. »Das Tal ist ein eigentümlicher Ort. Auch wenn es zur gleichen Zeit wie das Universum entstand, blieb es viel ›neuer‹, viel lebendiger. Es ist irgendwie kleiner, kompakter – ich kann es nicht besser erklären. Und seine Macht ist der sehr nahe, die die Schöpfung hervorgebracht hat. Die Schöpfungsmacht ergießt sich sehr schwach durch unser physisches Universum; im Tal ist sie weitaus konzentrierter ... zugänglicher. Beantwortet das deine Frage, Boaz?«

Er nickte, und Solvadale fuhr fort.

»In den Jahrtausenden seit der Schöpfung hat das Tal die Dunkelheit in sich gesammelt. In ihm hat sich Leben gebildet. Dunkles Leben.«

»Nzame«, flüsterte Yaqob.

»Ja, Nzame ist eine seiner Gestaltwerdungen. Als wir erfuhren, daß die Pyramide am Ende die Macht des Tals nutzen würde, da begriffen wir die Art der Bedrohung. Wir haben das befürchtet, was dann auch tatsächlich eingetreten ist. Etwas Ungeheuerliches ist aus dem Tal in diese Welt hinübergewechselt.«

»Aber das hat im Moment nichts mit unserer Geschichte zu tun«, wandte Xhosm ein. »Vor vierzig Jahren entschieden wir, zu tun, was uns möglich war, obwohl wir uns nicht über die genaue Natur der Bedrohung klar waren. Wir setzten uns mit Avaldamon in Verbindung.«

»Avaldamon war der letzte uns bekannte Elementenmeister«, sagte Solvadale. »Ich werde gleich erzählen, was das ist, aber hört jetzt erst einmal zu. Er besuchte uns hier, eignete sich unser Wissen an und hörte sich unsere Befürchtungen an, und er schlug dann einen Plan vor.«

»Nein«, flüsterte Boaz, und ich nahm seine Hand. Oh nein, bestimmt nicht. Niemals.

»Avaldamon«, fuhr Solvadale gnadenlos fort, »behauptete, die Pyramide würde so mächtig sein, daß man jemanden brauchen würde, der über die Fertigkeiten der Elementenbeschwörung und die Macht der Eins verfügt, um sie zu zerstören. Einen Elementenmeister-Magier.«

»›Wie sollen wir das schaffen?‹ fragten wir?« sagte Gardar, und sein Blick bat um Verständnis.

Solvadale fuhr fort und ließ Boaz nicht aus den Augen. »Und Avaldamon sagte: ›Ich werde einen Sohn zeugen mit dem Blut eines Elementenmeisters, der aber die Ausbildung eines Magier erhalten wird‹. Boaz, hör mir zu. Daß du geplant und gezeugt wurdest, um uns vor der Pyramide zu retten, schmälert nicht einen Augenblick lang die Tatsache, daß Avaldamon deine Mutter und dich geliebt und geschätzt hat.«

»Ich wurde den Magiern ausgeliefert?« fragte Boaz. »Ihnen dreißig Jahre überlassen, um eine Lüge zu leben? Um ein Leben zu leben, das so viel Leid verursacht hat? Ich kann das einfach nicht glauben!«

Seltsamerweise wurde Boaz' Zorn von Yaqob unterstützt. »Er war genauso sehr Sklave wie Isphet oder ich«, sagte er. »Und auf eine Weise hat man ihn mehr verraten als uns.«

»Und Yaqob und Tirzah und ich«, sagte Isphet, »gehörten wir alle auch zu diesem Plan? Wurden wir ›gezüchtet‹ und gegängelt, damit auch wir ›benutzt‹ werden konnten?«

»Nicht von uns, und auch nicht von Avaldamon«, erwiderte Caerfom. »Aber mit Sicherheit von den Soulenai.«

Danach kehrte ein langes Schweigen ein. Wir kämpften gegen Zorn, Groll und Bitterkeit an. Die Weisen saßen da und beobachteten uns.

Schließlich sagte Solvadale: »Boaz, du sollst wissen, daß Avaldamons Tod kein Teil des Plans war. Es war ein reiner Zufall. Und eine Katastrophe. Avaldamon sollte am Leben bleiben und dich im geheimen in den Künsten der Elemente und als Elementenmeister ausbilden. Aber dann kümmerte sich niemand mehr um dich. Du hast unversehrt überlebt ...«

»Wohl kaum unversehrt«, sagte ich, aber Solvadale nahm mich überhaupt nicht zur Kenntnis.

»... was ein Wunder ist und uns Hoffnung gibt, daß du am Ende das tun kannst ...«

»Das tun kann, wozu ich richtiggehend herangezüchtet wurde«, vollendete Boaz den Satz. In seinen Augen lag ein eiskalter Blick.

»Shetzah, Boaz!« rief Xhosm und erschreckte uns alle. »Wir alle kommen aus irgendeinem Grund ins Leben! Ob nun als Weiser oder als Elementenmeister oder als Wasserträger. Alle aus einem Grund, alle Gründe sind gleichermaßen edel. Nimm hin, wer und was du bist. Habe wenigstens dafür genug Verstand! Verneine es, wüte dagegen, und du wirst nicht nur zusehen müssen, wie dein eigenes Leben zerstört wird, sondern auch die Leben aller anderen um dich herum.«

»Wir werden uns nicht für das entschuldigen, was wir getan haben«, sagte Solvadale, »und die Soulenai auch nicht. Damit mußt du leben.«

Wir brauchten eine weitere Stunde schmerzlichen, grollenden Schweigens. Aber schließlich nickten wir resigniert, einer nach dem anderen. Boaz als letzter.

Diese Enthüllungen mochten unerfreulich gewesen sein, aber sie schafften etwas, das nichts anderes zustande gebracht hatte – sie schmiedeten uns vier zu einer festen Gruppe zusammen. Viel von dem Groll, den es am Morgen noch zwischen uns gegeben hatte, war durch das, was uns die Weisen erzählt hatten, zur Seite gewischt worden.

Vielleicht war es diese Einheit, die sie vor allem hatten erreichen wollen.

»Also gut«, sagte Boaz. »Erklärt uns, was wir tun sollen

▲ 154 ▲

und wer wir werden sollen. Die Soulenai haben gesagt, wir seien Elementenmeister.«

»Ja. Wir werden jetzt von den Elementenmeistern sprechen.« Das war ein unverfänglicheres Thema als das vorhergehende, und Solvadale lehnte sich zurück. »Caerfom wird jetzt sprechen«, sagte er.

»Es gibt zwei höhere Ebenen der Elementenkünste«, sagte Caerfom. »Die der Weisen und die der Elementenmeister. Die Weisen denken, studieren, beraten. Elementenmeister sind die ›Macher‹. Sie bleiben nur selten in der Gemeinschaft der Kluft, sie bereisen die Welt. Sie sind Magier in dem Sinn, wie es die Weisen nicht sind. Elementenmeister können stoffliche Dinge beeinflussen, Zauber wirken – Boaz, du bist dafür das beste Beispiel.« Seine Lippen zuckten. »Fetizza das Froschweibchen, nicht zu glauben.«

»Und die Haarlocke aus Stein«, sagte ich ruhig und erklärte es den Weisen.

Sie sahen alle überrascht aus, aber Caerfom nickte. »Boaz ist außergewöhnlich talentiert, das ist das starke Erbe seines Vaters. Selbst ohne Ausbildung konnte sich sein Talent entfalten. Tirzah, du zeigst dieses Talent auch.«

»Oh nein, ich? Warum ...?«

»Der Froschkelch«, sagte Xhosm. »Das ist ein magischer Gegenstand, wie ihn nur jemand mit dem Vermächtnis eines Elementenmeisters erschaffen kann, und nur jemand mit dem besonderen Talent einer begnadeten Kunstfertigkeit. Außerdem kannst du das Buch der Soulenai lesen – bis vor deiner Geburt konnte das allein Avaldamon.«

»Es ist in Geshardi geschrieben«, sagte ich. »Jeder, der Geshardi entziffern kann ...«

»Nein«, unterbrach Solvadale mich. »Nur Elementenmeister können dieses Buch lesen, und dann auch nur diejenigen,

▲ 155 ▲

die auf besondere Weise begabt sind. Boaz genau wie Isphet und Yaqob werden vielleicht niemals das Talent dazu haben. Das Buch soll in deinen Händen bleiben, Tirzah. Es hat dich erwählt.«

»Und Yaqob und ich?« fragte Isphet.

»Ihr habt beide die Fähigkeiten von Elementenmeistern, die durch ferne Blutsverwandtschaft mit den Soulenai in euch schlummern. Ihr beide werdet nur eine kurze Ausbildung brauchen, damit ihr über viele der Fertigkeiten von Elementenmeistern verfügen könnt, die Boaz und Tirzah bereits gezeigt haben, auch wenn ihr möglicherweise niemals ihre Macht und ihr Geschick erreichen werdet.«

Boaz meldete sich als nächster zu Wort. »Du hast gesagt, Avaldamon war der letzte bekannte Elementenmeister. Erklärt uns, warum es keine anderen gibt. Wir vier ... sind wir die einzigen, von denen ihr wißt?«

»Ja«, sagte Solvadale. »Ihr seid die einzigen, von denen wir wissen. Elementenmeister werden geboren, nicht gemacht, und zwar als Nachfahren der Soulenai.«

»Du meinst, wir alle tragen das Erbe der Soulenai in uns?« fragte Isphet.

»Ja. Du hast deines von deinem Vater. Eldonor hat einige Jahre bei uns gelernt. Wir haben eine Zeitlang gedacht, er würde zum Elementenmeister, aber wir hatten uns geirrt. In dir wie in deinen drei Gefährten ist der Einfluß der Soulenai stark. Wir wissen nicht, warum er in der einen Generation zum Vorschein tritt und in der anderen nicht.«

»Vielleicht geschieht das auf Geheiß der Soulenai selbst«, meinte Caerfom. »Selbst Avaldamon konnte sich nicht sicher sein, daß das Kind, das er zeugen wollte, dieses Erbe in sich trug. Aber er hätte den Soulenai vertrauen sollen.«

»Wir alle haben im Verlauf der letzten Monate mit den

Soulenai gesprochen«, sagte ich, »aber keiner von ihnen hat uns etwas davon gesagt.«

»Es konnte noch nicht gesagt werden, Tirzah«, erwiderte Gardar streng. »Heute habt ihr es als hart empfunden. Wie hättet ihr es in der Nähe der Pyramide ertragen können? Wie hätte die Pyramide es wohl aufgenommen?«

Die Pyramide. Ich senkte den Blick.

»Es ist genug«, sagte Solvadale. »Wir haben euch ermüdet. Kommt morgen nach dem Mittagsmahl wieder, dann werden wir mit eurer Ausbildung anfangen. Wir mögen zwar keine Elementenmeister sein, aber wir haben die Fähigkeit, welche aus euch zu machen.«

»Ja«, sagte Boaz und stand auf. »Gut. Ich muß das Lied der Frösche lernen. Ich muß das verstehen.«

»Das Lied der Frösche?« fragte Caerfom. »Das ist uns nicht bekannt. Warum ist das wichtig?«

Boaz und ich konnten sie nur anstarren.

10

Wir saßen in der Kühle des Abends am grünen Wasser auf dem Grund der Felsenkluft: Boaz, Yaqob, Isphet und ich. Zabrze beriet sich mit Naldi darüber, wie die zurückkehrenden Boten sicher zu den Bergen und zur Kluft finden konnten; Zabrze hoffte, daß er in den nächsten Wochen Nachricht von den Nachbarländern erhalten würde, insbesondere von Prinz Iraldur von Darsis – Nachrichten, die Hilfe gegen Nzame versprachen.

»Was bedeutet denn dieses Lied der Frösche, Boaz?« fragte Yaqob.

Ich hatte Isphet bereits ein wenig über die Geschichte und das Lied berichtet, aber jetzt erzählten Boaz und ich die ganze Geschichte vom Lied der Frösche, erklärten den Kelch und welchen Einfluß die Frösche auf Boaz' Leben und für unsere Beziehung gehabt hatten.

»Die Soulenai haben Tirzah gesagt, daß ich mich dem Lied der Frösche öffnen müsse, ihr Lied lernen, dem Weg folgen muß, den es mir zeigt. Ich hatte gedacht, daß nach meiner Ankunft ... daß die Weisen ...«

»Aber hier gibt es keine Frösche«, sagte Isphet. »Kein Lied, dem man zuhören könnte.«

»Nicht ganz«, erwiderte ich. »Wir haben den Froschkelch, das Lied hallt darin wieder. Und wir haben Fetizza.«

Wir alle sahen das Froschweibchen an. Sie saß am Wasserrand, anscheinend döste sie vor sich hin. Es schien so, als habe sie am vergangenen Tag ihre Größe verdoppelt und sei noch häßlicher geworden.

»Fetizza hat seit ihrer Erschaffung nichts anderes getan als gefressen«, sagte Boaz. »Und seht sie euch jetzt an. Wenn sie sich in den nächsten paar Minuten nicht bewegt, dann bin ich überzeugt, daß sie zu einem Teil des Felsens geworden ist.«

Als hätte Fetizza ihn gehört, blinzelte sie langsam und rülpste.

»Hast du gewußt, was aus dem Kelch kommen würde, als du den Zauber geschaffen hast, der uns herführte?« fragte ich Boaz.

»Nein. Ich weiß auch nicht, was ich da eigentlich gemacht habe – und das gleiche gilt für die Steinlocke, die ich verwandelt habe, Tirzah.«

Fetizza stieß erneut auf, so stark, daß ihr ganzer Körper erschüttert wurde.

»Dann müssen wir den Weisen vertrauen«, sagte Isphet fest und wollte aufstehen.

Fetizza stieß wieder auf, diesmal so stark, als ob sie würgen müßte, dann noch einmal, und dann fiel sie beinahe um, weil sie so stark gebeutelt wurde.

Ein kleiner bernsteinfarbener Frosch krabbelte aus ihrem Maul, balancierte unsicher auf einem Tropfen Spucke auf ihrer Unterlippe und ließ sich dann ins Wasser fallen.

Isphet setzte sich wieder und schaute Fetizza ungläubig an.

Fetizza würgte wieder, rollte mit den Augen und ein weiterer Bernsteinfrosch erschien.

»Kus!« fluchte Yaqob leise.

Fetizza ›gebar‹ noch drei weitere Frösche, machte es sich wieder auf dem Felsen bequem und schlief wieder ein.

»Nun«, sagte Isphet und stand auf. »Es sieht so aus, als seien doch Frösche hier, Boaz.«

Die fünf Bernsteinfrösche planschten im Wasser zu Fetizzas Füßen, dann schwammen sie zur Flußmitte, und wir verloren sie aus den Augen.

An diesem Abend hörten wir ganz leises Quaken aus dem Wasser zu uns aufsteigen, das von den Felsen der Kluft zurückgeworfen wurde.

Am Morgen berichtete ein Kind, das Fetizza beobachtet hatte, daß noch mehr Frösche aus ihrem Maul gekommen seien. Alle bernsteinfarben.

»Elementenmeister sind Elementisten, die gelernt haben, sich der Macht der Elemente zu bedienen«, erklärte Solvadale am Nachmittag, als wir im Wassersaal in dem Halbrund versammelt waren.

Gardar nahm den Faden auf. »Die Elemente, vor allem Edelsteine und Metall, können für die magischen Künste benutzt werden, weil sie noch immer viel von der Energie enthalten, die zu ihrer Erschaffung nötig war. Darum flüstern und schwatzen sie in einem fort. Sie sind genauso lebendig wie wir. Das habt ihr alle schon gefühlt.«

Wir nickten. Boaz hörte mittlerweile das unaufhörliche Schwatzen von Metall, Edelsteinen und Glas genauso gut wie ich. Er hatte den Froschkelch an unser Bett gestellt, und letzte Nacht war ich aufgewacht und hatte ihn dabei ertappt, wie er ganz ruhig dalag, ihn ununterbrochen in den Händen drehte und seinem Lied lauschte.

»Elementenmeister nutzen diese Macht«, fuhr Gardar fort, »um Veränderungen zu bewirken. Boaz, du hast die Macht des Froschkelches dazu verwendet, Fetizza zu erschaffen –

die, wie es den Anschein hat, selbst mehr als nur ein bißchen magisch ist. Ihr alle, Boaz eingeschlossen, müßt lernen, diese Macht zu erkennen und euch ihrer zu bedienen. Damit werden wir heute anfangen.«

Während der nächsten drei Wochen lernten wir bei den Weisen an jedem Nachmittag Meditationsübungen. Es waren Übungen, die uns nicht nur mit unserer inneren Kraft in Berührung bringen sollten, sondern auch mit der in den Elementen enthaltenen Energie. Die Übungen schienen leicht zu sein, aber sie kosteten uns viele Stunden harter Arbeit und gelegentlich auch Flüche, bevor wir sie wirklich beherrschten. Ich wußte, daß Isphet und Yaqob genau wie Boaz und ich jeden Abend Stunden damit verbrachten, weiter daran zu arbeiten, und Boaz und ich gingen oft so erschöpft ins Bett, daß wir zu müde waren, um uns zu lieben.

Aber wir machten Fortschritte. Am Ende der drei Wochen konnten wir unsere innere Kraft berühren, und wir konnten die Macht eines jeden Objektes aus Glas oder Metall mit den Händen ohne sichtliche Anstrengungen spüren. Boaz meinte eines Abends zu mir, es sei so, als könne man in die Seele des Objektes schauen, von dem man vorher lediglich ein Flüstern gehört hatte.

»Ihre Seelen leuchten so hell«, sagte er. »So farbenprächtig wie Regenbogen.«

Ich nickte und bewunderte seine Fähigkeiten. Ich konnte auch etwas davon erkennen, aber es waren nur kurze Augenblicke. Boaz war mächtig ... aber vielleicht sah und fühlte jeder von uns doch etwas anderes.

Als die Weisen davon überzeugt waren, daß wir die Übungen beherrschten, die uns mit der Lebenskraft der Elemente in Berührung brachten, unterrichteten sie uns darin, diese Kraft einzusetzen.

▲ 161 ▲

Weitere Übungsstunden, noch mehr Flüche. Verglichen mit dem, was jetzt von uns verlangt wurde, waren die Meditationsübungen einfach gewesen. Wir mußten eins mit dem Objekt in unseren Händen werden, so daß wir beinahe mit seiner Lebenskraft verschmelzen konnten.

»Aber ihr dürft dabei nicht zu weit gehen«, warnte Gardar, »verschmelzt nicht vollständig mit ihm, denn dann würden sich eure und die Seele des Objektes miteinander vereinigen ... und euer Körper wird sterben.«

»Und dann hätten wir ein Objekt, vielleicht einen Armreifen, mit der Seele eines Boaz oder einer Isphet«, sagte Solvadale, »und das würde weder uns noch euch nutzen.«

Dieser Unterricht war anstrengend für die Weisen, denn sie konnten nichts praktisch vorführen. Es fehlten ihnen die Fähigkeiten dazu, und sie konnten nicht bis ins letzte Detail verfolgen, was wir taten oder wohin wir gingen. Sie mußten darauf vertrauen, daß wir ihnen folgten.

»Normalerweise würde ein Elementenmeister von einem Elementenmeister ausgebildet«, sagte Xhosm eines Tages zu uns. »Aber ihr habt nur uns. Wir hoffen, daß ihr später auch andere unterrichten könnt.«

»Nimm diese Glaskugel«, sagte Caerfom einmal zu mir, »und mach mit der ihm innewohnenden Macht Wellen im Wasser des Teiches. Das sollte dir leichtfallen, Tirzah.«

Aber das war ganz und gar nicht der Fall. Ich berührte die Lebenskraft recht mühelos – ich glaube, das hätte ich im Schlaf tun können –, aber die Macht zu lenken war sehr viel schwerer. Ich brachte Caerfoms Kleidung in Bewegung, und ich verwüstete Isphets Haar, aber das Wasser blieb still.

»Wir versuchen es morgen noch einmal«, sagte Caerfom, seufzte und entließ uns für diesen Tag.

Mehrere Wochen nach unserer Ankunft weckte uns Zabrze eines Nachts.

»Verdammt, Zabrze«, murmelte Boaz, »du magst ja nichts Besseres zu tun haben, als hier faul herumzusitzen, aber Tirzah und ich hatten einen langen und schweren Tag.«

»Steht auf«, sagte Zabrze kurz angebunden, »und hört euch an, was ich zu sagen habe.«

Boaz setzte sich auf die Bettkante und rieb sich den Schlaf aus den Augen, und ich kämpfte mich hoch und zog das Laken bis über die Brüste. Würden Boaz und ich für den Rest unseres Lebens von Zabrzes mitternächtlichen Besuchen heimgesucht werden?

»Einer meiner Läufer kam heute abend zurück«, sagte Zabrze.

»Und?« fragte Boaz.

»Schlechte Neuigkeiten.«

Von der Tür kam ein Laut. Isphet kam mit Zhabroah auf dem Arm herein und setzte sich neben Zabrze. »Ich konnte nicht wieder einschlafen«, sagte sie.

»Komm schon«, sagte Boaz zu Zabrze, ohne auf Isphet einzugehen. »Was für Neuigkeiten?«

»Es war einer der Männer, die ich nach Darsis geschickt habe. Er kam nicht durch. Er hatte eine etwas andere Route als die anderen genommen; ich kann nur hoffen, daß sie es geschafft haben.«

»Zabrze ...«

»Er reiste nach Nordnordost, statt nach Nordost, und so kam er nicht so weit wie die anderen, und war auch nicht so schnell ... du verstehst, was ich damit sagen will?«

»Ja, ja. Was ist denn nun?«

»Eines Nachts, zwei Wochen nach Verlassen unseres Anwesens am Juit wurde er von einem Grollen geweckt. Er sprang auf die Füße, konnte aber nichts sehen, und der Lärm hatte aufgehört. Also legte er sich wieder schlafen. Als er am nächsten Morgen jedoch aufstand ...«

»... sah er nur noch Stein um sich«, sagte ich leise.

»Ja«, erwiderte Zabrze mit müder Stimme. »Etwa fünf Schritt weiter westlich hatte sich alles Land in Stein verwandelt. Er wußte, was das zu bedeuten hatte. Er war bei der Pyramide, als ... nun, in dem Land im Westen gab es nichts Lebendiges mehr. Nichts. Nur noch Stein. Nzame hat seine Macht noch weiter ausgedehnt.«

»Wie weit war er da von der Pyramide entfernt?« fragte Boaz.

»Etwa drei Tagesmärsche. Zwei Wochenmärsche vom Juitsee entfernt, hätten sie ihn ostwärts geradewegs zur Pyramide gebracht.«

»Setkoth«, sagte Boaz.

»Oh ihr Götter«, flüsterte ich.

»Ja«, sagte Zabrze. »Setkoth muß lange vorher versteinert sein.«

Zabrzes andere Kinder waren zweifellos von dem sich ausbreitenden Stein in der Stadt gefangen. Falls Nzame sie nicht vorher zusammengetrieben und verschlungen hatte. Falls es ihnen nicht gelungen war zu fliehen.

Zhabroah. Überlebender.

»Da ist noch etwas«, sagte Zabrze. »Der Stein hat meinen Boten so erschreckt, daß er nur noch so schnell wie möglich dort weg wollte. Er wandte sich genau nach Osten und lief Tag und Nacht. Fünf Tage, nachdem sich Nzame ausgebreitet hat, hat er bereits einige seiner Steinmänner ausgeschickt.

Glücklicherweise sah der Läufer sie, bevor sie ihn sahen. Er versteckte sich, als sie vorbeizogen, und was er gesehen hat, führte ihn dazu, lieber mir sofort Bericht zu erstatten, als zu versuchen, sich weiter nach Darsis durchzuschlagen.«

Zabrze hielt inne, nahm seinen Mut zusammen. Ich sah Boaz an, und er lehnte sich an mich und legte tröstend den Arm um mich.

»Es war eine Gruppe von sechsunddreißig Steinmännern. Wie eine militärische Einheit. Sie marschierten, wenn man das so nennen will, in Formation, schlurften und zerbröckelten dabei. Ihre Gesichtszüge waren verzerrt und zerklüftet, Arme und Beine dick und unbeholfen. Ihre Münder standen offen und wie in ständiger Verzweiflung, hat mein Bote mir berichtet, stöhnten sie, ihre Köpfe rollten von einer Seite zur anderen ... und sie stöhnten, stöhnten vor inneren Qualen.«

Wenn schon der Bericht Zabrze so quälte, wie schlimm mußte es den Mann getroffen haben, der sie tatsächlich gesehen hatte?

»Sie wurden von einem Mann angeführt«, fuhr Zabrze fort, »der auf etwas ritt, das man laut meinem Boten nur als schlurfenden, konturlosen Felsbrocken beschreiben kann, etwa von der Größe eines Esels. Dieser Anführer war ... Chad Nezzar.«

»Was?« riefen Boaz und ich zugleich aus.

»Ein Chad Nezzar, der nicht in Stein verwandelt worden war, aber von Nzame unwiderruflich verändert worden ist. Er war wahnsinnig, sagt mein Bote. Er kicherte und sang über die Macht und die Herrlichkeit von Nzame. Er streichelte sein Steinreittier, als wäre es lebendig, und nannte es seine Geliebte. Sein Körper war vernarbt, wo er sich den Schmuck aus dem Körper gerissen hat, und schrecklich von der Sonne verbrannt.«

Wir saßen ein paar Minuten stumm da und dachten nach.

»Das mußt du den Weisen erzählen«, sagte Boaz schließlich.

»Ja. Und ich werde mir überlegen müssen, wie ich eine

Armee aus zehntausend Steinmännern bekämpfen kann, denn so viele sind es bestimmt, die für Nzame kämpfen.«

»Und Chad Nezzar?« fragte ich. »Könnte er ein Heer anführen?«

Zabrze schüttelte den Kopf und wollte antworten, aber eine Stimme in der Tür kam ihm zuvor.

Solvadale.

»Ich habe es gehört«, sagte er. »Und ich glaube nicht, daß Chad Nezzar bloß verrückt ist. Ich glaube, er ist jetzt zu einem Teil von Nzame selbst geworden.«

11

Wir verdoppelten unsere Anstrengungen. An mehreren Tagen in der Woche unterrichteten uns die Weisen jetzt auch am Vormittag.

»Lernt«, ermahnten sie uns. »Übt.«

Es dauerte noch ein paar Wochen, aber schließlich erlangten wir nicht nur die Fertigkeiten, die nötig waren, um die Lebenskraft in den Elementen zu fühlen, sondern auch sich ihrer zu bedienen und sie zu lenken.

»Rühre das Wasser mit der Glaskugel auf, Tirzah«, sagte Xhosm, und ich tat es.

»Erschaffe ein Rechteck aus rotem Leinen mit der Macht dieser Eisenkugel«, sagte Caerfom zu Yaqob, und er tat es.

Solvadale gab Boaz eine schmale Goldkette. »Bediene dich der Macht in dieser Kette und verwandele sie in Glockengeläut.«

Und im Wassersaal läuteten Glocken.

»Isphet«, befahl Gardar, »nimm, was dieser Silberkelch dir gibt, entgegen und erschaffe einen Korb für mich.«

Und sie tat es.

Von uns allen war Boaz der Mächtigste und löste seine Aufgaben mit der größten Leichtigkeit, aber auch jeder von uns anderen wurde täglich besser.

Gleichgültig, welche Objekte wir benutzten, ob nun Metall, Edelsteine oder Glas und gelegentlich auch Töpferwaren, wenngleich die Seele der Töpferwaren schwach war und uns nur wenig gab, mit dem wir arbeiten konnten, sie verloren nichts von ihrer Kraft durch unsere Benutzung.

»Wir verstehen das nicht ganz«, erklärte Solvadale eines Nachmittags. »Irgendwie ziehen die Elemente Energie in sich hinein von einer Urkraft, die wir noch entdecken müssen. Sie ersetzen einfach das, was sie durch euren Gebrauch abgeben.«

»Können wir alles benutzen?« fragte Yaqob und warf langsam eine Eisenkugel von einer Hand in die andere.

»Ja. Aber manche Dinge können für mehr benutzt werden.« Solvadale wandte sich mir zu. »Dabei meine ich wieder einmal den Froschkelch. Tirzah hat das besondere Talent, Gegenstände zu erschaffen, die eine solche Magie in sich tragen, daß sie selbst wiederum für eine Magie benutzt werden können, die weit über die einer Eisenkugel hinausgeht. Nicht einmal Boaz hätte Fetizza aus dieser Eisenkugel herauszaubern können. Eine Lebensform, ganz zu schweigen von einer magischen Lebensform, ist ... schwierig.«

Wir schwiegen und dachten an Fetizza. Jeden Morgen und Abend schlüpften weitere Bernsteinfrösche aus ihrem Mund. Jetzt schwammen und hüpften Hunderte ihrer Kinder durch die Kluft, und ihr Chorgesang brach sich bei Sonnenuntergang und in der Morgendämmerung an den Felswänden.

»Was ist mit Stein?« fragte Isphet. »Stein enthält doch auch Elemente. Warum können wir den Stein nicht hören?«

Gardar zog einen kleinen Stein unter seiner Bank hervor. Die Weisen waren zwar keine Magier, aber ich mußte noch herausfinden, wie ihre blitzschnellen Tricks funktionierten.

»Nimm ihn in die Hand«, sagte Gardar zu Isphet und gab ihn ihr. »Dann reich ihn weiter.«

Isphet nahm den Stein, konzentrierte sich, dann seufzte sie und gab ihn mir. Ich rollte ihn zwischen den Händen hin und her und tastete und lauschte, aber ich wußte, daß ich nichts finden würde. Ich gab ihn an Boaz weiter.

»Stein ist tot«, sagte Solvadale. »Auch wenn er viele Elemente und Mineralien enthält und manchmal sogar Edelsteine, etwas tötet bei seiner Entstehung das Leben ab, das er enthält. Ihr werdet niemals Stein benutzen können.«

»Und doch benutzt Nzame den Stein«, sagte Boaz. »Er verwandelt Land und Leben in Stein ... und sein Stein scheint zu leben.«

»Wir kennen den Grund nicht.« Solvadale seufzte. »Boaz, du hast etwas, was Nzame geschaffen hat, von Stein zurück zu Haar verwandelt. Wie ist das geschehen? Was hast du gemacht?«

»Ich bin mir nicht sicher. Ich wußte, daß Tirzah das Haar ihres Vaters braucht, um ihn zu verabschieden, und keine steinerne Scheußlichkeit. Ich habe ihn nur in die Hand genommen.«

»Wenn wir das wüßten«, sagte Yaqob ohne jede Spur von Vorwurf in seiner Stimme, »dann wüßten wir auch, wie wir Nzames Steinmänner bekämpfen können. Wie man Stein in Erde und Leben zurückverwandelt.«

Boaz hob den Kopf, nickte Yaqob knapp zu und sah dann Solvadale an. »Du hast gesagt, daß du uns irgendwann mehr über Nzame erzählen wolltest. Mehr über das Tal. Wirst du das jetzt tun?«

Solvadale zögerte kurz, blickte die anderen Weisen fragend an und nickte dann. »Ja. Ja, das werden wir. Wir können euch nichts mehr beibringen. Es wird eure Aufgabe sein, euer Können weiterzuentwickeln ... und gegen Nzame einzusetzen.«

Und das Lied der Frösche?, konnte ich Boaz förmlich denken hören. Werdet ihr mir sagen, wie ich lernen kann, das Lied der Frösche zu verstehen? Wie ich es gegen Nzame verwenden kann?

»Für euch ist die Zeit gekommen, die Kammer des Träumens kennenzulernen«, verkündete Solvadale.

Sie brachten uns in den hinteren Teil des Wassersaals, zu einer Tür, die keiner von uns zuvor bemerkt hatte. Dahinter erstreckte sich ein langer Gang, der tief in den Felsen der Kluft hineingemeißelt war.

Wir kamen zu einer Reihe von Stufen, die uns die Weisen hinunterführten, dann ging es einen weiteren Gang hinunter, der noch weiter in den Felsen hineinreichte, und dann ging es wieder Stufen hinab.

»Wir sind hier sehr tief im Felsen«, sagte Caerfom leise. »Nach den nächsten Stufen werden wir eine Kammer betreten, die wir als einen Ort der Geheimnisse betrachten, den Elementenmeister aber als einen Ort der Macht ansehen.«

Wir warfen uns Blicke zu, die zugleich besorgt und aufgeregt waren. Solvadale winkte uns zu sich, und wir folgten den Weisen eine weitere Reihe sich windender, rosenfarbener Steinstufen hinunter.

Dann betraten wir eine erstaunliche Kammer.

Es handelte sich um eine beinahe kreisrunde natürliche Höhle, die im Verlauf vieler Millionen Jahre von Wasser ausgewaschen worden war. Von hoch oben aus einer der Wände stürzte Wasser in einen Teich in der Mitte der Kammer, floß weiter zur gegenüberliegenden Wand und verschwand dann in einem dunklen Tunnel.

»Hier tritt der Fluß aus dem Felsen hervor«, sagte Caerfom, dann zeigte er auf den Tunnel. »Und dort fließt er hinein, um dann in der Kluft hervorzutreten.«

Dieses Wunder der Natur war aber bei weitem nicht das Erstaunlichste in dieser Kammer.

Die Wände waren mit Edelsteinen besetzt, und zwar mit jeder vorstellbaren Sorte, und kleine Bäche aus Metall – einiges in reiner Form, anderes oxidiert – flossen an ihnen hinunter. Ihr Schimmer erhellte die Kammer mit einem weichen Licht.

Die Energie, die Macht, die es in dieser Kammer gab, war erstaunlich.

»Wir kommen zur Meditation her«, sagte Solvadale. »Aber euch kann es mehr bedeuten. Meine Freunde, ich habe euch aus zwei Gründen hergebracht. Erstens damit ihr das Wunder und die Macht der Kammer des Träumens sehen könnt, aber auch, damit ihr die Macht der Kammer dazu benutzen könnt, das Tal und Nzame besser zu verstehen. Es ist einfacher, es euch zu zeigen, als es euch zu erklären ... aber bedenkt eins.«

Ich riß den Blick von den zauberhaft schimmernden Wänden los und richtete ihn auf Solvadale. Seine Miene war beherrscht, aber in seinen Augen lag Sorge.

»Was wir hier tun werden, wird eine gewaltige Macht wekken ... nehmt euch vor ihr in acht. Ihr seid noch unerfahren; überschreitet nicht die Grenzen eures Wissens.« Er holte tief Luft. »Die Benutzung dieser Macht wird vermutlich auch Nzames Aufmerksamkeit erregen. Hütet euch vor ihm ...

So. Isphet. Ich will, daß du diesen Ritus durchführst, den du so oft schon durchgeführt hast.«

»Du willst, daß ich das Wasser aufrühre.«

»Ja. Aber statt Metallpulver ins Wasser zu werfen, wirst du die Macht der Elemente um dich herum nehmen.«

»Ja, ich verstehe.«

»Gut.« Solvadale hielt inne und musterte uns nachdenklich. »Ihr müßt eure Macht mit der, die ihr aus den Wänden zieht, verbinden. Bei diesem Ritus müßt ihr wie eine Person handeln. Stützt euch aufeinander, zieht Kraft aus den anderen. Könnt ihr das?«

Nach kurzem Zögern nickten wir.

»Ja«, sagte Boaz. »Das können wir.«

»Isphet«, sagte Solvadale und nahm ihre Hand. »Normalerweise würdest du bei einem Elementenritus zu den Soulenai Verbindung suchen. Die Grenzen der Zuflucht im Jenseits berühren. Heute möchte ich nicht, daß du das tust.«

»Was dann ...?«

»Wenn das Wasser heute aufwirbelt und du mit deinen drei Gefährten die Macht vereinst, will ich, daß du das Tal berührst.«

Sie wich vor ihm zurück. »Aber das Tal ist dunkel ... böse.«

»Berühren, sagte ich, nicht betreten. Ich möchte, daß du das tust – und es darf nur ganz kurz sein –, weil das die einzige Möglichkeit ist, wie ihr Nzame verstehen könnt. Ich könnte einen ganzen Tag damit verbringen, euch von dem Tal und Nzame zu erzählen, aber das wäre unzulänglich gemessen an dem Wissen und Verständnis, das ihr erringen werdet, wenn ihr das Tal berührt.«

»Es ist gefährlich«, sagte Boaz.

»Ja, es ist gefährlich.« Solvadale schaute ihm fest in die Augen. »Aber ihr alle werdet irgendwann Gefahren gegenüberstehen, und ich will euch darauf vorbereiten. Zieht Macht aus den Elementen, die um euch herum in dieser Höhle sind, aber, und das ist viel wichtiger, zieht ebenso Macht aus euren Gefährten. Isphet, bist du bereit?«

Sie holte tief Luft. »Ja.«

»Und du, Boaz? Tirzah? Yaqob?«

Wir sahen uns an und warfen uns gegenseitig ein aufmunterndes Lächeln zu. »Ja, wir sind bereit.«

»Dann fang an, Isphet.«

Sie war sehr ruhig, sehr sicher. Sie öffnete ihr Haar, genau wie ich auch, und sah uns nacheinander fest in die Augen. Dabei berührten wir mit der um uns herum befindlichen Elementarenergie eine Macht, die sehr stark war, dann berührten wir einander, teilten unsere Macht miteinander, halfen uns gegenseitig.

Isphet wandte sich dem Teich zu, dann schwenkte sie den Arm.

Das Wasser erzitterte, dann wirbelte es im Kreis umher, gewann an Geschwindigkeit, bis es wie ein großes, wütendes Tier durch den Teich raste.

Farben blitzten auf, blau, gold, grün, und vermengten sich, wurden von dem tobenden Wasser gefangen, bis sie nur noch ein Schemen aus Licht waren.

Ich konnte die anderen spüren, in mir und um mich herum, und wir schenkten uns Trost und Kraft, und wir teilten die Kraft miteinander. Irgendwie war ich mir bewußt, daß die Weisen uns beobachteten, aber sie waren jetzt bedeutungslos geworden.

Da waren nur noch wir vier, die jetzt wie einer waren, und das wirbelnde Wasser.

Isphet leitete uns weiter, aber ich konnte Boaz' Macht fühlen, die uns alle stützte, und ich glaube, Isphet ging damit auf einen Wunsch von Boaz ein, denn sie brachte uns nicht direkt ins Tal.

Statt dessen sahen wir Ashdod.

Das Land.

Wir sahen es wie von hoch oben vom Himmel, als seien wir Vögel, die auf einer Luftströmung kreisten und einen sicheren Platz zum Nestbauen suchten.

Aber es gab keinen Platz zum Landen.

Wir weinten, denn Ashdod war größtenteils zu Stein geworden.

Von der Pyramide breitete sich der Stein wie ein todbringendes Netz aus. Es erstreckte sich bis fast zu den Grenzen von Ashdod, und an einigen Stellen tasteten sich Steinfinger in die Nachbarreiche vor. Der Stein hatte sich über das Land, die Stadt und die Palmenhaine ausgebreitet, allein das große, sich dahinschlängelnde Band des Lhyl war verschont geblieben.

Aber die Schilfbänke waren aus Stein, und die Frösche waren verstummt.

Gruppen von Steinmännern wankten umher, zerbröckelten, stöhnten. Manchmal schlurften sie ziellos vor sich hin, manchmal trieben sie Gruppen schreiender, panikerfüllter Menschen auf das Riesenmaul der Pyramide zu.

Nzame schrie: Füttert mich!

Und wir wichen zurück.

Der Juitsee, dachte ich, und auf irgendeine Weise teilte sich der Gedanke meinen drei Gefährten mit. Im nächsten Augenblick sahen wir den See, dessen Wellen sanft und traurig gegen die steinernen Schilfbänke und das Marschland schlugen. Versteinerte Juitvögel lagen tot am Ufer des seichten Sees.

Ich weinte, und ich fühlte, wie die anderen mit mir weinten.

Das Haus, das wunderschöne Haus, in dem ich einst von einem friedlichen Leben mit Boaz geträumt hatte, brach fast unter dem Steindach zusammen.

Als die Sicht schärfer wurde, sah ich einen umherstampfenden Steinmann, der über den Steinpfad zur Steinanlegestelle schlurfte und die Arme schwenkte und dessen Mund verzweifelt offenstand.

Memmon, wie jedes andere Leben in Ashdod von Nzame gefangen, dazu verdammt, zwischen Fluß und Haus und Haus und Fluß hin- und herzulaufen, nach Besuchern Ausschau zu halten, die seinen Frieden störten, nach jemandem Ausschau zu halten, der ihn von seinem Tod erlöste.

Es reicht!, rief Boaz, und wir stimmten zu. Es reichte.

Das Tal, sagte Isphet, und so lenkten wir unsere Macht und unsere Sicht dorthin.

Das Wasser vor uns wirbelte schwarz auf, fraß alle Farbe und Licht in der Kammer.

Die Sicht verschwamm.

Kälte sickerte in mein Innerstes und drohte, das Mark in meinen Knochen erfrieren zu lassen. Wir reisten durch ein großes ...

Nichts, sagte Boaz, und wir alle stimmten zu. Das war ein Nichts zwischen den Welten.

Seid stark, rief Isphet jedem von uns zu, denn wenn wir hier schwanken ...

Wir verdoppelten unsere Bemühungen, klammerten uns an die Macht der Elemente um uns herum und an die der anderen.

Dann veränderte sich die Finsternis. Es war noch immer kalt, aber es gab jetzt etwas, das vorher nicht da gewesen war.

Wir sind am Rand des Tals, sagte Boaz. Laßt uns zuerst seine Grenzen erforschen. Es besser verstehen lernen, bevor wir es betreten.

Das hielten wir alle für eine gute Idee, und ich fragte mich, ob wir es überhaupt betreten mußten.

Das müssen wir, Tirzah. Isphet. Wir müssen es sehen.

Aber zuerst der Rand. Das hier war ein fest verankerter Ort, und ich erinnerte mich, was Isphet über das Tal gesagt hatte, als wir sie in Gesholme darüber befragt hatten. Es war ein Ort der Dunkelheit und Verzweiflung, und hier, in seiner unmittelbaren Nähe, konnte ich das verstehen. Sie hatte gesagt, es sei ein Ort, der sich absichtlich von unserer Welt abgetrennt hatte, so wie von allen anderen Welten.

Aber das war nicht länger so. Jetzt nicht mehr, seit die Pyramide ihn berührt hatte.

Wir traten ganz vorsichtig ein. Es war eine kurze Berührung, nicht mehr, und doch zuckten wir vor Entsetzen zurück, zogen uns zurück in das Nichts.

Was wir in dem Tal sahen, war unbeschreiblich. Es war alle Dunkelheit und Leere, die man sich vorstellen konnte, und dann noch mehr. Es war sämtliche Verzweiflung und sämtliches Elend, das die Menschen je ergriffen hatte, und nun eine Million mal verstärkt.

Aber am schlimmsten von allem war, daß das, was auch immer in dem Tal hauste, denken konnte.

Es lebte, und es schmiedete Pläne.

Und jetzt hatte es einen Fuß in die Pyramide gesetzt. Nzame war schrecklich, aber er war nur ein Bruchteil dessen, was das Tal enthielt und was in unsere Welt einzutreten drohte.

Und dann in die Zuflucht im Jenseits.

Das waren die Soulenai, die jetzt an unserer Seite waren, uns stützten und flehten.

Zerstört es. Reißt es in Stücke. Boaz, hilf uns, hilf uns, denn der Stein stürmt jetzt gegen unsere Grenzländer an. Hör den Fröschen zu, lerne, was sie zu sagen haben, hör zu, hör zu, hör zu ...

Wie?, schrie Boaz. Sagt mir wie?

Bevor sie antworten konnten, war da eine andere Stimme. Ich sehe euch.

Die Soulenai flohen, und wir verharrten verwirrt, noch immer irgendwo in dem Nichts, ganz in der Nähe des Tals, aber nicht in ihm.

Ich sehe euch.

Das Wasser schrie und schäumte in der Kammer.

Ich sehe euch.

Wendet ihm den Rücken zu. Das war Boaz, beherrscht, ganz ruhig, der Isphets Macht unterstützte. Wendet ihm den Rücken zu. Er kann euch sehen, aber er kann nicht ...

Falsch, du dummer Mann. Falsch. Ich kann euch auch berühren. Fühlt ihr es?

Entsetzen kroch durch unsere Seelen. Eiskalt und bösartig spielte es mit uns.

Her zu mir, kommt ganz nah zu mir. Hört nicht auf ihn. Er kann uns nicht schaden.

Falsch! Ich kann ...

Etwas ergriff meinen Verstand. Boaz. Er packte, zerrte, rettete mich. Er zerrte uns alle buchstäblich aus dem Nichts, weg von Nzames Berührung, zurück in die Kammer.

Und doch ... ich spürte, daß etwas hinter uns herraste ... immer schneller ...

»Trenn die Verbindung, Isphet!« schrie Boaz, als wir blinzelten und schwankten. Unsere Sinne waren verwirrt, unsere Sicht verschwamm, unsere Herzen pochten.

Ich kann euch berüh ...

»Trenn sie durch!«

Isphet senkte blitzschnell ihre Hand, und das Wasser glättete sich.

Wir alle sanken auf den Boden der Kammer, selbst die Weisen, die alles mit wachsendem Entsetzen beobachtet hatten.

»Danke, Boaz«, sagte Yaqob. »Danke, daß du uns zurückgebracht hast.«

Ich schlug die Hände vors Gesicht. Ich bewunderte die

Macht – oder die Geistesgegenwart –, die Boaz gerade gezeigt hatte. Hätte er nicht gehandelt, wäre uns Nzame sicherlich in die Kammer gefolgt, hätte sie zusammen mit uns betreten.

»Das ist das Tal«, sagte Solvadale schließlich, dessen Gesicht langsam wieder Farbe bekommen hatte. »Und das ist Nzame. Er ist eines der vielen Wesen, die in dem Tal existieren. Eines, das die Gelegenheit ergriffen hat, die die Pyramide bot. Wie ihr gesehen habt, könnten andere folgen, sobald Nzame für sie den Weg freimacht.«

Boaz hob den Kopf. »Habt ihr gewußt, daß Nzame uns sehen würde ... uns berühren würde?«

»Wir haben es vermutet«, erwiderte Xhosm. »Und wir haben uns davor gefürchtet, aber das war eine Prüfung für euch. Wenn ihr diese Begegnung überlebt, dann habt ihr auch das Vermögen, die letzte Schlacht mit Nzame zu überleben.«

»Willst du damit sagen, daß ihr nicht nur unser Leben aufs Spiel gesetzt habt, sondern das eines jeden in dieser Kammer und letztlich aller in der Kluft?« fragte ich.

»Hättet ihr versagt«, erwiderte Solvadale leise, »und wären wir getötet worden, dann wären wir eben gestorben.« Er zuckte mit den Schultern. »Aber ihr habt es gut gemacht. So gut, wie wir gehofft hatten. Wollen wir noch länger auf dem Boden sitzen?«

Wir kehrten in den Wassersaal zurück.

»Boaz«, fragte Caerfom, »was haben sich die Magier nur dabei gedacht, die dunklen Mächte des Tals auf diese Weise zu erschließen?«

Boaz seufzte und rieb sich das Gesicht. »Die Pyramide ist eine Art Brücke. Das eine Ende sollte in die Unendlichkeit reichen, aber die Magier glaubten, sie würden zusätzliche Macht dazu brauchen. Also mußte das andere Ende der Brücke das

Tal berühren. Wir wußten nicht, was das Tal wirklich darstellt. Wir hielten es für eine Machtquelle, die Macht der Schöpfung.«

»Es wurde während der Schöpfung zur Seite gelegt«, sagte Solvadale. »Es ist das, was die höchsten Wesen, die die Schöpfung lenkten, als schlecht und böse erkannten und darum in diesem Tal einsperrten. Jetzt haben die Magier eine Tür dort hinein geöffnet.«

»Wir hielten es nur für eine Quelle«, wiederholte Boaz ruhig. »Ein Behältnis. Unverfälschte Macht, zu keinen Gefühlen fähig. Wir haben nicht erkannt, daß sie denken kann. Oder daß sie frei sein wollte.«

12

Wir saßen auf einer kühlen Felsplatte unter einem Felsvorsprung, Boaz und ich. Zu unseren Füßen plätscherte das Wasser des Flußes ans Ufer. Über uns ragten die Wände der Kluft in den Abendhimmel. Die Bewohner der Kluft erholten sich von der Last des Tages, teilten Mahlzeiten mit Freunden, Nachbarn, Geliebten. Ich fragte mich, ob sie auch ihr Lachen miteinander teilten.

Vermutlich wenig oder gar nicht, denn die Stimmung hier unten war gedämpft. Unaufhaltsam kroch die Versteinerung auf uns zu. Späher berichteten, daß ein großer Teil der Ebene von Lagamaal zwischen dem Lhyl und den Bergen der Kluft bereits von Nzames Stein verschlungen war. Nzame würde nach diesem idyllischen Leben hier greifen, wenn nicht in dieser Woche, dann in der nächsten oder eben in sechs Wochen. Hier gab es Nahrung für ihn.

Hier gab es uns.

»Jedesmal, wenn wir die Macht als Gruppe ergreifen, weiß Nzame darüber Bescheid«, sagte Boaz leise. »Am Juitsee, jetzt hier.«

»Was sollen wir tun?«

»Tun? Oh Tirzah, weißt du es denn nicht mehr? Ich soll die Macht der Eins mit dem verdammten Lied der Frösche vereinen und uns alle retten.«

»Boaz, hör auf, eines Tages wirst du entdecken ...« begann ich.

»›Eines Tages‹ ist zu spät, für uns ebenso wie für diese dahinstolpernden Steinmänner. Oh ihr Götter, Tirzah. Hast du ihn gesehen? Memmon? Wie er tagein, tagaus diesen Pfad entlangstolpert? Hält er nach mir Ausschau, damit ich ihn ...«

»Hör auf damit, Boaz! Es reicht, wenn Zabrze Tag und Nacht durch die Gänge schleicht und sich Vorwürfe macht, daß er zur Untätigkeit verdammt ist, da mußt du es ihm nicht gleichtun!«

Zabrze hatte seit Wochen nur wenig gehört. Überall war nur noch Stein, Stein, der sich nach Osten und Westen, Norden und Süden ausbreitete, und Steinmänner, und es gab nichts Neues von den Boten, die er in die Nachbarländer geschickt hatte. Waren sie durchgekommen? Oder stapften sie jetzt auch ungefüge daher ... und stöhnten?

Ich bedauerte meinen scharfen Ton und legte die Arme um Boaz.

Wir saßen schweigend da und sahen zu, wie ein Frosch aus dem Fluß kam. Fetizzas Frösche zählten nun nach Tausenden und bevölkerten den Fluß die ganze Kluft entlang. Sie waren etwas gewachsen, hatten aber ihre schöne bernsteinfarbene Tönung behalten. Es war fast so, als wären die Frösche des Kelches zum Leben erwacht.

Seit unseren Erlebnissen in der Kammer des Träumens waren drei Tage vergangen. Wir hatten uns bei mehreren Gelegenheiten getroffen, um uns zu besprechen, aber Isphet und Yaqob hatten genauso wenig Einfälle wie Boaz und ich.

Das Lied der Frösche war der Schlüssel. Aber wo sollten wir nach dem Schlüssel suchen?

Mitten in unsere Überlegungen hinein erschien plötzlich Fetizza und hüpfte zum Wasserrand. Sie war jetzt riesig, hatte die Größe eines kleinen Hundes erreicht, und war häßlicher als irgendetwas auf der Welt. Die schlammbraune Haut war warzenübersät, die Flecken wurden täglich dunkler, aber ihr Maul wurde breiter und grinste glücklicher als je zuvor.

Und ihre Augen blieben wunderschön, und sie blinzelte uns langsam an, während sie ihren massigen Leib auf einem Felsen in Flußnähe in eine bequeme Position brachte.

Sie gähnte, und ich erwartete einen weiteren Bernsteinfrosch zwischen ihren Lippen hervorkriechen zu sehen, aber es kam keiner, und dann schloß Fetizza das Maul wieder mit einem deutlich hörbaren Schnappen.

In der ganzen Kluft krochen Bernsteinfrösche aus dem Fluß und räusperten sich alle auf einmal.

Mit einem gewaltigen Laut, der je zur Hälfte Rülpser und Quaken war, stimmte Fetizza den Chor an. Die in ihm steckende Kraft ließ sie beinahe von dem Felsen purzeln, und sie mußte sich mit den Zehen festsaugen. Aber sie schaffte es, und als ihre so viel winzigeren Gefährten mit ihrer prächtigen Harmonie anfingen, öffnete sie das Maul und quakte fröhlich mit.

»Bist du sicher«, flüsterte Boaz mir ins Ohr, »daß du mit deiner Begabung für Sprachen niemals Froschquaken gelernt hast?«

»Wir hatten in Viland nur wenig Frösche, mein Geliebter, und die, die wir hatten, waren zu alt zum Quaken. Walgesang, den kann ich dir beibringen!«

Wir hörten dem Abendchor der Frösche eine Zeitlang zu. Er hatte seine ganz eigene Schönheit. Das Quaken eines einzelnen Frosches war oft ein wenig schöner Laut, aber wenn Hunderte oder Tausende Frösche zusammenkamen und den Mond oder die Sonne ansangen, dann wurde ihr Quaken zu etwas ...

Ja, was?

Ich merkte auf einmal, daß ich fast schon in Boaz' Armen träumte.

Der Chor veränderte sich etwas, aber ich schenkte dem keine große Aufmerksamkeit, bis ich fühlte, wie sich Boaz anspannte.

»Boaz?«

»Pst, Tirzah. Hör zu.«

In seiner Stimme schwang Erregung mit, und ich setzte mich auf; vorsichtig, weil ich keinen Lärm machen wollte.

Er starrte auf den Fluß, aber sein Blick ging ins Leere, und ich begriff, daß er sich stark konzentrierte.

Die Frösche sangen noch immer im Chor, aber sie sangen langsamer als vorher, und sie sangen in unterschiedlichen Gruppen. Eine weit entfernte Gruppe sang in einem kehligen Baß, während eine andere mehr in Fetizzas Nähe in einem schnelleren Tempo und mit helleren Stimmen quakte. Und so setzte sich der Gesang fort, die ganze Kluft entlang. Zusammengenommen klang es noch immer wie ein gewöhnlicher Froschchor ... aber wenn man genau hinhörte ...

Boaz griff nach meiner Hand. Er zitterte vor Aufregung.

»Tirzah ... Tirzah ...«

Er verstummte, und ich hätte ihn am liebsten an den Schultern gepackt und es aus ihm herausgeschüttelt, aber ich wußte, daß er sich noch immer darauf konzentrierte, die Bedeutung des Gehörten herauszufinden.

»Oh ihr Götter«, flüsterte er und erschauderte dann. »Oh ihr Götter.«

»Boaz? Boaz?«

Eine Bewegung zu meiner Rechten. Yaqob und Isphet. Auch sie mußten den Unterschied im Froschchor gehört haben, und vielleicht hatten sie sogar etwas von Boaz' Aufregung gespürt. Seit dem Tag in der Kammer des Träumens hatten wir uns dabei ertappt, gelegentlich Gedanken und Gefühle zu teilen.

Ich schüttelte den Kopf und warnte sie, kein Wort zu sagen, und sie ließen sich auf dem Felsen nieder und sahen Boaz an.

Er ließ meine Hand los und beugte sich vor. Seine Blicke huschten die Kluft entlang, suchten einzelne Froschgruppen. Gelegentlich murmelte er: »Ja ... ja ...«

Und dann hörten die Frösche verblüffenderweise alle imselben Augenblick auf. Jeder schloß das Maul ... und starrte zu Boaz zurück.

»Ja, ja«, hauchte er. »Ich glaube, ich verstehe. Einmal noch. Bitte, einmal noch.«

Wieder öffneten alle Frösche zugleich die Mäuler und sangen im Chor.

Yaqob rutschte ungeduldig hin und her, und Isphet legte ihm die Hand auf den Arm. »Warte«, formte sie lautlos mit den Lippen, dann trafen sich unsere Blicke.

Verstehst du es, Tirzah?

Ich schüttelte den Kopf. Ich kann den Unterschied hören, genau wie du und Yaqob. Aber ich verstehe nichts.

Es ist langsamer, das ist der Unterschied.

Ja, und viel komplizierter. Hör doch, sie werden schneller, und es klingt fast normal.

Ja. Ja, ich höre es.

Wir warteten ab, beobachteten abwechselnd Boaz und die Frösche, und als das Lied zu Ende war und die Frösche ins Wasser gehüpft waren und Fetizza schlief, beugte ich mich vor. »Und?«

Boaz zögerte. »Es wird dir nicht gefallen«, sagte er, »aber ...«

»Aber?« fragte Yaqob. »Aber was?«

»Aber das Lied der Frösche ist eine mathematische Formel.«

»Was?« riefen wir wie aus einem Mund.

»Das Lied der Frösche ist eine mathematische Formel. Nein, wartet, das ergibt durchaus einen Sinn. Musik hat seit jeher viel mit Mathematik zu tun gehabt. Harmonien können als mathematische Formeln dargestellt werden. Shetzah! Warum ist mir nicht schon früher eingefallen, daß es umgekehrt ebenso ist?«

Boaz holte tief Luft, dann sprach er ungeduldig weiter. »Hört mir zu. Tirzah hat die Geschichte ›Das Lied der Frösche‹ aus dem Buch der Soulenai vorgelesen.«

Yaqob und Isphet nickten und bezwangen ihre eigene Ungeduld.

»Nun, als Dank für die Tränen, die den Lhyl erschufen, machten die Frösche den Soulenai ein Geschenk. Ein Lied. Das einen Weg wies. Einen Weg zur Zuflucht im Jenseits. Die Soulenai erkannten das, folgten dem Weg und fanden so dorthin.«

»Ja, aber …« fing ich an, aber Boaz brachte mich mit einer Geste zum Schweigen.

»Und haben die Magier nicht genau dasselbe an der Pyramide getan, nur daß sie ein Gebäude als Weg oder Brücke in die Unendlichkeit gebaut haben, eine gestaltgewordene Formel? Die Pyramide ist eine mathematische Formel, der man physische Gestalt verliehen hat, um einen Zugang in die Unendlichkeit zu erschaffen. Das Lied der Frösche ist eine mathematische Formel, die als Musik ausgedrückt ist, um einen Weg zu der Zuflucht im Jenseits zu erschaffen.«

»Das ist … wunderbar!« rief ich. »Heißt das, wenn wir diese Formel erlernen, dann können wir zwischen dieser Welt und der Zuflucht im Jenseits hin- und herreisen?«

»Ist das möglich, Boaz?« sagte Yaqob. »Können wir das tun?«

»Nein.«

»Aber du hast gesagt ...«

»Ich habe gesagt, daß das Lied der Frösche eine mathematische Formel ist, die einen Weg zu der Zuflucht eröffnet. Eine Brücke zwischen zwei Dimensionen, wenn ihr so wollt. Aber es gibt einen Haken, so wie auch bei der Pyramide ein Haken war – der den Magiern allerdings gleichgültig war.«

»Und was ist das für ein Haken?« fragte Isphet ruhig.

»Es ist ein Weg, der nur in eine Richtung führt«, sagte Boaz. »Man benutzt ihn einmal, und man wird in die Unendlichkeit oder zu der Zuflucht geleitet, es kommt darauf an, welche Formel man benutzt. Aber wenn man einmal dort ist, bleibt man auch dort. Darum sind die Soulenai nie zurückgekehrt.«

Wir schwiegen und dachten darüber nach.

»Kannst du uns dieses Lied beibringen?« fragte Yaqob. »Kannst du uns zeigen, wie es gebaut ist?«

»Ich wüßte nicht, warum das nicht gehen sollte. Hört zu ...« Und Boaz erläuterte die mathematischen Eigenschaften des Liedes der Frösche in allen Einzelheiten.

Keiner von uns verstand ein Wort.

»Boaz, kannst du das in einfachen Begriffen erklären? Keiner von uns ist in Mathematik unterrichtet worden. Und was du da sagst über ...«

Boaz runzelte die Stirn. »Das war die einfache Erklärung. Aber ich will versuchen, es auf eine andere Weise zu erklären.«

Aber wir erkannten, daß nur jemand, der Mathematik studiert hatte, dieses verfluchte Lied verstehen konnte.

Boaz kam zum Ende und sah uns fragend an.

Wir alle schüttelten den Kopf.

»Es ist unmöglich«, sagte ich, und Boaz knurrte ärgerlich.

»Es ist doch ganz einfach! Begreift denn keiner von euch die ...«

»Nein, Boaz, keiner von uns«, sagte Isphet äußerst würdevoll. Dann lächelte sie und schaute uns an. »Kein Wunder, daß Avaldamon für dich die Ausbildung eines Magier wollte. Es gab keine andere Möglichkeit, einem Elementenmeister das Lied der Frösche beizubringen, und wenn das Lied ein entscheidender Bestandteil zur Vernichtung von Nzame ist, wie die Soulenai angedeutet haben, dann ...«

»Boaz«, fragte ich schließlich leise. »Hast du eine Ahnung, wie man das Lied der Frösche dazu benutzen kann, Nzame zu vernichten?«

Er zögerte, und dieses Zögern verriet, daß seine Antwort eine Lüge war. »Nein. Nein, ich habe nicht die leiseste Ahnung.«

Zwei Abende später wurden er und ich miteinander vermählt, zusammen mit Isphet und Zabrze.

Eldonor hatte schon seit Wochen eine Zeremonie vorbereitet. Und wir freuten uns, daß gerade er uns miteinander verband.

Alle Bewohner der Kluft nahmen daran teil. Platz gab es genug, denn wir wurden am Flußufer getraut, während sich die Menschen auf den Balkonen der Felsenstufen versammelten und die Frösche in den Pfützen zu unseren Füßen planschten und hüpften.

Unter den Zuschauern waren auch die Fünftausend, die Isphet über die unfruchtbare Lagamaal gefolgt waren, die ihr vertraut hatten, ihnen zu einem besseren Leben als dem zu verhelfen, das sie bis dahin gehabt hatten. Ich hatte mir Sorgen gemacht, wie sie sich in die Kluft einfügen würden, aber es war mühelos vonstatten gegangen. Die meisten waren geschickte Handwerker oder willige Arbeiter, wiederum andere erfahrene Soldaten, und keine Gemeinschaft stört es, einen solchen Zuwachs zu bekommen. Für alle war genug zu essen da, denn der Fluß war freigebig und die Kornfelder über uns groß, und es gab genügend Platz, um die zusätzlichen Menschen unterzubringen.

Und vielleicht das wichtigste war, daß die meisten der Fünftausend, wenn nicht sogar alle, wieder mit Leichtigkeit zu den alten Lebensformen zurückgefunden hatten. In Ashdod hatte es nur eine offizielle und erlaubte Religion gegeben, die der Eins, und keiner aus Gesholme, der engere Bekanntschaft mit der Pyramide gemacht hatte, konnte es erwarten, sie abzuschütteln.

Es gab viele Hochzeiten unter den Fünftausend, aber Eldonor und die Bewohner der Kluft hatten sich gewünscht, die von Zabrze und Isphet und Boaz und mir etwas festlicher zu begehen als die der anderen.

Lampenlicht funkelte von den Balkonen, Duftkerzen trieben im Fluß und ließen Boaz und mich ein wissendes Lächeln austauschen. Es war sehr bedauerlich, daß der Fluß nicht ganz so abgeschieden wie einst das überdachte Schwimmbad war.

Yaqob stand stumm in unserer Nähe. Ich hatte angenommen, er würde vielleicht nicht kommen, denn sicherlich mußte der Anlaß des Festes schmerzlich für ihn sein. Aber er tat es doch, und Boaz und ich dankten ihm in Gedanken dafür.

Unsere Ehe wurde zwar von Eldonor geschlossen, doch die anderen Weisen hatten an solchen Zeremonien keinen Anteil, auch wenn sie als Zeugen gekommen waren. Traditionellerweise war es der Vater, der die Heiratszeremonie vollzog, und Eldonor war der einzige Vater, der uns vieren zur Verfügung stand. Er sprach die Gelübde vor, die wir wiederholten, und er nahm unsere Hände und führte sie zusammen, und wir wurden vermählt, so wie es dem Brauch entsprach.

Dann gab es Musik und Gesang, ein Geschenk der Kluftbewohner an uns, und ein lautes gratulierendes Quaken von Fetizza. Als ich zusah, wie Boaz sie betrachtete, fragte ich mich, warum mich wieder dieses Gefühl von Verlassenheit überfiel.

An wen würde ich Boaz verlieren? An Nzame? Oder an die Zuflucht im Jenseits?

Wir hatten es gerade geschafft, unsere Ehe zu vollziehen, hatten kaum nach Luft geschnappt, als Zabrze – wieder einmal! – in unser Quartier stürmte.

»Steinmänner«, stieß er hervor. »Sie nähern sich den Bergen der Kluft.«

Und dann war er wieder verschwunden.

13

Ich sprang nur einen Augenblick nach Boaz aus dem Bett.

»Shetzah!« rief er, als er mich nach meinem Gewand suchen sah. »Bleib hier, Tirzah!«

»Nein. Ich habe die Kunst der Elementenmeister nicht gelernt, um im Bett liegen zu bleiben und mir um meinen Gemahl Sorgen zu machen. Nein. Ich komme mit.«

»Dann wirst du hinter den Soldaten bleiben, wo es am sichersten ist.«

»Ich werde da sein, wo man mich am dringendsten braucht. Bei den Göttern! Graut denn schon der Morgen?«

Boaz brachte ein Grinsen zustande, als er in die Sandalen schlüpfte. »Du hast mich die ganze Nacht wachgehalten, Gemahlin. Ich sollte ärgerlich sein.«

Ich erwiderte sein Lächeln. »Komm schon. Zabrze ist mittlerweile sicher schon oben am Schluchtrand.«

Aber so war es nicht ganz. Zabrze hatte vorher noch die Einheiten zusammengerufen, die zusammen mit ihm aus Gesholme geflohen waren.

Sie drängten sich vor uns auf den Treppen, die Schwerter in den Händen, wach und kampfbereit. Boaz, der genau vor mir war, verlangsamte seinen Schritt.

»Ich wünschte, du wärst zurückgeblieben, Tirzah.«

»Das könnte keiner von uns«, sagte da eine Stimme, und Yaqob trat aus dem Zwielicht, kurz darauf folgte ihm Isphet.

»Eine traurige Art, seine Hochzeitsnacht zu verbringen, Isphet«, sagte er, und sie brachte ein gequältes Lächeln zustande.

Der Aufstieg zum Rand der Kluft war anstrengend, und die Sorge über das, was uns möglicherweise dort erwartete, machte es noch schlimmer.

Ich drehte mich um und warf Isphet einen Blick zu. »Was ... weiß Zabrze?« schaffte ich zwischen zwei Atemzügen hervorzustoßen.

»Nicht viel. Späher ... kehrten spät in der Nacht ... zurück. Sie haben ... Steinmänner ... gesehen ... auf der Lagamaal.«

»Viele?«

»Kein Heer, aber genug.«

»Nzame.«

»Ja.«

Ich griff erschöpft nach dem Geländer und stellte fest, daß die Monate in der Kluft mich zu einem Schwächling gemacht hatten, und dann war da die segensreiche kalte, frische Luft, und Boaz half mir und dann Isphet durch die Tür am oberen Ende der Treppe.

Ich stand da und rang keuchend mit großen Atemzügen nach Luft.

»Dort drüben«, sagte Boaz. Er streckte den Arm aus.

Zabrze war zwanzig oder dreißig Schritt weit weg und bellte seinen Soldaten Befehle zu. Er war zum Kampf gekleidet, trug nur ein knappes Hüfttuch, Schwertgürtel, Sandalen und ein Tuch um den Kopf, das seine Zöpfe im Nacken zusammenhielt.

Es war nichts mehr von dem Mann übrig, der sich so einfühlsam mit mir unterhalten hatte, der Isphet mit solcher Liebe ansah. Er war der Befehlshaber.

Ich war irgendwie überrascht, auch Kiamet dort zu sehen, und er sah genauso tüchtig und fast so gebieterisch wie Zabrze aus. Mir wurde klar, daß Kiamet trotz seiner unauffälligen Art einen wichtigen Rang in Zabrzes Streitmacht einnehmen mußte.

Zabrze sprach schnell mit mehreren der Wächter, die in den Bergen um die Kluft stationiert gewesen waren, dann brüllte er einen Befehl. Die Einheiten machten eine Kehrtwendung und rannten die Felsrinne im schnellen Schritt zu der ersten der Schluchten hinunter.

»Kommt«, murmelte Yaqob, und wir eilten den Soldaten nach, und verwünschten unsere langen hinderlichen Gewänder.

Mittlerweile war die Sonne aufgegangen, aber in der Felsrinne lagen noch immer lange Schatten. Wir mußten springen und landeten oft auf spitzen Steinbrocken, und ich hörte mehr als einmal jemanden fluchen, der die Füße nicht hoch genug gehoben hatte.

Bei unserer Ankunft hatten wir einen Tag gebraucht, die Berge zur Kluft zu erklimmen, aber Angst und der Weg bergab verliehen uns Flügel, und in der Mitte des Vormittags erreichten wir eine Stelle, von der aus wir die unteren Abhänge und die sich nach Westen erstreckende Ebene überblicken konnten.

Zabrze winkte uns vier hinter einen niedrigen Felsvorsprung, dann zeigte er hinunter.

Schon aus weiter Ferne sahen wir in der vollen Kraft der Sonne deutlich ein Kontingent Steinmänner über das letzte Stück der Ebene taumeln und schlurfen. Es waren fünfundvierzig, ordentlich in Rängen von fünf aufgeteilt.

Sie wurden von einem grauenhaften Wesen angeführt, wie es keiner von uns je gesehen hatte oder sich hätte vorstellen können.

Offensichtlich wie ein Mann gestaltet, bestand sein ganzer, nackter Körper jedoch aus der schwarzen, glasigen Substanz, zu der die Pyramide ihre Innenwände zusammengeschmolzen hatte. Ich konnte vage erkennen, wie die Felsen, an denen er gerade vorbeikam, ihre Schatten über seinen Körper schickten. Die Steinmänner schlurften daher, ihre Schritte waren begrenzt und steif, aber dieser geschwärzte, geschmolzene Mann ging geschmeidig und mühelos zwischen den Steinen umher, drehte den Kopf in diese und jene Richtung. Seine Augen waren so schwarz wie alles an ihm, und ich fragte mich, was er sah oder vielleicht auch nur spürte.

Yaqob, der rechts von mir stand, hielt vor Überraschung die Luft an. »Tirzah, schau doch mal, seine Nase!«

Die Schreckensgestalt hielt den Kopf nach rechts, und ich sah einen vertrauten knollenförmigen Umriß.

»Kofte!«

Boaz erstarrte. »Shetzah! Was hat Nzame ihm angetan?«

Zabrze hatte unser Flüstern gehört und kam zu uns. Yaqob zeigte auf den schwarzen, glasigen Mann. »Das ist Magier Kofte. Von der Pyramide.«

»Boaz«, bat Zabrze, »erkläre das.«

»Das kann ich nicht. Dieses schwarze Zeugs, diese Substanz, das ist etwas, das wir nie zuvor gesehen haben. Die Pyramide hat ihre Innenwände mit diesem geschmolzenen Glas und Stein umgewandelt. Ich weiß nicht, wie ich es nennen soll. Aber es ist sehr hart. Unzerbrechlich.«

»Hat Nzame das mit allen Magiern gemacht?«

Boaz zuckte mit den Schultern. »Vielleicht. Ich weiß es nicht. Vielleicht werden nur wenige Auserwählte so verwandelt.«

»Wie auch immer«, sagte Zabrze, »sie kommen näher. Es ist keine große Streitmacht.«

»Sie muß in der Nähe gewesen sein, als Nzame unsere Anwesenheit in der Kammer des Träumens gespürt hat«, sagte ich, und Zabrze nickte.

»Zweifellos hat er noch weitere ausgeschickt.« Zabrze ging weiter und wandte sich an Kiamet und zwei andere seiner Soldaten.

Die Veränderung, die in Zabrze vorgegangen war, war auffällig. Seit unserer Ankunft in der Kluft war er verloren gewesen, unsicher, was er tun sollte. Zabrze war ein Mann, der Nichtstun haßte, vor allem seit Ashdod von einer solchen Finsternis ergriffen worden war, aber er hatte nur wenig tun können – außer sich darum zu kümmern, daß sich seine Leute in ihren Unterkünften einrichteten, und auf Neuigkeiten zu warten.

Jetzt hatte er endlich wieder ein Ziel vor Augen. Das war Zabrze, wie ich ihn noch nie zuvor gesehen hatte, nicht einmal während der Panik der Evakuierung von Gesholme oder auf der Reise den Lhyl hinunter. Er war mühelos in die Rolle des Kommandanten geschlüpft, seine Bewegungen waren sparsam, seine Entscheidungen schnell und wohlüberlegt.

Jeder seiner Männer hatte ein Auge auf die näherkommenden Steinmänner und eines auf ihren Anführer gerichtet.

Zabrze machte einer Gruppe von etwa vierzig Soldaten ein Zeichen, und sie rückten nach Süden ab; sie bewegten sich schnell, benutzten die Felsen als Deckung. Eine andere Gruppe bewegte sich nach Norden, dann ließ Zabrze den zahlenmäßig größeren Teil seiner Einheit den Abhang weiter hinuntergehen. Wir schlossen uns ihnen leise an, achteten genauso

▲ 194 ▲

sorgfältig wie die Soldaten darauf, nicht gesehen zu werden, und schürzten unsere Gewänder, so daß sich unsere Beine frei bewegen konnten.

»Ich wünschte, ich hätte ein Schwert«, flüsterte Boaz.

»Du Idiot«, flüsterte ich zurück und konnte meine Stimme nur sehr mühsam dämpfen – trotzdem warf mir ein Soldat in der Nähe einen warnenden Blick zu. »Was willst du denn damit anfangen …«

»Und was soll ich hinter einem Felsen ausrichten?« zischte Boaz, dann schlich er geduckt an Zabrzes Seite, Yaqob einen Schritt hinter sich.

Isphet hielt mich davon ab, ihnen zu folgen. »Warte, Tirzah. Warte und sieh zu. Zabrze wird weder Boaz noch Yaqob in den Kampf stürmen lassen. Beide wären mehr Last als Hilfe.«

Die beiden Soldatengruppen arbeiteten sich nun Stück für Stück vorwärts, in der Hoffnung, die Steinmänner von zwei Seiten in die Zange nehmen zu können.

Was einst Kofte gewesen war, blieb abrupt stehen, sah eine Bewegung zu seiner Linken. Die Steinmänner hinter ihm hielten an, schwankten aber weiterhin von einer Seite auf die andere, und die nordwestliche Brise trug ihr Stöhnen zu uns heran.

Kofte öffnete weit seine Arme, legte den Kopf in den Nakken und heulte.

Es war einer der schrecklichsten Laute, die ich je gehört hatte, und Isphet hielt sich die Ohren zu. Vor mir redete Boaz wild auf Zabrze ein.

Die beiden Gruppen griffen an. Sie stürzten sich von beiden Seiten auf die Steinmänner; jeder Mann lief geduckt, in der einen Hand das Schwert, die andere ausgestreckt, um besser im Gleichgewicht zu bleiben.

Kofte heulte erneut auf, und schwenkte die Arme in großen Kreisen.

Dann tat jeder Steinmann das gleiche. Sie öffneten die Steinmünder und stießen ein lautes Heulen aus, das noch herzzerreißender als ihr Stöhnen war, und bewegten ihre Arme wie Windmühlenflügel.

Beim nächsten Heulen von Kofte lösten die Steinmänner ihre Formation auf und teilten sich in zwei Gruppen, die schwerfällig den angreifenden Soldaten entgegenstapften.

Die Bewegungen der Steinmänner waren plump und unbeholfen, aber sehr wirksam. Die Soldaten griffen an, doch ihre Schwerter zerbrachen beim Aufprall auf die Steinkörper. Genau wie die Köpfe der Soldaten. Die Steinmänner taten nichts, außer ihr Heulen auszustoßen und die Arme kreisen zu lassen, aber das reichte schon, um die Köpfe von einem Dutzend Soldaten zu zerschmettern und ihr Blut und ihre Hirnmasse auf die Steinkörper spritzen zu lassen.

Zabrze sprang auf die Füße und befahl laut brüllend den Rückzug, dann drehte er sich um und winkte seine Männer zwischen den Felsen zurück in den ersten der Canyons.

Isphet und ich schlossen uns ihnen an und fanden uns in einem kleinen Hohlweg wieder, zusammen mit Boaz, Yaqob, Zabrze und dreien seiner Offiziere.

Ein anderer Offizier gesellte sich zu uns; er hatte die südliche Gruppe gegen die Steinmänner angeführt.

»Achtzehn Mann verloren, Chad Zabrze«, sagte er und wischte sich den Schweiß von der Stirn. »Und die Steinmänner marschieren weiter auf die erste Anhöhe zu. Es tut mir leid, daß wir gescheitert sind. Wir ...«

»Ihr hättet nichts tun können. Nicht gegen eine solche Zaubermacht«, sagte Zabrze und bedeutete dem Mann, sich hinzusetzen. »Was meinst du, Boaz?«

Boaz sah Yaqob, Isphet und mich an, dann schüttelte er müde den Kopf. »Ich … wir müssen einen aus nächster Nähe untersuchen. Sonst weiß ich auch keinen Rat.«

Von dem Eingang zur Schlucht erscholl ein Ruf. Kofte war aufgetaucht, er schien die Hitze der Sonne aufzusaugen, und hinter ihm stapften die Steinmänner her. Sie marschierten wieder in ordentlicher Formation und hatten durch ihr Abenteuer keinen Schaden genommen.

Zabrze fluchte. »Wir können nichts tun …«

»Wir könnten sie umstoßen«, schlug Kiamet ruhig vor.

Jeder Kopf fuhr in seine Richtung.

»Was?« fragte Zabrze.

»Wir können sie umstoßen«, wiederholte Kiamet. »Sieh dir die Steinmänner an, Chad Zabrze. Sie schwanken und schlurfen daher. Ihnen gefällt dieses felsige Gebiet nicht. Ihre Beine kommen kaum vom Boden hoch. Ich könnte mir vorstellen, wenn einer stürzte, dann bliebe er einfach dort liegen. Er würde stöhnen und heulen und mit den Gliedern strampeln … doch keine Gefahr mehr darstellen, solange wir nicht in seine Reichweite kämen.«

»Wir müßten nahe genug herankommen, um sie umzustoßen«, sagte Zabrze nachdenklich, »und ich habe bereits achtzehn Männer verloren.«

»Wir könnten Felsen die Abhänge runterrollen lassen«, sagte Yaqob.

»Und Stolperseile über den schmalen Teil spannen«, fügte Boaz hinzu.

»Und wenn die Männer nahe genug herankommen können, könnten sie Seilschlingen über die fuchtelnden Arme werfen«, sagte ich, »oder um ihre Köpfe, und dann könntet ihr sie einfach zu Boden zerren.«

»Ich dachte, ihr seid Elementenmeister«, sagte Zabrze,

»aber ihr erinnert euch an Kinderspiele, um unsere Feinde zu besiegen.«

Aber sein Grinsen nahm seinen Worten die Schärfe, und er wandte sich ab, um seine Befehle an die Offiziere weiterzugeben.

»Sorgt dafür, daß wenigstens einer am Leben bleibt«, sagte Boaz hastig, als die Offiziere loseilten. »Ich muß mehr über sie in Erfahrung bringen.«

»Einen am Leben lassen, Bruder? Ich würde vorher gern wissen, wie man sie tötet!«

Dann war er weg.

Die schnellsten Läufer rannten zur Kluft, um Seile zu beschaffen, und als die Sonne ihren mittäglichen Stand überschritt, zog Zabrze uns alle in die letzte enge Felsenschlucht vor der Kluft zurück.

Er wartete ungeduldig auf die Seile, dann schickte er Männer an die Arbeit, als uns die ersten Rufe vor der Ankunft der Steinmänner warnten.

Kofte führte seine Streitmacht vorsichtig in die Schlucht, drehte unablässig den Kopf von links nach rechts und von oben nach unten. Er erinnerte mich an eine der Puppen, die ich auf Vilands Marktplätzen auf Volksfesten gesehen hatte, nur daß sie nicht diese Bösartigkeit ausgestrahlt hatten, die von ihm ausging. Und sie hatten ihre Porzellanhände auch nicht zu wütenden Fäusten geballt.

Die Steinmänner waren jetzt sehr nah, und ich konnte sehen, daß die Züge, die sie als Lebende gehabt hatten, durch die Versteinerung undeutlich gemacht worden waren. Ihre Körper waren dick, ihre Gliedmaßen wie Stummel, die Gelenke an Knien und Ellbogen waren so steif, daß sie fast alle Beweglichkeit verloren hatten. Kein Wunder, daß sie kaum die Blöcke heben konnten, die einst Füße gewesen waren.

Zabrze ließ Kofte die Steinmänner bis zur Mitte der Schlucht führen. Er wartete angespannt hinter einen Felsen geduckt, dann gab er das Handsignal, und ein Seil schnellte mitten zwischen den schlurfenden Füßen der Steinmänner aus dem Staub in die Luft. Männer auf beiden Seiten zogen es stramm, als es die Höhe von Schienbeinen erreichte, und eine ganze Reihe Steinmänner stürzte zu Boden. Ihre wild um sich schlagenden Arme erwischten ihre jeweiligen Nachbarn, und ihre stürzenden Körper rissen noch mehr von ihnen mit sich.

Kofte kreischte auf und drehte sich um; seine Arme wirbelten durch die Luft, als er neun Männer seines Kommandos hilflos am Boden liegen sah.

Kiamet hatte recht gehabt. Die Steinmänner konnten nicht wieder aufstehen, ihr Gewicht und ihre Unbeweglichkeit hielt sie am Boden. Sie stöhnten wieder und schlugen mit den Armen um sich, aber das half ihnen nicht.

Kofte alarmierte die noch stehenden Steinmänner. Sie lösten die Formation auf und begaben sich in alle Richtungen, ihre Arme beschrieben so großen Bogen, daß sie meiner Meinung nach bestimmt in den Himmel aufgestiegen wären, hätten sie nur nicht dieses Gewicht gehabt.

Zabrze gab noch ein Signal, und Gruppen aus neun oder zehn Männern pirschten sich vorsichtig nach vorn. Ihre Schwerter hingen zwar nun nutzlos in den Scheiden an ihren Seiten, dafür waren sie aber mit starken Seilen bewaffnet.

Jede Gruppe nahm sich einen Steinmann vor. Sie wartete, bis er ihnen den Rücken zuwandte, dann warfen sie Schlingen über Steinarme oder Köpfe und rissen die Kreatur zu Boden.

Sobald ein Steinmann gestürzt war, löste die Gruppe das Seil und wandte sich dem nächsten zu.

»Ich muß sie unterstützen!« hörte ich Yaqob neben mir

murmeln, dann lief er los, schoß zwischen den Felsen her, um sich dem Kampf anzuschließen.

»Nein!« rief ich und wäre ihm hinterhergeeilt, hätte Isphet mich nicht festgehalten.

Und dann wurde mir bewußt, daß Boaz weg war.

Ich sah mich verzweifelt um. Ich hörte Kofte kreischen, und ich riß den Kopf herum.

»Nein!« stöhnte ich.

Boaz näherte sich langsam und geduckt Kofte; er hatte nicht einmal ein Schwert in der Hand.

»Nein«, stöhnte ich erneut, und in diesem Augenblick schrie Isphet. »Yaqob!«

Ich schaute hin, und dann schrie auch ich.

Yaqob, der dumme Yaqob, hatte einen Steinmann allein umstoßen wollen. Er hatte es auch geschafft; der von ihm ausgewählte Mann war umgefallen – aber er war auf Yaqob gefallen, und jetzt war von Yaqob nichts mehr zu sehen als eine rote Lache, die um den Steinmann herum immer größer wurde. Und ich konnte mir nicht vorstellen, daß das Blut Nzames Kreatur gehörte.

14

Isphets Griff lockerte sich, und ich riß mich los – und zögerte, denn ich wollte gleichzeitig zu beiden Männern laufen.

»Zu Yaqob, du Närrin!« zischte Isphet. »Boaz steht noch und kann selbst auf sich aufpassen.«

Da hastete ich mit Isphet an meiner Seite durch die Schlucht. Noch immer irrten Steinmänner und Soldaten zwischen den Felsen umher, und wir mußten ausweichen, als ein Steinmann auf uns zukam.

Einen kurzen Moment konnte ich einen Blick auf sein Gesicht werfen, und darin stand solche Verzweiflung geschrieben, daß ich aufschrie und stehengeblieben wäre, hätte Isphet mich nicht weitergezerrt.

»Hier entlang, du dummes Ding!« rief sie und zerrte mich zwischen zwei Gruppen aus kämpfenden Steinmännern und Soldaten entlang.

Ich stieß mir heftig den Zeh an einem Stein und ächzte vor Schmerz, aber Isphets Griff wurde nur noch fester, und sie zog mich zu der Stelle, an der der Steinmann auf Yaqob lag.

Im ersten Augenblick glaubte ich, er sei völlig zerquetscht worden. Es war nichts außer dem größer werdenden roten Fleck neben dem Steinmann von ihm zu sehen. Dieser stöhnte immer noch und ruderte vergeblich mit den Armen durch die Luft.

Isphet duckte sich auf die andere Seite des Steinmannes. »Tirzah! Schnell!«

Ich folgte ihr, und die blindlings zupackenden Steinfinger verfehlten gerade noch mein Haar.

Yaqob lag da, mit aschfahlem Gesicht, aber bei Bewußtsein. Von der Hüfte abwärts wurde er von dem steinernen Gewicht niedergedrückt.

»Verschwindet«, knirschte er. »Es ist sinnlos, daß ihr ...«

»Halt den Mund«, sagte Isphet und legte eine Hand auf die Brust. »Sein Herz rast, schlägt aber noch immer stark«, sagte sie zu mir. »Das Gewicht des Steinmannes hat das Verbluten verhindert.«

»Was sollen wir tun?« flüsterte ich und nahm Yaqobs Hand.

»Warten. Wir warten, bis uns ein paar der Soldaten helfen können.«

Isphet hob Yaqobs Kopf, so daß sie ihn auf ihren Schoß betten konnte, und sie streichelte sein Haar und murmelte ihm etwas zu, versuchte mit ihrer Stimme den Schmerz zu lindern.

»Wenn doch bloß ...«, murmelte ich, und dann sah ich ein paar Schritte entfernt einen toten Soldaten liegen.

»Tirzah!« rief Isphet, als ich auf die Füße sprang, und Yaqob riß alarmiert die Augen auf, aber ich ging nicht weit. Ich packte das Schwert des Soldaten und kauerte wieder neben Yaqob nieder.

»Isphet, komm schon, wir können das hier benutzen, um etwas für Yaqob zu tun.«

»Was?«

Ich dachte fieberhaft nach. Keiner von uns hatte je versucht, mit unserer Macht zu heilen, und doch hatte es Boaz geschafft, mit seiner Macht Leben zu erschaffen. Aber Boaz war stärker als jeder von uns anderen, und er hatte den Froschkelch zur Unterstützung gehabt.

Ich rieb die flache Seite der Klinge und fühlte ihr aufgeregtes Flüstern. Sie trauerte um den Soldaten, dem sie gehört hatte, denn sie waren viele Jahre Gefährten gewesen, und das Schwert wünschte sich, es hätte seinen Tod rächen können.

»Egal«, flüsterte ich zurück. »Du kannst auf andere Weise einem Mann helfen, dem, der da vor uns liegt.«

Während ich sprach, hielt ich wieder nach Boaz Ausschau. Er kauerte ein paar Schritte von Kofte entfernt – beinahe hatte es den Anschein, als würden sie sich unterhalten –, aber Zabrze hatte ein paar Soldaten zu seinem Schutz abkommandiert, also wandte ich mich wieder Yaqob zu.

Er lag ganz ruhig da und ließ sich von Isphets Händen trösten. Sie starrte mich an, und in ihren Augen las ich ihre Frage: Was hast du vor?

Ich musterte Yaqobs Gesicht. Seine Augen waren geschlossen, aber die Anspannung der Muskeln unter seiner Haut verrieten etwas von den Schmerzen, die er haben mußte. Ich erinnerte mich an die Schmerzen, die Boaz mir bereitet hatte, die Qual, die er durch meinen Körper geschickt hatte. Ich hätte damals alles für jemanden gegeben, der meine Hand halten und diese Schmerzen auf sich genommen hätte.

»Schwert«, flüsterte ich so, daß nur es allein die Worte hören konnte. »Schwert, du bist eine Schöpfung, die bei Schmerzen auflebt. Willst du die Schmerzen dieses Mannes auf dich nehmen, damit er sich besser auf das Leben konzentrieren kann?«

Die Lebenskraft des Schwertes war stark, so stark, daß ich ihren Schimmer sehen konnte. Es würde leicht zu lenken sein. Ich kannte den Schmerz so gut, daß mir die Magie, die dafür sorgen würde, daß das Schwert Yaqobs Qualen in sich aufnahm, mit Sicherheit gelingen würde.

Das Schwert stimmte meiner Bitte fast sofort zu. Elemente

spürten Schmerz nicht auf dieselbe Weise wie atmende Geschöpfe, und diese zusätzliche Energie würde ihm auf keinen Fall schaden.

»Yaqob«, sagte ich leise. »Lege deine Hand hierher, auf die Klinge. Gut.«

Ich schloß die Augen und konzentrierte mich, griff nach der Lebenskraft der Klinge und benutzte sie, um einen Zauber zu wirken, der eine Brücke zwischen ihr und Yaqob erschuf.

Yaqob holte verblüfft Luft. »Tirzah …!«

Und es war kein Schmerz mehr in seiner Stimme, und er schlug erleichtert die Augen auf.

Seine Augen hatten sich mit Tränen gefüllt, und er griff mit seiner freien Hand nach mir. »Tirzah. Danke … danke.«

Ich lächelte, beugte mich vor und küßte ihn. »Wir müssen dich noch immer da rausbeholen.«

»Das ist kein Problem«, sagte Kiamet hinter mir, und ich wandte den Kopf. Er hatte mehrere Männer bei sich, und sie warfen ihre Seile um die Arme des Steinmannes. »Macht euch bereit zum Ziehen, meine Freunde.«

Ich schickte der Klinge eine hastige Botschaft und benutzte ihre nun wesentlich vergrößerte Lebensenergie, um Yaqobs durchtrennte Adern zu behandeln.

»Halte die Klinge fest«, sagte ich zu Yaqob und umklammerte seine andere Hand.

Kiamet und die Männer zogen, die Anstrengung ließ die Adern in ihren Hälsen und Unterarmen hervortreten.

Der Steinmann heulte, und ich fragte mich, ob er irgendwo in seiner neuen Gestalt selbst Schmerz empfand, dann rollte er zur Seite, und Isphet und ich zogen Yaqob weg.

Seine Beine waren fast völlig zerschmettert. Knochen durchbohrten Muskeln, die zerrissen und zerfetzt waren.

»Ihr Götter!« rief Kiamet, dann winkte er seine Männer herbei, und sie rollten Yaqob in eine Decke.

Isphet und ich erhoben uns, um ihn zu begleiten, aber Solvadale und Caerfom waren bereits hinter Kiamet aufgetaucht.

»Wir übernehmen ihn«, murmelte Solvadale. »Das hast du gut gemacht, Tirzah. Sehr gut, aber wir übernehmen ihn von hier an.«

Ich nickte, wie betäubt durch Yaqobs furchtbare Verletzungen, dann beugte ich mich vor und küßte ihn noch einmal. »Halte das Schwert fest, Yaqob. Es mag dich und wird sein Bestes für dich geben.«

Er versuchte ein Grinsen, und ich war dankbar, daß er das wahre Ausmaß seiner Verletzungen nicht sehen konnte. »Ich danke dir, Tirzah. Schmerz für Schmerz, was?«

»Du hast nichts getan, um das zu verdienen, Yaqob«, sagte ich. »Jetzt geh und hör auf Solvadale und Caerfom.«

Er küßte meine Hand, dann ließ er sie los, als ihn die Soldaten forttrugen. Solvadale und Caerfom blieben in seiner Nähe.

»Das war sehr beeindruckend«, sagte Isphet. »Aber wie …«

»Jetzt zu Boaz.«

Kiamet zeigte mit seinem Schwert auf ihn, und ich folgte ihm mit meinen Augen. Er und Kofte hatten sich in den Schatten eines Felsvorsprungs begeben. Kofte war in dem Halbdunkel kaum zu sehen, Boaz hingegen schon. Er stand jetzt nur zwei Schritt von Kofte entfernt, und wieder hatte ich den deutlichen Eindruck, daß sie sich unterhielten, auch wenn sich ihre Lippen nicht bewegten.

Ich schaute mich um. Abgesehen von zwei Steinmännern wanden sich alle anderen hilflos auf dem Boden, und die beiden einzigen, die noch standen, waren den näher kommenden Soldaten hoffnungslos unterlegen.

Eine plötzliche Bewegung, und Zabrze sprang von einem Sims und stand neben uns. Er bemerkte das Blut auf dem Boden und an Isphets und meinen Händen.

»Das ist Yaqobs Blut«, beeilte sich Isphet zu erklären. »Tirzah und mir geht es gut.«

Zabrze stieß die Luft aus. »Gut.« Ein lautes Dröhnen ertönte, einen Herzschlag später gefolgt von einem zweiten. »Dann müssen wir uns nur noch um diesen Alptraum in Schwarz hier kümmern«, sagte er.

Wir näherten uns vorsichtig, da keiner von uns eine Ahnung hatte, was Boaz da machte.

»Boaz?« fragte ich leise und blieb zwei Schritte hinter ihm stehen, Zabrze und Isphet an meiner Seite. Hinter uns bauten sich ein Dutzend Soldaten auf. Kofte saß in der Falle, aber er sah gefährlich aus.

»Er berichtet seinem Herrn«, erwiderte Boaz.

»Nzame sieht uns?« fragte Zabrze scharf.

»Ja. Durch Kofte ... oder das, was Kofte einst war. Zabrze, befiehl deinen Soldaten, ihn unter diesem Felsvorsprung festzuhalten. Ich will da hinten mit dir sprechen.«

Wir begaben uns ein Stück weg und wandten Kofte den Rücken zu.

»Was ist mit Yaqob?« fragte Boaz als erstes.

»Er wird überleben«, antwortete Isphet. »Aber er ist schwer verletzt. Boaz, was ist mit Kofte geschehen?«

»Er hat sich der Eins so sehr hingegeben – oder dem, was er für die Eins hält –, daß er buchstäblich als Abbild der Eins neu erschaffen wurde. Oder als Nzame.«

»Was ist die genaue Beziehung zwischen Nzame und der Eins?« fragte ich ihn. »Ich weiß, du hast gesagt, daß Nzame sich die Idee der Eins zu eigen gemacht hat, er aber nicht die Eins ist.«

»Bis heute war ich mir da selbst nicht sicher«, sagte Boaz. »Aber ich glaube, daß Nzame durch die Pyramide die Macht der Eins aufgenommen hat, um die gewaltige Macht zu vervollständigen, die er aus dem Tal herübergebracht hat. Kofte hat sich Nzame hingegeben, so wie meiner Meinung nach sicher viele Magier es getan hätten, und zwar buchstäblich mit Leib und Seele, und Nzame hat Kofte nach seinem Ebenbild neu erschaffen.«

»Nzame sieht so aus?« sagte Zabrze.

»Nicht ganz«, sagte Boaz. »Ich glaube, daß Nzame mit der schwarzen steinernen Glasmasse der physischen Wiedergabe dessen, was das Tal enthält, so nahe kommt, wie es ihm möglich ist. Das … Ding … da drüben ist eigentlich nicht Kofte, sondern nur eine Art verlängerter Arm von Nzame.«

»Und doch hast du mit diesem Ding gesprochen«, sagte ich.

»Nein«, erwiderte Boaz zu schnell und zu scharf. »Nein, ich habe es bloß gründlich studiert.«

»Kannst du es vernichten, Bruder?« fragte Zabrze.

»Ich glaube schon. Es ist stark, aber ich halte es nicht für allzu gefährlich. Es ist mehr ein Instrument als eine Waffe. Können es mehrere deiner Männer zu Boden ringen? Ich muß es berühren können.«

Zabrze gab ein paar Männern in der Nähe ein Zeichen, dann wandte er sich wieder uns zu. »Ja. Jetzt?«

»Jetzt. Ich will es nicht hinauszögern.«

»Sei vorsichtig, Boaz«, sagte ich.

»Ich habe zu viel, wofür es sich zu leben lohnt, Tirzah. Natürlich werde ich vorsichtig sein. Jetzt tretet zurück. Du kannst hier nicht helfen.«

Fünf von Zabrzes Männern, darunter Kiamet, kreisten Kofte ein. Er heulte, dann kreischte und stöhnte er, fuchtelte mit den Armen herum, ballte immer wieder die Fäuste.

Ein Mann täuschte einen Schritt in seine Richtung vor, und Kofte schlug nach ihm. In dem Augenblick, in dem er nicht aufpaßte, warfen sich mehrere Männer auf ihn und rangen ihn zu Boden.

»Schnell!« rief Kiamet, als weitere Männer herbeieilten, um Kofte unten zu halten. »Er ist stärker, als er aussieht!«

Boaz stand über Koftes Kopf, dann bückte er sich schnell und legte seine Hand auf das schwarze Gesicht.

Ich fröstelte, weil ich mich daran erinnerte, wie er das bei mir gemacht hatte.

Macht schlug in Wellen in Boaz' Gesicht – die Macht der Eins –, und ich brauchte meinen ganzen Mut, um den Blick nicht von ihm abzuwenden. Man konnte nur zu leicht vergessen, daß Boaz noch immer die Macht der Eins ebenso gut zu nutzen wußte, wie die Magie der Elemente.

Kofte schrie auf, und ich senkte den Blick. Das Gebilde bäumte sich mit aller Kraft unter den Händen jener auf, die es festhielten, dann noch einmal. Und noch einmal.

Und dann verschwamm seine Gestalt.

Boaz brüllte die Soldaten an, und alle wichen vor der Gestalt zurück.

Kofte schmolz buchstäblich dahin. Sein Gesicht zerlief. Er hob die Hand und sie tropfte und fiel dann ganz ab, zerfloß neben ihm zu einer kleinen Pfütze.

Innerhalb von Minuten hatte sich sein ganzer Körper in eine dicke Flüssigkeit aufgelöst, und Boaz befahl, sie zwischen den Felsen zu verteilen. »Sie wird irgendwann verdunsten«, sagte er. »Aber es ist besser, sie wird verteilt, damit sie sich nicht wieder vereinigen kann.«

»Was hast du gemacht?« fragte ich.

»Nzame hat viel von der Macht der Eins benutzt, um eine Verbindung mit Kofte aufrechtzuerhalten. Ich habe diese

Verbindung unterbrochen, und sobald es sie nicht mehr gab, gab es auch nicht mehr die Kraft, die das belebte, was von Kofte noch übrig war.«

Er sah sich um. Überall in der Schlucht lagen steinerne Gestalten herum. »Nun, sehen wir mal, was wir mit diesen belebten Felsen machen können. Ich hatte eigentlich damit gerechnet, daß sich auch die Steinmänner auflösen, sobald es die Verbindung mit Nzame nicht mehr gibt. Aber Nzame hat bei ihrer Erschaffung eine andere Magie angewandt.«

Boaz wählte einen Steinmann aus, der so fest in einer Felsspalte steckte, daß er die Arme kaum bewegen konnte. Er ging in die Hocke und legte ihm die Hand auf die steinerne Brust. Er runzelte die Stirn, sammelte sich, dann zog er entsetzt die Hand zurück.

»Boaz, was hast du?« Ich war sofort an seiner Seite.

Er holte tief Luft, sammelte sich von neuem, dann umklammerte er meine Hand. »Isphet, geh auf die andere Seite. Bitte. Es besteht keine Gefahr.«

Als das geschehen war, legte Boaz meine Hand auf die Brust des Steinmannes und bedeutete Isphet, dasselbe zu tun. »Fühlt einmal selbst«, sagte er.

»Aber Stein enthält kein Leben ...«, fing ich an, dann riß ich meine Hand so schnell weg, wie Boaz es zuvor getan hatte. Einen Augenblick später schrak Isphet zurück.

»Was ist denn?« fragte Zabrze.

»Stein kann doch keine Lebenskraft enthalten, Zabrze«, sagte Boaz.

»Keiner von uns hat sie je zuvor in Stein gespürt«, fügte Isphet hinzu. »Metall, Edelsteine, ja, aber Stein ... nein. Stein ist tot. Oder sollte es sein.«

Ich ließ mich zu Boden sinken, starrte den Steinmann an.

Er trug eine lodernde Lebensquelle in sich. Das Leben eines Menschen. Darin steckte noch immer ein Mensch! Kein Wunder, daß ihre Münder von Verzweiflung kündeten.

»Jetzt weiß ich, wie ich die Steinlocke zurückverwandelt habe«, sagte Boaz leise. »Ich habe die darin enthaltene Lebenskraft benutzt, um sie wieder zu verändern.«

Alles, sogar der Wind, schien um mich herum zu verstummen. »Willst du damit sagen, daß ... daß ...«

Boaz nahm meine Hand, sah mich flehentlich an. »Tirzah, es tut mir leid ... Ich wußte es damals nicht ... Ich hatte keine Ahnung ...«

»Boaz, was hast du mit dem Steinkörper meines Vaters gemacht?«

»Ich ließ ihn in tausend Stücke zerschlagen, genau wie die anderen zehn Männer, und in den Lhyl werfen.«

Ich senkte den Kopf und kämpfte gegen meine Tränen an. Hatte mein Vater in dem Stein noch irgendwie gelebt? Waren all diese Männer noch zu retten gewesen?

»Tirzah ...«

Ich drückte seine Hand. »Du hast es nicht gewußt, Boaz. Bitte. Wir können nichts mehr tun. Und Druse ist zur Zuflucht im Jenseits verabschiedet worden.«

Boaz war verzweifelt. »Aber hätte ich sie nicht zerschlagen lassen ...«

»Nein, Boaz. Es ist vorbei. Zu Ende. Aber diese hier können wir retten.« Ich hob den Kopf und versuchte zu lächeln. »Zabrze wird sein Volk doch zurückerhalten.«

Boaz riß sich zusammen, aber ich wußte, daß er Zeit brauchen würde, um sich mit dem abzufinden, was er getan hatte. Zeit, um sich selbst zu vergeben.

Wie sehr Nzame gelacht haben mußte, als er es vom Tal aus beobachtet hatte.

▲ 210 ▲

»Boaz«, sagte ich sanft. »Zeige Isphet und mir, was wir tun müssen. Wir müssen alle helfen.«

Er nickte und legte dem Steinmann wieder die Hand auf die Brust. Er konzentrierte sich eine Weile, dann sprach er leise und sagte uns, wie man die Lebenskraft benutzen mußte, um Wesen wieder zum Leben zu erwecken und zurückzuverwandeln.

Er stütze sich kräftiger auf seine Hand, und der Stein verwandelte sich. Von Boaz' Hand aus traten rote Adern zum Vorschein, dann verdunkelte sich der Stein zu Haut und Muskeln. Der Mann hörte auf, mit den Armen wedeln zu wollen und lag statt dessen still da, und ein Stöhnen entrang sich seinen Lippen – aber das war ein Stöhnen der Überraschung und nicht der Verzweiflung.

Und es war kein Mann.

Isphet und ich wichen entsetzt zurück, als zuerst die Brüste und dann der sanft gerundete Leib einer Frau zum Vorschein kam. Gliedmaßen wuchsen und wurden glatt und schlank.

Boaz hob die Hand, und wir sahen ihr Gesicht. Sie war kaum älter als achtzehn oder neunzehn und hatte reizvolle Züge. Zweifellos eine Sklavin, wenn sie aus Gesholme kam, aber wer konnte schon sagen, wie weit sich Nzames Verwandlungen ausgebreitet hatten.

Sie schlug die Augen auf, dann schnappte sie vor Überraschung nach Luft und brach schließlich in Tränen aus.

»Jemand soll mir ein Gewand oder einen Umhang geben«, fauchte Isphet, und ein Soldat reichte ihr eine Decke.

»Wo bin ich?« fragte das Mädchen stotternd, verwirrt von ihrer Umgebung und den fremden Gesichtern. »Wer seid ihr?«

Boaz, Isphet und ich brauchten den Rest des Tages, um uns um die Steinmänner zu kümmern. Wir verwandelten sie alle, verbrauchten dabei zwar unsere ganze eigene Kraft, schöpften aber neuen Mut aus dem Wiedererwachen jener, die so mißbraucht worden waren. Die meisten waren Männer, aber es gab auch neun Frauen unter ihnen. Sie alle waren verwirrt, verängstigt und von unbestimmten Erinnerungen heimgesucht, die sie zittern und weinen ließen.

Ich vermutete, daß sie noch Monate lang von Alpträumen heimgesucht werden würden.

15

Als man die Männer und Frauen in die Kluft gebracht hatte, war es bereits dunkel, und ich wußte, daß sie in den nächsten Monaten viel fürsorgliche Pflege brauchen würden, um eines Tages wieder ein normales, erfülltes Leben führen zu können.

Wir näherten uns gerade der Treppe, als hinter uns ein Ruf ertönte.

Einer der Wachtposten eilte auf uns zu. »Drei Männer«, keuchte er.

»Steinmänner?« fragte Zabrze.

»Nein, Großmächtiger. Männer wie Ihr und ich, aber ich kenne sie nicht.«

»Wo?«

»Sie sind nicht weit hinter mir, Großmächtiger.«

»Ihr geht voraus«, sagte Zabrze, aber wir schüttelten nur den Kopf. Fremde Männer bedeuteten Neuigkeiten.

Die drei Männer, die von mehreren Wachtposten und vier Männern aus der Einheit, die Zabrze bei den unteren Anhöhen stationiert hatte, eskortiert wurden, trafen ein und verbeugten sich tief vor ihm.

Sie waren schmutzig von einer langen Reise und müde; zwei von ihnen trugen Zeichen ihrer Würde an ihren Armreifen, die mir unbekannt waren.

»Ataphet«, sagte Zabrze zu einem der Männer. »Welche Nachrichten bringst du?«

»Großmächtiger«, sagte Ataphet. »Ich bin als einziger aus meiner Gruppe durchgekommen. Ich habe Eure Botschaft verkündet und …«

»Und?« Zabrze war einen Schritt vorgetreten. »Und ihr?«

»Und wir kommen als Botschafter von Prinz Iraldur«, sagte einer der beiden Männer. Er stellte sich und seinen Begleiter vor, aber ich hörte ihre Namen gar nicht. Iraldur von Darsis!

»Und?« Ich glaube, Zabrze konnte sich kaum noch zurückhalten, den Mann an der Tunika zu packen und zu schütteln.

»Mein Prinz schickt Euch und Eurer verehrten Gemahlin Grüße der Verbundenheit und der Freundschaft …«

Ich warf Isphet einen Blick zu. Zabrzes verehrte Gemahlin war nicht dieselbe, die Iraldur kannte.

»… und mein Prinz bat mich, Euch auszurichten«, fuhr der Mann hastig fort, als Zabrze gereizt abwinkte, »daß auch er Schwierigkeiten mit der Pyramide und ihrem Hunger hat …«

»Wie das?«

»Großmächtiger, unsere westlichen Grenzländer sind in den vergangenen Monaten von Männern aus Stein überfallen worden, die weder Schwert noch Lanzen aufhalten konnten. Hunderte Männer und Frauen sind in das Land verschleppt worden, das selbst zu Stein geworden ist.«

»Oh ihr Götter«, murmelte Zabrze und fuhr sich mit der Hand über die Augen. »Das habe ich befürchtet.«

»Großmächtiger, mein Prinz bat mich, Euch zu sagen, daß er Euch in allem unterstützen wird, was immer auch nötig ist, dieses Scheusal aufzuhalten, aber er weiß nicht, was er tun soll. Er wartet mit einem Heer an der Grenze zu Ashdod, und er wartet auf ein Wort von Euch.«

»Ich danke dir, guter Mann. Auf diese Nachricht habe ich lange gewartet.«

»Großmächtiger.« Der Mann trat mit einem ängstlichen Gesichtsausdruck vor. »Meine Gefährten und ich sind lange unterwegs gewesen, um zu Euch zu gelangen. Vor drei Nächten wurden wir von lautem Fußgetrampel und einem Stöhnen geweckt, das unsere Seelen erzittern ließ.«

Mein Herz pochte, und Boaz umklammerte meine Hand.

»Großmächtiger, nordöstlich von hier marschiert ein großes Heer aus wandelnden Steinen.«

»Es marschiert ... auf uns zu?«

»Nein, Großmächtiger. Es marschiert nach Nordosten. Um auf Iraldur von Darsis zu treffen.«

Sein Stöhnen weckte mich, und es jagte mir schreckliche Angst ein, denn es war das Stöhnen der Steinmänner.

»Boaz!« Ich nahm seine Schulter und schüttelte ihn. »Boaz!«

Er schoß hoch; seine Augen waren weit aufgerissen und voller Angst. »Tirzah.«

»Was hast du geträumt, um so zu stöhnen?«

»Nichts, Tirzah. Es war nichts. Schlaf weiter.«

»Nein, das glaube ich nicht. Ich kenne dich mittlerweile zu gut, um nicht zu erkennen, wann du mich täuschst. Boaz, du hast gestöhnt, als wärst du ein Steinmann.«

Er schwieg, dann entschied er sich, mir die Wahrheit zu sagen. »Ich habe von Nzame geträumt. Es war beinahe so, als wäre er hier bei mir ... würde mir ins Ohr flüstern ... mich auslachen.«

»Und was hat er gesagt?«

»Tirzah ...«

»Nein, sag es mir.«

▲ 215 ▲

Er seufzte. »Er hat mir gesagt, ich soll dich nehmen und nach Viland flüchten. Er hat gesagt, sein Hunger würde nie so weit reichen. Er hat gesagt, daß unsere Sache hoffnungslos ist.«

Boaz drehte sich um, um mich anzusehen. »Tirzah, vielleicht ist da etwas Wahres dran. Wenn du in deine Heimat zurückkehrst ...«

»Nein! Ich werde hier gebraucht. Zehntausend Steinmänner wollen verwandelt werden, und nur du, ich und Isphet können das tun.«

Die Weisen hatten ihr Bestes gegeben, und ihr Bestes war sehr gut, aber Yaqob würde Wochen oder gar Monate das Bett hüten müssen, und selbst dann würde er für den Rest seines Lebens schlecht laufen können. Als ich eingeschlafen war, hatte ich mich gefragt, ob seine Verletzungen tatsächlich rein zufällig waren, oder ob die Soulenai entschieden hatten, daß es besser wäre, wenn wenigstens einer von uns in der leidlichen Sicherheit der Kluft blieb.

»Nein«, sagte ich weniger energisch. »Ich muß dich begleiten.«

Zabrze hatte seinen Soldaten einen Tag für die Vorbereitungen zugestanden, dann würden wir mit dem Marsch nach Norden beginnen. Die Steinmänner gingen langsam, und wenn wir in schnellem Schritt vorrückten, sollte es uns möglich sein, Iraldur vor ihnen zu erreichen.

Trotzdem hatte Zabrze noch am Abend Boten nach Norden geschickt, die nicht nur unsere baldige Ankunft ankündigen, sondern auch erklären sollten, wie man die Steinmänner bekämpfte.

Ich streichelte Boaz' Arm. »Du hast durch Kofte mit Nzame gesprochen, nicht wahr?«

»Ja«, gab er zu. »Es war nichts mehr von Kofte da, bis auf

seine schreckliche Nase. Ich stand kurz mit Nzame in Verbindung. Ich wollte wissen ... ich mußte ...«

»Wissen, wie du ihn besiegen kannst?« Meine Stimme hatte einen harten Unterton. »Und, hast du es herausgefunden?«

»Ich habe herausgefunden, was ich wissen muß. Ich werde das nicht noch einmal wagen. Noch nicht einmal, wenn ich hundert von diesen schwarzen, glasigen Männern finde.«

»Boaz, kannst du Nzame besiegen?«

Er lachte und nahm mich in die Arme, so daß ich sein Gesicht nicht sehen konnte. »Natürlich kann ich das, meine Geliebte. Ich habe nicht den Wunsch, dich zu verlassen.«

Aber das Lachen klang gezwungen, und ich glaubte ihm nicht.

In dieser Nacht schlief keiner von uns.

»Yaqob, bist du wach?«

»Ja, Tirzah. Komm rein. Du mußt fast fertig zum Aufbruch sein.«

»Gestern hat Zabrze jeden angeschrien. Heute ist er still und angespannt. Wir brechen in einer Stunde auf.«

Ich setzte mich neben Yaqobs Bett. Das Schwert lag in seiner Nähe, und er würde es in den kommenden Wochen brauchen. Seine Beine waren geschient und durch Verbände verhüllt, aber ich würde nie ihren furchtbaren Anblick vergessen können, als man den Steinmann weggerollt hatte.

Sein Gesicht hatte wieder Farbe, und ich hatte gehört, daß er gut gegessen hatte.

»Ich wünschte, ich könnte mit euch kommen, Tirzah.«

»Ich bin froh, daß du es nicht tust, Yaqob.«

Wir schwiegen, sahen einander an, dachten an die Liebe, die uns erfüllt hatte, und an all die Dinge, die hätten sein können und doch niemals sein würden.

▲ 217 ▲

»Und die, die Stein waren? Ich habe so wenig über sie gehört.«

»Sie erholen sich, aber sie werden viel Zeit dafür brauchen. Sie sitzen da und denken stundenlang mit leicht gerunzelter Stirn nach, als gäbe es da etwas, an das sie sich erinnern sollten, es aber nicht können.«

»Sie erinnern sich nicht an ihre Zeit als Stein?«

»Nur in Träumen. Ich glaube, Nzame ruft sie noch manchmal in ihren Träumen.«

Er seufzte und schaute zur Decke. »Meine Beine jucken wie verrückt, Tirzah.«

»Dann heilen sie. Soll ich das Schwert bitten ...?«

»Nein. Nein, du hast genug getan – und dafür danke ich dir.«

Wir saßen ein paar Minuten schweigend da. Schließlich räusperte ich mich. »War das Kiath, die gerade ging, als ich kam?«

Er zögerte. »Ja.«

»Sie wäre gut für dich.«

»Wage es nicht, mir etwas vorzuschreiben, Tirzah. Nicht nach dem, was du getan hast! Kiath soll keine Salbe für dein Gewissen sein.«

Ich ließ den Kopf hängen und musterte meine Hände. Es gab nichts, was ich dazu hätte sagen können.

»Sei vorsichtig, Tirzah. Und komm eines Tages zurück und besuche mich.«

Ich blinzelte meine Tränen weg. Ich beugte mich vor, um ihn zu küssen, ließ es dann aber vernünftigerweise sein. Er streckte die Hand aus, und ich ergriff sie.

»So haben wir angefangen, so hören wir auf«, sagte er leise.

Ich versuchte ihm zuzulächeln, wie ich es damals getan

hatte, aber die Tränen ließen sich nun nicht mehr aufhalten, und ich riß die Hand weg und ergriff die Flucht.

»Wie geht es ihm?« wollte Boaz wissen. »Als ich mich vorhin von ihm verabschiedet habe, schien es ihm ganz gut zu gehen.«

Ja, dachte ich, aber dein Herz kann er auch nicht mit solcher Schuld beladen wie meines. »Er erholt sich gut. Wir müssen nicht um ihn bangen.«

Boaz sah mich an, dann wischte er eine verirrte Träne von meiner Wange. »Er hat sein Abenteuer hinter sich, Tirzah. Wir müssen noch einen langen Weg zurücklegen.«

»Ja. Alles gepackt?«

Ich betrachtete die Bündel, die uns auf dem Bett erwarteten. Wir würden mit leichtem Gepäck reisen, und wir hatten noch immer die Kamele und Maultiere, die uns vom Lhyl über die Lagamaal so gute Dienste geleistet hatten. Sie waren in den vergangenen Monaten auf den Feldern über der Kluft ausgiebig gefüttert und getränkt worden, und es würde ihnen gut tun, auf der Reise nach Norden wieder etwas von ihrem Fett zu verlieren.

»Bist du sicher, daß du Kelch und Buch mitnehmen willst?«

Ich hatte darauf bestanden, daß Holdat beides einpackte. Würde ich je zurückkommen? Ich wußte es nicht. Selbst in friedlichen Zeiten war die Kluft weit von allem anderen entfernt. Also reisten Kelch und Buch mit mir.

»Ja, da bin ich sicher.«

»Hör doch … Zabrze hat die Signalhörner zum Aufbruch blasen lassen. Komm, Tirzah, wir müssen uns noch von einigen verabschieden.«

Wir schulterten unser Gepäck und betraten den Gang. Isphet umarmte gerade ihren Vater. Für Eldonor mußte es doppelt schwer sein, sie so schnell, nachdem er sie wiedergefunden hatte, wieder zu verlieren. Wir legten ihm zum Abschied tröstend die Hand auf die Schulter, aber er nickte bloß und wandte sich wieder seiner Tochter zu, und wir ließen sie in Ruhe und stiegen die Treppe hinauf zum Klippenrand.

Alle anderen, die Zabrze begleiten sollten, waren bereits oben, warteten entweder dort oder ein Stück weiter unten in der Schlucht. Da waren die regulären Soldaten, die Zabrze bei seinem Kampf gegen die Pyramide unterstützt hatten – etwa fünfhundertundvierzig – und weitere tausend, die sich aus Männern aus Gesholme und der Kluft zusammensetzten. Unter den Tausend waren nicht nur Kämpfer, sondern auch viele der Bewandertsten in den Elementenkünsten, wie Zeldon und Orteas. Sie verfügten vielleicht nicht über die gleiche Macht wie Boaz, Isphet oder ich, aber sie waren trotzdem sehr wertvoll für uns, und sie waren Freunde, und ich war froh, daß sie uns begleiten würden.

Wir hörten das Schreien eines der Maultiere; sie und die Kamele warteten weiter unten in den Bergen. Sie trugen nicht nur den Proviant, sondern auch sämtliche Seile, die hatten beschafft werden können.

Die Weisen waren da, Solvadale an ihrer Spitze, und sie umarmten Boaz und mich und dann auch Isphet, als sie zu uns getreten war. Es wurde kein Wort gesprochen.

Auch Kiath war da; sie hielt Zhabroah, der inzwischen einige Monate alt und ein fröhliches Kind war, auf den Armen. Zabrze würde ihn nicht mitnehmen. Möglicherweise war er sein einziges überlebendes Kind, und es wäre völlig unsinnig gewesen, hätte Zabrze darauf bestanden, daß ihn sein Sohn begleitete. Aber Zabrze war ein liebevoller Vater, und so lächelte er den Jungen an, streichelte die Wange, und war erleichtert, daß Kiath seine Pflege übernahm.

Zabrze wandte sich um und trat dicht an den Rand des Abgrundes. Ich hielt den Atem an, denn mir schien es eine unnötige Zurschaustellung von Mut, aber die Menge auf den Balkonen der Stufen war begeistert, und ich hörte den lauten Jubel, als Zabrze ihnen zum Abschied zuwinkte.

Die Kluft hatte eigentlich nie so richtig zu Ashdod gehört, aber sollte Zabrze siegen, dann würde sie in Zukunft bestimmt nicht mehr so abgesondert sein müssen.

Tief unter uns sangen die Frösche, obwohl es schon weit nach Sonnenaufgang war.

»Und wo ist Fetizza?« fragte ich Boaz.

»Ich weiß es nicht«, sagte er. »Ich habe nach ihr gesucht, konnte sie aber nicht finden. Sie wird ihren eigenen Weg gehen, Tirzah.«

»Ja.« Wieder überfiel mich das eigenartige Gefühl von Verlust, und ich war froh, als Zabrze den Befehl zum Abmarsch gab.

16

Wir marschierten nicht nach Westen zu den Weiten von Lagamaal, sondern schlugen den geraden Weg nach Norden ein und reisten parallel zur Kluft, bis sie von den Bergen verschlungen war. Es war ein beschwerlicher Weg, aber es war eine kürzere Route, als zuerst zu der Ebene und von dort aus nach Norden zu gehen.

Und es war weniger wahrscheinlich, auf diesem Weg Steinmännern zu begegnen. Unsere Soldaten hätten nicht die Stärke gehabt, gegen Nzames Zehntausend anzukommen.

»Ich hoffe, Iraldur hat eine gute Streitmacht mitgebracht«, murmelte Zabrze, als wir am ersten Abend das Lager aufschlugen. »Sonst werden wir vernichtet.«

Wir zogen zwei Tage lang durch die Berge, dann ging es nach Nordosten in ein hügeliges Weideland, das angenehm für Auge und Fuß war. Der größte Teil von uns lief, aber Zabrze und mehrere seiner Offiziere ritten prächtige graue Pferde, ein Geschenk des Volkes aus der Kluft. Obwohl wir zu Fuß gingen, kamen wir gut voran. Da dies ein militärischer Auftrag war, ließ Zabrze uns von kurz nach Einbruch der Morgendämmerung bis nach Einbruch der Dunkelheit marschieren.

»Was glaubst du, wie lange es noch dauert, bis wir bei Iraldur sind?« fragte ich Zabrze eines Abends.

»Wir marschieren noch eine Woche lang genau nach Norden, dann biegen wir nach Nordwesten ab. Wir sollten eigentlich in zwei Wochen bei ihm sein.«

»Warum sollte Nzame sein Heer gegen Iraldur schicken, statt gegen uns?« fragte Boaz. »Er kannte unseren Aufenthaltsort.«

»Iraldur ist die unmittelbare Bedrohung«, erwiderte Zabrze. »Und würde ihn schneller mit Nahrung versorgen. Vor wie vielen Monaten sind wir der Pyramide entkommen? Vier? Fünf?«

»Und Nzames Hunger muß jeden Tag größer werden«, sagte ich leise. »Ich frage mich, bei welcher Primzahl er mittlerweile angelangt ist.«

Boaz fuhr sich mit der Hand durchs Haar. Es wuchs wieder, und ich hielt die Zeit für gekommen, es zu stutzen. Jedesmal, wenn es über den Nacken hinauswuchs, erinnerte es mich zu sehr an den Magier.

»Seine Macht wächst mit jedem genommenen Leben«, sagte er.

Zabrze sah seinen Bruder eindringlich an. »Kannst du ihn besiegen?«

»Ja. Ich glaube schon.«

»Wie?«

Ich beobachtete meinen Gemahl genau. Boaz sprach nie mit mir darüber, wie er Nzame besiegen wollte. Würde er es Zabrze sagen?

»Es ist zu verwickelt«, sagte Boaz ausweichend. »Es hat mit mathematischen Formeln zu tun, die dich nur verwirren würden.«

Ich schaute zur Seite, da ich die Lüge in seinen Augen nicht ertragen konnte. Warum wollte Boaz uns nicht sagen, was er vorhatte? Lag es daran, daß er damit rechnete, dabei zu sterben?

»Dann sag mir, ob ich dir dabei helfen kann«, sagte Zabrze.

»Ja, bring mich zur Pyramide«, antwortete Boaz und sah Zabrze offen in die Augen. »Bring mich in die Pyramide hinein.«

»Du gehst in die Kammer zur Unendlichkeit?« fragte ich. Wieder schlängelten sich blutige Schriftzüge vor meinem inneren Auge. Die Kammer zur Unendlichkeit?

»Ja, Tirzah. Nur dort kann es geschehen.«

»Und wirst du die Kammer zur Unendlichkeit wieder verlassen, wenn du fertig bist?«

»Natürlich, meine Geliebte«, sagte er mit unverstelltem Lächeln, und in dieser Nacht wollte ich es ihm glauben.

Eine Woche später befahl Zabrze der Kolonne, nach Nordwesten abzubiegen. Dort wichen die Wiesen weichem Erdboden, der das Marschieren erschwerte.

Nach einem weiteren Tag war der Erdboden aus Stein.

Flachem, nacktem Stein.

Wir standen in der Spätnachmittagssonne da und hielten die Hand vor die Augen, während wir es uns ansahen. Heißer und erbarmungsloser Wind peitschte von dem Stein in die Höhe, schlug die Gewänder gegen unsere Beine und riß an den Tüchern, die wir um den Kopf geschlungen hatten.

»Nzame hat mein Reich in einen Grabstein verwandelt«, sagte Zabrze.

Es war zugleich ehrfurchtgebietend und furchteinflößend. Ich hatte das Steinland bei der Vision in der Kammer des Träumens gesehen, aber nicht einmal das hatte mich richtig auf den Anblick vorbereitet, der sich mir hier nun bot.

Das Land war tot. Das war der überwältigende Eindruck. Völlig tot. Es gab keinen Vogel am Himmel, nicht einmal ein Insekt. Darüber hinaus war das Land jetzt ganz flach. Selbst die kargste Ebene weist normalerweise Hügel und Vertiefungen auf. Nicht diese Landschaft. Sand trieb über die Oberfläche hinweg wie auf der Suche nach einem Ort zum Verweilen.

Ich trat an die Trennlinie zwischen dem lebendigen Land und dem toten und ging in die Hocke. Zitternd legte ich die Hand auf einen Stein.

Nichts. Kein Leben.

Boaz legte ebenfalls die Hand auf den Stein. »Hier ist kein Leben«, sagte er. »Nichts.« Er klang verblüfft.

»Und jetzt?« Zabrze sah nacheinander Isphet, Boaz und mich an. »Könnt ihr das Land verwandeln, so wie ihr die Steinmänner verwandelt habt?«

Boaz erhob sich. »Nein. Die Steinmänner sind noch immer lebendig, tief im Inneren des Steins. Nzame hat ihren Lebensfunken nicht getötet, weil er wollte, daß sich der Stein bewegt, seinen Willen ausführt. Aber das Land hat er vollständig getötet. Es tut mir leid, Zabrze. Ich weiß nicht, was ich hier tun könnte.«

Zabrze sah mich an, dann Isphet, aber wir schüttelten beide den Kopf. Seine Züge verhärteten sich, dann riß er sein Pferd herum und winkte die erste Marschreihe heran ... auf den Stein.

Sobald wir die Ebene betreten hatten, entdeckten wir, daß sie nicht ganz so glatt war, wie wir erst vermutet hatten. Gelegentlich gab es Spalten und Risse in der Oberfläche ... und alle vierhundert bis fünfhundert Schritt erhob sich eine winzige Ausgabe der Pyramide.

Die Steinpyramiden erreichten manchmal nur die Höhe eines Fingers, dann wiederum halbe Mannesgröße. Aber genau in der Mitte einer jeden Seite einer jeden Pyramide war ein Auge. Nicht eingeschnitzt oder herausgemeißelt, sondern schwarz und glasig. Es bewegte sich. Es beobachtete.

▲ 225 ▲

Keiner von uns konnte ertragen, es sich von nahem anzusehen, nicht einmal Boaz. Wann immer einer der Späher der Vorhut eine von ihnen entdeckte, winkte er die Kolonne rechts oder links vorbei, damit wir in einiger Entfernung daran vorbeikamen. Zabrze mußte aufpassen, daß wir trotz dieses Umherwanderns auch weiterhin strikt nach Norden zogen, und ich glaube, er beobachtete die Sonne und dann den ersten Abendstern genauer als die Felsen um ihn herum.

Wir schlugen unser Lager außer Sicht der Miniatur-Pyramiden auf. In dieser Nacht blieb jeder stumm. Niemand verspürte Lust auf eine Unterhaltung, und wir rollten uns frühzeitig in unsere Decken ein.

Ich lag stundenlang wach, bevor ich endlich einschlief.

Im Traum ging ich durch Wiesen voller goldener, roter und blauer Blumen. Darüber spannte sich ein strahlender Himmel. Ich spürte die Wärme auf meinem Gesicht und atmete den Harzduft der Bäume des an die Wiesen angrenzenden Waldes ein. Es erinnerte mich an Viland während seiner kurzen Sommer.

Ich ging langsam; ich wußte, daß ich träumte, aber ich hieß diese Flucht vor der Leblosigkeit um mich herum willkommen.

Hinter mir hatte sich etwas bewegt, und ich drehte mich um. Ich hatte keine Angst.

Dort stand ein hübscher Mann. Er hatte dunkle Züge, ein Südländer, der zu meinem Traum über Viland gehörte.

»Das ist ein grünes und schönes Land«, bemerkte er und blickte sich um.

»Ja. Ja, das ist es. Das ist meine Heimat Viland.«

»Wo du geboren bist? Welch ein Glück du hattest! Sicherlich verzehrst du dich danach, in ein solch schönes Land zurückkehren zu können.«

Sein Eifer ließ mich lächeln. »Nein. Es ist nur einen Monat im Jahr schön. In den anderen Monaten kommen Sturmwinde aus dem Norden, und Eis und Schnee fesseln uns an unsere Häuser. Ich ziehe die südlicheren Länder vor, wo an den meisten Tagen des Jahres die Sonne scheint.«

»Und wo dein Geliebter ist.«

Ich errötete. »Ja.«

»Aber die Länder im Süden sind vom Stein umklammert, Tirzah.« Der Mann senkte betrübt den Blick. »Dort kann man nicht leben.«

»Ich habe trotzdem eine Hoffnung.«

Er hob die Augen, und ich zuckte zurück. Es waren die glasigen schwarzen Augen der Steinpyramiden.

Ich wollte zurückweichen, aber meine Füße waren mit dem Boden verwurzelt. Ich hatte zu viel Angst, um nach unten zu schauen und den Grund dafür herauszufinden. Ich wollte nicht wissen, warum ich die Füße nicht bewegen konnte!

»Ashdod ist ein böser Ort, Tirzah. Ein sehr böser Ort.« Er rollte das »r« in »sehr«, und seine Stimme grollte leise wie Donner. Und genau wie Donner fühlte ich sie mehr, als daß ich sie hörte. »Bald werden alle Länder des Süden zu Stein erstarrt sein.«

»Nein.«

»Doch. Ich werde sie alle verschlingen.«

»Bitte … bitte, laß mich gehen. Bitte … geh weg!«

»Ja zum ersten, nein zum zweiten. Dich will ich nicht verschlingen, liebe Tirzah. Ein solch hübsches Mädchen. Ich hätte dich in der Pyramide ergreifen können, aber ich habe es nicht getan. Zu hübsch, um es auf diese Weise zu verschwenden.«

»Bitte ...«

»Geh weg, Tirzah. Flieh. Geh weiter nach Norden. Nimm deine Freunde mit. Ich will dir nichts tun. Geh.«

»Bitte, laß mich gehen.«

»Oh, das habe ich vor, Tirzah, aber hör mir erst zu. Geh nach Norden, hübsches Mädchen, und blicke nicht zurück. Das wäre ... nicht gut. Ich werde Viland nicht anrühren. Nimm deinen Geliebten und Isphet und Zabrze und flieh nach Norden. Hör mir zu, Tirzah. Tu, was ich sage, und du sollst leben. Ist das nicht dein größter Wunsch?«

»Laß mich gehen!« Ich versuchte mit aller Kraft, die mir zur Verfügung stand, zu fliehen, aber er machte es mir unmöglich. Ich konnte mich nicht bewegen.

»Tirzah, wenn du nicht gehst, dann werde ich Boaz töten, und ich werde Isphet töten, und ich werde jeden töten, den du liebst, und ich werde es ganz langsam tun. Hast du mich verstanden?«

»Ja! Ja! Ich habe dich verstanden!«

»Sag Boaz, er soll gehen.«

»Ja!«

»Sag ihm, er wird es nicht schaffen.«

»Ja!«

»Dann geh ...«

Eine Hand ergriff mich an der Schulter, und ich schrie.

»Tirzah! Was ist los? Es ist ein Traum, Tirzah. Ein Traum. Sei nur ruhig, ich bin ja bei dir.«

Boaz hielt mich fest umschlungen, während ich schluchzte. Er tröstete mich, murmelte mir etwas zu, und ich hörte, daß Isphet leise etwas zu ihm sagte und dann ging.

»War es Nzame?« fragte er schließlich, den Mund so dicht an meinem Ohr, daß ihn niemand hören konnte.

»Ja. Er ...«

»Beruhige dich. Er kann dir im Traum nichts tun ...«

»Er hat meine Füße in Stein verwandelt!«

»Sind sie jetzt aus Stein?«

Ich wackelte mit den Zehen, beinahe fest davon überzeugt, daß sie sich tatsächlich in Stein verwandelt hatten, aber sie waren warm und sie bewegten sich, und ich fühlte, daß Boaz lächelte, während er mich in seinen Armen wiegte.

»Er hat gesagt, er würde dich töten, Boaz.«

»Er hat Angst.«

»Ich auch.«

Wir schwiegen lange, dann wandte ich mein Gesicht dem seinen zu, damit ich es im Mondlicht sehen konnte. »Boaz, sag mir die Wahrheit. Wirst du Nzame besiegen?«

Er nahm sich Zeit, bevor er antwortete. »Darum hat er ja Angst. Er weiß, daß ich gute Aussichten habe.«

»Und wirst du die Kammer zur Unendlichkeit verlassen und zu mir zurückkehren?«

Er schwieg, und ich fing wieder an zu weinen.

Irgendwann schliefen wir ein, aber es war ein leichter, unruhiger Schlaf. Jeder von uns fürchtete Nzames Eindringen, und jeder von uns fürchtete die Zukunft.

Kurz vor der Morgendämmerung weckte uns ein Ruf. Es war einer der Wachtposten, und ich hörte, wie Zabrze loslief, noch bevor der Ruf ganz verhallt war. Boaz und ich kämpften uns ebenfalls hoch und streiften die Gewänder über.

Soldaten mit um die Taille gewundenen Seilen und gezogenen Schwertern patrouillierten um das Lager, und einer von ihnen hielt uns zurück.

»Wartet, bis wir wissen, ob es sicher ist.«

Wir schauten ins Zwielicht. Etwa zwanzig Schritt entfernt bewegte sich etwas; Zabrze, wie ich vermutete, und mehrere Soldaten. Sie beugten sich zu etwas hinunter ...

Dann hörten wir Gelächter. Gezwungenes Gelächter, aber immerhin Gelächter.

Etwas bewegte sich, dann kamen sie auf uns zu.

»Was ist denn?« sagte Boaz. »Shetzah!«

Um Zabrze sprang ein dürrer grauer Hund herum, der außer sich vor Freude war, in dem Steinmeer etwas anderes Lebendiges gefunden zu haben.

Boaz sah mich unsicher an, dann ging er in die Hocke und schnippte mit den Fingern.

Der Hund kam angelaufen, wimmerte und versuchte Boaz' Gesicht abzulecken.

Boaz ließ das nicht zu. Er ergriff den Kopf des Hundes und schaute ihm fest in die Augen, dann seufzte er erleichtert auf und blickte zu mir hoch.

»Es ist tatsächlich ein Hund«, sagte er, und der Hund wimmerte erneut und fing an, ihm das Gesicht so gründlich abzulecken, wie er nur konnte.

»Wie hat er überleben können?« fragte Zabrze und trat zu uns, um das Tier näher zu untersuchen. Es war eine fast ausgewachsene Hündin, vermutlich eine Jagdhündin, mit hellbraunen Flecken auf dem grauen Fell.

»Ich weiß es nicht«, erwiderte Boaz. »Vielleicht ist sie von Osten in das Steinland gelaufen.«

»Würdest du einfach so in diese Einöde laufen?« fragte Zabrze. »Alles von außerhalb würde am Grenzstreifen schnüffeln und dann mit dem Schwanz zwischen den Beinen in die entgegengesetzte Richtung davonlaufen.«

»Nun.« Isphet hatte sich zu uns gesellt, und sie mußte über die Bemühungen der Hündin lächeln. »Immerhin wissen wir jetzt, daß manches überleben kann. Anscheinend frißt Nzame nicht alles, was ihm über den Weg läuft.«

Sie erwiderte Zabrzes Blick.

Setkoth, dachte ich. Zabrze sorgte sich sicherlich ständig um seine dort zurückgelassenen Kinder. Aber eine Hoffnung, daß sie irgendwie überlebt hatten, gab es vermutlich nicht. Würden wir sie in Stein vorfinden, so daß man sie retten konnte? Oder waren sie verschlungen worden und existierten nur noch in der Erinnerung?

Die Hündin jaulte auf und schoß hinter Boaz' Beine.

»Ich glaube, sie mag dich nicht ...«, fing Boaz an und grinste Zabrze dabei an, und dann hörten wir es plötzlich wie einen Donnerschlag.

Und dann noch einmal.

»Steinmänner!« brüllte Zabrze, und das Lager erwachte zu fieberhafter Tätigkeit.

Zabrze hatte diese Möglichkeit mit eingeplant – sicherlich würden Steinmänner in Nzames Steinland umherwandern –, und die Soldaten gruppierten sich schnell zu Fünfergruppen und wickelten mit grimmiger Entschlossenheit die Seile von ihren Hüften.

Andere begaben sich zu den Kamelen und Maultieren, beruhigten sie und hielten sie am Zaumzeug fest. Sie trugen unsere Wasser- und Lebensmittelvorräte, und sie zu verlieren wäre ganz undenkbar gewesen.

»Kommt«, sagte Boaz und nahm Isphet und mich bei der Hand. »Weiter hinten im Lager ist es sicherer.«

Es waren nur vierzig Steinmänner, die von einem weiteren Magier angeführt wurden, der ebenfalls aus der schwarzen glasigen Substanz bestand. Zabrze hatte fast eintausendfünfhundert Männer zur Verfügung, die alle mit Seilen bewaffnet waren. Bei Sonnenaufgang wurde der Lagerrand von den hilf-

▲ 231 ▲

los strampelnden Körpern gestürzter Steinmänner gesäumt, und es war nicht ein Verlust unter den Soldaten zu beklagen.

Der Magier wurde von zehn starken Männern und genug Seil gehalten, um fünf Schiffe zu vertäuen. Boaz entledigte sich seiner sofort – er versuchte nicht einmal, durch ihn mit Nzame in Verbindung zu treten –, dann wandten wir uns den Steinmännern zu.

Es würde eine kräfteraubende Arbeit werden, und ich wollte gar nicht daran denken, wie wir mehr als vierzig oder fünfzig schaffen sollten. Jeder einzelne von ihnen benötigte unsere volle Konzentration und körperliche und gefühlsmäßige Anstrengungen, aber es war Belohnung genug, wenn man beobachten konnte, wie sich der Stein wieder in Fleisch und Blut verwandelte und sich die Brust durchs Atmen dehnte statt durch Klagen, wie sie die Augen aufschlugen und in ihnen ein überraschter, aber auch verwirrter und verängstigter Blick lag.

Zabrze kommandierte fünfzehn Soldaten ab, um ihnen zu essen zu geben und sie mit Kleidung zu versorgen.

»Was sollen wir mit ihnen machen?« fragte ich.

»Wir werden sie mitnehmen«, erwiderte Zabrze. »Ich kann sie hier nicht zurücklassen, und ich will keine Männer abziehen, die sie nach Osten bringen.«

Ich betrachtete die Frauen und Männer. Sie saßen in einer dicht zusammengedrängten Gruppe beieinander, leicht verängstigt, ohne den Grund dafür zu wissen. Viele weinten leise, andere blickten sich um und hielten nach einer Gefahr Ausschau, von der sie wußten, daß sie da war, die sie aber nicht bestimmen konnten. Bei den meisten handelte es sich wohl um Stadtbewohner, ihre Gesichter wiesen keine Falten und die Hände keine Schwielen auf. Nicht um Sklaven aus Gesholme.

»Was soll ich nur mit einem Land anfangen«, sagte Zabrze

leise neben mir, »das voller Menschen ist, die durch leidvolle Erfahrungen so geschädigt und verstört sind?«

Er redete nicht von ihren körperlichen Qualen, sondern ihrer seelischen Erschütterung.

»Sie werden Zeit brauchen«, sagte ich, »aber eines Tages werden auch sie wieder froh sein, Zabrze. Keine Angst.«

Meine Worte konnten ihn nicht trösten, und er gab den Befehl, das Lager abzubrechen.

Isphet und ich verbrachten den größten Teil des Tages bei der traurigen Gruppe, während Boaz an der Kolonnenspitze ging und die Hündin um ihn herumsprang.

Mit wem auch immer ich sprach, sie sagten alle so ziemlich das gleiche. Sie wußten nicht, was mit ihnen geschehen war. Sie waren ihren normalen Alltagspflichten nachgegangen und dann … nichts. Der Stein war so schnell über sie gekommen, daß sie die Gefahr nicht einmal kommen sahen.

Alle sagten sie, daß sie sich fühlten, als seien sie in einem schrecklichen, von Rauschmitteln verursachten Schlaf gefangen gewesen. Viele sagten, sie fühlten sich, als würden sie sofort wieder in den Schlaf sinken, sobald sie auch nur einen Augenblick lang die Augen schlössen. Alle waren unruhig, schauten sich ängstlich in der Steinlandschaft um, die sie noch immer gefangenhielt, und niemand ließ sich von uns beruhigen.

Es waren traurige, hoffnungslose Menschen, und sie gaben so viel von ihrer Traurigkeit und Hoffnungslosigkeit an Isphet und mich weiter, daß wir selbst beinahe mutlos geworden wären.

In dieser Nacht träumte ich erneut.

Dieses Mal zerrte mich Nzame in die Kammer zur Unendlichkeit.

»Sieh das Blut«, flüsterte seine Stimme, denn er hatte sich

nicht einmal die Mühe gemacht, eine körperliche Gestalt anzunehmen. »Sieh das Blut.«

Es floß die goldenen Wände hinunter. Während ich zusah, wurde es langsamer, verdickte sich und bildete mit seinen Klumpen und Fäden Worte.

Boaz wird hier sterben, Tirzah, stand dort, hier wird Boaz sterben.

»Bring ihn nach Viland, Tirzah«, flüsterte Nzame mir zu. »Du willst ihn doch nicht verlieren, nicht wahr?«

Bring ihn weit, weit weg. Oder du verlierst ihn.

»Tirzah.«

Wieder weckten mich Boaz' Hand und Stimme. Ich hatte nicht aufgeschrien, aber er wußte Bescheid. »Hör nicht auf ihn, Tirzah. Er wird alles tun, damit wir von hier fortgehen, keine Lüge wird ihm zu plump sein. Hör nicht auf ihn. Glaube ihm nicht.«

Diesmal weinte ich nicht, aber ich lag schlaflos da, bis es Zeit zum Aufstehen war.

Wir marschierten stumm durch eine trostlose Landschaft. Die Sonne brannte vom Himmel und heizte den steinernen Boden auf, der durch die Sohlen hindurch brannte. Die Nachbildungen der Pyramide wurden immer bizarrer. Einige sahen aus, als seien sie einer zu großen Hitze ausgesetzt gewesen, so daß ihre Kanten geschmolzen waren, andere wiederum sahen so alt aus, daß ihre Spitzen zerbröckelt und ihre Seiten nach innen eingedrückt waren.

Aber immer folgte ein Auge unserem Vorstoß.

Am späten Morgen bellte die Hündin in eine Bodenspalte hinein. Ihr Schwanz wedelte so begeistert, daß beinahe ihr ganzes Hinterteil wackelte.

Boaz und ich wechselten einen fragenden Blick, dann gingen wir zu der Stelle, um sie uns anzusehen. Zabrze kam ebenfalls angeritten und winkte ein paar Wächter herbei.

»Seid vorsichtig«, sagte er, als wir uns der sich immer aufgeregter gebärdenden Hündin näherten.

Boaz packte sie am Nackenfell und zog sie zurück, dann schaute er in den Spalt. »Kus!« flüsterte er überrascht ... aber nicht geängstigt.

Fetizza hockte in der Spalte, von dem Stein auf beiden Seiten so eingezwängt, daß ich befürchtete, sie würde gleich platzen.

Boaz bedeutete einem der Soldaten, die Hündin festzuhalten, dann holte er Fetizza aus der Felsspalte.

In dem Augenblick, als sie draußen war, vergrößerte sie sich beinahe auf die Größe der kleinen Hündin. Sie gab ein erleichtertes Quaken in Boaz' Armen von sich, dann blinzelte sie uns glücklich an.

Ich sah Boaz an, dieser Zabrze, und Zabrze klappte wortlos den Mund auf und zu.

»Wie...?« schaffte er schließlich hervorzustoßen.

Boaz zuckte hilflos die Schultern, dann erregte noch etwas anderes in der Spalte meine Aufmerksamkeit.

»Seht nur!« rief ich.

Reines, kristallklares Wasser quoll hervor. Es füllte die Spalte, bis sie überfloß. Es sammelte sich, bis wir gezwungen waren zurückzutreten, dann fand es einen weiteren kleinen Bodenriß und floß hinein.

Fetizza quakte wieder, völlig mit sich zufrieden.

Das Wasser plätscherte über den Felsen, bis es weitere

Spalten fand, sie füllte und dann weiterfloß, als habe es ein bestimmtes Ziel vor Augen.

Wir alle traten zurück und sahen zu.

Jetzt formte das Wasser einen kleinen Strom, der sich durch die Steinlandschaft wand.

»Es fließt auf die Pyramide dort zu!« sagte Isphet.

Jeder stand von dem Anblick gefesselt reglos da.

Die Pyramide sah es ebenfalls. Ihre Augen starrten darauf, bis sie beinahe schielten.

Ich grinste. Ich konnte nichts dagegen machen. Ich hatte das Gefühl, daß Nzame weit weg von hier hilflos gegen den schmalen Wasserstrom wütete, der seinem Abbild entgegenrann.

Die Hündin bellte aufgeregt, und Fetizza quakte.

Das Wasser traf die Pyramide. Einen Augenblick lang schäumte es gegen die steinerne Fläche, dann zerbarst diese Seite der Pyramide mit einem lauten Krachen, und das ganze Gebilde brach zusammen und verschwand unter dem immer breiter werdenden Strom.

Das Wasser drang durch Spalten und Risse in den Felsen. Wir standen eine Stunde oder länger da und sahen zu. Der Strom, nun etwa zwanzig Schritt breit, verlor sich in der Ferne, dort, wo wir hergekommen waren. Eine flache, schimmernde Wasserfläche.

Wir fühlten uns zuversichtlicher als seit Tagen. Selbst die Befreiten, wie Isphet die Leute bezeichnete, die wir aus ihren Steingefängnissen befreit hatten, lächelten manchmal und sprachen unterwegs miteinander.

Ich glaube, es war der Anblick der schielenden Pyramide gewesen, die im sanften Wasserstrom zusammengebrochen war, die ein solches Wunder vollbracht hatte.

▲ 236 ▲

Boaz wickelte Fetizza in ein feuchtes Tuch und trug sie so lange, bis wir ein Lager aufschlugen.

Dann setzte er sie ab, und sie zwängte sich sofort in einen weiteren Spalt im Steinboden.

Fast augenblicklich sickerte Wasser um sie herum hervor und floß davon, bis es irgendwann auf den Strom stoßen würde, den sie am Morgen erschaffen hatte. Ich hatte nicht den geringsten Zweifel, daß er unterwegs auf die vierundzwanzig kleinen Pyramiden stoßen würde, an denen wir seit Fetizzas Auftauchen vorbeigekommen waren.

Wir alle badeten in dem Wasser, bevor wir aßen, und es erfrischte und belebte uns. Ich sah, daß die Befreiten lächelten und sogar lachten, und ich sah auch, daß ein paar ihre Nachbarn voll Übermut bespritzten.

Ich wechselte einen erleichterten Blick mit Isphet. Fetizzas Wasser würde tun, was kein Wort von uns je geschafft hätte.

In dieser Nacht gab es keine Träume, und erst die aufgeregten Rufe eines Wachtposten weckten uns.

Hinter unserem Lager erstreckte sich eine gewaltige Wasserfläche – Fetizza war fleißig gewesen. Aber es war weniger das Wasser, das die Aufmerksamkeit des Wächters erregt hatte, als vielmehr die dünnen, scharfkantigen Felsplatten, die es durchbohrten.

Der Stein unter dem Wasser war zerborsten und gesplittert. Unter dem seichten Wasser und zwischen den Felsplatten konnten wir frische Erde sehen.

»Die Tränen der Soulenai«, sagte Boaz leise, »erneuern das Land.

17

Es gab keine weiteren Angriffe von Steinmännern; Nzame mußte eingesehen haben, daß es nutzlos war, kleine Gruppen gegen uns auszuschicken. Wir marschierten weitere fünf Tage durch die steinerne Landschaft, angespannt, aber nicht so mutlos wie zuvor. Hinter uns erstreckten sich Wasserflächen, die in der erneut zum Leben erweckten Erde versickerten. Die mit Wasser bedeckten Streifen waren noch nicht gewaltig, aber sie vermittelten uns ein Gefühl von Hoffnung, und an jedem Abend sahen wir zu, wie es sich Fetizza in der nächsten Spalte gemütlich machte, und wir lächelten, wenn das Wasser um sie herum hervorquoll.

Fetizza schien von der Aufmerksamkeit, die ihr jeder entgegenbrachte, völlig unberührt zu sein und zischte und duckte sich nur zusammen, wenn die Hündin sich ihr näherte. Nicht, daß die Hündin das besonders oft machte; sie hatte bereits herausgefunden, daß der Frosch sehr fest zukneifen konnte, wenn er geärgert wurde, und einmal hatte er sie beinahe in einer knöcheltiefen Pfütze ertränkt.

Die Befreiten erholten sich immer mehr. Wir alle badeten jeden Abend, und jedesmal, wenn die Befreiten planschten, konnte ich beinahe spüren, wie ein paar ihrer Ängste vom Wasser fortgespült wurden.

Ich wünschte mir, das Wasser hätte genauso viel gegen

meine Ängste tun können wie gegen ihre. Nzame hatte sich mir nicht mehr in meinen Träumen genähert, aber ich ging davon aus, daß er nur auf den richtigen Augenblick wartete.

Boaz war sehr still. Er schlief so ungestört wie ich, aber er war immer öfter tief in seine Gedanken versunken.

Am sechsten Tag nach Fetizzas Wiederauftauchen lernten wir Iraldur von Darsis kennen.

Die Spitze der Kolonne war plötzlich in helle Aufregung geraten, und ich sah etwas genauer hin.

»Boaz, schau! Da vorn sind Männer.«

Zabrze ritt nach vorn, einem von zwei schwarzen Hengsten gezogenen Streitwagen entgegen, der von einer Gruppe von sechs Reitern begleitet wurde. Selbst aus dieser Entfernung konnte ich das Funkeln von Brustpanzern unter Seidentüchern sehen sowie die bösartige Krümmung blankgezogener Säbel. Der Mann in dem Streitwagen war schwerer bewaffnet als seine Soldaten.

Als Zabrze sie anrief, gab der Mann im Wagen seinen Reitern ein Signal, daß sie ihre Pferde zügeln und ihre Waffen wegstecken ließ. Dann beugte er sich vor, um Zabrzes Hand zu ergreifen.

»Iraldur«, sagte Boaz. »Komm, Tirzah.«

Iraldur war etwa in Zabrzes Alter, ein wild aussehender Mann mit schmalen Augen und einer großen Vertrautheit mit seinen Waffen und seinem Streitwagen. Er schien schrecklich wütend zu sein.

»Zwei Tagesmärsche westlich bewegt sich ein Heer aus Steinmännern, Zabrze. Ihr habt diese Pestilenz in Eurem Reich beherbergt, sie mit Nahrung versehen, und jetzt bittet Ihr mich um Hilfe, sie loszuwerden?«

▲ 239 ▲

»Und ich danke Euch für Eure Hilfe«, sagte Zabrze ruhig. »Denn Ihr seid gekommen.«

»Ich bin nur aus einem einzigen Grund hier, Zabrze. Dieses bösartige Wesen frißt auch meine Leute und mein Land! Ist Euch klar, daß wir hier auf etwas stehen, das einst fruchtbares Darsisland war? Kornfelder haben dieses Jahr nur Steine hervorgebracht, und dafür habe ich Euch zu danken!«

»Ich bin nicht verantwortlich ...«

»Ihr seid der Chad, Zabrze, denn wie ich gehört habe, ist Nezzar völlig im Wahnsinn versunken, und als Chad seid Ihr für jedes Stück Scheiße verantwortlich, das jeder Eurer Untertanen hervorbringt.« Er spuckte auf den Boden. »Und dieses besondere Stück Scheiße habt Ihr allein zu verantworten!«

Iraldur entdeckte uns. »Ah! Magier Boaz! Seid Ihr gekommen, um zu erklären, was die Magier auf mein Land losgelassen haben? Seid Ihr gekommen, um weinenden Müttern zu erklären, warum ihre Männer zu Stein geworden sind und ihre Kinder verschleppt wurden, um den Hunger dieses ...«

Dann entdeckte Iraldur Fetizza in Boaz' Armen, und sein Mund blieb offen stehen.

»Vieles von dem, was zerstört wurde, kann wiederhergestellt werden«, sagte Boaz. Er setzte Fetizza am Boden ab. Sie fand eine passende Spalte und quetschte sich glücklich hinein, gab einen Laut von sich, von dem ich hoffte, daß es ein zufriedenes Seufzen war.

»Ich muß im Namen der Magier die Verantwortung für das übernehmen, was geschehen ist«, fuhr Boaz fort, als Iraldur endlich seinen Blick von dem Frosch losriß. »Ich allein trage die Verantwortung für das, was geschehen ist. Die Gier der Magier nach Unendlichkeit und Unsterblichkeit hat Böses entfesselt, aber mit Eurer Hilfe und der Hilfe von Zabrze hoffe ich, es wieder in Ordnung bringen zu können. Bringt mich zur Pyramide, Iraldur, und ich werde Euer Land und Euer Volk für Euch zurückgewinnen.«

Iraldur wollte gerade etwas darauf erwidern, als er das Glitzern des Wassers entdeckte, das um Fetizza hervorsikkerte, und das Froschweibchen quakte und grinste ihn an.

Iraldur führte uns in sein Lager, eine Stunde Marsch entfernt. Er hatte es auf dem Felsen aufgeschlagen, wie er erklärte, weil er Angst vor dem hatte, was möglicherweise geschehen würde, wenn er nahe an der Grenze gelagert und Nzame entschieden hätte, sein Einflußgebiet auszuweiten.

»Im Nu wären wir alle in Stein verwandelt gewesen«, sagte er, als er uns in ein kostbar ausgestattetes Zelt führte. »Und ich bin noch nicht für den lebenden Tod bereit.«

Isphet und ich begleiteten unsere Männer hinein. Iraldur war überrascht gewesen, daß Boaz sich eine Frau genommen hatte – ich glaube, daß das Boaz ihm tatsächlich etwas sympathischer machte –, aber er war überrascht und traurig, daß Neuf tot war.

»Ich will Euch nicht beleidigen, Hohe Dame Isphet«, sagte er, »aber ich habe Neuf seit meiner Jugend gekannt, und sie war mir eine Freundin.«

Isphet neigte anmutig den Kopf. Zweifellos würde sie auch in Zukunft noch mehr solcher Überraschungen auslösen.

Iraldur wartete, bis wir es uns bequem gemacht hatten, dann wandte er sich wieder Zabrze zu. »Erklärt es mir.«

Zabrze zeigte auf uns. »In diesem Zelt sind vier, die Geschichten zu erzählen haben, und es ist am besten, wenn Ihr sie alle hört. Ihr sagt, das Heer der Steinmänner steht zwei Tagesmärsche entfernt im Westen?«

Iraldur nickte.

▲ 241 ▲

»Dann habt Ihr ja heute Abend Zeit, zuzuhören. Nein, wartet. Wie groß ist Eure Streitmacht?«

»Sechstausend Mann. Und genauso viele Pferde.«

»Dann werden wir die Steinmänner ohne große Mühen besiegen, und ich glaube, es wird Euch überraschen, was wir mit ihnen machen werden. Geduld. Diese Geschichten sind wichtig.«

Iraldur starrte Zabrze an, dann nickte er knapp. »Also gut.« Er winkte einen Diener herbei, und man servierte uns gekühlten Fruchtsaft mit etwas, das sich in meinem Kopf kurz alles drehen ließ, dann aber allem schärfere Konturen verlieh.

»Boaz?« bat Zabrze leise. »Willst du anfangen?«

Iraldur hörte sich wortlos zuerst Boaz' und dann Isphets, meine und schließlich Zabrzes Geschichte an. Der Prinz winkte gelegentlich den Diener herbei, um unsere Gläser nachzufüllen, und er unterbrach uns nur, um etwas klarzustellen oder, als ich sprach, mich zu fragen, ob er den Froschkelch und das Buch der Soulenai sehen dürfe.

Ich ließ Holdat diese Bitte ausrichten. Er trat in dem Augenblick ein, in dem Zabrze seine Geschichte beendete, und gab mir Buch und Kelch. Ich reichte sie Iraldur.

»Ihr erzählt eine erstaunliche Geschichte«, sagte er, dann sah er mich und dann Isphet an. »Sklaven werden zu Elementenmeistern und dann die Frauen von Prinzen und Chads.«

Isphet streckte die Arme aus. »Dann legt uns wieder in Ketten, Iraldur, wenn Ihr meint, wir würden es verdienen.«

»Ich kritisiere nicht, Isphet«, sagte Iraldur. »Im Laufe der Jahre habe ich von vielen Philosophen die Ansicht gehört, daß Sklaven die einzigen in einer Gesellschaft sind, die wirklich von echtem Adel sind. Vielleicht habe ich heute die Wahrheit dieser Theorie begriffen.«

Isphet verzog bitter die Lippen. »Ich bezweifle, daß diese

Philosophen jemals selbst Sklaven waren, Iraldur. Ich habe noch keinen Sklaven kennengelernt, der das Edle seiner Existenz genießt.«

»Gebt mir mein Volk zurück«, sagte Iraldur sehr leise, »und ich werde höchstselbst Eure Füße ölen und küssen.«

»Werdet Ihr uns helfen, Iraldur?« fragte Zabrze. »Uns bleiben noch zwei Tage, bevor uns dieses verfluchte Steinheer erreicht. Ich kann es nicht allein schaffen. Werdet Ihr uns helfen?«

»Ja.« Iraldur schloß das Buch der Soulenai. »Ja, das werde ich.«

Ich glaubte, in dieser Nacht ruhig schlafen zu können, aber das war ein Irrtum.

Nzame erschien mir wiederum in der Gestalt des ansehnlichen schwarzäugigen Mannes, und wiederum auf den Sommerwiesen von Viland.

»Steinmänner sind nur ein Bruchteil der Macht, die mir zur Verfügung steht, dummes Ding. Ich schicke zehntausend gegen euch, aber ich kann genauso leicht zehntausend weitere erschaffen, und dann noch zehntausend, die ihnen folgen. Kannst du so viele besiegen? Willst du dein Leben damit verbringen, so vielen die Hand aufzulegen? Kannst du eine solche Herausforderung überleben?«

Ich glaubte, wenn ich ihn nicht beachtete, mich abwandte, er des Spiels müde würde.

Aber meine Beine waren bis zu meinen Hüften zu Stein geworden, und mir wurde klar, daß ich alt werden und sterben würde, bevor Nzame dieses Spiel leid würde.

»Ich weiß, was Boaz vorhat, Tirzah. Weißt du es auch? Weißt du es?«

Ich konnte nicht anders. Ich schaute auf.

»Er glaubt, er könnte mich mit seiner Macht umschlingen und mich in die Unendlichkeit zerren. Seine Macht? Ha!«

Nzames Gelächter klang gehässig und laut, dann verstummte es so plötzlich, wie es begonnen hatte.

»Aber selbst wenn er Erfolg haben sollte, Tirzah. Selbst wenn er Erfolg haben sollte. Da würden wir sein, zusammen gefangen in der Unendlichkeit. Stell es dir vor. Dein Geliebter und ich, gefangen in unserer eigenen Unendlichkeit. Er würde nicht deine süße Umarmung spüren, sondern meine. Für alle Ewigkeit, Tirzah. Kein Entkommen. Meine Umarmung.«

»Nein!«

»Doch! Tirzah, denk nach. Wenn er zu mir kommt, wird er entweder Erfolg haben oder auch nicht. Welches Ende wäre vorzuziehen, Tirzah? Möchtest du lieber, daß Boaz scheitert ... und stirbt? Oder soll er lieber siegen ... und die Unendlichkeit in meiner Umarmung verbringen?«

Ich fing an zu schluchzen, wand mich, wünschte, ich könnte durch die Felder vor diesem Hohn fortlaufen.

»Ist er ein guter Liebhaber? Sollte ich die Unendlichkeit in seiner Umarmung genießen?«

Und plötzlich waren meine Beine frei, und mein Wunsch wurde mir erfüllt. Ich drehte mich um und rannte, so schnell ich konnte, barfuß durch das weiche Gras.

Nzames Gelächter verfolgte mich. »Was wäre dir lieber, süße Tirzah? Was? Ich werde dafür sorgen, daß es geschieht. Was wünscht du deinem Geliebten? Den Tod? Oder ...«

18

Uns blieben nicht einmal mehr diese zwei Tage zur Vorbereitung, denn irgendwie schaffte es Nzame, seinen Steinmännern größere Schnelligkeit zu verleihen, und sie griffen am nächsten Tag gegen Sonnenuntergang an.

Wir wurden eine Stunde vorher gewarnt, denn Nzame konnte ihr Vorrücken nicht völlig verbergen. Ein kurzes, unbehagliches Zögern trat ein, nachdem die Späher ihre schreckliche Nachricht vorgetragen hatten, weil Zabrze und Iraldur einander anstarrten und sich fragten, wer den Befehl übernehmen sollte. Zabrze, dessen Kampf es eigentlich war? Oder Iraldur, der die Mehrzahl der Männer kommandierte?

Es war Iraldur, der die Sache regelte. »Sagt mir, wie ich meine Männer einsetzen muß, aber beeilt Euch!« fauchte er, und Zabrze gab seine Befehle.

Isphet, Boaz und ich wurden in Iraldurs Zelt verbannt, mit einer Einheit Soldaten zum Schutz. Boaz schäumte, aber Zabrze ließ ihn nicht in die Nähe des Kampfes.

»Du bist zu wichtig, um unter einem umstürzenden Steinkörper zu enden«, sagte er. »Wir haben bereits Yaqob verloren, dabei könnten wir ihn gut gebrauchen. Du wirst hier bleiben. Kiamet! Sorge dafür, daß er es auch tut!«

Mir war ganz schlecht vor Sorge, als ich am Zelteingang

stand und zusah, wie er in den Sattel stieg und fortritt. Zehntausend Steinmänner. Zehntausend!

Ich ließ die Zeltplane zurückfallen, dann wickelte ich Kelch und Buch wieder aus und dann wieder ein und versuchte mich zu beruhigen.

»Ihr werdet sie noch zerbrechen, Hohe Dame«, sagte Holdat leise. Er hatte trotz meiner Proteste angefangen, mich so zu nennen, und ließ sich auch nicht davon abbringen. »Kommt, ich nehme sie.«

»Sei vorsichtig!« Aber er war schon weg.

Um Fetizza machte sich niemand Sorgen. Beim ersten Ruf hatte sie sich in einen unglaublich engen Bodenspalt gezwängt – sie würde selbst dann geschützt sein, wenn ein Steinmann genau auf sie drauftrat.

Die Hündin bereitete mehr Schwierigkeiten. Sie spürte die allgemeine Unruhe und lief allen jaulend zwischen die Beine; als Isphet über sie stolperte, wurde sie aus dem Zelt verbannt.

Boaz schritt auf und ab. »Verdammt!« murmelte er, als wir eine Einheit Berittener vorbeigaloppieren hörten, und er war aus dem Zelt gestürmt, bevor ich etwas sagen oder tun konnte.

»Tirzah!« rief Isphet mir hinterher, aber auch sie war nicht schnell genug, und ich eilte nach draußen in das Chaos.

Iraldur und seine Männer hatten bereits eine genaue Vorstellung davon, was sie tun mußten, um die Steinmänner zu besiegen, aber sie waren von ihnen überrascht worden, bevor sie alle Vorbereitungen getroffen hatten. Jetzt eilten sie umher und versuchten fieberhaft, sich mit allem zu versehen, das sie benutzen konnten, um dicke Steinbeine zum Stolpern bringen zu können. Seile, Lederzügel, selbst Sattelgurte. Viele der Tausende Pferde im Lager waren jetzt frei; andere waren im Einsatz, aber die meisten Männer wollten diesen Kampf

zu Fuß bestehen. Kein Pferd würde angesichts eines Steinmannes ruhig bleiben, und ein berittener Soldat würde für
wild um sich schlagende Arme zu leicht verwundbar sein.

Zwanzigtausend wild um sich schlagende Arme.

Ich hatte Boaz in dem Durcheinander aus den Augen verloren, und ich bemerkte, daß ich mich viel zu weit von dem Zelt
entfernt hatte. Was tat ich da? Ich war eine Närrin.

Plötzlich wurde mir bewußt, daß der Felsboden unter meinen Füßen erbebte.

Die Bewegung von den vielen Menschen um mich herum,
versuchte ich mir einzureden. Aber kein menschliches Heer
konnte die Erde so erzittern lassen, wie sie es jetzt tat.

Bumm. Bumm. Bumm.

So nah? Wirklich schon so nah? Ich zitterte, dann versuchte ich mich damit zu beruhigen, daß zwanzigtausend
Steinfüße eine solche Erschütterung verursachen konnten,
daß man sie noch eine Meile weit spüren konnte.

»Tirzah!« brüllte Kiamet hinter mir, dann ergriff er mich
mit seinen starken Armen und zerrte mich weg.

Bumm. Bumm. Bumm.

»Was ...?« stieß ich hervor, während ich darum kämpfte,
mich von dem Schock durch Kiamets Angriff zu erholen.
»Was ist das?«

»Steinmänner!« keuchte er und zerrte mich tiefer in die
Dunkelheit. »Überall!«

Und, bei den Göttern, da waren sie! Ich schrie auf, als eine
steinerne Gestalt aus dem Zwielicht kam, die Arme umher-
wirbeln ließ, das Gesicht zu einer verzweifelten Grimasse
verzerrt. Sie traf Kiamet an der Schulter. Wir stürzten beide
zu Boden und rollten uns weg, als ein Steinfuß keine Hand-
breit von meinem Gesicht entfernt zu Boden krachte.

Trotz seiner Verletzung riß mich Kiamet hoch. Wir liefen

▲ 247 ▲

los, duckten uns an Körpern aus Fleisch und Blut und aus Stein vorbei.

Es gab keinen Ort, an dem wir uns verstecken konnten. Keine Zuflucht. Es gab nichts als flachen Felsen, der den Steinmännern half. Boaz! Isphet!

Kiamets gesunder Arm faßte mich fester, er zog mich nach links, dann wendeten wir uns nach rechts. Vor uns ragte etwas Riesiges auf, und wir duckten uns, rollten uns ab, standen wieder auf und flohen weiter.

Ich schluchzte vor Angst, denn ich war sicher, sterben zu müssen. Überall waren Steinmänner! Zwischen ihnen kämpften Soldaten, viele Steinmänner stürzten zu Boden ... aber es waren Tausende von ihnen. So viele ... so viele.

»Sie haben die Schlachtordnung aufgelöst, bevor Zabrze angreifen konnte«, erklärte Kiamet und suchte in der Dunkelheit nach der nächsten Bedrohung. »Sie liefen Amok ... in alle Richtungen.«

»Oh ihr Götter, Kiamet! Was können wir tun?«

»Nichts, außer versuchen zu überleben.« Wir liefen weiter, duckten uns, sprangen über Felsbrocken, entgingen einem Steinarm nur um Haaresbreite, einem anderen nur durch Glück, weil ich stolperte, mir das Bein verrenkte und Kiamet mit zu Boden riß.

»Was ist mit Boaz? Isphet? Da ist niemand ...«

Ein lautes Poltern, und wir rollten uns wieder weg und kämpften uns hoch.

»Ich kann nichts tun. Ich kann nur einen von euch retten. Und selbst die ...«

Schmerz durchzuckte mein Bein, und ich fragte mich, ob ich es gebrochen hatte. Ich konnte es kaum belasten, und ich glaube, daß Kiamet mich von da an buchstäblich trug.

Wir blieben stehen, suchten nach einem Fluchtweg, aber es

schien keinen zu geben. Da waren mehr Steinmänner als Soldaten, mehr Fallen als freie Wege.

Dann tauchte der absolute Schrecken vor uns auf.

Chad Nezzar. Geschwärzte Haut hing in Streifen von seinem Gesicht und seinem Körper, aber ich erkannte ihn sofort. Er trug einen Säbel, und er hievte ihn mit beiden Händen in die Höhe. Er öffnete den Mund ... und Nzames Stimme ertönte.

Was wäre dir lieber, Tirzah? Der Tod? Oder die Unendlichkeit in meiner Umarmung?

Ich schrie, bis ich glaubte, meine Kehle würde zerreißen.

Kiamet schlug mich. Nicht hart, aber es reichte, um meinen Schreien ein Ende zu machen.

Was wäre dir lieber, Tirzah? Der Tod? Oder die Unendlichkeit in meiner Umarmung? Chad Nezzar kann tun, was du willst. Sein Körper gehört jetzt mir. Gefällt er dir? Möchtest du, daß ...

Hinter der grotesken Puppe zischte eine Klinge durch die Luft und trennte ihr den Kopf von den Schultern.

Iraldur. Blut strömte aus einer Wunde an seinem Kopf und noch mehr aus einer Verletzung an seiner Schulter. »Bring sie hier weg, du Narr!« brüllte er Kiamet an. »Oder ich hole mir auch deinen Kopf!«

Kiamet nahm ihn beim Wort und zerrte mich weiter ... in das Chaos hinein.

Ich hatte jetzt so viel Angst, daß ich weder schreien noch weinen konnte, sondern mich nur noch an Kiamet festklammerte. Ich war fest davon überzeugt, sterben zu müssen, daß wir alle sterben würden. Es gab nichts außer zuschlagenden Armen, nichts als sich zusammenzukrümmen und darauf zu warten, daß ...

Tirzah! Tirzah!

Erst jetzt fand ich den Atem, um nun doch zu schluchzen. Oh nein! Nicht er! Nicht schon wieder er!

Tirzah! Tirzah!

»Tirzah!« keuchte Kiamet mir ins Ohr. »Sieh doch, verdammt, sieh doch mal!«

Ich hob den Kopf. Dann riß ich meine Augen auf, fest davon überzeugt, daß ich in meiner Panik halluzinierte.

Etwa dreißig Schritt entfernt stand Avaldamon und winkte energisch. Ich blinzelte erneut. Ja, Avaldamon. Geisterhaft, ja, aber zweifellos Avaldamon.

Kiamet zerrte mich auf den Geist zu, und keiner von uns dachte daran, sich zu ducken oder auszuweichen, während wir an den entfesselten Armen der Steinmänner vorbeirannten.

Glück – oder vielleicht auch etwas anderes – rettete uns, und wir erreichten die Stelle, an der Avaldamon gestanden hatte.

Gestanden hatte. Jetzt war er verschwunden.

»Avaldamon«, stieß ich hervor, dann schaute ich nach unten. Fetizza hockte in einem kleinen Felsspalt. Sie sah sehr wütend aus.

Um sie herum quoll Wasser in die Höhe.

Ich sank auf die Knie, dann auf die Hände. Welchen Vorteil würde uns Wasser ...

»Braves Mädchen«, sagte Kiamet leise und sank neben mir nieder, streichelte Fetizza über den Kopf. »Braves Mädchen.«

Ich war völlig durchnäßt. Noch nie zuvor hatte ich das Wasser so schnell steigen gesehen. Es breitete sich in einer großen Lache um uns herum aus, und Fetizzas große schwarzen Augen hatten noch immer nichts von ihrer Wut verloren.

Ein Steinmann wankte in unsere Richtung.

▲ 250 ▲

Ich zuckte zusammen. Jetzt waren wir tot.

Er rutschte im Wasser aus. Einen Augenblick lang hatte es fast den Anschein, als würde Überraschung die Verzweiflung auf den steinernen Zügen ersetzen, dann stürzte er und landete mit einem so lauten Krachen auf dem Boden, daß der ganze Stein um uns herum erbebte.

Das Wasser sprudelte jetzt heftig aus der Spalte.

Es ertönte noch ein Krachen, dann noch eins, mehrere gleichzeitig.

Fetizza rülpste.

Aus jeder Spalte um uns herum spritzte Wasser. Ich mußte die Finger in einen Bodenriß klammern, um nicht selbst fortgespült zu werden.

Der Krach der auf den Felsboden aufschlagenden Steinkörper war jetzt fast ohrenbetäubend, aber ich konnte die Triumphrufe hören, die ihn übertönten.

Fetizza quakte zufrieden und schmiegte sich in ihre Spalte.

Kiamet und ich wanderten auf der Suche nach Boaz stundenlang umher. Isphet hatten wir ziemlich schnell gefunden. Sie war in der Nähe des Zeltes geblieben, wo sie einigermaßen sicher vor den Angreifern gewesen war. Nur drei hatten es bis dorthin geschafft, und sie hatten sich so in den Zeltschnüren verfangen, daß sie umgefallen waren und sie vor anderen geschützt hatten.

Sie hatte sie nicht berührt, bevor die Gefahr gebannt gewesen war.

Bei unserer Suche waren wir umgeben von einer Landschaft, die übersät war mit hilflos fuchtelnden Armen und Stöhnen. Sämtliche Steinmänner, die aufrecht gestanden hatten, als Fetizza das Wasser aus den Felsspalten gelockt hatte, waren durch die Überschwemmung zu Fall gebracht worden.

Dabei hatten sie allerdings auch mehrere Dutzend unserer Soldaten getötet oder verstümmelt.

Und in dem Chaos davor waren weitere Hunderte Männer getötet worden. Die Zehntausend, die Amok gelaufen waren, hatten den von Nzame gewünschten Schaden angerichtet. Allein die Götter wußten, was geschehen wäre, hätte Fetizza nicht gehandelt.

»Boaz?« rief ich leise in die Nacht hinein. »Boaz?«

Kiamet hinkte neben mir her. Er war übel zugerichtet und hätte sich in einem der Zelte behandeln lassen müssen, aber er bestand darauf, bei mir zu bleiben.

»Boaz? Boaz?«

Vor mir tauchte eine Gestalt auf, und ich schrie auf und streckte die Arme aus.

Aber es war Zabrze, nicht Boaz, und auch wenn ich glücklich war, ihn zu sehen, so war er doch nicht Boaz.

»Isphet?« fragte er. »Wo ist Isphet?«

»Sie ist bei dem Zelt, an dem du sie zurückgelassen hast, Zabrze ...«

Aber da war er schon weg und lief in die Nacht hinaus.

Ich drehte mich um und starrte Iraldur ins Gesicht.

»Wie ich sehe, lebt Ihr noch«, grunzte er. »Und wir haben gesiegt, wenn auch zu einem Preis, mit dem ich nicht gerechnet hätte.«

Dann war auch er wieder verschwunden, und ich fing an zu weinen, denn ich war davon überzeugt, Boaz nie wiederzusehen.

»Komm«, murmelte Kiamet, »es ist sinnlos, in der Nacht hier herumzuwandern. Es gibt viel, das du morgen früh in Ordnung bringen kannst. Aber jetzt ...«

»Aber jetzt kümmere ich mich um sie, Kiamet. Geh zu Isphets Heilerzelt, du mußt dich versorgen lassen.«

▲ 252 ▲

»Boaz!«

Er legte die Arme um mich und hielt mich so fest, wie ich es mir nur wünschen konnte, und wir weinten und trösteten uns bis in die Nacht hinein, allein unter zehntausend Steinmännern, die auf dem Rücken lagen und traurig dem gleichgültigen Mond über sich zuwinkten.

19

Der Anblick am Morgen war beinahe unglaublich – und enthielt seinen eigenen Schrecken. Das Wasser, das Fetizza herbeigerufen hatte, hatte über Nacht seinen Zauber gewirkt. Jetzt ragten viele geborstene Felsplatten spitz in den Himmel und enthüllten frische Erde. Darüber hinaus hatte es hilflose Steinmänner zu Hügeln felsigen Strandguts aufgehäuft.

»Wie sollen wir das nur schaffen?« fragte Isphet mich leise.

Ich hakte mich bei ihr ein, denn ich brauchte ihre Unterstützung genauso sehr, wie sie meinen Trost brauchte. Soldaten gingen über das Schlachtfeld und suchten nach gefallenen Kameraden, die sie möglicherweise in der Dunkelheit übersehen hatten. Sie traten vorsichtig um die Steinhände herum, die gelegentlich reflexartig nach ihnen griffen.

Zabrze hatte uns am Morgen mitgeteilt, daß einhundertachtzig seiner Männer und dreihundertundvier von Iraldurs Leuten getötet worden waren. Die Hälfte der Pferde war durchgegangen und zog jetzt vermutlich über die Ebene, immer noch voller Angst vor den Steinmännern.

Boaz arbeitete bereits. Er beugte sich zu einem Steinmann hinunter und richtete sich wieder auf, als sich der Stein zurück in Fleisch und Blut verwandelte. Er wartete nicht ab, um zu sehen, ob sich unter den steinernen Hüllen ein Mann oder eine Frau befunden hatte, sondern ging zum nächsten.

»Komm«, sagte ich zu Isphet. »Zu dritt werden wir es irgendwie schon schaffen.«

Aber das war unmöglich. Wir arbeiteten den ganzen Tag, dann den nächsten, und die Hälfte des übernächsten, bis Zabrze sich dann schließlich an Boaz wandte und sagte: »Genug.«

Bis dahin hatten wir vielleicht sechshundert Menschen befreien können, und die Anstrengung hatte uns erschöpft. Isphet und Boaz sahen schrecklich aus, ihr Gesicht war wächsern und grau, die Augen lagen tief in ihren Höhlen, und ich bin mir nicht sicher, ob ich viel besser ausgesehen habe.

»Aber was machen wir mit ihnen?« fragte ich. »Wir können sie doch nicht hier zurücklassen ...«

»Doch, das können wir«, sagte Zabrze. »Wir haben diese Schlacht gewonnen, aber Nzame wütet noch immer in der Pyramide. Ich will nicht, daß hier jemand von uns zurückbleibt, am wenigstens ihr drei. Vielleicht wollte Nzame das, euch mit eurem Mitgefühl für die Seelen dieser Steinmänner einfangen.«

»Aber ...«, sagte Isphet müde.

»Sie müssen hier liegen bleiben und stöhnen, bis wir uns um Nzame gekümmert haben. Es tut mir leid, Isphet, aber sie werden sich später an nichts mehr erinnern, und selbst wenn ihr es schaffen würdet, diese Zehntausend im Verlauf der nächsten Tage zu befreien, ohne euch dabei selbst umzubringen, kann ich sie weder ernähren noch mich sonstwie um sie kümmern. Es ist besser, sie bleiben erst einmal hier.«

Zabrze wandte sich ab. »Wir gehen nach Setkoth.«

Waren Zabrzes Kinder noch in Setkoth? Waren sie verschlungen worden? Oder befanden sie sich inmitten dieses Steinwaldes, der uns noch immer traurig ansah?

Wir rückten am nächsten Tag ab. Iraldur und mehrere Tausend seiner Männer begleiteten uns; andere blieben zurück, um die Befreiten in ein Land zu bringen, wo sie Unterkunft und Nahrung finden würden.

Kurze Zeit nach der Schlacht waren die meisten Pferde wieder eingefangen worden, und es waren so viele Männer getötet worden oder blieben zurück, daß Iraldur genug Pferde für alle hatte.

Weder Zabrze noch Iraldur waren der Ansicht, daß wir dort, wo wir hingingen, ein großes Heer brauchen würden. Möglicherweise wanderten noch immer kleine Gruppen Steinmänner umher, aber mit ihnen würde man leicht fertig werden.

Ich rutschte unbehaglich auf meiner Stute herum. Ich war noch nie zuvor geritten, klammerte mich am Sattelknauf fest und wünschte mir, ich hätte wenigstens die Anmut selbst des ältesten und stämmigsten Soldaten Iraldurs.

Boaz ritt mit der Geschmeidigkeit und der Geschicklichkeit, die er schon von Kindesbeinen an hatte. Fetizza ritt mit ihm, in einer feuchtgehaltenen Decke auf seinen Rücken geschnallt, und obwohl sie eigentlich einen lächerlichen Anblick hätten bieten müssen, strahlten Frosch und Mann nur Würde und Selbstsicherheit aus.

Setkoth lag genau im Osten, und Zabrze trieb uns umbarmherzig an. Ich stemmte mich jeden Abend aus dem Sattel – für gewöhnlich halfen Boaz oder Kiamet mir dabei – und sank schweigend auf den steinigen Boden. Holdat, der sich zum Hauptkoch und Diener unserer Gruppe ernannt hatte, brühte einen belebenden Tee auf, dann verteilte er dampfenden heißen Getreidebrei und Fleisch zusammen mit einem Stück Obst für jeden von uns hinterher, damit wir auch etwas Süßes hatten.

Wenn Fetizza aus der Decke gewickelt war, starrte sie Holdat so lange an, bis er ihr ein wenig Brei und Fleisch gab, dann hüpfte sie zur nächsten Felsspalte, betrachtete sie sorgfältig und quetschte sich irgendwie hinein.

Sobald Fetizza ihre Spalte für die Nacht ausgesucht hatte, wurde das Lager so aufgeschlagen, daß wir nördlich und östlich von ihr lagen. Niemand wollte mitten in einem kalten Fluß aufwachen.

Hinter uns erstreckte sich wieder zum Leben erwecktes Land, zu unseren Seiten und vor uns erstreckte sich der Stein, nur von den kleinen Nachbildungen der Pyramide unterbrochen. Die Augen beobachteten uns noch immer, und manchmal glaubte ich sie blinzeln zu sehen.

Nzame belästigte mich auf dem Ritt nach Setkoth nicht. Vielleicht war ich nachts so erschöpft und unerreichbar – von den Anstrengungen des Ritts und den Nachwirkungen unserer Bemühungen, die Steinmänner wiederzubeleben. Sobald ich die Augen schloß, versank ich in einem tiefen Schlaf, und ich erwachte erst, wenn Boaz mich sanft an der Schulter rüttelte und sagte, daß es Zeit zum Aufstehen sei.

Doch nun, da ich gut schlief, hatte Boaz oft dunkle Ringe unter den Augen, und ich fragte mich, ob Nzame jetzt seinen Schlaf heimsuchte. Aber ich sprach ihn nicht darauf an. Er würde mir ohnehin nur sagen, daß er gut schlief, und daß er den Dämon besiegen würde, wenn er ihm einst in der Kammer zur Unendlichkeit gegenüberstünde.

Ich mochte es nicht, wenn Boaz mich anlog, also bohrte ich nicht weiter nach.

Wir ritten zwölf Tage, bis wir den Lhyl erreichten. Er bahnte sich seinen Weg immer noch friedlich durch die leblose Landschaft, umgeben von steinernen Schilfbänken.

»Warum kann Nzame das Wasser nicht verändern?« fragte ich Boaz, als wir eines späten Nachtmittags an seinem Ufer die Pferde zügelten.

»Vielleicht weil es aus den Tränen der Soulenai entsprungen ist«, antwortete er. »Es trägt zu viel Magie in sich.«

Fetizza wurde unruhig, und er band sie von seinem Rücken los und setzte sie auf den Boden.

Sie hüpfte durch das Steinschilf und sprang mit einem gewaltigen Platscher in den Fluß.

»Sieh nur!« rief ich. Wo immer die Wassertropfen gelandet waren, hatte sich der Stein in Grün verwandelt.

Ich lächelte Boaz an. »Ich glaube, nichts kommt der Magie von Fetizza gleich, und sie war deine Schöpfung, Geliebter.«

Er erwiderte das Lächeln. »Unsere Schöpfung, denn sie wurde aus deinem Kelch geboren.«

In dieser Nacht lagerten wir entlang des Flußes. Setkoth befand sich einen Tagesritt entfernt, und wir alle bemühten uns sehr, an diesem Abend fröhlich zu sein. Wer konnte schon wissen, welche Schrecken Setkoth für uns bereithielt.

Wir badeten und planschten herum – selbst den Pferden schien der Fluß zu gefallen, und sie tollten an seinem Ufer umher.

Und wo auch immer Wassertropfen landeten, breitete sich das lebende Grün aus. Als das Abendessen bereitet war, waren beide Ufer des Lhyl hundert Schritt vor und hinter dem Lager grün und duftend.

Holdat winkte uns zum Lagerfeuer, aber statt uns unsere Teller zu geben, nahm er einen Eimer und kippte seinen Inhalt vor Boaz, Isphet und mir aus.

Hunderte winziger Steinfrösche.

»Ich bin den ganzen Abend am Ufer entlanggegangen und

habe nach ihnen gesucht«, sagte er. »Fetizzas Bemühungen haben das Schilf wieder zum Leben erweckt. Jetzt brauchen wir das Lied, um in den Schlaf gesungen zu werden.«

Iraldur, der sich neben Zabrze gesetzt hatte, sah zu, wie wir lachend einen Frosch nach dem anderen zurückverwandelten. Es fiel viel leichter als bei den Menschen. Nicht nur waren sie kleiner als Steinmenschen, ihre Lebenskraft war auch viel stärker.

»Werdet ihr das mit jedem Geschöpf in Ashdod machen müssen?« fragte Iraldur.

Isphet und ich seufzten, und ich überließ es Boaz, die Frage zu beantworten.

»Ich hoffe nicht, Iraldur. Ich hoffe es wirklich nicht. Sobald Nzame weg ist, hoffe ich, daß das Land und alle seine Geschöpfe wieder zum Leben erwachen.«

Ich schlug den Blick nieder und ließ den letzten Frosch in die Dämmerung hinaushüpfen. Zumindest für mich hatte der Abend seine Fröhlichkeit verloren.

Setkoth war ein Steingrab.

In meiner Erinnerung war es eine farbenfrohe Stadt, beinahe schon unanständig lebendig. Sie hatte sich zu beiden Seiten des Flußes ausgebreitet und in der Sonne gefunkelt; Fahnen und frisch gewaschene Wäsche hatten in der Brise geflattert; die Straßen waren voll von Geschäften des Handels und des Verbrechens, braune Gesichter lugten aus den Fenstern, und Arme lehnten lässig auf Balkonen, strahlende Augen lachten dem Leben selbst zu.

Jetzt war alles aus Stein. Die Gebäude, die Straßen, das Leben, die Hoffnungen.

Zabrze liefen Tränen die Wangen hinunter. Ich hatte ihn nie zuvor so offen seine Gefühle zeigen gesehen; nicht einmal

Neufs Tod hatte ihn so tief berührt. Das war seine Stadt gewesen, sein Zuhause. Jetzt war es eine Gruft.

Und wir ritten stumm wie Trauergäste, die die Toten ehren wollten, durch diese verdammte Stadt.

Es war niemand zu sehen, weder aus Fleisch und Blut noch aus Stein. Keine Hunde, keine Maultiere, keine Menschen.

Die Stadt war leer.

»Hätten sie noch gelebt«, sagte Boaz, »wären sie geflohen. Alle, jeder einzelne.«

»Wohin?« fragte Zabrze mit rauher Stimme. »Wohin?«

»Sie wären dem Fluß gefolgt. Vielleicht nach Norden, nach En-Dor. Mit dieser Stadt haben wir hauptsächlich Handel getrieben.«

»Ein paar Hundert haben es nach Darsis geschafft«, rief Iraldur von seinem Streitwagen herab. »Aber wie Boaz sagte, die meisten wären dem Fluß nach Norden gefolgt.«

Falls sie nicht nach Süden getrieben worden waren, um Nzame als Futter zu dienen. Niemand sagte das laut, aber ich wußte, daß es jeder dachte.

Die Hündin rannte uns voraus und schnüffelte an den Steinen. Sie verharrte in dunklen Hauseingängen, schaute prüfend hinein, dann lief sie weiter.

Wir kamen zum Hauptplatz der Stadt. Hier waren immer noch die Marktstände aufgebaut, versteinerte Markisen beschatteten versteinerte Waren, versteinerte Körbe lagen auf dem Boden herum.

»Es sieht so aus, als wäre der Stein hier durchgerast und hätte alles außer den Menschen erfaßt«, sagte Iraldur. »Seht nur, die Körbe wurden fallen gelassen, als sie zu Stein wurden ...«

»Und die Menschen?« fragte Zabrze. »Wo sind sie?«

Iraldur starrte ihn an, dann sprang er von seinem Streitwagen und brüllte seinen Männern Befehle zu, teilte sie in Suchtrupps auf und ließ sie in der Stadt ausschwärmen.

»Zabrze?« fragte Boaz leise. »Waren deine Kinder zu Hause?«

Zabrze nickte heftig mit dem Kopf, dann lenkte er sein Pferd in eine nördliche Allee.

Boaz, Isphet und ich folgten ihm dichtauf, gefolgt von einem Dutzend Soldaten. Einen Augenblick später ergriff Iraldur die Zügel des Pferdes einer seiner Männer und kam hinter uns her.

Zabrze führte uns zu einem von einer Mauer umgebenen Haus, das einst sehr schön gewesen sein mußte. Es war geräumig und vornehm, eine wahre Augenweide, doch es gab nur wenig äußerliche Anzeichen, daß dies tatsächlich die Residenz des Thronerben war.

Die Tore standen weit offen, der Hof war leer. Hinter dem Haus erstreckten sich Gärten – alle aus Stein, leblos. Die Hündin trottete hinein, den Schwanz neugierig erhoben.

Zabrze folgte ihr langsam und schwerfällig. Isphet war an seiner Seite, den Blick mehr auf ihren Gemahl gerichtet als auf das Haus vor ihr.

Iraldur bedeutete seinen Soldaten, einen Ring um das Haus zu bilden, dann gesellte er sich zu Boaz und mir, als wir eintraten. Innen war es kühl, Stein hielt die Sonne noch wirksamer als Ziegel zurück.

Boaz nahm mich bei der Hand, und wir gingen langsam in den ersten der Empfangsräume. Er war leer, und so gingen wir in den nächsten Raum, der noch größer und eindrucksvoller als der vorherige war, und dort wartete das Grauen auf uns, wie ich es mir niemals hätte vorstellen können.

Zabrze stand in der Mitte des Raumes und war völlig erstarrt. Isphet war auf die Knie gefallen, die Hände vor das Gesicht geschlagen.

Sieben Statuen ragten vor ihnen auf – aber es waren keine Statuen, sondern in Stein verwandelte Menschen.

In Stein verwandelte Kinder.

Sie standen in einer Reihe da, wie in Erwartung möglicher Besucher. Jedes hob die Hand, als wolle es die des Besuchers ergreifen. Die Gesichter, die durch den Vorgang der Versteinerung grobflächiger und dicker geworden waren, waren in ein Willkommenslächeln gezwungen worden – aber dieses gefrorene Lächeln strahlte eine derartige Verzweiflung aus, daß die meisten Besucher bestimmt die Flucht ergriffen hätten, statt zu verweilen.

Und da war noch etwas anderes. Diese Steinkinder waren nicht wie die anderen. Sie waren so sorgfältig, so kunstvoll hingestellt worden.

Als hätte Nzame gewußt, daß Zabrze schließlich zu ihnen zurückkehren würde.

Boaz trat an Zabrzes Seite. »Zabrze. Es gibt noch eine Hoffnung. Laß sie mich berühren ... und Tirzah auch. Isphet, du bleibst da.«

Zabrze regte sich nicht einmal. Er konnte den Blick nicht von seinen Kindern abwenden.

Boaz und ich begaben uns zu der ersten Statue. Es war ein kleiner Junge, höchsten sieben oder acht, und Boaz legte ihm die Hand auf die Schulter. Dann schaute er auf. »Tirzah ...«

Ich legte die Hand auf die andere Schulter. In der Statue war eine Macht, eine Energie, aber sie unterschied sich von denen in den anderen Steinmännern.

Mein Blick begegnete Boaz'. »Wir müssen es versuchen.«

Er nickte, doch ich glaube, er hatte genauso viel Angst wie ich.

Ich schloß die Augen, holte tief Luft und konzentrierte mich, tastete nach der Macht in diesem Stein, spürte Boaz an meiner Seite.

Wir suchten, aber sehr vorsichtig. Wir konnten etwas ertasten, aber es war seltsam. Gerade, als wir es zögernd berührten, erwachte es urplötzlich zum Leben. Es griff nach uns.

Es war eine Falle!

Boaz begriff es als erster. Wie in der Kammer des Träumens packte er mich mit seiner Macht und riß mich zurück ... fort von etwas Finsterem und Bösartigen ... das Böse des erwachten Dämons, das mir entgegenschäumte!

Ich schlug die Augen auf und riß zitternd die Hand weg, zitterte fassungslos. Noch einen weiteren Herzschlag, und es hätte mich gepackt. Mich in etwas ähnlich Entsetzliches gesperrt, in den es den armen Jungen gesperrt hatte.

Boaz und ich waren gerade noch entkommen – aber für Zabrzes Sohn war es zu spät. Der Stein wurde dunkel und marmoriert ... aber der Tod und nicht das Leben hatte ihn gestreift. Die Verwesung schlängelte sich über die Schultern und Arme des Jungen, dann bildeten sich Muskeln und Gewebe und wurden zu einem Körper, der aussah, als sei er seit zehn Tagen tot und hätte in der Sonne gelegen.

Boaz zog mich ein paar Schritte zurück. Zabrze schrie auf und wäre auf den Toten zugestürzt, hätten Isphet und Iraldur ihn nicht zurückgehalten.

Der Stein verwandelte sich weiterhin. Der Vorgang der Auflösung war beinahe abgeschlossen. Vor uns stand ein Toter mit einem ausgestreckten Arm, die Überreste seines Gesichtes zu einem makaberen Lächeln verzogen.

»Orphrat!« schrie Zabrze und setzte sich gegen Isphets und Iraldurs Griff zur Wehr.

Das, was einst Orphrat gewesen war, sprach – und auch

wenn es weder seine Stimme noch seine Worte waren, konnten wir alle die Seele des kleinen Jungen dahinter hören. Sie schrie um Hilfe.

»Zabrze. Du bist gekommen. Wie schön. Ich – wir – haben gewartet. Gefällt dir, was ich mit deinen Kindern gemacht habe? Aber keine Angst. Ich habe eines davon so zurückgelassen, daß es gerettet werden kann ... aber welches nur? Welches?«

Der lebende Tote starrte nun Boaz und mich an.

»Ah. Die Elementenmeister. Haben eine kurze Pause eingelegt auf ihrem Weg in die ... Unsterblichkeit.« Es kreischte vor Lachen. »Oder wollen sie lieber sterben? Eure Entscheidung, meine Lieben, eure Entscheidung.«

Ich wandte mich ab, kniff die Augen zusammen und hielt mir die Ohren zu, aber Nzame sprach weiter, benutzte diesen Jungen weiter auf eine Weise, die seine Seele entweihte.

»Seid ihr zu dem Versuch bereit, den zu befreien, der noch lebt? Ihr habt gespürt, was sich in diesem Jungen verbarg, und ihr seid gerade noch rechtzeitig entkommen. Ich warte noch in fünf anderen; stets bereit. Noch stärker. Nur einer ist frei von mir. Nur einer ist bloß Stein und Seele. Trefft eure Wahl. Aber trefft ihr die falsche Wahl, dann habe ich euch in meiner Gewalt. Sucht euch den Falschen zur Befreiung aus, und ihr verbringt die Ewigkeit mit mir. Trefft eure Wahl. Oder verlaßt das Haus lebendig und mit dem Wissen, daß ihr ein Kind lebendig und verzweifelt zurückgelassen habt.«

Ich öffnete die Augen, ich war einfach nicht in der Lage, noch länger wegsehen zu können. Orphrat löste sich auf, bis nur noch die Knochen dort standen, einen skelettierten Arm noch immer auf obszöne Weise ausgestreckt.

Und dann krachten die Knochen zu Boden.

Zabrze schrie.

»Schafft ihn hier raus!« rief Boaz, aber Zabrze schlug nach Isphet und Iraldur, als sie versuchten, ihn hinauszuschleifen.

»Nein! Nein! Das sind meine Kinder! Ich kann sie nicht verlassen!«

»Oh ihr Götter«, sagte Boaz.

»Er könnte gelogen haben«, meinte Isphet leise. »Sie könnten alle tot sein. Es könnte nichts anderes als eine Falle sein.«

»Oder sie könnten alle leben!« brüllte Zabrze.

Schweigen.

»Nein«, sagte ich schließlich. »Ich glaube, er hat die Wahrheit gesagt. Ich glaube, daß nur eine der Statuen noch immer eine lebende Seele enthält.«

»Warum könnt ihr sie dann nicht berühren und herausfinden, welche es ist?« wollte Zabrze wissen. »Warum nicht?«

»Er hat die Statuen mit einer solchen Bösartigkeit verwandelt – mit Teilen seines eigenen Geistes ausgestattet –, daß Tirzah und ich nur einmal knapp entkommen konnten. Ich glaube, unsere Berührung hat ihn in dem Stein geweckt. Er weiß jetzt, daß wir hier sind. Er wartet. Fünf dieser Statuen werden uns verschlingen. Eine können wir retten. Aber welche? Welche?«

Die unbewußte Wiederholung von Nzames Spott ließ mich zusammenzucken. Welche?

»Es ist sinnlos, hier herumzustehen und Vermutungen anzustellen«, sagte Iraldur. »Wir müssen uns nicht in diesem Augenblick entscheiden.«

Er zog an Zabrzes Arm, und diesmal hatte Zabrze keine Einwände. »Isphet, bringt Zabrze in ein anderes Gemach. Ich schicke ein paar Soldaten vorbei, die die Überreste von Orphrat einsammeln sollen. Ihr anderen wartet hier auf mich.«

Als Iraldur zurückkehrte, gab er sich zwar ungerührt, aber ich konnte sehen, daß ihn die Ereignisse in diesem Raum stark mitgenommen hatten. Er hatte diese Kinder schließlich gekannt.

»Nun?« fragte er. »Wenn ihr keine Lösung für dieses tödliche Rätsel finden könnt, werde ich meinen Männern befehlen, Türen und Fenster dieses Hauses zu vermauern und diese Kinder darin zu begraben.«

»Nein«, sagte Boaz. »Das könnt Ihr nicht ...«

»Und ob ich das kann«, fauchte Iraldur, »wenn Ihr nicht den Unterschied feststellen könnt.«

Ich starrte die Reihe der Statuen an. Eine lebte. Konnte er oder sie uns hören? Uns sehen, wie wir hier standen und uns stritten?

»Du bist zu wichtig«, sagte ich zu Boaz. »Du kannst das Wagnis nicht eingehen.«

»Und ich werde dich nicht aufs Spiel setzen«, erwiderte er mit fester Stimme. »Es gibt nichts, das wir tun könnten. Nichts. Iraldur, Ihr könnt Euren Männern befehlen ...«

Ein leises Knurren ertönte, und wir zuckten zusammen. Ich fuhr herum in der Erwartung, daß eine der Statuen sprechen, uns wieder mit Nzames Stimme verhöhnen würde. Aber es war nur die Hündin, die an den Füßen der am nächsten stehenden Statue herumschnüffelte.

Sie knurrte und fletschte die Zähne. Sie wich mit steifen Beinen zurück, ihr Fell sträubte sich.

»Schafft die verdammte Töle von meinen Kindern fort!« Zabrze stand wieder in der Tür, die nervöse Isphet neben sich.

»Zabrze«, sagte sie sanft. »Komm hier weg. Wir können wirklich nichts ...«

Die Hündin beschnupperte die nächste Statue und knurrte und bellte sie an.

»Schafft die verdammte Töle …«

»Nein!« rief ich, als Iraldur auf die Hündin zuging. »Nein, laßt sie. Zabrze, ich will wissen, was hier vorghet. Bitte … bitte.«

Er starrte mich an, schwieg dann aber, und wir konzentrierten uns wieder auf die Hündin.

Sie erreichte die dritte Statue, schnupperte zögernd an den Füßen. Sie schnupperte erneut, diesmal zutraulicher, wedelte kurz mit dem Schwanz und trottete zur nächsten. Die knurrte sie sofort an, genau wie die restlichen beiden.

Wir alle starrten die dritte Statue an. Mein Herz hämmerte wie wild.

»Wollen wir dem Instinkt eines Hundes vertrauen?« fragte Boaz leise.

»Oder ist das nur eine weitere Falle?« sagte Iraldur. »Warum hat dieses Tier in der Steinwüste überlebt, wenn es kein anderes geschafft hat? Ich sage, wir begraben die Kinder da, wo sie stehen. Zabrze, das ist das einzig Vernünftige, was wir tun können. Isphet hat einen Schoß, um das zu ersetzen, was Ihr verloren habt.«

Das war das Schlimmste, was er hatte sagen können.

»Dann könnt Ihr mich mit ihnen zusammen begraben!« brüllte Zabrze. »Denn ich habe sie zum Sterben zurückgelassen!«

»Ich werde …«, fing Boaz an.

»Nein«, unterbrach ich ihn. »Isphet und ich werden es tun, nicht wahr, Isphet? Wirst du mir helfen?«

Sie nickte, wechselte leise ein paar Worte mit Zabrze, der bei dem Gedanken, Isphet zu verlieren, genauso entsetzt dreinschaute wie bei dem, seine Kinder zu verlassen, dann kam sie zu mir.

Ich rief die Hündin und führte sie sanft zur dritten Statue.

Wieder schnupperte sie, wedelte neugierig, dann starrte sie mich an, als wollte sie fragen, worum es bei der ganzen Aufregung eigentlich ging. Ich ließ sie los, und sie trottete davon.

»Jetzt, Isphet?« sagte ich und hörte entsetzt, daß meine Stimme zitterte.

Boaz starrte uns an, erstarrt, ängstlich. Wir wußten, wenn die Statue eine Falle wäre, daß weder Isphet noch ich die Kraft haben würden, uns zurückzuziehen.

Isphet ergriff meine Hand und drückte sie sanft. »Hätte ich gewußt, daß du so viel Ärger bedeutest, hätte ich Ta'uz in der Nacht, in der er dich zu mir gebracht hat, die Tür vor der Nase zugeschlagen.«

»Hätte ich gewußt, daß du so übellaunig bist, hätte ich die Speere der Wächter in Kauf genommen, um vor dir zu fliehen.«

Beide versuchten wir zu lächeln, aber es gelang uns nicht.

Dann legten wir der Statue die Hände auf die Schultern.

Ich glaube, jeder der im Raum Anwesenden beugte sich leicht vor, wie um uns davon abzuhalten.

Wir verstärkten den Druck unserer Hände, spürten die Gegenwart der anderen, zogen Kraft und Mut daraus und suchten nach der Energie in der Statue.

Wir fanden sie sofort und zuckten zurück.

Hinter uns schrie Boaz auf und wollte nach vorn stürzen. Iraldur, der sich bis zuletzt in der Gewalt hatte, packte ihn und hielt ihn fest.

Das sah ich durch einen Vorhang aus Schmerz. Der Schmerz und das Elend des im Stein gefangenen Mädchens.

Helft mir! So helft mir doch!

Isphet schluchzte, und ich glaube, ich auch. Wir griffen mit aller Kraft zu, die uns zur Verfügung stand, und zogen das

Mädchen durch den monströsen Vorhang der Magie, der es gefangenhielt.

Die Verwandlung geschah schlagartig. Plötzlich war da ein Leib und kein Stein unter unseren Händen – und es war ein gesunder Leib, fest und kühl. Sie brach mit einem kläglichen Wimmern in unseren Armen zusammen, und ich …

… schrie auf, als die restlichen Statuen explodierten. Das Mädchen, Isphet und ich wurden zu Boden geschleudert, bluteten aus Dutzenden winziger Schnitte, die uns durch die Luft fliegende Steinsplitter beigebracht hatten.

Ich verlor einen Augenblick lang das Bewußtsein, dann zogen mich Hände hoch. Der dicke Staub, der den Raum füllte, ließ mich würgen und husten.

Die Hündin kläffte, und ich konnte die anderen ebenfalls husten und nach Luft schnappen hören. Man zerrte mich aus der Staubwolke und dann endlich aus dem Haus in das gesegnet heiße, klare Sonnenlicht hinaus.

Ich hustete noch immer, wenn auch nicht mehr so arg, und jemand spritzte mir Wasser ins Gesicht.

Ich schlug die Augen auf. Boaz hielt mich im Arm, sein Gesicht war grau von Staub, seine Augen waren gerötet.

Neben uns hatte Zabrze die Arme um das Mädchen und Isphet gelegt.

Mir wurde bewußt, daß jeder weinte.

Ihr Name war Layla, und sie war achtzehn und die älteste Tochter von Zabrze und Neuf.

Das Furchtbare der Geschichte, die sie uns erzählte, sollte uns viele Nächte lang nicht schlafen lassen.

An diesem Abend saßen wir auf Setkoths Hauptplatz; vor uns flackerte ein kleines Feuer, die Hündin hatte sich auf Laylas Schoß zusammengerollt, und Layla schmiegte sich in die

Arme ihres Vaters. Zabrze konnte sie nicht gehen lassen; Isphet und ich hatten versucht, sie zur Seite zu nehmen und ihr wenigstens Gesicht und Hände zu waschen, aber Zabrze war so hartnäckig gewesen, daß ihr Gesicht und ihre Wangen noch immer staubig waren.

Das Haus hatte Zabrze zerstören lassen. Es bestand jetzt nur noch aus Trümmern, die über den Trümmern der Leichen seiner Kinder lagen.

»Wir hatten von den Schwierigkeiten mit der Pyramide gehört«, sagte Layla leise. »Wir hatten gehört, daß es am Einweihungstag zu einem Amoklauf gekommen war. Und wir hatten Angst. Aber wir wußten nicht, was wir tun sollten. Wir warteten darauf, daß Vater und Mutter nach Hause kommen würden ...«

Zabrze zuckte zusammen und schloß die Augen.

»... aber die Diener meinten, wir hätten nichts zu befürchten. Daß wir die Söhne und Töchter von Prinz Zabrze seien und niemand wagen würde, uns etwas zuleide zu tun. Sie meinten, es sei besser, zu Hause zu bleiben, im Haus zu bleiben; dies sei besser als mit den Tausenden nach Norden zu fliehen, die die Flußschiffe genommen hatten.«

Sie hielt mit gesenktem Blick inne, streichelte den Hund. Unter dem ganzen Staub und dem Schrecken der Erinnerung war zu erkennen, daß sie sehr hübsch sein mußte.

»Also taten wir das. Eines Tages kam der Stein. Er ... knirschte durch die Stadt. Ich war mit Orphrat und Joelen oben auf dem Balkon, und wir konnten sehen, wie er in einer riesigen Welle aus dem Süden herannahte. Er wogte auf uns zu, ein Meer aus Stein, und wir hatten Angst, aber wir waren wie erstarrt vor Furcht. Und dann verwandelte sich alles um uns herum in Stein. Wir blieben lebendig, aber das Geländer unter unseren Händen und der Boden unter unseren Füßen verwandelten sich in Stein. Die Vögel am Himmel fielen herunter und zerbrachen. Selbst die Luft schien schwerer geworden zu sein.

Aber das Schlimmste war die Stille. Setkoth war immer laut gewesen, geschäftig, aber jetzt herrschte nur noch die Stille des Todes.«

Sie hielt inne, und ich sah, wie Zabrze sie fester umfing. Die ganze Liebe, die er für die anderen sechs empfunden hatte, konzentrierte sich jetzt auf Layla. Und für den Moment war das auch gut so.

»Wir flohen ins Haus. Niemand wußte, was zu tun war. Viele der Diener – ich glaube, die meisten Bewohner von Setkoth – waren noch am Leben, aber sie waren in Panik geraten. Wer kann es ihnen verdenken? Sie flohen ...«

»Ich werde ihnen die Haut vom Körper peitschen ...«

»Zabrze«, sagte Isphet sanft. »Hier gibt es keine Schuld, sondern nur Furcht und den sich ausbreitenden Stein. Sei jetzt still.«

Er schaute sie finster an, beruhigte sich aber wieder.

»Imran und ich ...«

Imran war Zabrzes ältester Sohn gewesen.

»... brachten die anderen in den Empfangssaal, wo ...«

Ihre Stimme geriet ins Stocken, aber sie holte tief Luft und fuhr fort. »Wo ihr uns gefunden habt. Wir warteten. Wir wußten nicht, was wir tun sollten. Oh Vater! Wir hätten mit den anderen fliehen sollen! Wir hätten ...«

»Nur ruhig, Liebes!« murmelte Zabrze, streichelte Layla übers Haar und küßte sie auf die Wange. »Isphet hat recht. In diesem Alptraum gibt es keine Schuldigen. Nicht einen.«

Sie zitterte, dann hob sie erneut an. »Wir saßen stundenlang da, wußten nicht, was wir tun sollten. Es war keiner mehr da. Wir dachten, du würdest ...«

Sie verstummte, aber wir alle wußten, was sie hatte sagen

wollen. Wir dachten, du würdest kommen. Dort hatten sie gesessen. Sieben verängstigte, schöne Kinder, die auf ihren Vater und ihre Mutter warteten.

»Draußen erklangen Schritte. Wir wußten nicht, ob wir davonlaufen und uns verstecken oder dort bleiben sollten, wo wir waren. Aber wir waren die Kinder von Zabrze und Neuf« – und sie hob den Kopf – »und so blieben wir dort, um den zu empfangen, wer auch immer dort kam.«

Zabrze verbarg das Gesicht in ihrem Haar; mir liefen Tränen die Wangen hinunter.

»Es waren … Männer aus Stein. Oh Vater! Sie stöhnten und schlugen mit den Armen um sich, und wir schrien vor Angst und wollten weglaufen, aber es war zu spät, viel zu spät. Wir konnten nirgendwo mehr hin, uns nirgendwo verstecken.«

Sie schluckte und sammelte ihre Gedanken. »Dann trat Chad Nezzar ein. Im ersten Augenblick war ich erleichtert. Hilfe war da! Aber es war nicht der Chad Nezzar, den wir kannten. Er war dunkel und grotesk, und er sagte viele dunkle und groteske Dinge. Er sagte, wir würden sterben und doch nicht sterben. Er sagte, wir würden Nzame dienen, und er würde uns Vater und Mutter und Geliebter sein.«

Ihre Worte kamen jetzt immer schneller.

»Er rannte auf uns zu, wirbelte mit den Armen umher und schrie, und wir schrien, und dann überwältigte mich ein Schmerz, wie ich ihn mir nie hätte vorstellen können. Es kam mir vor, als würde ich brennen, und seltsamerweise konnte ich auch die Schmerzen meiner Brüder und Schwestern fühlen, und es war alles zu viel, aber ich konnte mich nicht davon lösen. Ich wollte sterben, konnte es aber nicht. Und dann fühlte ich, wie dieses … dieses Ding, dieser Dämon sich in die Seelen meiner Brüder und Schwestern krallte und an ihnen

zerrte und sie zerstückelte und veränderte, bis sie nur noch
für den Tod lebten, nur noch lebten, um Tod zu bringen, und,
oh ihr Götter, ich konnte ihnen nicht entkommen, ich war
mit ihnen gefangen, und jede Minute erschien wie eine Ewigkeit, und ich verbrachte tausend Leben mit den verdorbenen
toten Seelen meiner Brüder und Schwestern, bis du ... du ...«

Sie schluchzte, und Zabrze hielt sie fest in seinen Armen
und wiegte sie hin und her und sagte ihr, wie sehr er sie liebe.

Ich begriff, warum Nzame sie am Leben gelassen hatte, und
warum er den Hund am Leben gelassen hatte, damit er sie
finden konnte. Er hatte gewollt, daß Zabrze vom Leid seiner
Kinder erfuhr. Den ganzen Schrecken. Es reichte nicht, daß
sie einfach starben.

Wir saßen stumm dabei und trauerten mit ihnen und um
sie, bis Layla und Zabrze sich aufsetzten und ihre Tränen
trockneten.

Dann erschien Holdat mit dem Abendessen, und dieser
Hauch von Alltag tat uns besser als ein einziges Wort oder ein
mitfühlender Blick, und ich fand, daß Holdat weit mehr als
nur ein Koch war.

Doch trotz all dessen, was sie durchgemacht hatte, all der
Verzweiflung zum Trotz, die sie erlitten hatte, behielt Layla
eine Freundlichkeit, deren Reinheit einen demütig werden
ließ. Nach dem Essen küßte sie Isphet und mich und bedankte
sich bei uns, und sie lächelte und küßte Isphet erneut, als
Zabrze ihr erzählte, daß sie seine Gemahlin war. Sie weinte
um Neuf, aber sie hatte in den vergangenen Monaten viel Tod
erleben müssen, und ich glaube, sie empfand Neufs Dahin-
scheiden auf der Ebene von Lagamaal als sanft verglichen mit
dem vieler anderer, das sie miterlebt hatte.

20

Während wir schliefen, lief Fetizza Amok. Es konnte nicht anders gewesen sein, denn als ich erwachte, war der Platz und viele der ihn umgebenden Straßen voller Wasserpfützen, und Steinsplitter ragten der Sonne entgegen. Die Häuser waren zu ihren Lehmziegeln zurückgekehrt, Fliesen zu ihrer Keramikpracht, und Schilf ... nun, zu Schilf.

Am Fluß quakten Frösche.

»Wir müssen uns um die Pyramide kümmern«, sagte Boaz zu Zabrze.

»Morgen«, sagte Zabrze. »Morgen reisen wir flußabwärts.«

Ich glaube, er wollte noch einen friedlichen Tag mit Layla zusammensein. Nur einen Tag, bevor wir uns dem grauenerregenden Nzame stellten.

Also verbrachten wir noch den Tag in Setkoth. Wie wir uns gedacht und Layla uns bestätigt hatte, hatten die meisten Bewohner nach Norden nach En-Dor entkommen können.

Manche jedoch hatten nicht so viel Glück gehabt. Layla hatte erzählt, daß sie in ihrem Steingefängnis mitbekommen hatte, wie die Steinmänner wochenlang Tag und Nacht durch Setkoth marschiert waren und nach Wesen aus Fleisch und Blut gesucht hatten, die sie Nzame zutreiben konnten.

»Ich konnte Schreie hören, und das dumpfe Dröhnen von Steinfüßen«, sagte sie zu mir. »Und ich hörte ... oder fühlte ... ich weiß es nicht, hörte, wie Nzame nach Nahrung schrie. Er muß jeden Tag gefüttert werden.«

Sie schwieg kurz, und ich legte meinen Arm um sie. Sie war ein hübsches Mädchen, sowohl von ihrem Charakter wie von ihrem Aussehen her, und ich war nicht viel älter als sie. Ich wünschte, ich hätte meine Bewährungsproben mit so viel Anstand wie sie bestanden.

»Ich habe gestern noch lange wachgelegen«, sagte sie, lächelte mich an und blinzelte in die Sonne. »Ich habe den Fröschen zugehört. Mir war nie zuvor bewußt, wie schön ihr Lied doch ist.«

Ich musterte sie aufmerksam.

»Und als Holdat mir gestern abend das Essen brachte, ich schwöre, die Kelle, die er benutzte, hat mir etwas zugeflüstert.«

»Layla ... Layla, du mußt bald mit deiner neuen Mutter sprechen. Ich glaube, sie kann dir viele tolle Sachen beibringen.«

»Ja.« Layla drückte meinen Arm. »Sie und du auch, glaube ich.«

»Deine Erfahrung hat dich sicher sehr verändert«, bemerkte ich.

»Ich bin erleuchtet worden«, sagte sie. »Isphet wird sehr gut für dieses Reich und sein Volk sein.«

Dem gab es nicht mehr viel hinzuzufügen.

Noch ein Tag. Noch ein Tag, und alles würde vorbei sein. Auf die eine oder andere Weise. Boaz war so in sich gekehrt, daß er kaum etwas sagte, aber die Art und Weise, wie er mich in dieser Nacht liebte, sagte mehr als Worte.

Süß, liebevoll, bitter, traurig. Ein Abschied. Ich konnte es fühlen.

Ich streifte wieder durch Vilands Sommerwiesen, in einem Traum gefangen. Kühles Gras kitzelte meine Knöchel, duftende Blumen reizten meine Sinne.

Ich ging ziellos vor mich hin, allein, voller Angst, gefangen. Wartete.

Er glitt über die Wiese auf mich zu, wie eine Schlange und doch anzusehen wie ein Mensch.

Geht zurück. Geht doch endlich zurück. Ich werde ihn töten!

»Es gibt nichts, was ihn davon abhält.«

Närrin! Du hast es doch nicht einmal versucht! Bring ihn fort, Tirzah! Flieht nach Viland, bevor ich mich entscheide, meine Wut an dir auszulassen!

»Das hast du mit Zabrzes Kindern versucht und bist gescheitert.«

Das war nur ein Ablenkungsmanöver ... hat dir gefallen, was ich mit den Kindern gemacht habe? Hast du es zu schätzen gewußt?

»Du konntest Laylas Güte nicht nehmen. Dein Schmutz hat ihre Reinheit nicht berühren können.«

Er fauchte. Geht zurück! Geht endlich zurück!

»Warum? Warum fürchtest du uns? Wird Boaz dich vernichten?«

Ich habe es dir schon einmal gesagt, du Hexe. Er hat nur zwei Möglichkeiten. Er scheitert und stirbt oder es gelingt ihm, mich in die Unendlichkeit zu zerren, wo er die Ewigkeit in meiner Umarmung verbringen wird.

Und in diesem Augenblick begriff ich plötzlich. Mir wurde klar, warum das Lied der Frösche so wichtig war. Warum die Soulenai darauf bestanden hatten, daß Boaz es anwenden konnte. Vor Erstaunen blieb mir der Mund offen stehen.

Sag ihm, er soll gehen! Es gibt keine andere Möglichkeit! Sag ihm ...

Meine Entdeckung hatte mich so verblüfft, daß ich Nzame keine Aufmerksamkeit mehr schenkte. Das war ein Fehler.

Er packte mich an den Haaren und riß mir den Kopf nach hinten. Ich wollte schreien, aber es kam kein Ton heraus.

Tirzah, hör mir gut zu. Er will mit mir verschmelzen, die Macht der Eins in der Pyramide dazu benutzen, um mit mir zu verschmelzen und mich dann über alle Schranken hinweg in die Unendlichkeit zerren.

Aber, süße Tirzah, da gibt es eine Falle, von der er noch nichts weiß. Soll ich sie dir verraten? Ja, ich werde es tun. Tirzah, du und er seid in der Macht und der Liebe so eng miteinander verbunden, daß ich ihm im Augenblick unserer Vereinigung entkommen kann.

Er verstummte. Mittlerweile schluchzte ich vor Entsetzen. Wie hatte ich nur so dumm sein können, bei diesem Dämon meine Wachsamkeit zu veranlässigen?

Wohin, Tirzah? Na, was denkst du? In deinen Schoß, Tirzah. Ich glaube, ich werde in deinem Schoß zu neuer Stärke heranwachsen. Wenn Boaz sich mit mir vereinigt, dann wird sein Bund mit dir mir einen winzigen Augenblick lang als Brücke dienen ... eine Brücke zu dem winzigen, zerbrechlichen, verletzlichen Körper, den du in deinem Schoß beherbergst. Was wirst du machen, Tirzah, wenn du allein zurückgelassen umherstreifst, während Boaz in der Unendlichkeit verweilt und ich in deinem Schoß heranwachse? Was wirst du dann tun? Was wirst ...

Ich schrie und schoß mit solcher Gewalt hoch, daß ich mir den Kopf am Bettgestell stieß.

Boaz packte mich. »Tirzah? Tirzah, was ist denn?«

Ich konnte nicht antworten. Ich schlug die Hände vor mein Gesicht und schluchzte.

▲ 277 ▲

»Er lügt, Tirzah. Was auch immer er gesagt hat, es ist eine Lüge.«

»Boaz ...«

»Glaube ihm nicht.«

»Boaz, würdest du mit mir nach Viland kommen, wenn ich dich darum bäte? Würdest du ...«

»Tirzah!« Er löste sanft meine Hände vom Gesicht, damit er mir in die Augen sehen konnte. »Tirzah«, sagte er leise aber bestimmt. »Wenn ich Nzame in der Pyramide weiter wachsen lasse, wird es nirgendwo mehr sicher sein. Ich muß morgen dort hineingehen. Ich muß es tun.«

»Wirst du zurückkommen?«

Er schwieg und senkte den Blick.

»Ich weiß, was du tun wirst. Ich glaube, was Nzame mir gesagt hat, denn es ergibt sehr wohl Sinn. Du wirst deine Macht als Magier benutzen, um ihn in die Unendlichkeit hineinzuziehen.«

»Aber ich werde nicht dort bei ihm bleiben.«

»Nein«, sagte ich bitter. »Du wirst nicht in der Unendlichkeit bleiben, aber du wirst in der Zuflucht im Jenseits gefangen sein.«

Ich wußte, was das Lied der Frösche zu bedeuten hatte. Boaz würde die Macht der Eins dazu benutzen, um Nzame in die Unendlichkeit zu ziehen, dann würde er auf seine Fähigkeiten als Elementenmeister und die Macht des Liedes der Frösche zurückgreifen, um aus der Unendlichkeit in die Zuflucht zu fliehen. Aber dort würde er bleiben müssen. Es gab keinen Weg von der Zuflucht im Jenseits zurück ins Diesseits.

»Manchmal müssen wir uns mit dem abfinden, was uns gegeben wird«, sagte Boaz. »Tirzah, es tut mir so leid. Aber das ist die einzige Möglichkeit.«

Ich senkte den Kopf und weinte. »Ich will einen lebenden

Gemahl in meinen Armen halten, keinen toten, der mit seinem Vater in Frieden vereint ist.«

»Tirzah ...«

»Boaz, ich trage ein Kind von dir.«

»Das kann nicht sein!«

»Der Schaden, den du angerichtet hast, war nicht von Dauer. Ich bin gesund geworden, es hat sehr lange gedauert, aber ich bin gesund geworden.« Ich versuchte zu lächeln. »Dieses Kind haben wir während unserer Ausbildung in der Kluft gezeugt.« Ich merkte, wie mir die Tränen kamen, und ich brauchte einen Augenblick, um sie fortzublinzeln. »Nzame hat gesagt, daß unsere Liebe und Macht eine Brücke zwischen uns errichten wird, solltest du dich mit ihm verbinden, und er hat gesagt, daß er sich in dem Kind einnisten wird. Er sagte ... er sagte, er würde in meinem Schoß heranwachsen, während du ...«

»Warum hast du mir nicht früher gesagt, daß du ein Kind erwartest?«

»Ich habe länger als zwei Monate gebraucht, um es selbst glauben zu können, und dann dachte ich, du würdest darauf bestehen, daß ich in der Kluft zurückbleibe. Und dann ... nun, dann ist so viel geschehen ...«

»Tirzah, ich weiß nicht, ob er recht hat oder nicht. Ich weiß es einfach nicht. Aber um ganz sicher zu gehen, wäre es besser, du würdest ...«

»Nein!«

»Tirzah, hör mir zu. Wenn er recht hat ... willst du Nzame wirklich in dir heranwachsen lassen? Ihm einen richtigen Körper geben? Befreie dich von diesem Kind, Tirzah. Du mußt.«

»Es ist alles, was ich von dir dann noch haben werde«, flüsterte ich. »Alles. Zwing mich nicht dazu. Bitte ...«

▲ 279 ▲

»Oh ihr Götter, Geliebte. Glaubst du denn, ich will, daß du das Kind wegmachst?« Er legte die Hand auf meinen Leib, fühlte nach dem Leben in mir. »Ein Kind ist das größte Geschenk, das du mir geben könntest, aber ich kann dich nicht auf diese Weise einer Gefahr aussetzen. Genauso wenig könnte ich mein Kind dem Grauen aussetzen, das Zabrzes Kinder erlitten haben.«

»Boaz ... zwing mich nicht dazu ... bitte ...«

Er sagte nichts, sondern nahm mich in die Arme.

»Bitte ...«

21

Am nächsten Morgen waren wir sehr schweigsam. Was sagt man zu jemandem, den man liebt und an diesem Tag verlieren wird? Da ist kein Abschied möglich.

Alle waren sehr verhalten, als hätte sich unsere Stimmung über ganz Setkoth ausgebreitet. Zabrze hatte ein paar Flußschiffe aufgetrieben, und Boaz und ich bestiegen das erste zusammen mit Zabrze, Isphet, Iraldur und einer Abteilung Soldaten. Weitere Soldaten bestiegen die Schiffe hinter uns.

Aber ich konnte mir nicht vorstellen, daß uns die Soldaten an diesem Tag von großem Nutzen sein würden.

Layla blieb zurück, Kiamet und Holdat auch. Ich ließ den Froschkelch und das Buch der Soulenai bei ihnen. Wozu nutzten sie mir jetzt noch? Welchen Trost konnten sie mir spenden? Sie würden nur noch eine bittere Erinnerung an den Mann sein, den ich verloren hatte.

Die Ruder tauchten in den Fluß ein, die Frösche sangen, und ich glaube, in diesem Augenblick haßte ich die ganze Welt. Isphet trat zu mir, um mit mir zu sprechen, aber ich schüttelte ihre Hand ab und ging zum Bug. Mir blieben noch vier oder fünf Stunden. Vier oder fünf.

Boaz kam, und wir standen stumm da und schauten vor uns auf das Wasser.

»Weißt du«, sagte er leise, »daß ich dich von dem Moment

an geliebt habe, in dem du in Setkoth diese Glasfrösche geschliffen hast?«

Ich schwieg weiterhin, verbittert. Der Wind wehte mir das Haar in die Augen, und ich riß es mit einer scharfen Bewegung hinter das Ohr.

»Wir saßen da, an den gegenüberliegenden Seiten des Tisches, das Glas verband uns, spann Fäden der Liebe. Ich frage mich, was es wohl bei der Berührung unserer Hände dachte, meine Geliebte.«

Ich biß mir auf die Lippen, fest entschlossen, ihn nicht anzusehen.

Er seufzte. »Tirzah, ich wünschte, es hätte anders für dich und mich ausgehen können. Ich wünschte, wir hätten uns als Wasserträger und als Wäscherin kennengelernt, dann wäre nichts zwischen uns getreten.«

Ein verirrter Juitvogel nistete im Schilf, und ich fragte mich, wie er da hinkam. Hatte sich Fetizzas Einfluß so weit ausgedehnt, daß der See befreit war? Oder wartete der Vogel hier darauf, daß Fetizzas Magie See und Marschland befreite?

»Wir hätten am Flußufer beim Frühlingsfest tanzen und eine trunkene Nacht im Schilf verbringen können.«

Wider Willen mußte ich lächeln und verkniff es mir sofort wieder.

»Ich hätte deinen Vater um deine Hand gebeten, und er hätte sich zurückgelehnt und so getan, als müßte er darüber nachdenken. Aber er hätte eingewilligt, denn Wasserträger sind immer ein guter Fang für junge Wäscherinnen.«

Er sollte verdammt sein. Er sollte verdammt sein!

»Und wir hätten zur Sommersonnenwende geheiratet, und du hättest über die Zahl der Kinder gemurrt, die ich dir geschenkt hätte und über die du auf dem Weg zum Waschtrog dauernd gestolpert wärst.«

Er holte tief und zittrig Luft. »Aber das alles ist uns versagt geblieben, Tirzah. Wir waren Magier und Sklavin, und so verbrachte ich Monate damit, scheußlich zu dir zu sein, und dann habe ich dir noch mehr Qualen bereitet, als ein Mensch ertragen kann.«

»Boaz …«

»Und jetzt werde ich dir noch mehr Qualen bereiten. Tirzah, kannst du mir all das verzeihen, was ich dir angetan habe und jetzt antun werde?«

»Hör auf damit! Boaz, du und ich hätten ein noch lausigeres Paar Wasserträger und Wäscherin abgegeben als Magier und Sklavin. Ich will jetzt nicht reden. Bitte. Wir werden diese letzten Stunden nur noch trübseliger machen.«

»Ich glaube, nichts kann sie trübseliger machen, als sie schon sind«, sagte er, aber er hielt mich lange Zeit nur schweigend im Arm, und wir sahen zu, wie der Fluß an uns vorbeiglitt.

Je näher wir der Pyramide kamen, desto dicker und verkrusteter war der Stein, und ich ging davon aus, daß der Juitsee noch immer darin erstarrt war. Wanderte Memmon noch immer den Pfad zwischen Fluß und Haus auf und ab? Ich erschauderte, und Boaz' Arme griffen fester zu.

»Aber was ich am meisten von allem bedaure, ist das, was ich dich bitten muß, unserem Kind anzutun. Ich will die Zuflucht im Jenseits nicht mit dem Wissen betreten, daß Nzame währenddessen sicher in deinem Schoß heranwächst. Bitte, ich bitte dich, ich will dich nicht mit Nzame zurücklassen.«

»Ich werde tun, was du wünschst, Boaz. Ich verspreche es.«

»Danke«, flüsterte er. »Jetzt weiß ich, daß unser Opfer es wert sein wird.«

Stöhnende Steinmänner stapften am Ufer entlang. Es waren jedoch nicht viele, und die Soldaten wurden leicht mit ihnen fertig.

Vor uns erhob sich die Pyramide, sah auf grausame Weise schön aus, pulsierte vor Leben, wuchs.

Wartete.

Ihr Schatten flackerte.

Gesholme war zu einzelnen Steinhaufen verkommen. Nzame hatte nicht gewollt, daß irgendetwas den Blick auf den Fluß verstellte. Die Pyramide unterschied sich rein äußerlich nicht sehr von der, vor der wir geflohen waren; der goldene Schlußstein funkelte in der Sonne, die blaugrünen Glasplatten leuchteten, und der finstere Rachen stand noch immer weit geöffnet.

»Bruder ...«

Zabrze stand hinter uns, Unsicherheit in seinem Blick. »Bruder, bist du dir sicher, daß du es schaffen kannst?«

»Ja, natürlich bin ich das«, erwiderte Boaz und brachte ein zuversichtliches Lächeln zustande. »Von heute nachmittag an sollst du dein Reich zurückhaben, Chad Zabrze.« Er schlug Zabrze auf die Schulter, dann ging er an ihm vorbei auf die ausgelegte Landeplanke zu.

»Tirzah?« fragte Zabrze. »Bleibst du hier?«

»Nein. Ich werde bis zum Ende mitmachen.« Und ich schob mich ebenfalls an ihm vorbei.

Zabrze wußte Bescheid, dachte ich. Irgendwie wußte er es.

Isphet fing mich ab. »Tirzah?« Ihre Finger krallten sich in meinen Arm. »Was hat Boaz vor?«

Boaz stand jetzt auf dem Kai und sah ungerührt zu, wie eine Gruppe von zehn Soldaten drei Steinmänner außer Gefecht setzten, die auf uns zukamen. Er sah so schön aus, in seinem schlichten weißen Gewand, das Haar zurückgekämmt.

Wenn alles wie geplant verlief, würde er heute abend bei den Soulenai ruhen.

Wenn alles wie geplant verlief.

»Er wird Nzame in der Unendlichkeit gefangensetzen«, sagte ich. »Und dann wird er das Lied der Frösche dazu benutzen, um in die Zuflucht im Jenseits zu flüchten.«

»Aber das bedeutet ...« Isphet verstummte, als sie meinen Gesichtsausdruck sah.

»Ja, Isphet, ich weiß, was das bedeutet.«

Sie starrte mich an, dann nickte sie. Isphet würde ihre Zeit nicht mit sinnlosen Banalitäten verschwenden, und dafür war ich ihr dankbar.

»Dann laß uns bis zum Ende dabei sein, Tirzah. Laß es uns miterleben und miteinander teilen.«

Ich holte tief Luft, nickte, und wir verließen Arm in Arm das Boot.

Nachdem wir den Kai verlassen hatten, belästigte uns kein Steinmann mehr.

Nichts störte uns außer Nzames pulsierender Gegenwart.

Die Magier waren um die Pyramide herum postiert. Hunderte der schwarzen Gestalten begrüßten uns, als wir die Prachtstraße entlang gingen, schwankten hin und her, stöhnten Nzames Namen, bis zu den Knöcheln in dem schwarzen, glasigen Felsen versunken, der sich vom Rand der Pyramide ausgebreitet hatte. Sie sahen wie ein Garten aus, sauber gepflanzt, und vermutlich waren sie das sogar auf eine gewisse Art und Weise.

Als wir uns der Pyramide fast ganz genähert hatten, sahen wir, daß sie doch nicht ganz so wie zuvor war. Die Pyramide war gewachsen. Sie war fast doppelt so groß wie vorher. Und hinter den Glasplatten wanderten Augen auf und ab, Tau-

▲ 285 ▲

sende, und Gesichter und Hände drückten sich kurze Augenblicke lang gegen das Glas und lösten sich dann in Nichts auf.

Die Seelen all jener, die Nzame verschlungen hatte. Für alle Ewigkeit im Glas der Pyramide gefangen.

Wir blieben zwanzig Schritt vor der Rampe stehen, die zu ihrem hungrigen Maul führte.

Mir war übel, ich hatte weiche Knie. Ich konnte nicht glauben, daß Boaz diese Rampe hinaufgehen und die Pyramide betreten würde.

Boaz sah Zabrze an und nickte, dann wandte er sich mir zu. Er schlang die Arme um mich und zog mich fest an sich. Ich klammerte mich so fest an ihn, wie ich nur konnte, wollte ihn anbrüllen, nicht zu gehen, nicht hineinzugehen. Oh ihr Götter, laß mich nicht so zurück, geh nicht, geh nicht ...

»Ich habe mein Leben im Bann und im Dienst dieser Bestie gelebt«, sagte er sehr ruhig. »Es ist passend, daß ich mein Leben und ihr Leben auf diese Weise beende.«

Er faßte mein Kinn und hob mein Gesicht. Durch den Tränenschleier hindurch konnte ich ihn kaum erkennen. »Oh, Tirzah, bitte weine nicht. Du und ich, wir werden uns wiedersehen, in der Zuflucht im Jenseits. Dort werden wir die ganze Ewigkeit miteinander verbringen. Bitte, Tirzah, bitte lächle, mir zuliebe.«

Ich versuchte es, die Götter wissen, daß ich es versuchte, aber ich konnte es nicht. Ich vergrub das Gesicht an seiner Brust und schluchzte wieder, verabscheute mich dafür, daß ich nicht noch einmal lächeln konnte.

Hände ergriffen meine Schultern und zogen mich zurück. Zabrze.

»Lebewohl, Tirzah«, flüsterte Boaz und küßte mich zärtlich, dann ging er.

▲ 286 ▲

Nzame tobte. Wir konnten ihn hören, wir konnten ihn fühlen, und irgendwie konnten wir auch Boaz fühlen, wie er durch die verschiedenen Gänge nach oben stieg, sich langsam zur Kammer zur Unendlichkeit begab.

Ich weiß nicht, wie er überhaupt so weit kommen konnte. Möglicherweise konnte er seine Macht als Magier oder als Elementenmeister benutzen, um Nzame abzuwehren, aber schließlich betrat er die furchtbare Kammer zur Unendlichkeit, wo ihn die Stimme von Nzame empfing.

Narr! Zum Untergang verurteilter Narr! Geh zurück! Geh zurück!

Die Gesichter und Hände, die sich gegen die Wände der Pyramide preßten, wurden noch unruhiger; die Umrisse ihrer Nasen und Stirnen dehnten sich, ihre Hände schlugen und drückten, suchten zu entkommen, zu fliehen …

Nzame schrie, jetzt völlig wortlos, und ich ließ zu, daß Zabrze mich weiter festhielt.

Gesichter und Hände verschwanden und wurden durch blutige Schriftzeichen ersetzt, die sich über alle Außenwände schlängelten.

Boaz hatte in der Pyramide die Kammer zur Unendlichkeit zum Leben erweckt.

Energie summte durch die Sohlen meiner Sandalen, jeder der am Straßenrand und um die Pyramide herum gepflanzten Magier warf den Kopf zurück und stieß ein schauerliches Heulen aus.

Tief im Inneren der Pyramide blitzte Licht auf, dann gleißte der ganze Bau in strahlender Helligkeit, als würde er eine Sonne enthalten.

Ich schrie genauso wie alle anderen, und Zabrze riß mich herum und versuchte, mit seiner Hand meine Augen zu bedecken.

Tirzah!

Etwas schrie auf. Ich weiß nicht, was es war, was ... wer es war.

Tirzah!

Und dann – nichts.

Nichts.

Das Licht war erloschen. Die Schrift war verschwunden. Die in Glas gefangenen Gesichter und Hände hatten sich aufgelöst.

Die Pyramide funkelte friedlich in der Sonne.

Unschuldig.

Nzame war verschwunden.

So wie die Magier. Sie waren zu schwarzen Lachen zerschmolzen, und diese lösten sich schnell in der Nachmittagssonne auf.

Dann gab es ein lautes Krachen, und ein Spalt öffnete sich vom Fluß bis zur südöstlichen Ecke der Pyramide. Und dann noch einer, diesmal vom Fluß zur südwestlichen Ecke.

Und dann zerbrach das ganze Land um uns herum.

»Boaz!« schrie ich. Ich riß mich von Zabrze los und rannte in die Pyramide hinein.

Es war schwarz, alles war schwarz. Nzame hatte alles zu Schwarz zerschmelzen lassen.

Schwarz und rutschig. Ich stürzte mehr als ein Dutzend Mal, als ich den Hauptgang zur Kammer zur Unendlichkeit hinauflief; einmal schlug ich so hart mit dem Gesicht auf, daß meine Nase zu bluten anfing, aber ich rappelte mich auf, wischte mir das Blut aus dem Gesicht und lief weiter.

Ich fühlte nichts von der Pyramide. Nichts.

Ich rannte um die letzten Biegungen, hörte ein Geräusch

weit hinter mir, aber mein Keuchen machte es mir unmöglich, es genau zu bestimmen.

Licht tröpfelte aus einer Abzweigung hervor. Helles Licht. Die Kammer zur Unendlichkeit.

Ich kam um die Biegung und blieb stehen. Aus der Tür zur Kammer strömte Licht, das fast so hell war wie die Sonne.

Und ich konnte etwas hören.

Das Glas. Die goldenen Glasnetze schnatterten aufgeregt miteinander.

Ich ging langsam weiter, unsicher, mußte immer wieder die Augen zukneifen. Ich erreichte die Tür und streckte die Hand in den Raum.

Nichts. Nur das Durcheinandergeplapper des Glases.

Ich zögerte nicht länger. Ich hatte nichts zu verlieren. Das Licht verblich – oder veränderte sich, ich kann es nicht mit Sicherheit sagen –, in dem Augenblick, in dem ich eintrat. Es war noch immer so hell, daß ich mühelos sehen konnte.

Ich drehte mich langsam um. Die Kammer war leer. Und das Glas funkelte fröhlich. Isphet stürzte herein, ihre Brust hob und senkte sich. »Und nun?«

Ich gab keine Antwort, sondern trat an eine der Wände und legte die Hand auf das Glas. Was auch immer es jemals zu Schreien der Qual veranlaßt hatte – Nzames Einfluß aus dem Tal war verschwunden. Die Brücke ins Tal war zerstört.

Ich holte tief Luft, hörte dem Glas zu. Es war jetzt glücklich, genoß seine Schönheit.

Isphet legte neben mir die Hände auf das Glas.

»Sagt uns, was geschehen ist«, flüsterte sie, und das Glas gehorchte.

Es hatte einen großen Kampf gegeben. Ein Mann war eingetreten und hatte mit Nzame gerungen. Da war viel Schmerz gewesen, viel Gebrüll.

▲ 289 ▲

Und der Mann hatte die Brücke in die Unendlichkeit betreten.

»Und dann?« flüsterte ich. »Und dann?«

Dann waren der Mann und Nzame verschwunden. Einfach verschwunden.

»Hat Boaz Nzame mit in die Unendlichkeit genommen?« fragte ich flüsternd; meine Hände drückten so stark auf das Glas, daß seine Kanten in meine Handfläche und die Finger schnitten.

Das Glas vermutete es. Boaz war nicht mehr da, nicht wahr? Und es konnte Nzame nicht mehr fühlen.

»Wurde ... wurde eine Brücke an einen anderen Ort erschaffen?« wollte ich wissen. »Zu irgend jemandem?«

Das Glas war verwirrt. Wovon sprach ich?

Isphet wandte den Blick von dem Glas ab und sah mich an.

»Könnte es sein, daß Nzame ... anderswo hin ist ... als in die Unendlichkeit?«

Das Glas kümmerte das nicht. Er war fort. Das war das Wichtigste. Es plauderte glücklich mit sich selbst und achtete nicht mehr auf meine Fragen.

»Tirzah«, sagte Isphet. »Komm jetzt. Es ist vorbei. Er ist gegangen. Komm weg hier.«

Und sie redete weiter leise auf mich ein und zog mich aus der Kammer zur Unendlichkeit hinaus.

22

»Er ist weg. Sie sind beide weg«, sagte Isphet zu Zabrze. »Es ist vorbei.« War es das wirklich? Unwillkürlich legte ich die Hand auf den Bauch.

Zabrze wandte sich kurz ab; er hatte einen Bruder verloren, so wie ich meinen Gemahl verloren hatte. »Sollen wir jetzt nach Setkoth zurückkehren?« sagte er schließlich.

»Ja«, erwiderte Isphet. »Wir müssen Tirzah ... wir alle müssen hier weg.«

»Ich werde die Soldaten in Arbeitsgruppen einteilen«, sagte Zabrze, »und dieses Ding ...«

»Nein!« Ich riß mich von Isphet los. »Nein«, wiederholte ich beherrschter. »Zabrze, bitte, laß sie jetzt noch in Ruhe. Boaz könnte zurückkehren. Die Pyramide soll intakt bleiben, für alle Fälle.«

Mir war klar, daß das ein schwaches Argument war, aber ich wollte nicht, daß die Kammer zur Unendlichkeit zerstört wurde. Noch nicht.

»Tirzah, das darf ich nicht. Sie ist vollendet und zu gefährlich. Ich werde befehlen, daß man den Schlußstein entfernt, aber nicht zerstört. Und der Eingang muß zugemauert werden. Falls nötig kann man das wieder rückgängig machen. Aber ich werde sie nicht so lassen, damit sich dort etwas anderes einnisten kann!«

Ich nickte. Er hatte recht.

»Tirzah.« Isphet drückte mich an sich. »Wenn wir in Setkoth sind, werden wir in die Zuflucht im Jenseits schauen. Das wird dir vielleicht Trost spenden.«

Ja, und vielleicht konnte Boaz' Schatten mir verraten ... mir einen Hinweis geben ... Ich fühlte mich unbehaglich, und ich fragte mich, ob ich der Schwangerschaftsübelkeit doch nicht entgangen war.

Nzame war gegangen – irgendwohin –, aber war er auch weit genug fort, damit sich die Verzauberung des Landes und der Menschen auflösen konnte? Stein zerbrach; Steinmänner verwandelten sich in Menschen zurück und wanderten doch genauso ziellos herum, wie sie es zuvor getan hatten. Als Isphet und ich an Deck des Flußschiffes standen und zusahen, wie das Ufer an uns vorbeiglitt, wurde uns klar, daß wir beide noch viel Zeit damit verbringen mußten, um Land und Leuten zu helfen. Das Leben war zurückgekehrt, aber es war trübselig und verwirrt.

Man würde mir nicht viel Zeit zur Trauer lassen.

»Vielleicht können wir Yaqob eine Nachricht zukommen lassen«, sagte Isphet. »Wir werden seine Hilfe brauchen.«

»Vielleicht.«

»Und diese zehntausend früheren Steinmänner wandern jetzt befreit auf der Ebene zwischen Setkoth und der Grenze von Darsis umher. Völlig verwirrt und ohne Essen oder Kleidung. Etwas muß für sie getan werden. Und zwar bald. Die Soldaten, die bei ihnen geblieben sind, werden das nicht alleine schaffen.«

»Ja.«

»Iraldur kann für sie etwas auf seinem Heimweg in die Wege leiten.«

»Ja.«

»Tirzah, Ashdod braucht dich, sein Volk braucht dich. Versinke jetzt bloß nicht in Selbstmitleid.«

Ich fuhr wütend zu ihr herum. »Bekomme ich nicht einmal eine Stunde, um allein zu trauern, Isphet? Muß ich mit den Schultern zucken und sagen: ›Nun, was geschehen ist, ist geschehen‹?«

»Tirzah ...«

»Du stehst bloß da und befiehlst mir, die Ärmel aufzukrempeln, weil Arbeit auf uns wartet! Das kannst du allein machen! Ruf Yaqob, wenn du willst, aber ich will nichts damit zu tun haben!«

Und ich ging in eine der Kammern auf Deck und schlug die Tür hinter mir zu. Dort blieb ich in der Mitte des kühlen Raumes stehen und starrte hoffnungslos vor mich hin. Dann fing ich an zu weinen, sank zu Boden, schlang die Arme um meinen Körper und wiegte mich hin und her.

Boaz war fort. Er war ein solch wichtiger Teil meines Lebens, war schließlich mein ganzes Leben geworden, und die Erkenntnis fiel schwer, daß ich ihn nur ein Jahr lang geliebt hatte. Und nun hatte ich ihn verloren.

Zorn verdrängte meine Trauer. Er sollte verflucht sein! Mich auf diese Weise zurückzulassen! Erst mein Leben zu beherrschen und mich dann zu verlassen!

Und mir auch noch zu sagen, ich solle mein Kind töten. Ich sollte es tun. Ich kannte die Gefahr. Aber die Geschichte über dieses Kind war nur eine weitere von Nzames Lügen gewesen ... oder nicht? Und Nzame war doch fort, denn sonst hätte sich das Land doch bestimmt nicht so schnell erholt ... oder etwa nicht?

Es würde alles ganz einfach sein. Das Kind hatte sich kaum eingenistet, sein Leben war kaum entwickelt. Ein Kräutertrunk, eine Nacht voller Unbehagen und Krämpfe, und dann würde es verschwunden sein.

Aber auf der anderen Seite war es alles, was mir von Boaz geblieben war.

Und bestimmt war es nicht von Nzame in Besitz genommen worden. Ich hatte nichts gespürt. Und ich hätte doch bestimmt etwas davon spüren müssen ...?

Boaz sollte verflucht dafür sein, mich zu verlassen und mir vorher zu sagen, das Kind loszuwerden. Da hatte der Magier gesprochen. Er hatte das Kind nicht gewollt, weil er selbst nach so vielen Monaten, in denen er diesen Teil von sich unterdrückt hatte, noch immer von der Vorstellung angewidert war, ein Kind zu haben, die Eins zu teilen.

Ja. Das war es. Boaz mochte einfach keine Kinder. Wollte sich nicht teilen.

Er hatte gewußt, daß Nzame log. Aber Nzames Drohung war ein guter Grund gewesen, mir Angst einzujagen, damit ich sein Kind loswurde.

Ja. Nun, er sollte verflucht sein! Ich würde es nicht tun! Hatte er mich nicht bereits genug verletzt? Aber wie auch immer, es waren noch ein paar Wochen Zeit, bevor es gefährlich wurde, das Kind abzutreiben. Ich konnte noch damit warten. Ich wollte sicher sein.

Ich holte tief Luft und trocknete mir die Augen. Isphet und ich konnten mit den Soulenai sprechen – und mit Boaz' Schatten. Boaz konnte mir sagen, ob alles in Ordnung war, ob Nzame in der Unendlichkeit gefangen war. Das Kind war sicher. Er würde froh sein, daß es weiterhin in mir wuchs.

Ich lächelte und dachte nach. Ich wiederholte das Muster von Boaz' Vater und seiner Gemahlin Tirzah. Der Vater tot, die junge Frau schwanger. Führte Avaldamons magische Linie weiter.

Ich stand auf und klopfte den Staub aus meinen Kleidern. Boaz hatte sich geirrt. Alles würde in Ordnung kommen.

Zabrze war Chad, Nzame war besiegt, aber das Leben selbst würde Hilfe brauchen, bevor es sich wieder ordnen konnte. Ich entschuldigte mich bei Isphet, sie umarmte mich und vergoß auch ein paar Tränen, und wir taten, was wir konnten.

Wir traten nicht sofort in Verbindung mit den Soulenai oder der Zuflucht, denn sowohl Isphet als auch ich waren der Meinung, daß Boaz eine schwierige Reise aus der Unendlichkeit bevorstand, die Zeit brauchen würde. Also warteten wir erst einmal ab. Ich erzählte Isphet von dem Kind, und sie weinte und lachte und tätschelte meine Wange und eilte los, um es Zabrze zu erzählen.

Ich erzählte ihr jedoch nichts von Nzames Drohung, und sie kam nicht darauf, eine Verbindung zwischen der Frage, die ich in der Kammer zur Unendlichkeit dem Glas gestellt hatte, und meiner Schwangerschaft herzustellen.

Der Stein hatte sich aus ganz Ashdod zurückgezogen, aber Unordnung und manchmal auch Zerstörung hinterlassen. Iraldur willigte ein, fünftausend Mann in Ashdod zurückzulassen, die bei der Wiederherstellung der Ordnung helfen sollten. Immer mehr Menschen kehrten aus Ländern wieder zurück, die sie aufgenommen hatten. Innerhalb weniger Tage hatte Zabrze seine Männer zu ihrer Unterstützung auf das ganze Land verteilt.

Den Menschen selbst zu helfen, war schwieriger. Viele waren gestorben. Keiner vermochte zu sagen, wie viele es genau waren, aber auf die eine oder andere Weise hatte die Pyramide das Leben von Tausenden gefordert. Das Leben vor allem jener, die aus ihrer Gefangenschaft im Stein befreit worden waren, würde nie wieder dasselbe sein wie zuvor. Iraldurs

Männer brachten große Mengen verirrter und verstörter Menschen zurück nach Setkoth.

Isphet, Layla und ich verbrachten die meiste Zeit mit diesen Leuten, sprachen mit ihnen, erklärten, versuchten ihnen Hoffnung einzuflößen. Von uns allen hatte Layla den größten Erfolg. Sie konnte auf ihre eigenen Erfahrungen zurückgreifen und ihnen erklären, warum sie sich so verwirrt und unruhig fühlten. Die meisten litten unter Alpträumen, die sie ängstigten und bedrohten, und Layla pflegte ihre Hand zu nehmen und sie zu trösten, oft wortlos.

Isphet war zupackender veranlagt, und manchmal war es genau das, was sie brauchten. Ich streifte nutzlos einen oder zwei Tage umher und wußte einfach nicht, wie ich Trost spenden sollte, aber dann fiel mir das Buch der Soulenai wieder ein.

Ich las ihnen die Geschichten vor, die meiner Meinung nach helfen würden, und auch wenn viele der Geschichten kaum etwas mit ihren eigenen Erlebnissen zu tun hatten, setzten sich die Leute um mich herum, so nahe zu meinen Füßen, wie es nur ging, und hörten mit Frieden im Blick und leisem Lächeln zu. Sie hörten gern Geschichten über die Soulenai, und Holdat sagte mir eines Tages, daß viele von denen, denen ich vorgelesen hatte, ihre Abende an den Schilfbänken des Lhyl verbrachten und dem Lied der Frösche lauschten.

Zabrze hatte den Königspalast von Setkoth bezogen, wie es sein gutes Recht war, und auch Isphet und ich zogen dort ein. Isphet als seine Gemahlin und jetzt Chad'zina, ich als Adlige, die sich diesen Rang verdient hatte, wir beide als Elementenmeisterinnen.

Setkoth musterte uns mit nur leicht hochgezogenen Augenbrauen und beinahe ohne Einwand. Jeder hatte Familienmitglieder oder Freunde verloren; die Verluste von Chad Zabrze waren größer als bei den meisten, und niemand machte ihm einen Vorwurf daraus, daß er sich eine neue Frau genommen hatte. Isphets früheres Leben als Sklavin war allgemein bekannt ... aber dieses Land hatte in letzter Zeit seltsamere Dinge erlebt als eine Sklavin, die ins Königshaus einheiratete.

Was unsere Fähigkeiten als Elementenmeisterinnen anging, nun, auch sie wurden hingenommen. Es gab keine Magier mehr, und der Weg der Eins war zusammen mit ihnen verschwunden. Elementisten bewegten sich nun in aller Öffentlichkeit. Einige hatten uns aus der Kluft hierher begleitet, andere kamen zu uns nach Setkoth; eine Gruppe brachte Zhabroah seinem Vater zurück. Alte Bräuche kamen schnell wieder auf; die Magie der Elemente war nur verbannt gewesen, nicht ausgerottet.

Während dieser ganzen Umtriebe kehrten meine Gedanken ständig zu Boaz zurück. Ich sorgte mich um das Kind – vielleicht hätte ich es ja wirklich abtreiben sollen, als Boaz gestorben war. Namenlose Träume störten meinen Schlaf – manchmal glaubte ich, von verzweifelten Stimmen gerufen zu werden, glaubte, mir flehentlich entgegengereckte Hände zu sehen, aber ich nahm an, daß das nur die Nachwirkung des Anblicks der Gesichter und Hände war, die sich an jenem schrecklichen Tag gegen das Glas der Pyramide gedrückt hatten.

Aber hauptsächlich dachte ich an Boaz. Ich vermißte ihn schrecklich. Ich vermißte es nicht, den ganzen Tag für ihn da zu sein oder jede Tätigkeit mit ihm abzustimmen, ich vermißte die Gespräche, die Spannungen, die Liebe. Aber vor allem vermißte ich ihn als Freund, denn er war mein einziger wahrer Vertrauter gewesen, so wie ich seine Vertraute gewesen war.

Es war grausam, daß es so hatte enden müssen.

Drei Wochen nach unserer Ankunft in Setkoth kam Isphet in mein Gemach. Sie brachte Layla mit.

»Heute abend werden wir es versuchen«, sagte sie, und ich ließ erleichtert die Schultern fallen. Ich hatte schon gedacht, der Augenblick würde niemals kommen. Ich hatte daran gedacht, es allein zu versuchen, aber ich wollte Isphets Unterstützung.

Jetzt würde ich Laylas zusätzlich dazu bekommen. Ich wußte, daß Isphet sie in der Kunst der Elementisten unterrichtet hatte, und heute abend würde sie zum ersten Mal die Verbindung mit den Soulenai und der Zuflucht im Jenseits erleben.

In den Tiefen des Palastes gab es ein rundes Schwimmbecken. Ich hatte seine Benutzung vermieden, weil es mich zu sehr an das überdachte Schwimmbecken erinnerte, das Boaz und ich bei der Pyramide benutzt hatten, aber Isphet meinte, wir sollten es jetzt benutzen.

Ich fuhr mir nervös und aufgeregt mit den Fingern durchs Haar. Ich würde Boaz wiedersehen! Nur als Schatten, aber es würde sein Geist, sein ihm eigenes Wesen sein, und das würde mich trösten.

Ein Rascheln, und Isphet und Layla standen vor mir. Isphet war kühl und ruhig, Layla so aufgeregt wie ich, wenn auch aus anderen Gründen. Beide küßten mich, und Isphet streichelte mir mit dem Handrücken über die Wange.

»Bald ist es so weit«, flüsterte sie, »aber jetzt mußt du erst einmal für Layla stark sein. Das ist ihr erstes Mal, und sie hat weder deine noch Boaz' Fähigkeiten. Sei stark für sie, hilf ihr.«

Isphets Macht brauchte nicht mehr die Hilfe des Metallpulvers. Sie vergewisserte sich, daß Layla und ich ruhig und aufmerksam an ihrer Seite standen, dann beschrieb sie einen Halbkreis mit ihrem Arm.

Das Wasser drehte sich.

Die Aufregung drohte mich zu überwältigen, aber ich beruhigte und sammelte mich, spürte Laylas Aufregung und griff mit meiner Macht nach ihr.

Isphets Hand beschrieb erneut einen Bogen, und im Wasser kreisten die lebhaften Farben.

»Sieh dir die Farben an, Layla. Du spürst sie. Hör ihnen zu ... hör zu ... fühlst du, wie auch wir ihnen zuhören? Spürst du mich? Und Tirzah?«

»Ja«, flüsterte Layla.

Fühle. Hör zu. Gib dich hin.

Es war so schön, sich den Soulenai hinzugeben. Oh ... Ich schloß die Augen, fühlte ihre Macht durch mich hindurchziehen, mich erforschen, berühren, trösten.

Ich atmete aus, dann holte ich wieder tief Luft. Layla zögerte noch kurz, dann gab auch sie nach, und ich teilte ihr Staunen über ihre erste enge Verbindung mit den Soulenai.

Sie wogten durch mich hindurch, aufgeregt, beinahe stürmisch, und ich glaubte, es läge daran, daß es so lange hergewesen war ... so lange ...

Ich öffnete die Augen und ließ mich von den wirbelnden Farben tiefer in die Umarmung der Soulenai ziehen, fühlte Isphet und Layla an meiner Seite, spürte die Soulenai ... schwelgte in ihrer Gegenwart und ihrer Nähe.

Tirzah! Tirzah!
Ja, ich bin hier.
Tirzah! Was hast du?
Ich war traurig, aber jetzt ...
Nein! Nein! Etwas stimmt nicht. Wo ist Boaz? Wo ist ...

▲ 299 ▲

Alles in mir war Leid, und sofort hüllte Isphet mich in ihre Macht und hielt meine Verbindung mit den Soulenai aufrecht.

Wo ist Boaz? Hat er das Lied der Frösche nicht verstanden? Er müßte hier sein! Er müßte ...

Ich weinte jetzt, und diesmal berührte mich Isphet körperlich, während sie sich an die Soulenai wandte.

Er hat es verstanden. Aber ... wißt ihr denn nicht, was geschehen ist?
  Er ist verschwunden.
  Und Nzame?, rief ich. *Und Nzame? Wo ist er hin? Wohin?*
  Sie sind beide verschwunden. Wir konnten ihnen nicht dorthin folgen, wo sie hingegangen sind.
  In die Unendlichkeit?
  Möglicherweise. Wir sind nicht fähig, ihnen dorthin zu folgen.

Ich nahm meinen ganzen Mut zusammen, um mich zu beruhigen.

Von der Unendlichkeit zur Zuflucht im Jenseits muß es eine schwierige und lange Reise sein.
  Vielleicht. Wir hoffen, daß das der Grund ist. Vielleicht kämpfen Boaz und Nzame noch immer in der Unendlichkeit miteinander, und er hatte noch keine Gelegenheit, das Lied der Frösche zu singen.

Und vielleicht war Boaz tot und Nzame ...
  Isphet bemühte ihre Macht, und wir schauten in die Zu-

▲ 300 ▲

flucht. Wir sahen nur Aufregung, emporgestreckte Hände, flehentlich blickende Gesichter …

»Es tut mir leid, Isphet«, sagte ich laut. »Aber ich glaube nicht, daß ich noch mehr davon ertragen kann.«

Da verabschiedete sie sich von den Soulenai.

»Tirzah. Die Soulenai haben recht. In der Zuflucht im Jenseits und der Unendlichkeit hat Zeit keine Bedeutung. Boaz könnte noch immer in der Unendlichkeit sein und nicht wissen, daß die Soulenai nach ihm rufen.«

Ich schlug den Blick nieder.

»Layla«, sagte Isphet leise. »Mehr werden wir heute abend nicht machen. Geh zu deinem Vater und berichte ihm, was geschehen ist.«

»Ja.« Layla küßte mich auf die Wange.

»Komm«, sagte Isphet und führte mich zurück in mein Gemach.

»Tirzah, sei stark. Wir können nichts tun außer zu warten. Wir versuchen es nächste Woche noch einmal.«

Ich nickte. Mir war trostlos zumute.

Sie starrte mich an, dann umarmte sie mich. »Ich bleibe bei dir«, sagte sie, »das ist keine Nacht, in der du allein bleiben solltest.«

Aber Boaz war allein, irgendwo, ob nun im Tod oder in der Unendlichkeit.

Eine Woche später versuchten wir es erneut. Diesmal waren es nur die Soulenai, die bekümmert nach Boaz fragten.

Abgesehen von der wachsenden Wölbung meines Bauches wurde ich dünn und blaß und verlor jede Anteilnahme am Leben. Ich lag stundenlang da und drückte den Froschkelch an meine Brust.

Tröste mich, liebe mich.

Aber das tat er nicht, und ich weinte.

Isphet wollte einen Monat verstreichen lassen, bevor wir es erneut versuchten. Einen Monat. Bestimmt würde es in einem Monat besser sein.

Diesmal gesellten sich Zeldon und Orteas zu uns, gaben ihre Kraft dazu. Isphet machte sich Sorgen um mich, und sie wollte eine größere Unterstützung haben, als Layla ihr allein geben konnte.

Wir standen am Becken. Zeldon hatte einen Arm um mich gelegt, es gab nur noch die Liebe und Unterstützung von allen um mich herum.

Die Farben wirbelten.

Tirzah! Tirzah! Sieh!

Und, oh, bei allen Göttern, da war er! Ich schrie auf und streckte die Arme aus, aber er sah mich nicht, wandte mir den Rücken zu und ging mit gesenktem Kopf vor sich hin. Er war nur undeutlich zu sehen, verblaßte im Leuchten des Hintergrundes.

»Boaz!«

Tirzah! Es war für ihn eine lange und anstrengende Reise. Das Lied der Frösche war beinahe nicht stark genug. Es hat beinahe versagt. Selbst jetzt noch muß Boaz einen Schritt tun.

Und Nzame? Eigentlich wollte ich es gar nicht wissen. Es war zu spät, das Kind abzutreiben. Dieses Kind würde ausgetragen werden müssen. Was auch immer es war.

*Ah, Tirzah, er will nicht mit uns sprechen – er meidet uns. Er
will nicht zulassen, daß wir ihn aufnehmen. Wir wissen nicht,
was geschehen ist. Aber er ist voller Sorgen. Etwas quält ihn.*

Etwas quält ihn?

*Es ist deinetwegen, Tirzah. Er sorgt sich um das Kind. Da
ist etwas mit dem Kind ... etwas ist nicht in Ordnung ...*

Übelkeit stieg in mir auf, und ohne Zeldons festes Zugreifen
wäre ich gefallen.

... da ist etwas mit dem Kind ...

... etwas ist nicht in Ordnung ...

23

Isphet brachte mich wieder in mein Gemach, schloß die Tür und half mir, mich hinzusetzen.

»In der Kammer zur Unendlichkeit hast du das Glas gefragt, ob die Möglichkeit bestand, daß eine Brücke irgendwohin oder zu irgend jemandem erschaffen wurde ... ob die Möglichkeit bestand, daß Nzame woandershin als in die Unendlichkeit gegangen ist. Tirzah, sieh mich an! Befürchtest du, daß Nzame in das Kind entkommen ist, das du in dir trägst?«

Ich dachte daran, zu lügen, dann aber nickte ich.

»Erzähle es mir.« Ihr Hände faßten meine stärker.

Ich erzählte ihr alles – über den Traum, Nzames Drohung, Boaz' Befürchtungen und sein Wunsch, daß ich das Kind abtrieb.

»Du dummes, dummes Ding!« zischte Isphet. »Warum hast du es nicht gemacht?«

»Warum hat Raguel ihr Kind ausgetragen?« rief ich. »Ich konnte es nicht töten. Kannst du das nicht verstehen? Ich konnte es nicht!« Ich riß mich von ihr los und legte die Hände schützend auf meinen Leib.

»Nun, jetzt ist es viel zu spät.« Sie sah mich mit undurchdringlicher Miene an. »Wir werden auf die Geburt warten müssen.«

»Du wirst dieses Kind nicht töten, Isphet«, sagte ich so ruhig, wie ich konnte.

»Tirzah, in dem Moment, in dem ich auch nur den Verdacht habe, daß es Nzame ist, werde ich ihm den Kopf von den Schultern reißen. Soll Boaz' Opfer denn umsonst gewesen sein? Ist der Tod, das ganze Leid umsonst gewesen? Damit du kommst und Nzame beschützt?«

»Glaubst du nicht, daß ich mir jede Minute eines jeden Tages und einer jeden Nacht darüber Gedanken mache? Aber was ist, wenn das Kind nicht Nzame ist? Es ist alles, was ich noch von Boaz habe. Alles. Ich will nicht die letzte Hoffnung auf etwas Glück umbringen, die mir noch geblieben ist.«

Drei Tage später versuchten wir es erneut. Wir mußten es wissen. Wir mußten mit Boaz sprechen.

Zuerst erschien er nicht. Die Soulenai waren da, wieder sehr aufgeregt.

Wir können das nicht verstehen ... wir wissen nicht ... er quält sich wegen des Kindes und ruft deinen Namen, Tirzah. Er fleht, ruft, schreit. Er stört den Frieden der Zuflucht im Jenseits.

Avaldamon war unter den Soulenai, aber Boaz war auch von ihm nicht erreichbar.

Er wendet sich ab und will mich nicht ansehen, Tirzah. Er weigert sich, von uns aufgenommen zu werden. Da stimmt doch etwas nicht. Er ist bei uns und doch nicht bei uns. Er weint wegen des Kindes. Was geht hier vor, Tirzah? Was?

Und dann war Boaz da – aber so ohne jede Substanz. Er streckte die Hand aus, flehte, weinte.

Ich schrie seinen Namen, aber er schien mich nicht hören zu können. Er war da, aber doch nicht da, unsere Macht konnte ihn nicht berühren.

Tirzah, formten seine Lippen. Tirzah? Bist du da? Bist du da? Kannst du mich sehen?

Er schluchzte mit gebrochenem Herzen, und ich konnte sehen, wie seine Lippen das Wort »Kind« formten.

Ich war außer mir. Wieder hielt mich Zeldon fest, damit ich nicht auf die Idee käme, mich in die Zuflucht zu werfen.

Tirzah? Oh Tirzah, ich brauche dich. Ich brauche dich so sehr.

Da verlor ich das Bewußtsein.

Dann wollte es Isphet nicht noch einmal versuchen. Es war zu viel für uns alle. Ich war krank, fast wahnsinnig, und sie steckte mich ins Bett.

»Du wirst hier ruhen, bis das Kind auf die Welt kommt. Und du wirst mir gehorchen.«

Älter, gesünder und Chad'zina – ich konnte mich ihr nicht widersetzen. Ich lag als Gefangene in meinem Bett, gefangen von dem kleinen Wesen in meinem Schoß. Ich lag da, eine Hand auf dem Bauch, spürte das Kind und fragte mich, was sich da in mir bewegte.

Was ist mit dem Kind, Boaz? Was willst du mir sagen?

Kiamet nahm seinen Posten als Wächter vor meiner Tür wieder auf, so wie er bei der Pyramide auf mich aufgepaßt hatte, und Holdat brachte mir Delikatessen, mit denen er mich zu locken versuchte. Er flößte mir Fruchtwein aus dem Froschkelch ein und ließ das Buch der Soulenai in bequemer

Reichweite liegen. An den Abenden leistete er mir oft Gesellschaft, und wenn ich mich weigerte, aus dem Buch vorzulesen, saß er stumm da, legte es sich auf den Schoß und streichelte es sanft.

Layla kam oft mit der Hündin vorbei, und Kiath mit Zhabroah. Sie und Layla saßen bei mir und spielten mit dem kleinen Jungen, lachten und meinten, bald hätte ich selbst ein Kind, mit dem ich spielen konnte.

Ich versuchte zu lächeln, aber viel zu oft sah ich Isphet im Schatten der Tür stehen, wartend und beobachtend.

Ich wußte, daß sie mir das Kind in dem Augenblick wegnehmen würde, in dem es geboren war. Es ersticken, es ertränken, es auf jeden Fall töten.

... etwas mit dem Kind ... er weint und quält sich ... da ist etwas mit dem Kind ... etwas stimmt nicht mit dem Kind ... wir wissen nicht, was es ist ...

Zabrze kam an vielen Abenden. Offensichtlich hatte Isphet ihm nichts von ihren Befürchtungen erzählt, denn auch er lachte über meinen pyramidenhaften Leib und legte oft die Hand auf meinen Bauch, um die Bewegungen des Kindes zu fühlen.

»So habe ich schon Boaz im Bauch meiner Mutter gefühlt. Ich schwöre, dieses kleine Kind tritt fester als er oder eines meiner Kinder. Es ist ein stämmiger Bursche!«

Ashdod erholte sich gut. Aus einst von Stein bedecktem Land sproß Getreide, und der Boden erwies sich als fruchtbarer als seit Generationen.

»Und auch die Menschen sind durch ihre Erlebnisse verändert worden, Tirzah«, sagte Zabrze eines Abends. Zhabroah krabbelte auf dem Boden zu seinen Füßen umher. »Zeldon und Orteas führen jetzt in Setkoth Kongregationen aus Elementisten an, und ihre Künste blühen überall ... ermutigt von meiner großartigen Gemahlin.« Er lächelte Isphet an, und sie erwiderte das Lächeln. Ich wünschte, sie hätte mich mit so ungekünstelter Zuneigung angesehen.

»Isphet nimmt viele unter ihre Fittiche – und schickt andere zur Kluft, damit sie dort bei den Weisen und Yaqob lernen.«

Yaqob war in der Kluft geblieben. Seine Beine waren geheilt, aber er konnte nicht gut laufen, und er verabscheute es, den Frieden der Kluft zu verlassen.

Zhabroah fing an zu quengeln, und Zabrze bückte sich und nahm ihn auf. »Ich bringe ihn zurück zu seiner Amme, Isphet. Du bleibst noch eine Weile hier. Aber bleib nicht zu lange.« Zabrze blinzelte Isphet zu, beugte sich über mich, um mir einen Kuß auf die Wange zu geben, und ging.

»Ich habe heute mit den Soulenai gesprochen«, sagte Isphet, sobald sich die Tür geschlossen hatte.

»Und?«

»Es hat sich immer noch nichts geändert. Boaz wandert noch immer bei den Soulenai in der Zuflucht ... und doch nicht unter ihnen. Sie können es nicht begreifen. Er spricht nicht mit ihnen, aber sie können ihn weinen und sich quälen hören. ›Das Kind‹, ruft er. ›Das Kind!‹ Er ruft auch deinen Namen und streckt die Hand aus, als würde er dich suchen.«

Tirzah? Tirzah? Bist du da? Kannst du mich sehen? Das Kind, oh! Unser Kind!

Ich schlug die Hände vors Gesicht und weinte.

»Das Kind muß sterben«, sagte Isphet. »Das weißt du. Nur so wird Boaz Frieden finden.«

Sie sah mir beim Weinen zu, machte aber keine Anstalten, mich zu trösten. Nach einer Weile stand sie auf, legte mir ihre kühle Hand auf die Stirn und ging.

»Hohe Dame Tirzah?«

Ich hob den Kopf. Holdat trat aus einer dunklen Ecke. Isphet und ich hatten vergessen, daß er da war.

»Aber, aber«, sagte er, setzte sich aufs Bett und legte seinen Arm um mich, als ich weinte. Mein Schluchzen wurde immer schlimmer, und ich vergrub den Kopf an seiner tröstenden Schulter. Es war das erste Mal, daß ich meiner Trauer völlig freie Bahn ließ, um Boaz und um mein ungeborenes Kind.

Er ließ mich leise weinen, streichelte sanft mein Haar, flüsterte mir irgendwelchen Unsinn zu, an den ich mich klammerte und der mich tatsächlich tröstete.

»Hohe Dame Tirzah«, sagte er schließlich. »Ich habe gehört, was die Chad'zina gesagt hat. Es tut mir leid, denn ich wollte nicht lauschen.«

Ich schniefte und setzte mich auf.

»Was hat sie damit gemeint, das Kindchen müßte sterben?«

Holdat war begeistert gewesen, als ich ihm vom dem Kind erzählt hatte, und ich konnte mir vorstellen, wie sehr ihn das jetzt getroffen haben mußte.

»Holdat«, sagte ich und seufzte. Würde er die Wahrheit verstehen, wenn ich sie ihm erzählte? Aber nach dem, was er in all den Monaten für Boaz und mich getan hatte und nach dem, was er gerade gehört hatte, wäre alles andere als die Wahrheit eine Beleidigung gewesen.

Also erzählte ich es ihm.

»Oh, Hohe Dame Tirzah«, sagte er, als ich endete. »Besteht denn keine Möglichkeit, vorher festzustellen, ob das Kind Schaden genommen hat oder nicht?«

»Isphet und ich haben unser Möglichstes getan, aber wir können nicht in einen Leib hineinsehen.«

»Nun, dann gibt es nur noch eines, was wir tun können.«

Er ging zu seinem Platz zurück und kehrte mit dem Buch der Soulenai zurück.

»Ach, Holdat, glaubst du denn, das habe ich nicht versucht? Ich habe in den vergangenen Monaten ständig darin gelesen, und es hat mir nichts verraten.«

»Trotzdem«, sagte er und setzte sich auf die Bettkante. »Seht noch einmal für mich hinein.«

Ich nahm das Buch, balancierte es mühsam auf meinem immer kleiner werdenden Schoß und blätterte es durch. Alle Geschichten waren so, wie sie sein sollten. Da war nichts, was mir in meiner Not helfen konnte.

Ich seufzte wieder, aber gerade, als ich den schweren Ledereinband schließen wollte, erregte eine Besonderheit im Inhaltsverzeichnis meine Aufmerksamkeit.

»Was ist?« fragte Holdat.

»Nun, die Geschichten sind alle gleichgeblieben und nicht hilfreich, aber das Inhaltsverzeichnis ist anders. Sieh.«

»Hohe Dame, Ihr wißt doch, daß ich nicht lesen kann.«

»Oh, tut mir leid. Hör zu …«

1: *Einst am Juitsee*

2: *Der Juitsee und die Sonne*

3: *Der Tag, an dem der König den Juitsee besuchte*

4: *Wie der Juitsee erschaffen wurde*

5: *Wie man am Juitsee mit Booten umgeht*

6: *Picknick am Juitsee*

7: *Spazierwege und Pfade am Juitsee*

8: *Wie die Soulenai am Juitsee vorbeikamen*

9: *Morgendämmerung am Juitsee*

10: Durch die Nebel des Juitsee
11: Die Frösche vom Juitsee
12: Der Juitsee
13: Der Juitsee
14: Der Juitsee

»Und so weiter«, sagte ich. »Da stehen noch fünfzehn weitere Titel, alle einfach nur ›Juitsee‹.«

»Und die Geschichten passen zu den Titeln im Inhaltsverzeichnis?«

»Nein, das tun sie nicht. Alles, was anders ist, ist diese Seite. Ach, das sagt mir nichts!«

»Hohe Dame, Ihr wißt doch, was es Euch sagt.« Er legte das Buch zurück in seinen Kasten, dann ging er zur Tür und verneigte sich. »Ich werde packen gehen und am Morgen bereit sein«, sagte er und ging.

In dieser Nacht hatte ich einen Traum.

Ich träumte, ich würde durch Vilands Sommerwiesen spazieren, und ich hatte große Angst.

Das Gras strich kühl und feucht über meine Knöchel, der Duft der Blumen reizte meine Sinne.

Tirzah!

Ich stöhnte auf und rannte, aber selbst in diesem Traum war ich behindert; das Kind beschwerte meinen Bauch, mein Gewand verhedderte sich zwischen den Beinen.

Tirzah!

Ich rannte durch eine endlose Wüste, in der die Hitze pulsierte und nach meinem Atem und Leben griff. Ich schluchzte, wurde langsamer. Würde ich denn niemals entkommen?

Tirzah!

Ich stolperte weiter, schnappte nach Luft, und ich rannte durch ein Land aus Stein, in dem Pyramiden mir mit großen, schwarzen, glasigen Augen nachstarrten und starrten und starrten ...

Tirzah!

Ich konnte nicht entkommen. Die Stimme würde mich nicht in Ruhe lassen.

Tirzah!

»Boaz!« schluchzte ich. »Boaz!«

Tirzah? Bist du es? Hilf mir, Tirzah, bitte hilf mir!

Boaz!

Der Stein unter meinen Füßen wurde kühler und weicher, und ich sah, daß ich über Ackerkrume lief, in der neues Leben sproß.

Ich glaubte ihn zu sehen, eine Andeutung, einen Schatten, und ich rannte mit noch größerer Anstrengung.

Tirzah? Kannst du mich hören? Hilf mir! Bitte, bitte, hilf mir!

»Oh ihr Götter, Boaz! Wie nur? Wie?«

Schilf schlängelte sich um meine Beine, und ich stürzte ins Wasser und versank. Ich kämpfte mich hoch an die Oberfläche, schrie, als ich ausatmete. »Boaz? Wo bist du?«

Rote und rosafarbene Flammen brausten um mich hinweg in die Lüfte – Vögel, Millionen von ihnen, erhoben sich in die Morgendämmerung.

Juitvögel.

Tirzah … das Kind. Wie geht es dem Kind?

Ich erwachte, überrascht, mich im Bett vorzufinden und nicht im Schilf gefangen zu sein.
Ich lag lange Zeit reglos da, die Hand auf dem Bauch, ein kleines Lächeln auf dem Gesicht, Frieden im Herzen.

Boaz hatte wegen des Kindes gar keine Warnung ausgesprochen. Er hatte danach gefragt!

»Isphet?«

»Hmm?« Sie hatte hereingesehen, um mir einen guten Morgen zu wünschen.

»Isphet, ich bin hungrig. Sagst du Holdat bitte Bescheid, daß ich heute morgen ein großes Frühstück möchte?«

Sie sah mich an.

»Und dann werden wir packen. Ich glaube, ich würde mein Kind gern am Juitsee zur Welt bringen. Bitte, erfüll mir diesen Wunsch.«

24

Sie war sofort mißtrauisch.

»Bitte, Isphet. Ich bin Setkoth leid, und der Frieden des Sees ist genau das, was ich für die letzten Monate brauche. Bitte.«

»Ich komme mit dir«, sagte sie vorsichtig.

»Das wäre schön, Isphet. Glaubst du, Layla würde auch gern mitkommen? Und Zabrze? Nach den ganzen Wirren und den traurigen Geschehnissen der letzten Monate würde er uns allen Frieden bringen. Außerdem wurde Boaz am Juitsee geboren. Bitte, Isphet. Ich will gehen. Ich würde mich ihm dort nahe fühlen.«

Sie gab nach.

Drei Tage später gingen wir an Bord, Isphet, Layla und die Hündin, Kiamet, Holdat und mehrere Einheiten Soldaten.

»Aber zur Geburt bin ich da«, sagte Zabrze. »Ich werde doch nicht die Ankunft meiner ersten Nichte oder meines ersten Neffen versäumen.«

Isphet bewahrte die Fassung. Sie tat mir leid. Wäre ich an ihrer Stelle gewesen, hätte ich gehofft, die Kraft zu haben, das gleiche zu tun. Aber Isphet hätte mich nicht verstanden, auch nicht, wenn ich ihr meinen Traum erzählt hätte. Sie hätte ihn bloß für die Einbildung einer Frau gehalten, die entschlossen war, ihr Kind zu beschützen.

Zabrze trat zurück und sah die Soldaten an. »Sie werden für euren Schutz sorgen«, sagte er. »Es ist niemand mehr am Juitsee gewesen, seit ... seit Nzame verschwunden ist.«

»Alles wird in Ordnung sein«, sagte ich. »Memmon hat einen Bericht geschickt, daß das Land blüht wie nie zuvor.«

Memmon war wie alle anderen auch aus seiner Versteinerung erlöst worden, als Boaz Nzame in die Unendlichkeit befördert hatte. Ich fragte mich, ob dieses Erlebnis ihn überhaupt berührt hatte.

»Leb wohl, Zabrze. Bleib nicht zu lange in Setkoth.«

Die Reise verlief ohne jede Störung. Am ersten Tag passierten wir die Pyramide. Der Schlußstein war abgenommen worden, und ich sah, daß Zabrze angeordnet hatte, die ganze Pyramide mit Schilfmatten zu bedecken.

Die Kammer zur Unendlichkeit mußte dunkel und still sein.

Ich wandte meinen Blick wieder dem Fluß zu. Ich wußte nicht, warum ich zum Juitsee reisen mußte, aber ich vertraute dem Buch der Soulenai.

Mein Schlaf war ruhig und traumlos gewesen, meine Tage friedlich. Ich aß jetzt wieder gut, doch war ich verstört darüber, daß ich in den Monaten so schwach geworden war, in denen ich mich wegen Boaz und um unser Kind gequält hatte. Es bewegte sich in mir, und ich lehnte mich in meinem Stuhl zurück und genoß die Wärme der Sonne aus vollem Herzen.

Isphet hatte eine langsame Reise befohlen, und sie war erfreut, daß es mir dabei so gut ging. Die Flußluft war süß, und die Frösche sangen bis spät in den Tag hinein und noch länger in die Nacht.

Zehn Tage nach unserem Aufbruch trafen wir am Juitsee ein. Kiamet half mir auf die Beine, und ich stand da, schaute, und es war wie verzaubert. Es war viel schöner, als ich es in Erinnerung hatte. Der See erstreckte sich endlos, das Marschland und das Schilf reichten bis zum Horizont.

Eine Stimme riß mich aus meiner Andacht. Memmon stand an der Anlegestelle, hinter ihm erhob sich das Haus traulich und schön.

Zu seinen Füßen saß Fetizza und quakte fröhlich.

Erst war ich fassungslos, dann mußte ich lachen. Seit Monaten hatte niemand mehr das Froschweibchen gesehen. Sie war zusammen mit Boaz verschwunden, und ich hatte angenommen, daß ihre Existenz irgendwie mit der seinen verknüpft war.

Aber da war sie wieder, blickte die Hündin gereizt an, die an Laylas Seite kläffte, und ihre Anwesenheit war sicherlich ein gutes Omen.

Isphet behielt mich streng, aber freundlich im Auge. Wir verbrachten unsere Tage damit, am Flußufer entlangzuspazieren, oder saßen im Schatten der Veranda, schlürften gekühlten Fruchtwein und plauderten.

»Weißt du noch ...?« fragte dann eine von uns, und wir erinnerten uns an einen Augenblick oder einen Freund oder einen Tag in der heißen Werkstatt, der irgendwie wichtig gewesen war.

Isphet glaubte, mir trauern zu helfen, mir dabei zu helfen, die Vergangenheit zu vergessen.

Ich ließ einfach nur die Zeit verstreichen, wartete, hielt nach etwas Ausschau, das ich noch nicht erkennen konnte. Und so antwortete ich leise und lächelte und nahm noch einen Schluck aus dem Froschkelch.

Kiamet und Holdat waren ebenfalls ständige Gefährten, immer zugegen, um Süßigkeiten anzubieten oder geeisten Wein oder sich mit uns zu unterhalten. Layla verbrachte viele

Abende mit mir, stellte Fragen über Viland und hörte mir zu, wenn ich aus dem Buch der Soulenai vorlas.

Die Wochen verstrichen. Die Sonne ging über dem Juitsee und dem Marschland auf ...

... es war das Marschland, das wußte ich jetzt, etwas mit dem Marschland ...

... und der Nebel bildete sich, wurde dichter und löste sich jedesmal bei Sonnenaufgang und Sonnenuntergang auf.

Mein Bauch wurde immer größer.

Die Soldaten patrouillierten und standen nachts unter meinem Fenster Wache.

Memmon schimpfte über seine Buchführung.

Und Isphet wurde immer gelöster.

Sie vertraute mir an, daß auch sie ein Kind erwartete, und ich lächelte und sagte, daß es ihr in ihrem Alter schwer fallen würde, Neufs Kinderzahl zu übertreffen.

Isphet errötete und wechselte das Thema. Ich wußte, sie war verlegen, nicht meiner Bemerkung wegen, sondern weil sie ein Kind austragen würde, das keine Gefahr darstellte.

Keine von uns beiden sprach über meine näherrückende Niederkunft.

Drei Wochen, bevor das Kind geboren werden sollte, traf Zabrze in einem mit Seidengirlanden und Bannern geschmückten Schiff ein.

Ashdod muß sich wirklich erholt haben, dachte ich, als ich mich aus dem Stuhl quälte.

Zabrze hatte Zhabroah mitgebracht, und Layla eilte herbei, um ihren Bruder in Empfang zu nehmen. Wir würden alle zusammen sein, dachte ich, wenn das eintrat, von dem wir noch nicht wußten, was es sein mochte.

Zabrze gab mir einen flüchtigen Kuß auf die Wange und

lachte, dann umarmte er Isphet und küßte sie wesentlich leidenschaftlicher. »Ich habe dich vermißt, meine Gemahlin«, sagte er.

Ich schaute zur Seite, aber nur, um ihnen etwas Zeit für sich zu gönnen, und nicht aus Trauer darüber, daß Isphet noch einen Gemahl hatte, der sie so liebte.

Aber Isphet fiel es auf, und sie löste sich aus Zabrzes Umarmung und lud uns zu einer nachmittäglichen Unterhaltung auf der Veranda ein.

Memmon stöhnte wegen der zusätzlichen Gäste, aber mir entging nicht, daß er mit den Schlüsseln für die Vorratskammern sprach, als er in Richtung Küche ging.

Ich wandte den Kopf ab und lächelte.

Zabrze erzählte von den neuen Handelsabkommen, die er mit Darsis und En-Dor abgeschlossen hatte. »Sie sind erfreut, daß die Pyramide nicht länger unseren Reichtum auffrißt und daß wir für ihre Waren bezahlen können.« Er grinste. »Ich glaube, daß Ashdods Waren in absehbarer Zukunft nur aus Steinen bestehen werden. Darsis und En-Dor können auf unserem Elend aufbauen.«

Dann wandte sich die Unterhaltung dem Anwesen am See zu, und Memmon traf ein und stand starr und steif da, während er Bericht über die Erträge und die neugeborenen Kälber und Füllen der letzten Monate erstattete.

»Gut, sagte Zabrze und bedeutete ihm zu gehen. »Das Leben ist sehr gut.«

Er schaute auf das Marschland hinaus. »Und wenn mir einfallen würde, wie man diesen schilfigen Sumpf in Gold verwandeln könnte, dann würde ich das tun. Im Augenblick ist er zu nichts nutze, außer um sich darin zu verirren.«

Ich wollte widersprechen, dann sah ich das Grinsen auf Zabrzes Gesicht. Ich mußte selbst lächeln und ...

▲ 318 ▲

… erinnerte mich an das, was Zabrze an dem Tag gesagt hatte, an dem wir uns nach der Flucht vor der Pyramide dem Juitsee genähert hatten.

In dem grenzenlosen Schilf kann man sich schnell verirren. Manchmal kommen die Fischer hierher, um die hier lebenden Aale zu fangen. Viele sind nie mehr zurückgekehrt. Ich glaube, sie sind über den Rand der Welt gestürzt. Oder zusammen mit den Göttern in einem Ort himmlischer Freuden gefangen.

Ich erinnerte mich an den Tag, an dem Isphet den Ritus vollzogen hatte, um am Juitsee mit den Soulenai Verbindung aufzunehmen. Ich erinnerte mich, wie nahe sie sich angefühlt hatten. Wie lebendig. Wie stark. Anders.

Und so nahe.

Mich fröstelte.

»Die Sonne verschwindet, Tirzah, und dir ist kalt.« Isphet beugte sich vor. »Komm, laß uns hineingehen.«

Schilf schlängelte sich um meine Beine, und ich stürzte ins Wasser und versank. Ich kämpfte mich hoch an die Oberfläche, schrie, als ich ausatmete. »Boaz? Wo bist du?«

Ich blinzelte. Etwas brauste, und ich glaubte, es sei das Blut in meinem Kopf. Ich blinzelte erneut und sah, daß Millionen von Juitvögeln in den dunkelgelb orangeroten Sonnenuntergang aufgestiegen waren, Millionen und Abermillionen, rosa und rot, mit großem Kreischen.

»Ich frage mich, was sie aufgescheucht hat« meinte Zabrze.

Tirzah? Kannst du mich hören? Hilf mir! Bitte hilf mir doch!

»Tirzah?«

Ich blinzelte erneut, dann lächelte ich strahlend. »Ja, Zabrze. Ich glaube, ich komme rein.«

Ich lag im Bett, konnte aber nicht schlafen. Das Kind hatte sich am Nachmittag in meinem Leib gedreht und hatte eine ungünstige Stellung eingenommen. Mein Rücken schmerzte noch dazu und so konnte ich nur hoffen, die Kraft für das zu haben, was ich tun mußte.

Tirzah? Kannst du mich hören? Hilf mir! Bitte hilf mir!

Als die Nacht dunkler wurde, schloß ich die Augen, berührte die Macht des Froschkelchs und wirkte einen Elementenzauber.

Ich wartete noch zwei Stunden, dann stand ich auf und fuhr zusammen, als der Schmerz erneut meinen Rücken durchzuckte. Ich ging zur Tür und öffnete sie leise.

Als ich zu Bett gegangen war, hatte ich Holdat leise etwas zugeflüstert, und ich hoffte, daß er mich jetzt nicht im Stich lassen würde.

Ich hätte ihm vertrauen sollen. Er stand bereit, trat schnell und lautlos an meine Seite. Er nickte, als er die Frage in meinen Augen las, bedeutete mir mit dem Finger auf den Lippen zu schweigen und führte mich langsam durch das Haus.

Alles war ruhig.

Die Eingangstür stand einen Spalt offen, und dichter Marschlandnebel trieb herein. Er berührte die Umrisse aller Gegenstände in diesem Raum und verlieh ihnen ein geisterhaftes Aussehen.

Plötzlich schwang die Tür ganz auf, und meine Nerven spannten sich an, aber es war Kiamet, und er grinste und winkte mich zu sich.

Das Haus war wie alles im Umkreis von zweihundert

Schritten in Nebel gehüllt. An jedem Fenster und Eingang standen Wachtposten ...

... paßt auf die Hohe Dame Tirzah auf, paßt auf sie auf, damit sie nicht flüchtet und ihr Kind im Geheimen zur Welt bringt ...

... aber Isphet hatte die Hohe Dame Tirzah ganz schön unterschätzt und lag zweifellos in einem verzauberten Schlaf, so wie die Wachtposten auf ihre Speere gestützt eingenickt waren.

Kiamet winkte erneut ungeduldig. Holdat stützte mich, und wir gingen den Pfad zur Anlegestelle hinunter, an der Kiamet einen kleinen Kahn vertäut hatte.

»Laß Holdat oder mich mitkommen«, flüsterte er. »Du bist nicht in der Verfassung, um ...«

Ich gab ihm einen sanften Kuß auf den Mund und brachte ihn so zum Schweigen. »Lieber Kiamet. Danke, ich stehe für immer in deiner Schuld. Aber das hier muß ich allein tun. Komm jetzt, hilf mir in den Kahn.«

Der Kahn mit dem flachen Kiel schwankte alarmierend, als ich ihm mein Gewicht anvertraute. Ich schüttelte mein Haar aus, dann nahm ich die Stange, die Kiamet mir reichte, und lächelte die beiden ein letztes Mal an.

»Lebt wohl, meine Freunde. Haltet nach mir Ausschau, wenn die Sonne den Nebel auf dem Fluß schmilzt.«

Ich stemmte die Stange in den weichen Flußgrund, und Kiamet gab dem Kahn vom Ufer einen Stoß.

Und so trieb ich in den Nebel hinein.

Ich wußte nicht genau, wo ich hinfahren sollte. Kiamet hatte eine kleine Lampe in den Bug des Kahns gestellt, und sie leuchtete im Nebel und hüllte die nächste Umgebung in weiches Licht. Sobald ich die ersten Schilfrohre am Westufer erblickte, steuerte ich in diese Richtung.

Ich stakte mich lautlos in das Schilf hinein, und die Pflanzen teilten sich vor dem flachen Bug des Kahns. Hier war es still. Eine andere Welt ... und darauf hoffte ich. Das Marschland. Ein Grenzland; irgendwo hier berührte diese Welt die Zuflucht im Jenseits.

Und dort würde Boaz auf mich warten.

Ich glaubte mittlerweile zu verstehen, was geschehen war. Boaz hatte in der Unendlichkeit etwas gelernt. Er hatte gelernt, das Lied so zu verändern, daß er in den Grenzbereich der Zuflucht gelangt war, nicht aber wirklich in sie hinein. Daher stammte der Eindruck, daß er da und doch nicht da war. Bei den Soulenai, aber nicht unter ihnen. Sich zu weigern schien, von ihnen aufgenommen zu werden. Nicht mit ihnen sprechen konnte.

Voller Unruhe störte er den Frieden der Zuflucht im Jenseits, rief nach mir, baute auf unsere starke Verbundenheit, damit ich ihn finden und nach Hause holen konnte.

Sorgte sich um das Kind.

»Boaz?« flüsterte ich in den Nebel hinein. »Wo bist du?«

Da war nur das leise Flüstern des Schilfrohrs, das sich sanft vor dem Bug des Kahns und dem schaukelnden Licht teilte.

Ich stakte stundenlang, bis in meinem Kreuz der Schmerz tobte und meine Hände von dem rauhen Holz der Stange Blasen bekamen. Eine Brise erhob sich und brachte Bewegung in den Nebel, ohne ihn aufzulösen, und spielte mit meinem Haar. Es wickelte sich um die Stange, und ich hielt inne, um zu Atem zu kommen und mein Haar zu entwirren und über die Schultern zu werfen.

Das Kind veränderte wieder einmal seine Lage, und der Schmerz in meinem Rücken flammte auf zu etwas Drängenderem, etwas, das nicht mehr einfach beiseitegeschoben werden konnte.

»Boaz!«

Da war nichts.

Wieder durchfuhr mich der Schmerz, und ich schluchzte auf, rief mich zur Ordnung und faßte die Stange wieder fester. Irgendwo wartete Boaz ... er wartete ... und sein Kind wartete darauf, zur Welt gebracht zu werden. Hier, wo Isphet weit, weit weg war.

Ich verbiß mir den Schmerz mit aller Gewalt und stakte den Kahn durch das Schilf.

Die Lampe brannte nicht mehr so hell. Oder war die Nacht nicht mehr so dunkel?

Ich weinte, denn mir war klar, daß ich ihn bis zur Dämmerung finden mußte oder ihn für immer verlieren würde.

Auf der einen Seite quakte ein Frosch, aber ich gab mir Mühe, ihn zu überhören. Er war nur eine weitere unwillkommene Mahnung dafür, wie nah der Sonnenaufgang war.

Der Nebel wurde so dicht, daß ich kaum atmen konnte. Ich hielt inne, die eine Hand auf meinem gewölbten Bauch, die andere an der Stange. Ich drückte schwach, nicht mehr dazu fähig, beide Hände zu benutzen.

Ein anderer Frosch quakte, und dann schwankte der Kahn so stark, daß mir die Stange aus dem Griff rutschte und im Wasser landete.

Ich schrie auf und versuchte, sie noch zu packen, aber ich war zu unbeweglich, und der Kahn schwankte zu sehr, als daß es mir gelingen konnte. Sie war weg, und ich war meinem Schicksal ausgeliefert.

Jetzt, mit beiden Händen auf dem Bauch, schaute ich mich um.

Fetizza war auf den Bug des Kahns geklettert; ihr Gewicht hatte ihn in dieses heftige Schaukeln versetzt.

Sie starrte mich mit ihren großen, feuchten, dunklen Augen an, dann blinzelte sie langsam.

Ein weiterer Frosch, viel kleiner als Fetizza, hüpfte in den Kahn.

Ich zuckte zusammen, als noch ein Frosch hereinsprang, diesmal über meine Schulter.

Dann schrie ich auf. Hunderte winziger Frösche regneten in den Kahn. Einige landeten auf meinem Kopf und verfingen sich in meinen Haaren, und ich hob die Hände und versuchte, sie zu befreien, zuckte immer wieder zusammen, wenn Frösche mich trafen und dann in den Kahn hüpften.

Ein gewaltiger Krampf preßte meinen Körper zusammen, und ich stöhnte und griff nach beiden Seiten des Kahns.

Jeder der versammelten Frösche starrte mich an. Reglos. Wartete.

Fetizza öffnete das gewaltige Maul … und sang. Die Frösche im Kahn fielen ein, genau wie die Tausende ihrer Geschwister, die auf den Schilfrohren des Marschlandes saßen.

Da setzte sich der Kahn von allein in Bewegung.

Mir blieb nichts anderes übrig, als sitzenzubleiben, tief Luft zu holen, zu versuchen, die Wassertropfen fortzublinzeln, die in meinen Wimpern hingen und mein Haar hinunterrannen. Mein Gewand war durchnäßt und klebte an meinem unförmigen Körper.

Der Chor der Frösche umgab mich, und ich hob die Hände zum Himmel.

»Boaz!«

Tirzah! Oh Tirzah! Bitte … beeil dich!

»Boaz!«

Ich ließ die Hände sinken, und dann sah ich erstaunlicherweise die Stange vorbeitreiben. Ich ergriff sie und stemmte sie mit meinem ganzen Willen in den Grund.

▲ 324 ▲

Tirzah! Beeil dich!

Die Frösche quakten, und ich glaubte Fetizza zu sehen, die sich auf den Hinterbeinen aufrichtete und schrie.

»*Tirzah! Tirzah! Beeil dich!*«

»Boaz!« schrie ich. »Boaz!« Ich stemmte die Stange wieder und wieder in den Schlamm des Sees, grunzte vor Anstrengung, dann noch einmal. Und, o ihr Götter, noch einmal. Ich konnte nichts sehen außer dickem Schilfrohr und undurchdringlichem Nebel ... dann war da eine Lücke, ein Stück freies Wasser, in dem sich die Röte der Morgendämmerung spiegelte, und ...

... der Kahn schwankte, und die Frösche hüpften wie verrückt geworden hin und her und dann ins Wasser. Fetizza sprang aufgeregt auf und ab, und der Kahn schwankte von einer Seite zur anderen. Ich klammerte mich verzweifelt fest, aber zu spät, der Kahn schaukelte außer Rand und Band, und die Schmerzen waren zu groß, und ich konnte nicht gegen alles zugleich ankämpfen.

Ich stürzte mit einem gewaltigen Aufplatschen ins Wasser, sank immer tiefer, bis sich meine Hände und mein Gesicht in den weichen Schlamm drückten. Ich kämpfte mich an die Oberfläche, kämpfte darum, nicht den Mund aufzumachen und den Schmerz herauszustöhnen, der mich durchzuckte, kämpfte, kämpfte, kämpfte ...

Da ergriffen mich starke Hände, und ich stieß mit dem Kopf durch die Wasseroberfläche. Ich schnappte in großen Zügen nach Luft, wollte seinen Namen rufen, wollte mir den Schlamm aus den Augen wischen, da tauchte er mein Gesicht kurz unter Wasser, ungeduldige Hände wischten Schlamm aus meinem Gesicht, und dann war ich frei und paddelte halb blind im Wasser herum und versuchte ihn wiederzufinden, und ...

... Millionen kreischender Juitvögel warfen sich in die Luft, ihre schrillen Schreie und das Schlagen ihrer Flügel erfüllten den Himmel und meine Seele. Der Nebel hatte sich verzogen, und die Welt hob sich rosenrot und dunkelrot gegen den von der Morgendämmerung erfüllten Himmel ab, und ich blinzelte, hielt verzweifelt nach ihm Ausschau, und dann war er da, streckte die Hände nach mir aus.

Ich klammerte mich mit Armen und Beinen an ihn, und wir versanken wieder im Wasser, und als wir schließlich wieder oben waren, hielt er sich an dem Kahn fest und lachte.

»Warum willst du mich ertränken, Tirzah, da du mich doch gerade erst gefunden hast?«

Den einen Arm am Kahn und den anderen um mich gelegt beugte sich Boaz vor, um mich auf den Mund zu küssen, aber ich schluchzte zu stark, und so konnte er mich nur festhalten und mich auf Stirn und Wangen und Augen und Nase küssen.

Danke.

Ich weiß nicht, wer das sagte; Boaz, ich oder die Frösche – vielleicht auch wir alle.

Schließlich beruhigte ich mich, nahm sein Gesicht fest in meine Hände und starrte ihn an.

»Boaz.«

Endlich schaffte er es, mich zu küssen, und dann erst wurde er sich des enormen Umfangs meines Leibes bewußt, so, als habe er ihn zuvor gar nicht bemerkt.

»Tirzah! Das Kind! Oh, ich danke den Göttern, du hast unser Kind behalten!«

»Es ist nicht ...?«

»Nein, nein!« Er hielt mich fest. »Nzame treibt verloren in der Unendlichkeit. Das Kind ist sicher. Ich dachte, du würdest ... o ihr Götter, danke, daß du nicht auf mich gehört ... Tirzah!«

Ich hatte vor Schmerzen aufgestöhnt, und es war schlimmer als je zuvor. »Boaz, dieses Kind will geboren werden.«

»Was?«

»Hier, jetzt ... ah!«

»Aber ich habe keine Ahnung, wie man ein Kind zur Welt bringt!«

»Dann wirst du es eben jetzt lernen. Schaff mich in den Kahn. Sofort!«

Er stemmte mich über die Seite des Kahns, und ich rollte hinein und hoffte, daß die Frösche alle entkommen waren. Ich kniff die Augen zusammen, als die nächste Wehe kam, dann öffnete ich sie wieder und sah, wie mich Fetizza vom anderen Ende aus neugierig anstarrte.

Boaz stieg in den Kahn und wäre beinahe wieder hinausgefallen, weil er so schaukelte.

»Tirzah, ich weiß nicht, was ich ...«

»Hör mir gut zu«, stieß ich zwischen zusammengebissenen Zähnen hervor. »Wenn du die Unendlichkeit überleben konntest, dann kannst du auch die Geburt deines Kindes überleben. Du wirst dieses Kind zur Welt bringen, und du wirst ... Oh, ihr Götter, du wirst ... es ... jetzt tun!«

Boaz warf Fetizza einen verzweifelten Blick zu ...

»Boaz!«

... dann bückte er sich. »Sag mir, was zu tun ist, verflucht, sag mir, was zu tun ist.«

Er machte es großartig, so wie ich auch. Für eine erste Geburt kam das Kind mit begnadeter Schnelligkeit, eilte in eine Morgendämmerung hinein, die widerhallte von den Rufen der Juitvögel und in der die neugierigen Blicke der Frösche funkelten. Wir waren nahe der Zuflucht im Jenseits, und durch meine Schmerzen und den Schweiß, der mir in die Augen rann, sah ich die Soulenai um den Kahn versammelt, Augen und Münder vor Erstaunen weit aufgerissen.

Ein Kind!

Ich glaube, es war lange her, seit sie eine Geburt gesehen hatten, oder bei einer dabeigewesen waren.

Boaz hob das Neugeborene in die Höhe, genauso erstaunt wie die Soulenai, starrte es an, starrte dann mich an.

Der Ausdruck der reinsten Freude auf seinem Gesicht war das Süßeste, was ich je im Leben gesehen hatte.

Ich kämpfte mich auf die Ellbogen hoch. »Binde die Nabelschnur mit einem Stück von meinem Gewand ab. Da, ja, und da auch. Jetzt beiß sie durch.«

Er wurde blaß, öffnete den Mund, um zu widersprechen, dann biß er kurzentschlossen die Nabelschnur durch.

Er legte das kleine Wesen ganz sanft in meine Arme, beugte sich zu mir herab, um mich zu küssen.

»Tirzah, eine Tochter.«

»Ja.« Sie sah mich aus dunkelblauen Augen an.

»Willst du ihr einen Namen geben?«

Er dachte nach. Das Haar klebte ihm verschwitzt an der Stirn. Um Augen und Mund glaubte ich mehr Falten zu sehen als früher, und ich liebte ihn so sehr, daß ich glaubte, augenblicklich vor all den körperlos anwesenden Soulenai wieder in Tränen auszubrechen.

Er lächelte, ganz leise, voller Zärtlichkeit. »Ich werde ihr deinen Namen geben.« Er hielt inne. »Ysgrave.«

Ich holte tief Luft. Ysgrave. Der Name, den er mir am Tag unseres Kennenlernens weggenommen hatte.

Ysgrave, flüsterten die Soulenai. Ysgrave.

Und eine geisterhafte Hand schwebte über meine Schulter und berührte segnend die Stirn des Mädchens.

Avaldamon. Er küßte mich auf die Wange, und ich war

überrascht, daß seine Berührung warm war, dann streckte er die Hand Boaz entgegen.

Mein Sohn. Du hast uns überrascht. Wir wußten nicht, daß man das Lied der Frösche auf diese Weise lenken kann. Wir konnten nicht verstehen, warum du dich nicht zu uns gesellen wolltest, warum du nicht mit uns sprechen wolltest. Ich glaube, wir haben Tirzah ganz unnötig geängstigt.

»Ich wünschte, ich hätte euch und Tirzah sagen können, was geschah«, sagte Boaz. »Aber ich war in diesem Grenzland gefangen, verloren, und ich konnte nur Tirzah rufen, ihr sagen, daß sie mich holen soll.«

»Fetizza hat gesungen«, sagte ich und lächelte das Froschweibchen dankbar an. »Als ich zu erschöpft war, um dich zu suchen, haben die Frösche dich mir wiedergebracht.«

Avaldamon trieb davon.

Wir können nicht hier bleiben. Die Sonne steigt über das Schilf. Wir können nicht bleiben … aber wir kehren zurück! Kehren zurück! Eines Tages!

Boaz legte sich neben mich, und wir ruhten uns eine Weile aus. Manchmal sprachen wir miteinander, manchmal berührten wir uns, um uns von der Gegenwart des anderen zu überzeugen, aber hauptsächlich lagen wir einfach da und teilten wieder gemeinsam das Leben und die Liebe.

Schließlich erhob ich mich und bat ihn, mir dabei zu helfen, mich und meine Tochter zu säubern, und dann bat ich ihn, sich wirklich nützlich zu machen und uns zurück zum Fluß und zum Juithaus zurückzustaken.

25

Holdat und Kiamet waren fassungslos, als wir die Veranda betraten und auf sie zugingen. Dann schimmerten Tränen der Freude in ihren Augen, als Boaz stehenblieb und ihnen unsere Tochter zeigte.

Die Wächter, die aus ihrem verzauberten Schlaf aufgewacht waren, betrachteten mich nachdenklich.

Was sollten sie jetzt tun?

Bevor sie eine Entscheidung treffen konnten, ging ich hinein.

Ich muß furchtbar ausgesehen haben. Mein Gewand war zerrissen und beschmutzt und noch immer naß. Mein Haar hing strähnig bis zu meinen Hüften hinunter, und vermutlich steckten noch immer Wasserpflanzen darin.

Und ich war offensichtlich nicht mehr schwanger.

Isphet trat vor; ihrem angespannten Gesicht war abzulesen, wie aufgebracht sie war. »Tirzah, was hast du getan?« flüsterte sie. »Tirzah, bitte quäle dich doch nicht so. Du kannst das Kind nicht für immer verstecken. Gib es mir bitte.«

Zabrze und Layla, die hinter ihr standen, runzelten bei ihren Worten die Stirn, von ihren Worten verblüfft.

»Ich habe nicht vor, meine Tochter zu verstecken, Isphet. Dafür ist sie viel zu schön.«

Und Boaz trat mit unserer Tochter auf dem Arm durch die Tür.

Ich glaube, ich werde den Ausdruck auf Isphets Gesicht für alle Zeiten im Herzen bewahren.

»Ihr Name ist Ysgrave«, sagte Boaz sehr leise, den Blick fest auf Isphet gerichtet. »Und sie ist nicht, was du vermutest. Nzame ist in der Unendlichkeit gefangen. Dieses Kind wird niemandem schaden.«

Isphet schlug die Hände vors Gesicht und brach in Tränen der Erleichterung aus, dann trat Zabrze an ihr vorbei und umarmte seinen Bruder.

Ich verschlief den Rest des Tages mit Boaz neben mir und unserer Tochter zwischen uns. Dann, am Abend, versammelten wir uns alle auf der Veranda und sahen der Rückkehr der Juitvögel in einer ungeordneten, hellen und blutroten Wolke zu; sie kamen, um im Schilf zu nisten. Meine Tochter trank an meiner Brust, und alles auf dieser Welt war in Ordnung.

»Erkläre es uns«, sagte Isphet leise, und Boaz tat es.

»Nzame hat sich die Brücke zunutze gemacht, die die Magier – also wir – erschufen, um vom Tal in die Pyramide zu gelangen. Er war auf seltsame Weise an die Macht der Eins und der Pyramide gebunden, und obwohl ihm gestattet worden war, zu bleiben und immer mächtiger zu werden, hätte er sich schließlich von ihrer Herrschaft befreit.«

Ich dachte an die Träume, die Nzame benutzt hatte, um mit Boaz und mir in Verbindung zu treten, und vielleicht auch mit vielen anderen. Wenn er diese Fähigkeit schon hatte, als er noch an die Pyramide gefesselt war, dann wagte ich nicht darüber nachzudenken, wie mächtig er ohne diese Fesseln geworden wäre.

»Er war durch die Eins gebunden, und er konnte mit ihrer Macht gefangen werden. Ich habe die Eins benutzt, um ihn zu ergreifen, ihn zu binden und dann mit ihm zu verschmelzen, dann habe ich mich der Magie der Kammer zur Unendlichkeit bedient, um ihn in die Unendlichkeit mitzunehmen.«

Boaz hielt inne. Er hatte nur wenige Worten benutzt, um etwas zu beschreiben, das eine furchtbare Schlacht gewesen sein mußte, aber seine Gesichtsfarbe und das leise Zittern seiner Finger verrieten den Schrecken dieser Erinnerung.

»Die Unendlichkeit.« Er verstummte, und sein Blick war weit entrückt.

»Wie war sie, Bruder?«

Boaz sammelte sich. »Es war das Nichts, und zugleich war es alles. Wir haben unsere Sprache entwickelt, um in der Welt, in der wir leben, zurechtzukommen. Sie kann unmöglich das erklären, was ich dort vorgefunden habe.«

»Du bist wochenlang dort gewesen«, sagte ich. »Wir hielten dich für verloren.«

»Wochen? Vermutlich war es so lange.« Er lächelte mich an. »Oder du hast deine Fertigkeiten in der Magie der Elemente dazu benutzt, dieses Mädchen sehr schnell wachsen zu lassen. Ja, gut. Wochen. Mir war nicht klar, daß es so lange war. In der Unendlichkeit hat Zeit keine Bedeutung, ist keine Größenordnung. Während ich dort war, stellte ich Untersuchungen an, erforschte alles mögliche. Ich wünschte ...«

Er mußte nicht zu Ende sprechen. Wäre ich nicht gewesen, wäre er nie zurückgekehrt. Aber das, was er entdeckt hatte, hatte ihn verändert. Ich konnte sehen, daß sein neu gefundenes Wissen die Schatten um seine Augen vertiefte.

»In der Unendlichkeit erkannte ich, daß das Lied der Frösche – die Formel, die einen in die Zuflucht im Jenseits bringen kann – feine Schattierungen hat, die ich möglicherweise so verändern konnte, daß ich nur bis zur Grenze der Zuflucht reisen mußte, nicht weiter. Aber das Grenzland ist gefährlich, und ich wußte nicht, ob ich dann für alle Zeiten dort gefangen sein oder doch entkommen würde. Aber ich wollte es wagen. Ich wollte nach Hause zurückkehren.«

Diese schlichte Feststellung ließ mir Tränen in die Augen schießen.

»Und so sang ich das Lied der Frösche, und als ich beinahe in der Zuflucht im Jenseits angekommen war, mußte ich meine ganze Kraft und all meine Fähigkeiten einsetzen, um auch tatsächlich an der Grenze zu bleiben. Die Soulenai wußten nicht, was nicht stimmte, sie wollten, daß ich zu ihnen komme … aber ich glaubte … ich glaubte, noch immer eine Hoffnung auf Rückkehr zu haben.«

Er hielt inne und holte tief Luft. »Aber ich konnte mich nicht bewegen, nicht aus eigenem Antrieb. Das Lied hatte seine Arbeit getan und löste sich auf. Ich werde es nie wieder benutzen können. Ich hätte nicht einmal die Zuflucht richtig betreten können, auch wenn ich das gewollt hätte. Gefangen. Gefangen im Grenzland.«

Boaz drückte meine Hand. »Und so konnte ich nur darauf hoffen, daß du mich retten würdest. Das Band zwischen uns ist durch Schmerzen und Angst geschmiedet und durch Liebe, Vertrauen und Macht gehärtet worden. Es hat uns zusammengebracht, als wir durch große Entfernungen, durch Raum und Zeit voneinander getrennt waren.« Er schwieg. »Aber zu diesem Band gehört noch etwas anderes, etwas, daß ich nicht so richtig erklären kann.«

»Die Frösche«, sagte ich.

»Ja, die Frösche. Ich glaube, keiner von uns kann die Macht und das Mysterium der Frösche bislang richtig begreifen.

Tirzah und ich leben in einem Bund nicht nur miteinander, sondern auch mit den Fröschen.«

»Und am Ende waren es die Frösche, die mir halfen, dich zu erreichen.« Ich erklärte den anderen, daß die Frösche gesungen hatten, als ich mich verirrt hatte und zu erschöpft zur Weiterfahrt gewesen war. »Ich war Boaz so nahe, konnte aber nicht zu ihm kommen. Erst durch die Frösche bin ich am Ziel meiner Reise angekommen.«

Wir schwiegen lange Zeit. Ysgrave schlief warm und sicher an meiner Brust, Boaz' Hand lag auf meiner Schulter. Isphet und Zabrze saßen so nahe beieinander wie Boaz und ich, und die Hündin hatte sich zu Laylas Füßen zusammengerollt. Auf der anderen Seite des Tisches erfreuten sich Kiamet und Holdat an einem Krug Wein, und hörten uns zu.

Die Juitvögel hatten sich für die Nacht zur Ruhe begeben, und im Schilf quakten die Frösche.

»Zabrze«, sagte Boaz. »Du brauchst mich nicht in Setkoth. Tirzah und ich werden eine Weile hier bleiben. Uns ausruhen. Nachdenken. Zuhören, was die Frösche uns zu sagen haben. Das Marschland erforschen.«

»Verirrt euch nicht«, sagte Zabrze scharf. »Ich will keinen von euch jemals wieder verlieren.«

»Nein«, erwiderte Boaz, und der Griff seiner Hand wurde fester, »ich glaube nicht, daß das passieren wird.«

»Und die Unendlichkeit?« fragte Zabrze. »Wirst du je dorthin zurückkehren?«

»Nein. Und noch etwas: Was auch immer du in Setkoth vorhast, Zabrze, du mußt jedes Aufflackern von Forschung nach der Unendlichkeitsformel im Keim ersticken. Nzame ist nicht vernichtet, er ist lediglich in der Unendlichkeit gefangen. Wer vermag schon zu sagen, was er dort im Laufe der kommenden Jahrhunderte ersinnt. Ich will nicht, daß man weitere Brücken in die Unendlichkeit baut, denn dann fürchte ich, daß Nzame sofort wieder unsere Welt betritt. Grausamer und machtvoller als je zuvor.«

»Dann werde ich die Bücher und Schriften der Magier verbrennen lassen«, sagte Zabrze. »Jede Spur von ihnen tilgen.«

»Gut.«

Zabrze beugte sich vor. »Boaz, sag mir, was wir mit der Pyramide machen sollen.«

»Entfernt die Glasplatten von der Außenseite. Schmelzt sie ein und verkauft sie als Perlen für Halsketten – die En-Dorer werden sie besonders mögen. Befreit die Kammer zur Unendlichkeit von allem goldenen Glas und schmelzt es ein. Vergrabt es. Macht es mit dem Schlußstein genauso. Dann versperrt jeden Schacht und Eingang so, daß keiner jemals wieder einen Weg hineinfindet.«

»Soll das ganze Bauwerk abgerissen werden?«

»Nein. Es hat acht Generationen gedauert, um es zu errichten, und würde zwei oder drei brauchen, es wieder niederzureißen. Dabei würden nur noch mehr Menschen sterben, und das werde ich nicht dulden. Nein. Füllt die Schächte und Gänge mit Stein und verschließt damit alle Eingänge. Dann überlasse die Pyramide dem Sand. Er soll sie und die Erinnerungen an sie einhüllen und dann unter sich begraben. Hinterlasse den kommenden Generationen ein Rätsel – aber keinen Hinweis auf seine Lösung.«

PIPER

Sara Douglass
Der Herr des Traumreichs

Ein Weltenbaum-Roman. Aus dem australischen Englisch von
Irene Holicki. 400 Seiten. Gebunden

Ihr Götter! Der Mann kann von Glück sagen, daß er noch
lebt, denkt der junge Heiler und legt die Hände auf die ver-
narbte Schulter des Sklaven. Was er unter dem verhärteten Gewebe spürt, wird sein ganzes Leben verändern. Den sech-
zehnjährigen Garth, der die Gabe des Heilens besitzt, hat ein
rasselnder Metallkäfig in das unterirdische Bergwerk gebracht, wo Sträflinge, zu lebenslanger Zwangsarbeit verur-
teilt, das kostbare, pechähnliche Glomm abbauen, dem das
Land seinen Reichtum verdankt. Und nun entdeckt Garth,
daß der Sklave unter der alten Verletzung das magische Kö-
nigsmal trägt – daß er Maximilian ist, der längst für tot erklärte Thronfolger von Escator. Von Stund an wird Garth
von einem einzigen Gedanken beherrscht: Er muß den Gefangenen befreien und ihm zu seinem rechtmäßigen Erbe verhelfen. Immer tiefer gerät er in ein Netz magischer Geheimnisse und tödlicher Intrigen ...

01/1434/01/L